你应该熟读的中国古文

陈引驰 编著

山東文藝出版社

本书以朱东润编《中国历代文学作品选》（繁体横排本）为底本

同时参校中华书局本等其他古本

导　言

在古人眼中，文章具有极为崇高的地位。曹丕《典论·论文》认为文章能让人不朽，他说："年寿有时而尽，荣乐止乎其身，二者必至之常期，未若文章之无穷。"广为流传的《神童诗》强调了文章的世俗意义："天子重英豪，文章教尔曹。万般皆下品，唯有读书高。"不论从精神层面还是从世俗角度，人们历来都有足够的动力为文章的写作反复推敲、殚精竭虑。因此，今天的我们才拥有这样一座富如江海的古文宝库。

即便从《尚书》中的殷周文献算起，中国的文章史也有三千多年了。三千多年中，才子名家代不乏人，雄篇妙文层出不穷。先秦历史散文和诸子散文耸峙于中华文明的奠基期，为后世文章写作树立了典范；两汉的政论文和史传散文踵武而至，气势磅礴；至魏晋南北朝，文风一变，骈文成为文坛主流，铺陈辞藻，雕缋满眼，将汉语的形式之美发挥到极致；有鉴于骈文之弊，唐宋八大家高举古文大旗，变革文体，闳其中而肆其外，蔚为壮观；下至明清，取法秦汉、上继唐宋八大家的古文创作成绩斐然，桐城派古文一直到现代还很有影响力，林琴南用来翻译西方文学，朱光潜借以将人生和学术的道理书写得明晰宛转；而明清以来灵动隽永、抒写性灵的小品文犹如一股清流，更为一些新文学大家所推重，也被众多普通的读者所喜爱。

三千多年的文章中，既有黄钟大吕，亦有浅斟低唱。

仁人志士将文章视作经国大业，在文章中指点江山，心怀天下。诸葛亮“鞠躬尽瘁，死而后已”，范仲淹“先天下之忧而忧，后天下之乐而乐”，梁启超“今日之责任，不在他人，而全在我少年”，他们的人格光风霁月，他们的文章堂堂正正。

寒士骚人以文章作不平之鸣，在文章中泣血哀歌，述志明心。司马迁著《史记》未完，遭逢李陵之祸，“惜其不成，是以就极刑而无愠色”；王勃连遭贬黜，郁郁不得志，但并未怨天尤人，而是“穷且益坚，不坠青云之志”；夏完淳壮志未酬身先死，但以殉国为分内事，“神游天地间，可以无愧矣”。他们的人生悲惨坎坷，他们的文章沉郁悲痛。

文人雅士多写闲情逸致，在文章中吟风弄月，流连光景。举凡山水、花鸟、书画、茶酒、风俗、世情，无不入文，或如沈周津津乐道雨打芭蕉的声音，或如马中锡借中山狼嘲讽忘恩负义之徒，或如郑日奎对自己痴迷于书的自嘲与自得，描摹刻画，穷形尽相。

古文中的世界，丰富广阔。古人将他们的人生写进文章里，他们的荣辱悲欢、瞬间的思绪、一生的回顾，他们对生活的思考和态度，统统定格在文章里。当我们阅读一页页文章，其实就是在走进古人的生活，走进古人的内心。阅读古文可以增长见闻，澡雪精神，受到熏陶，得到教益。但这需要我们常读多读。

黄庭坚说，三日不读书，便觉面目可憎，向人亦语言无味。我们希望做出一本适合普通读者尤其是青少年学生阅读的文选，希望这本篇幅精简的书能成为读者面对浩瀚的古文汪洋时最好的观澜平台。我们希望这本文选可以置于孩子的床头，放在客厅的茶几上，装进旅行途中的背包里，可以在春日的午后，写作业的间隙，通勤的公交车和地铁里，翻开来读几页，让自己的生活多一个维度。

和同系列的诗选一样，这本文选的选录标准依然是文辞优美、感发人心，读时让人愉悦，读后令人流连；不仅适合青少年，同时也可以作为所有想提升中国古典文学素养的人的优秀选本，这是我们时时在心中考量的。每篇文章后的赏析文字，不取串讲形式，不求全面阐发，仅求抓住文章的脉络，写出从文章中得到的启迪，希望得到读者的共鸣，更希望读者能与文章的作者共鸣。

书中所选近百篇古文，是我们应该熟读的。让我们一起来熟读这些古文吧。

陈引驰

2017年3月

目录

逍遥游

庄子

北冥有鱼，其名为鲲。[1]鲲之大，不知其几千里也。化而为鸟，其名为鹏。鹏之背，不知其几千里也。怒而飞，其翼若垂天之云。[2]是鸟也，海运则将徙于南冥。[3]南冥者，天池也。

《齐谐》者，志怪者也。[4]《谐》之言曰："鹏之徙于南冥也，水击三千里，抟扶摇而上者九万里，去以六月息者也。"[5]野马也，尘埃也，生物之以息相吹也。[6]天之苍苍，其正色邪？[7]其远而无所至极邪？其视下也，亦若是则已矣。[8]

且夫水之积也不厚，则其负大舟也无力。覆杯水于坳堂之上，则芥为之舟，置杯焉则胶，水浅而舟大也。[9]风之积也不厚，则其负大翼也无力。故九万里则风斯在下矣，而后乃今培风；背负青天而莫之夭阏者，而后乃今将图南。[10]

蜩与学鸠笑之曰："我决起而飞，抢榆枋，时则不至而控于地

庄子：庄周（约公元前369—前286），战国宋国蒙（今河南商丘）人。思想家、哲学家、文学家。《庄子》一书是他及弟子、后学著作的总汇，道家经典之一，也是诸子散文的重要著作。文章擅用寓言，风格汪洋恣肆，对后世散文影响较大。

1. 北冥：北方的大海。鲲（kūn）：大鱼名。
2. 怒：奋发的样子。
3. 海运：海动。海动则有大风，大鹏借大风飞向南海。南冥：南方的大海。
4. 《齐谐》：齐国记载诙谐怪异之事的书。志：记。怪：怪异的事情。
5. 抟（tuán）：盘旋，环绕。扶摇：自下而上的暴风。息：风。去以六月息者也：乘着六月的大风而飞去。
6. 像野马一样的生气，飞扬的尘埃，都被生物的气息吹拂着而游荡。
7. 其：表反问语气。
8. 若是：像这样。则已：相当于"而已"。大鹏俯瞰大地，也无法分辨清颜色远近。
9. 覆：倒。坳（ào）：洼坑。坳堂：堂中地上的洼坑。芥：小草。胶：粘住，浮不起来。
10. 翼：大鹏之翼。斯：乃，就。而后乃今："乃今而后"的倒装，这时然后才。培：通"凭"，凭借。培风：凭风，乘风。夭：挫折。夭阏（è）：阻止，阻拦。图南：图谋飞向南方大海。

而已矣；奚以之九万里而南为？”[11]适莽苍者，三飡而反，腹犹果然；适百里者，宿舂粮；适千里者，三月聚粮。[12]之二虫又何知！[13]

小知不及大知，小年不及大年。[14]奚以知其然也？[15]朝菌不知晦朔，蟪蛄不知春秋，此小年也。[16]楚之南有冥灵者，以五百岁为春，五百岁为秋；上古有大椿者，以八千岁为春，八千岁为秋，此大年也。[17]而彭祖乃今以久特闻，众人匹之，不亦悲乎！[18]

汤之问棘也是已：穷发之北，有冥海者，天池也。[19]有鱼焉，其广数千里，未有知其修者，其名为鲲。[20]有鸟焉，其名为鹏，背若太山，翼若垂天之云；抟扶摇羊角而上者九万里，绝云气，负青天，然后图南，且适南冥也。[21]

斥鴳笑之曰：“彼且奚适也！我腾跃而上，不过数仞而下，翱翔蓬蒿之间，此亦飞之至也。[22]而彼且奚适也！”此小大之辩也。[23]

故夫知效一官，行比一乡，德合一君，而征一国者，其自视

---

11. 蜩（tiáo）：蝉。学鸠：小斑鸠。决（xuè）：迅速地。抢：冲上。枋（fāng）：檀树。时则不至：有时候飞不上去。控：投，落地。奚：何，为什么。之：去，到。

12. 适：往，到。莽苍：近郊的草色，指郊野。飡：同“餐”。反：通“返”。犹：还。果然：饱的样子。宿：过夜，指一夜。舂：在臼中捣谷物去皮。三月聚粮：用三个月的时间积蓄粮食。

13. 之：这。二虫：指蜩、鸠。

14. 知（zhì）：通“智”。年：寿命。小年：短命。

15. 然：这样。

16. 朝菌：朝生暮死的菌类植物。晦朔：每月初一为朔，最后一天为晦。蟪蛄（huì gū）：寒蝉，春生夏死，夏生秋死，不会经历一整年。春秋：指一年。

17. 冥灵：树名。椿：树名。

18. 彭祖：传说中的人物，据说活了800岁。特：独。闻：闻名。匹：比。悲：悲哀。

19. 汤：商朝最初的君王，称商汤。棘：夏革（jí），商汤时贤大夫。是已：是这样，表示肯定。穷发：连草都不长的不毛之地。

20. 广：宽。修：长。

21. 太山：泰山，在今山东省。羊角：旋风。风旋转像羊角，故称。绝：超过。且：将。

22. 斥：小池泽。鴳（yàn）：小雀。仞：周代以八尺为一仞，汉代以七尺为一仞。翱翔：展翅飞翔。蓬蒿：野草。至：最，最高的飞行水准。

23. 辩：通“辨”，区别。

也，亦若此矣。[24]而宋荣子犹然笑之。[25]且举世而誉之而不加劝，举世而非之而不加沮，定乎内外之分，辩乎荣辱之境，斯已矣。[26]彼其于世，未数数然也。[27]虽然，犹有未树也。[28]

夫列子御风而行，泠然善也，旬有五日而后反。[29]彼于致福者，未数数然也。[30]此虽免乎行，犹有所待者也。[31]若夫乘天地之正，而御六气之辩，以游无穷者，彼且恶乎待哉！[32]故曰：至人无己，神人无功，圣人无名。[33]

尧让天下于许由曰："日月出矣，而爝火不息，其于光也，不亦难乎！[34]时雨降矣，而犹浸灌，其于泽也，不亦劳乎！[35]夫子立而天下治，而我犹尸之，吾自视缺然，请致天下。"[36]许由曰："子

---

24. 知：通"智"。效：功效，做官能有功效，意为胜任。行：行为，作为。比：亲近，迎合。德：品德，道德。合：符合。而（néng）：古时候通"能"，才能，能力。征：取信。其：指上述四种人。自视：自己看待自己。
25. 宋荣子：宋钘，齐国稷下学宫的学者。犹然：讥笑的样子。
26. 举世：整个社会。誉：赞誉。劝：勉，努力。非：责难，非难。沮：沮丧。内外之分：自我和外物，内心与外界。辩：通"辨"，辨别。境：界限。内心对光荣和耻辱有自己的辨别和认识。斯：这。已：停止，就这样而已。
27. 世：世俗的东西。数（shuò）数：犹汲汲，着急的样子。
28. 树：树立。
29. 列子：列御寇，早于庄子的道家人物。泠（líng）然：轻快的样子。旬：10天。有：通"又"。反：通"返"。
30. 致福：追求幸福。
31. 待：依待，依恃。
32. 乘：顺着。正：本性。御：驾驭。六气：指阴、阳、风、雨、晦、明。辩：通"变"，变化。无穷：无穷尽的天地，自由的境界。恶（wū）：何，什么。
33. 至人：达到最高境界的人。无己：不自我而顺应天地自然。神人：得道而神妙莫测的人。无功：不追求有功。圣人：道德极高尚的人。无名：不追求名声。
34. 尧：传说中的上古帝王。许由：传说中的隐士，尧说要让帝位给他，他认为这玷污了自己的耳朵，便到河里去洗耳，然后隐于箕山。（《高士传》）爝（jué）火：火炬。于：对于。光：显示光亮。
35. 时雨：应时令节气降下的雨，即及时雨。浸灌：人工灌溉。泽：滋润土地及庄稼。劳：费力，劳苦。
36. 夫子：先生，指许由。立：立为君主。治：得到治理，有秩序。犹：还。尸：主持。自视：自己看自己。缺然：缺乏能力，不够资格的样子。致：送给，交给。

治天下，天下既已治也，而我犹代子，吾将为名乎？[37]名者，实之宾也；吾将为宾乎？[38]鹪鹩巢于深林，不过一枝；偃鼠饮河，不过满腹。[39]归休乎君，予无所用天下为！[40]庖人虽不治庖，尸祝不越樽俎而代之矣。”[41]

肩吾问于连叔曰：“吾闻言于接舆：大而无当，往而不返；吾惊怖其言，犹河汉而无极也；大有径庭，不近人情焉。”[42]连叔曰：“其言谓何哉？”“曰：‘藐姑射之山，有神人居焉，肌肤若冰雪，淖约若处子；不食五谷，吸风饮露。乘云气，御飞龙，而游乎四海之外；其神凝，使物不疵疠而年谷熟。’[43]吾以是狂而不信也。”[44]连叔曰：“然。瞽者无以与乎文章之观，聋者无以与乎钟鼓之声。[45]岂唯形骸有聋盲哉？[46]夫知亦有之。是其言也，犹时女也。[47]之人也，之德也，将旁礴万物以为一，世蕲乎乱，孰弊弊焉以天下为事！[48]

---

37. 犹：还要。代子：代替你。
38. 宾：从属，派生的东西。
39. 鹪鹩（jiāo liáo）：小鸟名，善于筑巢，俗称巧妇鸟。偃（yǎn）鼠：一种田野中的老鼠。满腹：喝饱一肚子。
40. 归休乎：回去吧。为：表感叹的句末语气词。
41. 庖人：厨师。尸祝：古代主持祭礼的司仪。越：指超越自己的职责。樽：酒器。俎（zǔ）：祭祀用以盛肉的器皿。
42. 肩吾、连叔：都是假设的人名。接舆：楚国的隐士，与孔子同时，《论语》称之为楚狂人。无当：不着边际，不切实际。当：适当。往：到，此处指说到。不返：不回来。意为说到哪儿就是哪儿，收不回来。河汉：天河。无极：无边无际。径：门外的道路。庭：院内堂前的地面。径庭：喻接舆说的话和常人一般的认识差别很大。
43. 藐姑射（yè）：山名。淖（chuò）约：姿态柔美的样子。处子：处女。御：驾驭。四海：古代因中国四周环海而称为四海，一般四海即指天下或全国各地。凝：凝聚，专一。疵疠（cī lì）：灾害，疾病。
44. 以：认为。是：指接舆的话。狂：通“诳”，诳语，假话。
45. 瞽（gǔ）：盲。文章：文采，指华美的色彩和花纹。观：景象。钟鼓：乐器。
46. 岂唯：难道只有。
47. 知：通“智”，指认识上。是：此。其言：指上述关于瞽聋的一段议论。时：是。女：通“汝”，你。
48. 之：这。旁礴：混同。旁礴万物：指与万物混同。以为一：将万物融合为一体。世：世人。蕲（qí）：希望，企求。乱：治，治理。孰：谁。弊弊：忙碌辛苦的样子。

之人也，物莫之伤：大浸稽天而不溺，大旱金石流、山土焦而不热。[49]是其尘垢秕糠，将犹陶铸尧舜者也，孰肯以物为事？”[50]

宋人资章甫而适诸越，越人断发文身，无所用之。[51]

尧治天下之民，平海内之政，往见四子藐姑射之山，汾水之阳，窅然丧其天下焉。[52]

惠子谓庄子曰：“魏王贻我大瓠之种，我树之成而实五石。[53]以盛水浆，其坚不能自举也。剖之以为瓢，则瓠落无所容。[54]非不呺然大也，吾为其无用而掊之。”[55]庄子曰：“夫子固拙于用大矣。宋人有善为不龟手之药者，世世以洴澼絖为事。[56]客闻之，请买其方百金。[57]聚族而谋曰：‘我世世为洴澼絖，不过数金，今一朝而鬻技百金，请与之。’客得之，以说吴王。[58]越有难，吴王使之将，冬与越人水战，大败越人，裂地而封之。[59]能不龟手一也，或以封，或不免于洴澼絖，则所用之异也。[60]今子有五石之瓠，何不虑以为大樽而

---

49. 莫之伤：没有能伤害他的。大浸：大水。稽：至。大浸稽天：大水滔天。溺（nì）：淹没在水里。流：熔化。焦：烧焦。

50. 秕糠：不饱满的瘪谷和米糠，比喻糟粕。陶：烧制瓦器。铸：熔铸金属器物。陶铸：制作，造就。以其身上的尘垢秕糠一类糟粕，都可以造就出尧舜。物：事，指治理天下的世俗事务。

51. 资：贩卖。章甫：商朝帽子的名字。宋人是殷商后代，所以还保留殷商服饰。适诸越：到越国去（卖）。断发：剪了头发。文身：身上刺青图腾。

52. 四子：指王倪、啮缺、被衣、许由。汾（fén）水：今山西中部的黄河支流。阳：山南、水北为阳。窅（yǎo）：通“杳”。窅然：深远的样子，指恍惚的精神状态。丧：遗弃。

53. 惠子：宋人惠施，名学家，庄子好友。魏王：即梁惠王，魏国建都大梁，故又称梁。贻（yí）：赠送。大瓠（hù）：大葫芦。种：种子。成：结成葫芦。实五石：能装五石的容量。

54. 瓠，假借为廓。瓠落：很大的样子。无所容：没什么好装。

55. 呺（xiāo）然：空虚巨大的样子。为：因为。掊（pǒu）：击破。

56. 拙：不善。龟：通“皲（jūn）”，皮肤因干燥寒冷而破裂。洴澼（píng pì）：漂洗。絖（kuàng）：通“纩”，棉絮。

57. 方：药方。

58. 鬻（yù）：卖。

59. 难：军事行动。将（jiàng）：带兵。裂地：割地。封：封赏。

60. 一：是一样的。或：有人。

浮乎江湖，而忧其瓠落无所容，则夫子犹有蓬之心也夫！”[61]

惠子谓庄子曰：“吾有大树，人谓之樗。[62]其大本拥肿而不中绳墨，其小枝卷曲而不中规矩。[63]立之涂，匠者不顾。[64]今子之言，大而无用，众所同去也。”[65]庄子曰：“子独不见狸狌乎？[66]卑身而伏，以候敖者；东西跳梁，不辟高下；中于机辟，死于罔罟。[67]今夫斄牛，其大若垂天之云。[68]此能为大矣，而不能执鼠。[69]今子有大树，患其无用，何不树之于无何有之乡，广莫之野，彷徨乎无为其侧，逍遥乎寝卧其下。不夭斤斧，物无害者，无所可用，安所困苦哉！”[70]

【赏析】

逍遥而游，是多么让人神往的境界！先秦百家争鸣的众多著作中堪称最为瑰丽的《庄子》，开篇以奇幻炫彩、汗漫恣肆的笔调，描述了天风海阔、超越日常的宏大境界：大海中巨大的鲲鱼化身为巨大的飞鸟，而鹏的羽翼展开如垂天之云，击水前行三千里，而后扶摇直上九万里，由此，展开辽远的翱翔。这样一个有天空有海洋、有鱼有鸟

---

61. 虑：考虑。樽：葫芦形似酒樽，绑于腰间做救生圈用。蓬之心：像被蓬草蒙蔽的心。
62. 樗（chū）：臭椿树，木质差。
63. 大本：主干。拥：通“臃”。拥肿：肥短不正。中（zhòng）：符合。绳墨：划直线。规矩：规划圆，矩划方。
64. 涂：路。把它立在路上。不顾：不看。
65. 去：抛弃。
66. 狸：野猫。狌：黄鼠狼。
67. 敖：遨游；敖者，指经过的动物。梁：通“踉（liáng）”，跳跃。中（zhòng）：触及。机辟：捕兽工具。罟（gǔ）：网类器具。
68. 斄（lí）牛：牦牛。
69. 执鼠：捉老鼠。
70. 无何有：虚无。广莫：辽阔。莫：通“漠”，广大。彷徨乎：放任不拘的样子。无为：无所事事。夭：折。斤：大斧头。

的世界，与儒家《论语》《孟子》所关注的人间社会那么不同，整个视野骤然提升到了天地自然的高度。

高远境界不是谁都能理解的，比如《逍遥游》中的蜩与学鸠一类小鸟，便嘲笑鲲鹏如此伟大的高飞远游。鲲鹏与蜩、学鸠之间的对比，其实象征着不同的生命境界，提示着生命突破的方向：如何突破“小”的拘囿以达到“大”的自由境界？

《逍遥游》呈现给我们四个不同的人生层次：首先，追求现世功名达成所愿，能胜任一项官职乃至能获得一国之君的信任，这是世俗意义上的成功。但世事难料，现世功名很可能一朝变幻。其次，宋荣子则不以外在的所谓成功为满足，他努力建立起自己内心的价值标准，不为外在的种种所困扰和拘限，不因人们的赞誉而有所作为，也不因大家的非议而倍感沮丧。但这种执着内心而对外在的强烈抗拒，不会造成自我和世界的紧张吗？再次，我们看到的是乘风而行的列子，他依循外在的风力，完成自己的飘行，化解内外的紧张和冲突。然而这样的随风而动，是否有点儿随波逐流呢？最后，《逍遥游》展现了逍遥的境界：“无己”，也就是打开自我，突破自我在形体和精神上的各种定见、执着和束缚，随遇自适，与天地自然、宇宙万物，同变化、共周流，融为一体，这时达到的便是自由自在、无往不利的境界。

这么说或许有些抽象，于是庄子借他好朋友惠子的故事来说明何为“无己”。惠子被一棵恣意生长、不堪实用的臭椿树苦恼，以为它“大而无用”。庄子笑曰：“那何不让它生长在广漠的原野之上，彷徨、逍遥于此树下？”享受树的荫庇，在树下玩耍，难道不也是树之“用”吗？或许这是一种更有意味的“用”吧？为何只有蒙受木匠的垂顾才算树之“用”呢？在庄子看来，惠子对“有用”的理解如此实用而狭隘，以致连审美的趣味都丢失了。习得常识的同时，我们往往也收获了偏见。此时,超越原本对“用”的定见就是一种“无己”。

超越原来的自我，成就精神的开放和自由，这就是“逍遥游”。

养生主

庄子

吾生也有涯，而知也无涯。[1]以有涯随无涯，殆已！[2]已而为知者，殆而已矣！为善无近名，为恶无近刑。缘督以为经，可以保身，可以全生，可以养亲，可以尽年。[3]

庖丁为文惠君解牛，手之所触，肩之所倚，足之所履，膝之所踦，砉然响然，奏刀騞然，莫不中音，合于桑林之舞，乃中经首之会。[4]

文惠君曰："嘻，善哉！技盖至此乎？"[5]庖丁释刀对曰："臣之所好者道也，进乎技矣。[6]始臣之解牛之时，所见无非全牛者；三年之后，未尝见全牛也；方今之时，臣以神遇而不以目视，官知止而神欲行。[7]依乎天理，批大郤，导大窾，因其固然。[8]技经肯綮之未尝，而况大軱乎！[9]良庖岁更刀，割也；族庖月更刀，折也；今

---

1. 知：知识。
2. 殆：危险。
3. 已：承上"殆已"。为知：还不断追求知识。无：通"毋"。近名：求名。缘：顺着。督：传统医学以为督脉贯通人体上下。缘督：顺随自然之道。经：纲纪，引申为准则。生：天性。年：自然寿命。
4. 庖（páo）丁：厨工。文惠君：旧说指梁惠王。解：分解，宰。踦（yǐ）：用膝抵住。砉（xū）、响：象声词，形容解牛的声音。奏刀：进刀。騞（huō）然：象声词，形容解牛的声音。中（zhòng）音：合乎乐音。桑林：殷商时的乐曲名。经首：尧时咸池乐曲的一章。会：音节。
5. 嘻：惊叹。盖：通"盍"，何。
6. 释：放下。进：超过。
7. 面对的是牛这一整个庞然大物，不知从何下手。未尝见全牛：不再看到牛的整体，看到的只是牛体的各个部位和结构。对牛体结构了然于心，而不需要用眼睛看。官：感官。与前句"以神遇而不以目视"相应，此句是说感官停废，而精神活跃。
8. 天理：天然的生理结构。批：击。郤：筋骨间的空隙。导：引向。窾（kuǎn）：洞穴，骨节间的空处。因：顺着。固然：本来结构。
9. 技：通"枝"。技经，经络结聚的部位。肯綮（qìng）：骨肉紧密连接处。未尝：不曾碰过。軱（gū）：大腿骨。

臣之刀十九年矣，所解数千牛矣，而刀刃若新发于硎。[10]彼节者有间而刀刃者无厚，以无厚入有间，恢恢乎其于游刃必有余地矣。[11]是以十九年而刀刃若新发于硎。虽然，每至于族，吾见其难为，怵然为戒，视为止，行为迟，动刀甚微，謋然已解，如土委地。[12]提刀而立，为之四顾，为之踌躇满志，善刀而藏之。”[13]文惠君曰：“善哉！吾闻庖丁之言，得养生焉。”

公文轩见右师而惊曰：“是何人也？恶乎介也？[14]天与？其人与？”[15]曰：“天也，非人也。天之生是使独也，人之貌有与也。[16]以是知其天也，非人也。”

泽雉十步一啄，百步一饮，不蕲畜乎樊中。[17]神虽王，不善也。[18]

老聃死，秦失吊之，三号而出。[19]弟子曰：“非夫子之友邪？”曰：“然。”“然则吊焉若此可乎？”[20]曰：“然。始也吾以为其人也，而今非也。[21]向吾入而吊焉，有老者哭之，如哭其子；少者哭之，如哭其母。彼其所以会之，必有不蕲言而言，不蕲哭而哭者。[22]是遁天倍情，忘其所受，古者谓之遁天之刑。[23]适来，

---

10. 好厨师每年换一次刀，因为他用切割的办法；一般的厨子每月换一次刀，因为他用砍折的方法。硎（xíng）：磨刀石。新发于硎：刚在磨刀石上磨过。
11. 恢恢乎：宽舒的样子。
12. 族：骨头结聚的地方。怵（chù）然：警惕的样子。謋（huò）然：象声词，形容牛体被解开时的声音。委地：掉落在地上。
13. 善：擦拭。
14. 公文轩：人名。右师：官名，此指担任过右师的人。恶乎：为什么。介：因刑戮而导致的断足。
15. 与：通“欤”。天造成的呢，还是人造成的呢？
16. 是：这样。与：赋予。
17. 泽雉：生活在草泽中的野鸡。蕲：求。畜：养。樊：笼。
18. 野鸡优游自得，其内在神明饱满，但并不觉善之为善，呼应前文的“为善无近名”。
19. 老聃（dān）：姓李名耳，字聃，人称老子。秦失：老子的朋友。三号：哭叫三声。
20. 吊：悼念死者。
21. 一开始我以为那些哭丧的弟子是了解老子的人，现在看来并非如此。
22. 他们之所以聚集在这里痛哭。
23. 遁天：失去天性。倍：通“背”，违背真情。遁天之刑：违背天理而招致的惩罚。

夫子时也；适去，夫子顺也。[24]安时而处顺，哀乐不能入也，古者谓是帝之县解。”[25]

指穷于为薪，火传也，不知其尽也。[26]

【赏析】

《庄子》是古代经典中的瑰宝，一个重要的标志就是它包含了许多成语。比如大家耳熟能详的“庖丁解牛”“游刃有余”，它们都出自《庄子》中谈论人生问题的《养生主》一篇。

庖丁解牛时动作优雅，宛若舞蹈；庖丁解牛时声音悦耳，莫不中音。更令人赞叹的是，面对肌骨筋络错综的牛体时，庖丁随心所欲、游刃有余。他人的限制是庖丁的自由。其实限制从未消失，只是庖丁对它了然于心，限制也就不构成限制了。如何做到呢？运用智慧，找到关键（骨节中的空处），“以无厚入有间”，自由就在眼前。看似迷宫，实则通途。但通途不在与限制的对抗中，所以庖丁从不触碰经络结聚和骨肉紧密相连处，对抗式的“割”和“折”看似勇猛，实则玉石俱焚。

体悟自然，依时处顺，那么俗务即使繁杂如牛骨经络，人们也能“游刃有余”。运用智慧，不被限制带来的挫败感打倒，保全内在神明，便是养生的核心——养神。

右师深谙此道，所以在面对残足（介）时处之泰然，不以为限，

---

24. 偶然来到世间，是他应时而生；偶然离世，是他顺应自然。

25. 是：这。帝：天帝。县：通“悬”，系吊。帝之县解：解开天的束缚。意谓安时处顺，可以超越生死的束缚感、限制感。

26. 指：通“脂”。薪：柴。脂肪作为燃料被燃尽了。点完一烛薪，再点一烛薪，所以一烛薪被燃尽了，火仍在传递，没有穷尽。

不怨天不尤人，将“介”对心灵的伤害降到最低。明乎此，《养生主》的其他部分也就可以了然了。

保身尽年是目标，安时处顺（缘督以为经）是方法，庖丁、右师、泽雉是榜样。泽雉自放清旷之地，优游自得，一无所求，而神明健旺。真正的养生者在面对死亡时也是如此。好友老子去世，秦失“三号而出”。人的生死如花开花谢、冬去春来，都是自然的。过于留恋和悲恸反倒显得做作，因此秦失三号而出，毕礼而归。如此说来，生命只是徒劳吗？非也。若以上帝之眼俯视人间，生命就在万物的传承代谢中。薪尽火传，大道流转，生生不息。

楚辞·渔父

屈原

屈原既放，游于江潭，行吟泽畔，颜色憔悴，形容枯槁。[1]渔父见而问之曰："子非三闾大夫与？[2]何故至于斯？"

屈原曰："举世皆浊我独清，众人皆醉我独醒，是以见放。"[3]

渔父曰："圣人不凝滞于物，而能与世推移。[4]世人皆浊，何不淈其泥而扬其波？[5]众人皆醉，何不餔其糟而歠其醨？[6]何故深思高举，自令放为？"[7]

屈原曰："吾闻之，新沐者必弹冠，新浴者必振衣，安能以身之察察，受物之汶汶者乎！[8]宁赴湘流，葬于江鱼之腹中。安能以皓皓之白，而蒙世俗之尘埃乎！"

渔父莞尔而笑，鼓枻而去，乃歌曰：[9]

"沧浪之水清兮，

可以濯吾缨；

沧浪之水浊兮，

屈原（公元前340—前278）：名平，字原。战国楚国贵族，曾任左徒、三闾大夫等职，著有《离骚》《九歌》《天问》等作品。

1. 放：流放。颜色：脸色。形容：形体容貌。

2. 渔父（fǔ）：打鱼老人。父，对老年男子的尊称。三闾（lǘ）大夫：掌管楚国宗族屈、景、昭三姓事务的官。

3. 是以：因此。见放：被流放。

4. 凝滞：水流不通，此指拘限。物：外物。

5. 淈（gǔ）：搅浑。

6. 餔（bū）：吃。糟：酒糟。歠（chuò）：饮。醨（lí）：薄酒。

7. 高举：高出世俗。

8. 沐：洗头。弹（tán）冠：弹去帽上的灰尘。浴：洗澡。振衣：抖去衣上的灰尘。察察：清洁的样子。汶汶（mén）：本意是昏暗，此指污浊。

9. 莞尔：微笑的样子。鼓枻（yì）：划桨。鼓：击。枻：短桨。

可以濯吾足。”[10]

遂去，不复与言。

【赏析】

屈原可谓先秦时代最伟大的一位诗人。他原是楚国宗族，担任过左徒和三闾大夫。左徒任上，屈原深得楚怀王信任，实行政治改革，对内修明法度，举贤授能，对外联齐抗秦。因听信谗言，楚怀王最终疏远屈原。到了楚顷襄王时期，屈原更是遭放逐。多年的悲愤交加，苦闷郁积，屈原最终自沉汨罗江。《渔父》记叙的就是诗人沉江前与渔父的对白。

千古以来，人们常常面临同样的选择：成为屈原还是渔父？

渔父是高蹈遁世的隐者，阅尽浮沉，洞悉世事，因而与世推移，以明哲保身为准则。世人皆浊，众人皆醉，何不和光同尘、随波逐流？坐看世间浮沉，也许会有政治清明的一天——妥协苟且，未尝不是顽强的生存智慧。

与之相比，屈原的处境糟透了，“颜色憔悴，形容枯槁”。但他高度自尊，坚持理想，绝不同流合污，“举世皆浊我独清，众人皆醉我独醒”。对自我价值的高贵坚持使他不惜以生命对抗整个世界，虽九死而无悔。

选择屈原还是渔父？选择九死不悔的坚持，还是明哲保身的妥协？这成为后人的两难选择。但无论多少人选择为生存而活，都无法否认，屈原身上的理想光辉，虽与日月争光可也。

---

10. 沧浪：古水名，或说是汉水支流，或说即汉水。濯（zhuó）：洗。缨：系帽的带子，在颔下打结。《沧浪歌》又见《孟子·离娄》，可能是战国时的流行歌谣。

谏逐客书

李斯

臣闻吏议逐客，窃以为过矣。昔穆公求士，西取由余于戎，东得百里奚于宛，迎蹇叔于宋，求丕豹、公孙支于晋。[1]此五子者，不产于秦，而穆公用之，并国二十，遂霸西戎。孝公用商鞅之法，移风易俗，民以殷盛，国以富强，百姓乐用，诸侯亲服，获楚、魏之师，举地千里，至今治强。惠王用张仪之计，拔三川之地，西并巴、蜀，北收上郡，南取汉中，包九夷，制鄢、郢，东据成皋之险，割膏腴之壤，遂散六国之从，使之西面事秦，功施到今。[2]昭王得范雎，废穰侯，逐华阳，强公室，杜私门，蚕食诸侯，使秦成帝业。[3]此四君者，皆以客之功。由此观之，客何负于秦哉！向使四君却客而不内，疏士而不用，是使国无富利之实，而秦无强大之名也。[4]

今陛下致昆山之玉，有随、和之宝，垂明月之珠，服太阿之剑，乘纤离之马，建翠凤之旗，树灵鼍之鼓。[5]此数宝者，秦不生一

李斯（约公元前284—前208）：楚国上蔡（今河南上蔡）人。荀子的学生，后入秦，辅佐秦始皇统一六国，建立中国历史上第一个中央集权的大帝国。

1. 由余：受戎王之命出使秦国，秦穆公知其贤，设计招致，用其谋伐戎。戎是古代西部少数民族的统称。百里奚：原是虞国大夫，晋献公灭虞，成为晋国俘虏，秦晋通婚，晋献公将他作为女儿的陪嫁奴隶送给秦国。后逃至楚国，被楚人捉住。秦穆公用五张公羊皮将他赎回，任命他为大夫。蹇叔：百里奚好友，百里奚向秦穆公推荐，穆公将他从宋国迎至秦国，以为上大夫。丕豹：晋大夫丕郑之子，丕郑被杀，丕豹逃奔秦国，秦穆公用以为将。公孙支：本秦人，游于晋，后被秦穆公任命为大夫。

2. 张仪：魏国人，秦惠王用以为相，以连横之策破关东六国合纵之约。施（yì）：蔓延，延续。

3. 范雎：魏国人，奔亡秦国，游说秦昭王，拜相。

4. 向使：假使，倘若。内，同“纳”，接纳。

5. 随、和之宝：即随侯珠、和氏璧。太阿：宝剑名。纤离：骏马名。翠凤之旗：用翠鸟羽毛作为装饰的旗帜。鼍（tuò）：即扬子鳄，皮可蒙鼓。

焉，而陛下说之，何也？[6]必秦国之所生然后可，则是夜光之璧不饰朝廷，犀象之器不为玩好，郑卫之女不充后宫，而骏良駃騠不实外厩，江南金锡不为用，西蜀丹青不为采。[7]所以饰后宫、充下陈、娱心意、说耳目者，必出于秦然后可，则是宛珠之簪，傅玑之珥、阿缟之衣、锦绣之饰不进于前，而随俗雅化，佳冶窈窕赵女不立于侧也。[8]夫击瓮叩缶，弹筝搏髀，而歌呼呜呜快耳目者，真秦之声也。[9]郑卫桑间，《韶》《虞》《武》《象》者，异国之乐也。[10]今弃击瓮叩缶而就郑卫，退弹筝而取《韶》《虞》，若是者何也？快意当前，适观而已矣。今取人则不然。不问可否，不论曲直，非秦者去，为客者逐。然则是所重者在乎色乐珠玉，而所轻者在乎人民也。此非所以跨海内、制诸侯之术也。

臣闻地广者粟多，国大者人众，兵强则士勇。是以泰山不让土壤，故能成其大；河海不择细流，故能就其深；王者不却众庶，故能明其德。是以地无四方，民无异国，四时充美，鬼神降福，此五帝三王之所以无敌也。[11]今乃弃黔首以资敌国，却宾客以业诸侯，使天下之士退而不敢西向，裹足不入秦，此所谓借寇兵而赍盗粮者也。[12]夫物不产于秦，可宝者多；士不产于秦，而愿忠者众。今逐

---

6. 说：通“悦”。

7. 犀象之器，指用犀牛角和象牙制成的器具。駃騠（jué tí）：骏马名。

8. 下陈：殿堂下陈放礼器、站立侯从的地方。充下陈，指将财物、美女充买府库后宫。宛珠之簪：指用宛地（今河南南阳）出产的珍珠做装饰的发簪。玑：不圆的珠子，此泛指珠子。珥：耳饰。阿：地名，指齐国东阿（今山东东阿）。缟（gǎo）：未经染色的绢。随俗雅化：随合时俗而雅致不凡。

9. 搏髀（bì）：拍打大腿，以此掌握音乐的节奏。

10. 郑：指郑国的音乐。卫：指卫国的音乐。桑间：桑间为卫国濮水边上地名，在今河南濮阳，有男女聚会唱歌的风俗。此指桑间的音乐。《韶》：歌颂虞舜的舞乐。《虞》：歌颂商汤的舞乐。《武》：歌颂周武王的舞乐。《象》：歌颂周文王的舞乐。

11. 五帝：指黄帝、颛顼、帝喾、尧、舜。三王：指夏、商、周三代开国君主，即夏禹、商汤、周文王和周武王。

12. 黔首：无爵平民不能服冠，只能以黑巾裹头，故称黔首。此泛指百姓。业：从业，从事，事奉。赍（jī）：送，送给。这句是说把武器粮食供给寇盗。

客以资敌国，损民以益仇，内自虚而外树怨于诸侯，求国无危，不可得也。[13]

【赏析】

秦王政十年（公元前237），秦下“逐客令”：凡从其他诸侯国来秦游历为官者，全部予以罢免驱逐。而下“逐客令”的背景，《史记》中的说法是当时韩国派水工郑国以帮助秦国修水渠之名，实际上是为了消耗秦国的人力物力，来达到“疲秦”的目的。这一计策不久被秦人识破，由此连累了其他从山东六国来秦国为官的人，李斯就是其中之一。

李斯本是楚国人，从荀子求学，学成后入秦，先做吕不韦的舍人，获得吕不韦的赏识，后被推荐到秦王宫廷做郎官，逐渐得到秦王政的信赖。秦国逐客这一年，李斯来秦国大约十年了，但由吕不韦府进入秦王宫廷还不久。对李斯而言，他的人生的上升通道刚刚打开，康庄大道正出现在脚下。可是突然间，仅仅由于他的楚国人的出身，这一切就要成为泡影，他的十年的奋斗就要被归零，他岂能甘心？他必须说服秦王政，收回“逐客令”，于是就有了这篇传之后世的《谏逐客书》。

在这篇上书中，李斯既没有向秦王政恳请哀求，也没有辩解、表忠心，而是非常直接、开门见山地向秦王指出：你错了，这样做的后果会很严重。李斯知道，年轻的秦王政刚毅果决，不能动之以情，但可晓之以理。所以李斯在上书中据理力争，雄辩滔滔，从多个方面全

13. 损民以益仇：损害自己而增益敌国。外树怨于诸侯：指宾客被驱逐出外必投奔其他诸侯，从而构树新怨。

力证明“逐客令”是错的。

首先，用历史事实说话。李斯回顾穆公、孝公、惠王、昭王由于用客而使秦国强盛的历史，指出客对秦国所做出的巨大贡献。从周平王时秦国正式被封为诸侯算起，到秦王政之时，已有五百多年历史，中间不知经历了多少任国君，而李斯选取了其中功绩最显赫的四位：秦穆公大大拓展了秦国在关中的疆域，并一度参与中原争霸，提升了秦国在诸侯国中的地位；秦孝公使秦国富强，彻底扭转了长期以来在与魏国争战中的不利局面；秦惠王时的秦国开始成为被山东六国畏惧的虎狼之国，不断开疆拓土；秦昭王时的秦国已经强大到即便山东各诸侯国联合都难以抗衡的程度；而山东六国则从根本上衰落下去。而李斯把这四位君王能取得如此功业，归因于他们对客的信任和使用：秦穆公任用的有由余、百里奚等；秦孝公用商鞅；秦惠王用张仪；秦昭王用范雎。由此渲染客对秦国的贡献。李斯还做出假设，让秦王认识到，假如这四位国君拒绝用其他诸侯国来的人才，秦国就不会有今天的强大。

其次，在突出强调了客对秦国的贡献之后，李斯又用秦王的生活日用来和用人做对比。李斯用大量排比句，铺陈出秦王喜爱的、来自秦国以外的种种物品，从朝廷仪仗到后宫日用到君王穿戴再到宫廷音乐，秦王并没有因为它们不是秦国所产而有丝毫嫌弃，甚至在和秦国本土物品对比后，弃用秦国之物而代以六国之物。这说明秦王用物的原则是“快意当前，适观而已矣”，并不去区分它们是不是秦国所产。但在用人方面却与此形成了对比，“逐客令”的标准是只看他们是否秦国人，而不论他们是否对秦忠心、是否对秦有用。这样的标准体现的是只重物不重人，这样的政策将会严重影响秦国统一天下的大业。

最后，李斯指出了逐客令一旦施行的后果。李斯用五帝三王做比较，五帝三王之所以能无敌于天下，在于他们接纳所有来投奔他们的人。而逐客将迫使人才去为别的诸侯国效力，这样等于在削弱秦国自己的力量的同时，又增强了其他诸侯国的力量，而那些被赶走的客的心中，一定怀着对秦国的怨恨，将来一定会做出对秦国不利的事情。这样的话，“求国无危，不可得也”——“逐客令”将使秦国陷于极其危险的境地。

这篇文章最能打动秦王政的地方，在于李斯选择了正确的论说策略。李斯开门见山就指出了“逐客令”是错误的，而之所以错误，是因为它和秦国统一天下的大业相悖。全文反复论证的就是这个道理：用客能使秦国强大，乃至统一天下；逐客则与此相悖，甚至会使秦国衰亡。全文很有战国纵横家游说辞的特色，极尽夸张铺陈之能事，气势充沛，而列举的事例都是经过精心选择。最终，李斯实现了他上书的目的：秦王政读了此文后，“乃除逐客之令，复李斯官”。

过秦论（上篇）

贾谊

秦孝公据殽函之固，拥雍州之地，君臣固守，而窥周室；有席卷天下、包举宇内、囊括四海之意，并吞八荒之心。[1]当是时，商君佐之，内立法度，务耕织，修守战之备；外连衡而斗诸侯。[2]于是秦人拱手而取西河之外。[3]

孝公既没，惠文、武、昭襄蒙故业，因遗册，南取汉中，西举巴蜀，东割膏腴之地，收要害之郡。[4]诸侯恐惧，会盟而谋弱秦，不爱珍器重宝肥美之地，以致天下之士，合从缔交，相与为一。[5]当是时，齐有孟尝，赵有平原，楚有春申，魏有信陵。[6]此四君者，皆明知而忠信，宽厚而爱人，尊贤重士，约从离衡，并韩、魏、燕、楚、齐、赵、宋、卫、中山之众。[7]于是六国之士，有宁越、徐尚、苏秦、杜赫之属为之谋，齐明、周最、陈轸、昭滑、楼缓、翟景、

贾谊（公元前200—前168）：西汉洛阳人。政论家、文学家。文章以本篇及《陈政事疏》《论积贮疏》等著名，其《鹏鸟赋》《吊屈原赋》亦为辞赋名篇。

1. 秦孝公：战国时秦国国君，在位时任用商鞅以变法，富国强兵。殽（xiáo）函：秦函谷关，今河南灵宝西南。殽，一作崤。关在西崤山谷中，深险如函，故曰崤函。雍（yōng）州：今陕西省主要部分、甘肃省（除去东南部）、青海省东南部和宁夏回族自治区一带。窥：伺机而取。“席卷”三句，都是并吞天下的意思。

2. 商君：即商鞅，由卫入秦辅佐秦孝公变法，使秦富强。务：致力于。连衡：即连横，西方的秦国与东方诸国分别联合以破其团结，从而达到将各个击破的策略。斗：使诸侯相斗的意思。

3. 拱手：两手相合，形容轻易。西河之外：魏国黄河以西的大片土地。

4. 惠文、武、昭襄：惠文王、武王、昭襄王。蒙故业，因遗册：承接已有的基业，沿袭前代的策略。举：攻取。

5. 弱秦：削弱秦国。爱：吝惜。致：招纳。合从：连合南北六国共同对付秦国的策略。从：同“纵”。采用合纵的策略缔结盟约，互相援助，成为一体。

6. 孟尝君田文、平原君赵胜、春申君黄歇、信陵君魏无忌，都以招纳宾客闻名。四公子时代不同，本文并举以综括八十年间东方人才荟萃之势。

7. 约从离横：相约为合纵，离散秦国的连横策略。离：使离散。并：联合。宁越、徐尚等许多外交、军事等人才替他们谋划。

苏厉、乐毅之徒通其意，吴起、孙膑、带佗、倪良、王廖、田忌、廉颇、赵奢之伦制其兵。[8]常以十倍之地，百万之众，叩关而攻秦。[9]秦人开关延敌，九国之士逡巡遁逃而不敢进。[10]秦无亡矢遗镞之费，而天下诸侯已困矣。[11]于是从散约败，争割地而奉秦。秦有余力而制其弊，追亡逐北，伏尸百万，流血漂橹。[12]因利乘便，宰割天下，分裂山河。强国请服，弱国入朝。

延及孝文王、庄襄王，享国日浅，国家无事。[13]及至始皇，续六世之余烈，振长策而御宇内，吞二周而亡诸侯，履至尊而制六合，执棰拊以鞭笞天下，威震四海。[14]南取百越之地，以为桂林、象郡。[15]百越之君，俯首系颈，委命下吏。[16]乃使蒙恬北筑长城，而守藩篱，却匈奴七百余里。[17]胡人不敢南下而牧马，士不敢弯弓而报怨。[18]

---

8. 之属、之徒、之伦：这些人。苏秦：洛阳人，当时的“合从长”。宁越、徐尚、翟景、倪良、带佗、王廖等人的事迹今天已不详。齐明、周最等人沟通六国间的意见。苏厉：苏秦的弟弟。乐毅：燕将。吴起、孙膑等许多人统率六国的军队。吴起：魏将，后入楚。孙膑：齐将。田忌：齐将。廉颇、赵奢：赵将。

9. 叩关：攻打函谷关。叩：击。

10. 延：迎。逡巡（qūn xún）：有所顾虑而不敢前进。

11. 镞：箭头。

12. 制其弊：控制并利用他们的弱点。亡、北：败兵。漂橹：形容战争中血流成河，使盾牌漂浮起来。

13. 孝文王：昭襄王之子，在位三天即亡。庄襄王：孝文王之子，在位三年。

14. 续六世之余烈：继承六世留下的功业。六世：秦孝公、惠文王、武王、昭襄王、孝文王、庄襄王。振：举起。策：马鞭。御：驾驭。二周：东周最后的周赧王在位时，东西周分治。西周定都于河南东部旧王城，东周定都于巩，史称东西二周。履至尊：登帝位。六合：上下前后左右，指天下。棰拊：棰指鞭子，拊指器物的把、柄。鞭笞：鞭打。

15. 百越：古越族居于江、浙、闽、粤各地，种族繁多，统称百越，也叫百粤。桂林、象郡：今广西壮族自治区一带，均为秦开置的新郡。

16. 系颈：颈上系绳，表示投降。下吏：下级官吏。越人系颈降服，听从下吏支配。

17. 蒙恬：秦将。始皇时领兵三十万北逐匈奴，修筑长城。藩篱：篱笆，此指边疆。却：使退却。

18. 弯弓：拉开弓。不敢报怨，不敢报被驱逐的怨恨。

于是废先王之道，焚百家之言，以愚黔首。[19]隳名城，杀豪杰，收天下之兵聚之咸阳，销锋铸镰，以为金人十二，以弱黔首之民。[20]然后斩华为城，因河为津，据亿丈之城，临不测之谷以为固。[21]良将劲弩，守要害之处；信臣精卒，陈利兵而谁何！[22]天下已定，秦王之心，自以为关中之固，金城千里，子孙帝王万世之业也。[23]

始皇既没，余威震于殊俗。[24]陈涉，瓮牖绳枢之子，氓隶之人，而迁徙之徒也，才能不及中人，非有仲尼、墨翟之贤，陶朱、猗顿之富；蹑足行伍之间，而倔起什佰之中，率罢散之卒，将数百之众，转而攻秦，斩木为兵，揭竿为旗，天下云集响应，赢粮而景从，山东豪俊遂并起而亡秦族矣。[25]

且夫天下非小弱也，雍州之地，崤函之固，自若也。[26]陈涉之位，非尊于齐、楚、燕、赵、宋、卫、中山之君也；锄耰棘矜，非铦于钩戟长铩也；谪戍之众，非抗于九国之师；深谋远虑行军用兵之道，非及向时之士也。[27]然而成败异变，功业相反也。试使山东

19. 黔首：秦朝对百姓的称呼。

20. 隳（huī）：毁坏。兵：兵器。镰：古乐器，像钟。销毁兵器，铸造为钟镰和十二金人。

21. 斩：践。据守华山以为帝都东城。河：黄河。津：渡口。亿丈之城、不测之谷：华山和黄河。

22. 信臣：可靠的大臣。谁何：喝问他是谁，缉查盘问的意思。

23. 关中：函谷关以西的雍州之地。金城：坚固的城池。

24. 既没：死后。殊俗：不同的风俗，指边远之地。

25. 瓮牖（yǒu）绳枢：以破瓮作窗户，以草绳系户枢。氓（méng）：种田之人。隶：贱者。迁徙之徒：被征发到边地戍守之人，陈涉等被征发戍守渔阳。中人：平常人。仲尼：孔子。墨翟：墨子。陶朱：越国的范蠡（lǐ），他帮助越王勾践灭吴后，在陶（今山东定陶西北）经商致富。猗（yī）顿：鲁人，以经营盐业致富。蹑足：用脚踏地，此指置身于。行伍：军队。倔起：起义。什佰：军中小头目。罢：通“疲”。兵：兵器。揭：举。云集响应：像云集合，形容多；像回声应和，形容快。赢：担负。景：同“影”。此句是说人们担着粮食如影随形地跟从陈涉。山东：崤山以东的东方诸国。

26. 小弱：变小变弱。

27. 锄耰（yōu）：古时农具，似耙而无齿。棘矜（qín）：用酸枣木做的棍子，此指起义队伍的武器。铦（xiān）：锋利。钩：短兵器，似剑而曲。戟：以戈和矛合成一体的长柄兵器。铩（shā）：长矛。谪戍：被征发戍守边地之兵。抗：同“亢”，高。向时：先前。

之国与陈涉度长絜大，比权量力，则不可同年而语矣。[28]然秦以区区之地，千乘之权，招八州而朝同列，百有余年矣。[29]然后以六合为家，殽函为宫。一夫作难而七庙隳，身死人手，为天下笑者，何也？[30]仁义不施，而攻守之势异也。

【赏析】

作为西部边鄙之地的秦国，经七世凡百四十年而得天下，然十五年而亡天下，何兴之久而亡之暴也？这是继秦而立的西汉之初，始终萦绕在人们心头的大问题。

贾谊《过秦论》三篇以雄骏宏肆、铺张扬厉的气势总结了秦朝速亡的原因。本文是三篇之首，尤其气势充沛、纵横捭阖。开篇以叙代议，梳理了秦孝公至秦始皇的霸业史。分三个阶段：孝公时期、秦惠文王至秦昭襄王时期、始皇时期。

首先强调秦国的地理优势，又用两组对偶“席卷天下，包举宇内，囊括四海之意，并吞八荒之心”表现秦并吞天下的野心。加上商鞅变法，内政外交兼修。三管齐下，地利人和，于是轻取魏国河西之地。

惠文王、昭襄王时期，秦人四面出击，频频得手。与此同时，六国也英才荟萃。贾谊用盛大的铺排展示了诸侯国中群星闪耀的宗亲公子、文臣武将，读来咄咄逼人，锐不可当。面对秦的压力，关东诸国的犹疑惊惧，反衬出秦国强大的战斗力、饱满的自信心和对天下的控

---

28. 度（duó）长絜（xié）大：比较长短，衡量大小。絜：衡量。

29. 区区：小。千乘：可出兵千辆战车的国家。权：势力。八州：古时天下分九州，秦居雍州，六国分别居于其他八州。朝：使入朝。同列：指六国诸侯。

30. 一夫作难：陈涉起义。七庙隳：宗庙毁灭，指国家灭亡。七庙：天子的宗庙。《礼记·王制》：“天子七庙。”

制力。挥手之间，伏尸百万，流血漂橹。秦与九国的穿插描述如蒙太奇，秦的从容、九国的败落在并行对比中清晰呈现。

到了秦王政也就是后来统一天下的秦始皇时期，更以摧枯拉朽之势灭东周而亡六国，“振长策而御宇内，吞二周而亡诸侯，履至尊而制六合，执棰拊以鞭笞天下。”“废先王之道，焚百家之言，以愚黔首。隳名城，杀豪杰，收天下之兵，聚之咸阳。”句式对偶，铺张扬厉。

始皇既没，文章以短篇幅概述陈涉起义，并不断强调义军之弱：不及中人、非有德才、士卒疲敝、武器粗劣。但天下竟纷纷响应，关东豪杰并起，秦帝国在很短的时间内便土崩瓦解。

全文铺叙至此，开始收束。秦国地险兵强，称霸百年而有天下，结果却经不得不期然的揭竿而起，何也？蓄势至此，如满弓聚力，唯欠一发。此时，“仁义不施而攻守之势异也”，一句点破全文，格外警策。攻天下以强力，守天下以仁义，打天下与守天下截然不同。

秦朝速亡令人哀叹，贾谊之作《过秦论》，是希望汉文帝以此为鉴，在权贵豪门侵吞百姓土地、刑罚酷虐、百姓流离的情况下宽缓利民，博施仁政，以期社稷长安。然而攻守相异、取守不同的何止是天下呢？

报任安书

司马迁

太史公牛马走司马迁再拜言。[1]少卿足下：曩者辱赐书，教以顺于接物、推贤进士为务。[2]意气勤勤恳恳，若望仆不相师，而用流俗人之言，仆非敢如此也。[3]仆虽罢驽，亦尝侧闻长者遗风矣。[4]顾自以为身残处秽，动而见尤，欲益反损，是以独郁悒而与谁语。[5]谚曰："谁为为之？孰令听之？"盖钟子期死，伯牙终身不复鼓琴，何则？士为知己者用，女为说己者容。[6]若仆，大质已亏缺，虽才怀随、和，行若由、夷，终不可以为荣，适足以见笑而自点耳。[7]书辞宜答，会东从上来，又迫贱事，相见日浅，卒卒无须臾之闲得竭指意。[8]今少卿抱不测之罪，涉旬月，迫季冬；仆又薄从上雍，恐卒然不可为讳，是仆终已不得舒愤懑以晓左右，则长逝者魂魄私恨无穷。[9]请略陈固陋，阙然久不报，幸勿为过。

仆闻之："修身者，智之符也；爱施者，仁之端也；取与者，义之表也；耻辱者，勇之决也；立名者，行之极也。"[10]士有此五

司马迁（约公元前145或前135—前90）：字子长。西汉史学家、文学家，撰著《太史公书》，后世称《史记》，是我国第一部纪传体通史。

1. 太史公：即太史令，司马迁自称。牛马走：谦辞，意为像牛马一样以供奔走。
2. 曩：从前。接物：待人接物。
3. 望：怨。
4. 罢驽：比喻才能低下。罢，通"疲"。驽：劣马。
5. 身残处秽：指因受宫刑而身体残缺，处于受侮辱的地位。见尤：被指责。
6. 说：同"悦"。
7. 大质：指身体。随、和：随侯之珠和和氏之璧。由、夷：许由和伯夷，在古代两人被公认是品德高尚的人。点：玷污。
8. 会东从上来：指太始四年（公元前93）三月汉武帝东巡泰山，四月又到海边的不其山，五月间返回长安，司马迁从驾而行。卒卒：同"猝猝"，匆匆忙忙的样子。
9. 季冬：冬季的第三个月，即十二月。汉律每年秋冬季处决囚犯。薄：同"迫"。雍：地名，设有祭祀五帝的神坛五畤。汉武帝到雍祭祀，司马迁随行。卒然：猝然，突然。不可为讳：死的委婉说法，指任安就要被行刑。
10. 符：符信，凭据。

者，然后可以托于世而列于君子之林矣。故祸莫憯于欲利，悲莫痛于伤心，行莫丑于辱先，诟莫大于宫刑。刑余之人，无所比数，非一世也，所从来远矣。昔卫灵公与雍渠同载，孔子适陈；[11]商鞅因景监见，赵良寒心；同子参乘，爰丝变色：自古而耻之。[12]夫以中材之人，事关于宦竖，莫不伤气，而况于慷慨之士乎？如今朝虽乏人，奈何令刀锯之余，荐天下豪俊哉！仆赖先人绪业，得待罪辇毂下，二十余年矣。[13]所以自唯：上之不能纳忠效信，有奇策才力之誉，自结明主；次之又不能拾遗补阙，招贤进能，显岩穴之士；外之又不能备行伍，攻城野战，有斩将搴旗之功；下之不能积日累劳，取尊官厚禄，以为宗族交游光宠。[14]四者无一遂，苟合取容，无所短长之效，可见于此矣。向者，仆亦尝厕下大夫之列，陪外廷末议，不以此时引维纲，尽思虑；今已亏形为扫除之隶，在阘茸之中，乃欲仰首伸眉，论列是非，不亦轻朝廷、羞当世之士耶！[15]嗟乎！嗟乎！如仆尚何言哉！尚何言哉！

且事本末未易明也。仆少负不羁之行，长无乡曲之誉，主上幸以先人之故，使得奏薄伎，出入周卫之中。[16]仆以为戴盆何以望天，故绝宾客之知，忘室家之业，日夜思竭其不肖之才力，务一心营职，以求亲媚于主上。而事乃有大谬不然者。夫仆与李陵，俱居门下，素非能相善也。趣舍异路，未尝衔杯酒，接殷勤之余

---

11. 卫灵公：春秋时卫国国君。雍渠：卫灵公宠爱的宦官。

12. 景监：秦孝公宠信的宦官，曾向秦孝公推荐商鞅。赵良：秦国贤士。同子：指汉文帝的宦官赵谈，因为与司马迁的父亲司马谈同名，避讳而称“同子”。参乘：这里指赵谈与汉文帝同车陪乘。爰丝：即袁丝，亦即袁盎，汉文帝时大臣，有名于时。

13. 绪业：遗业。待罪辇毂下：谦辞，指在皇帝身边做官。辇毂：皇帝的车驾。

14. 唯：思考。拾遗补阙：为皇帝补救过失。搴：拔取。

15. 厕：参加。下大夫：太史令官位较低，属下大夫。外廷：即外朝。汉武帝以侍中、常侍、给事中等近臣组成内朝，参与国家大事决策；丞相为首的外朝为执行一般政务的机关。维纲：国家的法令。阘茸：卑贱，低劣。

16. 乡曲：乡里。汉代有乡曲之誉者，可被举荐授官。周卫：周密的护卫，即宫禁。

欢。[17]然仆观其为人：自守奇士，事亲孝，与士信，临财廉，取与义，分别有让，恭俭下人；常思奋不顾身，以徇国家之急。[18]其素所蓄积也，仆以为有国士之风。夫人臣出万死不顾一生之计，赴公家之难，斯已奇矣。今举事一不当，而全躯保妻子之臣，随而媒孽其短，仆诚私心痛之！[19]且李陵提步卒不满五千，深践戎马之地，足历王庭，垂饵虎口，横挑强胡，仰亿万之师，与单于连战十有余日，所杀过当，虏救死扶伤不给。[20]旃裘之君长咸震怖，乃悉征其左右贤王，举引弓之民，一国共攻而围之。转斗千里，矢尽道穷，救兵不至，士卒死伤如积；然陵一呼劳军，士无不起，躬自流涕，沫血饮泣，更张空弮，冒白刃，北向争死敌者。[21]陵未没时，使有来报，汉公卿王侯皆奉觞上寿。[22]后数日，陵败书闻，主上为之食不甘味，听朝不怡；大臣忧惧，不知所出。仆窃不自料其卑贱，见主上惨怆怛悼，诚欲效其款款之愚。以为李陵素与士大夫绝甘分少，能得人死力，虽古之名将，不能过也。[23]身虽陷败，彼观其意，且欲得其当而报于汉；事已无可奈何，其所摧败，功亦足以暴于天下矣。仆怀欲陈之而未有路，适会召问，即以此指，推言陵之功，欲以广主上之意，塞睚眦之辞；未能尽明，明主不深晓，以为仆沮贰师，而为李陵游说，遂下于理。[24]拳拳之忠，终不能自列，因为诬上，卒从吏议。家贫，货赂不足以自赎；交游莫救，左右亲近不为一言。

---

17. 趣：同“趋”。
18. 下人：对人谦卑。
19. 媒孽：本意指酿酒的酵母。这里用作动词，夸大的意思。
20. 王庭：匈奴单于的居处。过当：超过相抵之数。
21. 左右贤王：左贤王和右贤王，除单于外匈奴封号最高的贵族。张空弮：箭矢用尽，只拿着弓。弮：弩弓。
22. 上寿：这里指祝捷。
23. 绝甘：舍弃甘美的食品。分少：即使所得甚少也分给众人。
24. 睚眦：怒目相视。这里指怨恨。贰师：贰师将军李广利，汉武帝宠妃李夫人之兄。司马迁为李陵辩解，武帝以为他有意诋毁李广利。理：司法机关。

身非木石，独与法吏为伍，深幽囹圄之中，谁可告愬者！[25]此真少卿所亲见，仆行事岂不然乎？李陵既生降，隤其家声；而仆又佴之蚕室，重为天下观笑。[26]悲夫悲夫！事未易一二为俗人言也。

仆之先，非有剖符丹书之功，文史星历，近乎卜祝之间，固主上所戏弄，倡优所畜，流俗之所轻也。[27]假令仆伏法受诛，若九牛亡一毛，与蝼蚁何以异？而世又不与能死节者比，特以为智穷罪极，不能自免，卒就死耳。何也？素所自树立使然也。人固有一死，或重于泰山，或轻于鸿毛，用之所趋异也。太上不辱先，其次不辱身，其次不辱理色，其次不辱辞令，其次屈体受辱，其次易服受辱，其次关木索、被棰楚受辱，其次剔毛发、婴金铁受辱，其次毁肌肤、断肢体受辱，最下腐刑极矣！[28]传曰："刑不上大夫。"[29]此言士节不可不勉励也。猛虎在深山，百兽震恐；及在槛阱之中，摇尾而求食：积威约之渐也。[30]故士有画地为牢，势不可入；削木为吏，议不可对：定计于鲜也。[31]今交手足，受木索，暴肌肤，受榜箠，幽于圜墙之中。当此之时，见狱吏则头枪地，视徒隶则心惕息，何者？[32]积威约之势也。及以至是，言不辱者，所谓强颜耳，曷足贵乎！且西伯，伯也，拘于羑里；李斯，相也，具于五刑；淮阴，王也，受械于陈；彭越、张敖，南面称孤，系狱抵罪；绛侯诛

---

25. 囹圄：监狱。
26. 隤：败坏。佴之蚕室：初受腐刑的人怕风，须住蚕室。佴：相次，相随。蚕室：温暖密封的房子，像养蚕的房子。
27. 剖符：把竹做的契约一剖为二，皇帝与大臣各执一块，上面写着同样的誓词，说永远不改变立功大臣的爵位。丹书：把誓词用丹砂写在铁制的契券上。凡持有剖符、丹书的大臣，其子孙犯罪可获赦免。文史星历：史籍和天文历法，都属太史令掌管。
28. 理色：道理，脸色。易服：换上罪犯的服装。木索：木枷和绳索。剃毛发：把头发剃光，即髡刑。婴金铁：颈上戴着铁链服苦役，即钳刑。婴，环绕。
29. 传：指《礼记》。此句出自《礼记·曲礼上》："礼不下庶人，刑不上大夫。"
30. 槛：关兽的笼子。阱：捕兽的陷坑。
31. 定计：事先打算。鲜：态度鲜明。即自杀，以示不受辱。
32. 枪地：即抢地，头触地。惕息：胆战心惊。

诸吕，权倾五伯，囚于请室；魏其，大将也，衣赭衣，关三木；季布为朱家钳奴；灌夫受辱于居室。[33]此人皆身至王侯将相，声闻邻国，及罪至罔加，不能引决自裁，在尘埃之中，古今一体，安在其不辱也！[34]由此言之：勇怯，势也；强弱，形也。审矣，何足怪乎？且人不能早自裁绳墨之外，以稍陵迟，至于鞭箠之间，乃欲引节，斯不亦远乎！[35]古人所以重施刑于大夫者，殆为此也。

夫人情莫不贪生恶死，念父母，顾妻子；至激于义理者不然，乃有不得已也。今仆不幸，早失父母，无兄弟之亲，独身孤立，少卿视仆于妻子何如哉？且勇者不必死节，怯夫慕义，何处不勉焉。仆虽怯懦欲苟活，亦颇识去就之分矣，何至自沉溺缧绁之辱哉！[36]且夫臧获婢妾，犹能引决，况若仆之不得已乎？[37]所以隐忍苟活，幽于粪土之中而不辞者，恨私心有所不尽，鄙陋没世而文采不表于后也。

古者富贵而名摩灭，不可胜记，唯倜傥非常之人称焉。[38]盖西伯拘而演《周易》；仲尼厄而作《春秋》；屈原放逐，乃赋《离骚》；左丘失明，厥有《国语》；孙子膑脚，《兵法》修列；不韦

---

33. 西伯：即周文王。伯：诸侯之长。羑里：在今河南汤阴，据说周文王曾被殷纣王囚禁于此。五刑：秦汉时五种刑罚，包括墨刑（脸上刺字）、劓刑（割鼻）、膑刑或断趾、宫刑、大辟（死刑）。淮阴：指淮阴侯韩信。曾被封为楚王，后刘邦疑其谋反，在陈逮捕了他。彭越：帮助刘邦打败项羽的重要功臣之一，封梁王。张敖：刘邦功臣张耳的儿子，袭父爵为赵王。两人都曾因被告谋反，下狱定罪。绛侯：汉初功臣周勃，封绛侯。惠帝和吕后死后，吕后家族中吕产、吕禄等人谋夺汉室，周勃和陈平一起定计诛诸吕，迎立汉文帝，任右丞相。后被人诬告，一度下狱。五伯：即“五霸”。请室：请罪之室，即囚禁有罪官吏的牢狱。魏其：即窦婴，汉景帝时被封为魏其侯。武帝时，被人诬告，下狱判处死罪。赭衣：囚衣。三木：头枷、手铐、脚镣。季布为朱家钳奴：季布是项羽的大将，曾多次率兵围困刘邦。项羽死后，刘邦出重金缉捕季布。季布改名换姓，受髡刑和钳刑，卖身给鲁人朱家为奴。灌夫受辱于居室：灌夫在汉景帝时为中郎将，武帝时官太仆。因得罪丞相田蚡，被囚于居室，后受诛。居室，少府所属的官署，为拘禁犯人的处所。

34. 罔：即“网”，法网。

35. 陵迟：同“陵夷”，衰落。引节：守节自杀。

36. 缧绁：捆绑犯人的绳子，引申为捆绑、牢狱。

37. 臧获：奴婢。

38. 倜傥：豪迈不受拘束。

迁蜀，世传《吕览》；韩非囚秦，《说难》《孤愤》；《诗》三百篇，大抵圣贤发愤之所为作也。[39]此人皆意有所郁结，不得通其道，故述往事、思来者。乃如左丘无目，孙子断足，终不可用，退论书策以舒其愤，思垂空文以自见。

仆窃不逊，近自托于无能之辞，网罗天下放失旧闻，略考其行事，综其终始，稽其成败兴坏之纪。上计轩辕，下至于兹，为十表，本纪十二，书八章，世家三十，列传七十，凡百三十篇。亦欲以究天人之际，通古今之变，成一家之言。[40]草创未就，会遭此祸，惜其不成，是以就极刑而无愠色。仆诚以著此书，藏之名山，传之其人，通邑大都，则仆偿前辱之责，虽万被戮，岂有悔哉！然此可为智者道，难为俗人言也。

且负下未易居，下流多谤议。仆以口语遇遭此祸，重为乡党所笑，以污辱先人，亦何面目复上父母之丘墓乎？虽累百世，垢弥甚耳！是以肠一日而九回，居则忽忽若有所亡，出则不知其所往，每念斯耻，汗未尝不发背沾衣也。身直为闺阁之臣，宁得自引深藏于岩穴耶？[41]故且从俗浮沉，与时俯仰，通其狂惑。今少卿乃教以推贤进士，无乃与仆私心剌谬乎？今虽欲自雕琢，曼辞以自饰，无益，于俗不信，只适足取辱耳！[42]要之，死日然后是非乃定。书不能悉意，略陈固陋。谨再拜。

---

39. 左丘失明，厥有《国语》：左丘明是春秋时鲁国史官，有一种说法认为《国语》是他撰著。孙子膑脚，《兵法》修列：战国时军事家孙膑，被庞涓处以膑刑（割去膝盖骨）。后撰有《孙膑兵法》。不韦迁蜀，世传《吕览》：吕不韦曾在秦为相国，后因罪被免职，被令举家迁蜀，吕不韦自杀。吕不韦曾命门客编撰《吕氏春秋》一书，又名《吕览》。韩非囚秦，《说难》《孤愤》：韩非是战国后期韩国公子，曾从荀卿学，入秦后被李斯所谗，下狱死。著有《韩非子》，《说难》《孤愤》是其中两篇。

40. 究天人之际：探究天地自然与人类社会的关系。

41. 直：同“值”，当值。闺阁之臣：指宫廷内的臣仆。

42. 曼辞：美饰之辞。

【赏析】

《汉书·司马迁传》记司马迁生平，至引录《报任安书》后便戛然而止。这封信可以视为司马迁的绝笔。任安是司马迁的朋友，曾任益州刺史，是俸禄二千石的高官。不过当司马迁给他写这封回信时，他正在狱中，已被判处死刑。任安以前曾写信给司马迁，信中希望司马迁能“推贤进士”。据《汉书》记载，汉武帝对司马迁虽处以宫刑，但仍重视他的才能，任命他为中书谒者令，这是宫廷中的机要职务，司马迁得以随侍汉武帝左右。任安向司马迁提出这一希望，便与司马迁此时的地位有关。司马迁收到信后，很长一段时间都没有回复。一方面如司马迁所说，因为事务繁忙；另一方面，恐怕也因为任安的来信属于泛泛之论，并非必须回复不可。而就在任安被判处死刑且刑期临近的时候，司马迁却想起了给老朋友回信。

在这封长达两千多字的信中，司马迁似乎认为老朋友即将被执行死刑这件事情不值一谈，没有任何安慰、同情之语。信的一开始看上去是对任安提出希望自己“推贤进士”的答复，反复地向任安表示：我没有资格推贤进士。而原因就在于他遭受过宫刑，受过宫刑的人“无所比数”“自古而耻之”，是这个世界上最卑贱最被鄙视的人。尽管司马迁口口声声说自己“身残处秽”，说自己居官一无是处，但显然这并不是他内心的真实想法。从紧接着的“嗟乎！嗟乎”“尚何言哉！尚何言哉”的连连长叹中，我们能感受到此时他内心的无比悲愤。

假如司马迁真的认为自己已堕入世界上最卑贱者之列，真的认为自己“尚何言哉”，那么这封信写到这里也就可以结束了，因为他已经解释了不能“推贤进士”的原因。但实际上这封信才刚刚开始。接下来司马迁开始述说自己是如何陷入目前这种处境的，也就是他为李陵辩护而得罪的始末。任安既是朝廷高官，又是司马迁老友，对于这件事情当然是清楚的。而司马迁依然在信中详述，只有一个原因可以解释：司马迁并非说给任安听的，而是说给后人听的。从司马迁的叙述中，我们可以得知：第一，司马迁从入仕起就感恩于汉武帝的识拔，对汉武帝一心尽忠；第二，李陵虽兵败投降，但功大罪小，其人可敬，其行可恕；第三，司马迁为李陵的辩护，没有任何私心与私情，更多的是想宽慰汉武帝。

然而，汉武帝却将李陵全家诛杀，将司马迁判了死刑。按照汉朝法律，被判处死刑的人，有两个途径可以免死。其一是缴纳赎金，其二是代之以宫刑。司马迁付不出足够的赎金，只能接受宫刑来换得一条生路。宫刑所带来的耻辱，司马迁内心十分清楚。他知道，身为士大夫的一员，任何损伤身体的刑罚都是不可接受的，因为这会使士大夫失去尊严，而失去尊严是比死亡还严重的事情。宫刑，又是所有刑罚中对人的侮辱最严重的一种。那么，司马迁为什么还会选择宫刑呢？

司马迁在这里谈到了他对生命价值的看法和对死亡的态度。他认为，一个人如果在这个世界上没有任何建树就默默无闻地死去，那么他的生命就像一只蝼蚁一般没有任何价值。对于司马迁而言，现在还不能死去。他选择了隐忍苟活，目的就是为了发愤著书，完成《史记》的著述。有一系列前贤给他做榜样，周文王、孔子、屈原、左丘明等等，这些人生前都曾遭受厄运，但都有文化建树存留后世。这些前贤给了司马迁精神上的鼓励，他希望自己也能通过文化上的建树来达到不朽。为了完成《史记》，他愿意付出任何代价，“是以就极刑而无愠色”。在某种意义上，司马迁肉体的生命自受刑之后可谓苟延残喘，而他的全部生命力则已然转入他精神的生命之中。

司马迁付出了比死亡惨重万倍的代价。虽然他并不后悔他的选择，但《史记》的完成并不能抵消他所遭受的奇耻大辱，也丝毫不能减轻他日日夜夜所感受到的精神上的痛苦，就如他在文章最后所说的：“虽累百世，垢弥甚耳！是以肠一日而九回，居则忽忽若有所亡，出则不知其所往。每念斯耻，汗未尝不发背沾衣也。”

司马迁如此曝露心声，怕远非仅是说给任安这位老友听的，更是留给后世的遗言。

答苏武书

李陵

子卿足下：勤宣令德，策名清时，荣问休畅，幸甚幸甚。[1]远托异国，昔人所悲，望风怀想，能不依依！昔者不遗，远辱还答，慰诲勤勤，有逾骨肉。陵虽不敏，能不慨然！[2]

自从初降，以至今日，身之穷困，独坐愁苦。终日无睹，但见异类。[3]韦鞲毳幕，以御风雨；膻肉酪浆，以充饥渴。[4]举目言笑，谁与为欢？胡地玄冰，边土惨裂，但闻悲风萧条之声。[5]凉秋九月，塞外草衰，夜不能寐，侧耳远听，胡笳互动，牧马悲鸣，吟啸成群，边声四起。[6]晨坐听之，不觉泪下。嗟乎子卿，陵独何心，能不悲哉！

与子别后，益复无聊，上念老母，临年被戮；妻子无辜，并为鲸鲵。[7]身负国恩，为世所悲。子归受荣，我留受辱，命也何如！身出礼义之乡，而入无知之俗；违弃君亲之恩，长为蛮夷之域。伤已！令先君之嗣，更成戎狄之族，又自悲矣！功大罪小，不蒙明察，孤负陵心区区之意。[8]每一念至，忽然忘生。陵不难刺心以自明，刎颈以见志，顾国家于我已矣，杀身无益，适足增羞，故每攘

李陵（？—公元前74）：字少卿。陇西成纪（今甘肃天水秦安）人。汉武帝时将军，名将李广之孙，深入大漠与匈奴作战，后战败投降。

1. 子卿：苏武字。足下：古代用以称上级或同辈的敬辞。令德：美德。令，美好的。策名：臣子的姓名书写在国君的简策上。这里指做官。清时：政治清明的时世。荣问：好名声。问通“闻”。休畅：吉祥顺利。休：美。畅：通。

2. 辱：承蒙，书信中常用的谦辞。

3. 异类：古代对少数民族的贬称，此处指匈奴。

4. 韦鞲（gōu）：皮革制的长袖套，用以束衣袖，以便射箭或其他操作。毳（cuì）幕：毛毡制成的帐篷。

5. 玄冰：厚冰。形容冰结得厚实，极言天气寒冷。

6. 胡笳：古代我国北方民族的管乐，其音悲凉。

7. 临年：达到一定的年龄。此处指已至暮年。鲸鲵：鲸鱼雄的称“鲸”，雌的称“鲵”。此处借指被牵连诛戮的人。

8. 孤负：亏负。后世多写作“辜负”。

臂忍辱，辄复苟活。[9]左右之人，见陵如此，以为不入耳之欢，来相劝勉。异方之乐，只令人悲，增忉怛耳。[10]

嗟乎子卿，人之相知，贵相知心，前书仓卒，未尽所怀，故复略而言之。昔先帝授陵步卒五千，出征绝域，五将失道，陵独遇战。而裹万里之粮，帅徒步之师，出天汉之外，入强胡之域。以五千之众，对十万之军，策疲乏之兵，当新羁之马。然犹斩将搴旗，追奔逐北，灭迹扫尘，斩其枭帅。[11]使三军之士视死如归。陵也不才，希当大任，意谓此时，功难堪矣。[12]匈奴既败，举国兴师，更练精兵，强逾十万。[13]单于临阵，亲自合围。客主之形，既不相如；步马之势，又甚悬绝。疲兵再战，一以当千，然犹扶乘创痛，决命争首。[14]死伤积野，余不满百，而皆扶病，不任干戈，然陵振臂一呼，创病皆起，举刃指虏，胡马奔走；兵尽矢穷，人无尺铁，犹复徒首奋呼，争为先登。[15]当此时也，天地为陵震怒，战士为陵饮血。[16]单于谓陵不可复得，便欲引还，而贼臣教之，遂使复战。[17]故陵不免耳。

昔高皇帝以三十万众，困于平城，当此之时，猛将如云，谋臣如雨，然犹七日不食，仅乃得免。[18]况当陵者，岂易为力哉？[19]而执事者云云，苟怨陵以不死。[20]然陵不死，罪也；子卿视陵，岂偷生之

9. 攘臂：捋起袖口，露出手臂，是准备劳作或搏斗的动作。
10. 忉怛（dāo dá）：悲痛。
11. 搴（qiān）：拔取。灭迹扫尘：喻肃清残敌。枭帅：骁勇的将帅。
12. 希：少，与“稀”通。难堪：难以相比。
13. 练：同“拣”，挑选。
14. 扶：支持，支撑。乘：凌驾，此处有不顾的意思。决命争首：效命争先。
15. 徒首：光着头，意指不穿防护的甲衣。
16. 饮血：指饮泣。形容极度悲愤。
17. 引还：退兵返回。引，后退。贼臣：指叛投匈奴的军侯管敢。
18. 高皇帝：即汉高祖刘邦。
19. 当：如，像。
20. 执事者：掌权者。苟：但，只。

士而惜死之人哉？宁有背君亲，捐妻子，而反为利者乎？[21]然陵不死，有所为也，故欲如前书之言，报恩于国主耳。诚以虚死不如立节，灭名不如报德也。[22]昔范蠡不殉会稽之耻，曹沫不死三败之辱，卒复勾践之仇，报鲁国之羞，区区之心，窃慕此耳。[23]何图志未立而怨已成，计未从而骨肉受刑，此陵所以仰天椎心而泣血也。[24]

足下又云：汉与功臣不薄。子为汉臣，安得不云尔乎？昔萧、樊囚絷，韩、彭菹醢，晁错受戮，周、魏见辜。[25]其余佐命立功之士，贾谊亚夫之徒，皆信命世之才，抱将相之具，而受小人之谗，并受祸败之辱，卒使怀才受谤，能不得展。[26]彼二子之遐举，谁不为之痛心哉！[27]陵先将军，功略盖天地，义勇冠三军，徒失贵臣之意，刭身绝域之表。[28]此功臣义士所以负戟而长叹者也！何谓不薄哉？

且足下昔以单车之使，适万乘之虏。遭时不遇，至于伏剑不

---

21. 捐妻子：舍弃妻子和儿女。

22. 虚死：指无谓而死。灭名：使名声泯灭。

23. 昔范蠡不殉会稽之耻：指越王勾践兵败，向吴王夫差求和，范蠡作为人质前往吴国，并未因求和之耻自杀殉国。曹沫不死三败之辱：曹沫为春秋时鲁国人，曾与齐国作战，三战三败，并不因屡次受辱而自杀身死。当齐桓公与鲁庄公会盟于柯，曹沫以匕首劫持桓公，迫使他全部归还战争中侵占的鲁国土地。

24. 椎心、泣血：形容极度悲伤。椎，用椎打击。泣血，悲痛无声地哭。

25. 萧：萧何，辅助刘邦建汉，封酂侯，曾因请求开放上林苑（专供皇族畋猎的场所）而遭囚禁。樊：樊哙，从刘邦起兵，封舞阳侯，曾因被人诬告与吕后家族结党而被囚拘。韩：韩信，助刘邦击败项羽，先封齐王，又迁楚王，后贬为淮阴侯，终被吕后斩首。彭：彭越，秦末聚众起兵，后归刘邦，封梁王。后被处死，并夷三族。菹醢（zū hǎi）：剁成肉酱，为古代残酷的死刑。晁错：汉景帝时任御史大夫，建议削各诸侯国封地。后吴楚等七国诸侯反，有人认为是削地所致，晁错因而被杀。周：周勃，从刘邦起事，拜绛侯，吕氏死，周勃与陈平共诛诸吕，立汉文帝，曾被诬告欲造反而下狱。魏：窦婴，汉景帝时，平定吴楚七国之乱有功，封魏其侯，汉武帝时被诛。见：受。辜：罪。

26. 贾谊：汉文帝时召为博士，颇受器重，后被权贵排斥出朝廷，郁郁而死。亚夫：即周亚夫，封条侯，以军令严整闻名，汉景帝时率军平定七国叛乱，后被诬谋反，绝食而死。

27. 二子：指贾谊、周亚夫。遐举：原指远行，此处兼指功业。

28. 陵先将军：指李广。贵臣：指卫青。卫青为大将军伐匈奴，李广为前将军，被遣出东道，因东道远而难行，迷惑失路，被卫青追逼问罪，愤而自杀。

顾，流离辛苦，几死朔北之野。[29]丁年奉使，皓首而归。[30]老母终堂，生妻去帷。[31]此天下所希闻，古今所未有也。蛮貊之人，尚犹嘉子之节，况为天下之主乎？[32]陵谓足下当享茅土之荐，受千乘之赏。[33]闻子之归，赐不过二百万，位不过典属国，无尺土之封加子之勤。[34]而妨功害能之臣尽为万户侯，亲戚贪佞之类悉为廊庙宰。[35]子尚如此，陵复何望哉？且汉厚诛陵以不死，薄赏子以守节，欲使远听之臣望风驰命，此实难矣，所以每顾而不悔者也。陵虽孤恩，汉亦负德。[36]昔人有言："虽忠不烈，视死如归。"陵诚能安，而主岂复能眷眷乎？[37]男儿生以不成名，死则葬蛮夷中，谁复能屈身稽颡，还向北阙，使刀笔之吏弄其文墨邪？[38]愿足下勿复望陵！

嗟乎子卿，夫复何言！相去万里，人绝路殊。生为别世之人，死为异域之鬼。长与足下生死辞矣！幸谢故人，勉事圣君。[39]足下胤子无恙，勿以为念。[40]努力自爱，时因北风，复惠德音。李陵顿首。[41]

---

29. 伏剑：以剑自杀。此指苏武在被逼降时，引佩刀自刺的事。朔北：北方。这里指匈奴地域。
30. 丁年：成丁的年龄，即成年。这里强调苏武出使时正值壮年。
31. 终堂：死在家里。去帷：改嫁。去：离开。
32. 蛮貊（mò）：泛指少数民族。这里指匈奴。
33. 茅土之荐：指赐土地、封诸侯。古代帝王社祭之坛共有五色土，分封诸侯则按封地方向取坛上一色土，以茅包之，称茅土，给所封诸侯在国内立社坛。千乘之赏：也指封诸侯之位。
34. 典属国：官名，九卿之一，掌管民族交往事务。
35. 廊庙：殿四周的廊和太庙，是帝王与大臣议论政事的地方，因此称朝廷为廊庙。"廊庙宰"，即指朝廷中掌权的人。
36. 孤恩：辜负恩情。
37. 安：安于死，即视死如归之意。
38. 稽颡（sǎng）：叩首，以额触地。颡：额。北阙：原指宫殿北面的门楼，后借指帝王宫禁或朝廷。刀笔之吏：主办文案的官吏。
39. 幸：希望。谢：问候。故人：老朋友。
40. 胤子：儿子。苏武曾娶匈奴女为妻，生子名叫苏通国，苏武回国时他仍留在匈奴，汉宣帝时才回到汉朝。
41. 顿首：叩头，书信结尾常用作谦辞。

【赏析】

李陵出生于一个悲情的将门世家。他的祖父是被时人誉为“李广才气，天下无双”，被匈奴人敬畏地称作“汉飞将军”的名将李广。但李广一生无缘封侯，最后一次征战中因迷路误期，不愿面对刀笔吏的责问而自杀。李陵的父亲早死，李陵是遗腹子。李陵成人时，家门衰落，李陵肩上承担着重振家族声望的重任。天汉二年，李陵自告奋勇，率步卒五千，深入匈奴之地，遇到单于主力。单于召集数十倍于李陵的骑兵，付出死伤上万的代价，最终击破李陵的军队，李陵投降。李陵和苏武是朋友，他投降的前一年，苏武出使匈奴被扣留。李陵投降后，曾多次去看望苏武。后苏武回到汉朝，写信劝李陵归汉，李陵写了此信作答。在信中，李陵详细地描述了自己的作战经过、失败投降的心路历程以及不能归汉的原因。

史书记载，单于对李陵十分器重，封他为右校王，还将女儿嫁给他。但从信中来看，李陵却并不以此感到快乐。相反，他的内心充满了悲苦。他写自己在匈奴的生活，饮食习俗、气候环境都与汉地迥然相异，夜不能寐，晨起落泪。一方面他从内心抵触匈奴的文化和风俗，他看到的是“异类”，听到的是“异方之乐”，“蛮夷”和“戎狄”的一切都只会加重他内心的悲伤。但另一方面，他又无法回到汉朝，汉武帝由于他的投降而杀了他的全家，“上念老母，临年被戮；妻子无辜，并为鲸鲵”，他与汉朝已恩断义绝。全家被杀已令李陵痛不欲生，更让他愤怒的是，他虽然战败投降，但自认为“功大罪小”，他不该受到如此严厉的处置。

为了证明自己“功大罪小”，李陵在信中详细地描述了作战的经过。这本是一次可以不必发生的战役。汉武帝遣李广利率汉军主力西征天山，李陵最初的任务是为大军负责辎重。这是一个没有什么风险的任务，但也几乎没有机会参加对匈奴的战斗。急于恢复家门声望的李陵对此自然不能满意，遂主动请求仅率五千步兵北出大漠，攻击单于王庭。也正如李陵所期待的，当他率军向北进发三十多日后，遇到了匈奴单于所率领的三万骑兵。在平坦的大草原上，骑兵对步兵本就具有兵种上的压倒性优势，更何况在数量上也是匈奴骑兵占据绝对优势。所以匈奴骑兵迅速发动了攻击，在他们看来，这应该是一场不费力气的屠杀。但结果却大大出乎意料，不仅进攻被打退，而且汉军还对他们进行了追击。单于一边败退，一边从各部又调集了八万骑兵。李陵此时“以五千之众，对十万之军”，这才向汉地方向撤退。可以想见李陵军队面临的凶险处境，孤军深入，与数十倍于己的敌人作战，骑兵强大的机动性使敌人一路尾随不舍，随时可以发起进攻，随时可以撤出战斗。无论从哪方面来看，都应是匈奴人占据绝对优势和主动，但李陵的军队却丝毫未落下风。正如李陵在信中描述的，“然犹斩将搴旗，追奔逐北，灭迹扫尘，斩其枭帅。使三军之士视死如归”。当撤至距离汉朝边境不过一百多里时，李陵的军队已经精疲力尽，而且面临两个致命的问题：第一，武器消耗殆尽；第二，没有后援。但即使如此，每次战斗时李陵振臂一呼，汉军仍然“创病皆起，举刃指虏，胡马奔走；兵尽矢穷，人无尺铁，犹复徒首奋呼，争为先登”。匈奴已阵亡上万人，且越来越接近汉朝边境，就在匈奴单于愈来愈心惊胆寒，准备退兵时，汉军队伍里却出了叛徒。这个叛徒将汉军的虚实告诉了单于，最终，李陵兵败被俘。

作为军人，没有比投降更大的耻辱了。李陵当然不甘心背负这样的耻辱，至少，他希望别人能够知道他的苦衷。他不是苟且偷生之人，战败而未死，是认为“虚死不如立节，灭名不如报德”，希冀着能像范蠡、曹沫那样，忍辱负重，最终用大功来复仇雪耻。只是由于汉武帝不能体谅他的苦衷，杀了他的全家，使他过去所做的一切，以及本来所计划的一切，都失去了意义。他失去了所有的亲人，并将不得不永远背负投降的耻辱，再也没有机会洗刷。这让他感到椎心泣血般的痛苦。

写到此处，李陵再也压抑不住他对汉武帝的愤恨，连带着愤怒指责自汉高祖以来，汉朝历代皇帝对功臣的刻薄寡恩。萧何、樊哙从刘邦起兵之时就跟着刘邦出生入死，却一度被投进监狱；韩信、彭越为刘邦打败项羽立下了汗马功劳，最后都被处死。周勃既是开国功臣，又在平定吕氏、迎立汉文帝的过程中起了重大作用，却被汉文帝逮捕系狱；贾谊为汉朝的治理殚精竭虑，却被远贬长沙，郁郁而终。汉景帝轻率地杀掉了他曾最为倚重的晁错，平定七国之乱的周亚夫被投入监狱，绝食而死。另一个在平定七国之乱中立下大功的魏其侯窦婴，则被汉武帝杀掉。李陵还想到了自己的祖父李广，一生为汉朝作战，结局却是愤而自杀。而汉朝对功臣刻薄的传统，也延续到了苏武身上。苏武在汉武帝时出使匈奴被扣，十九年忠贞不屈，“至于伏剑不顾，流离辛苦，几死朔北之野”，他的节义是“天下所希闻，古今所未有也”，理应有封侯之赏，但他回到汉朝后，“赐不过二百万，位不过典属国”。

苏武的来信没有保留下来，但从李陵的回信推测，其主要内容应是劝李陵归汉。李陵首先承认自己对匈奴的不认同，从饮食、气候到文化，他都从内心感到抵触。但想到汉朝对自己的不公正，想到全家被杀，想到汉朝历代皇帝的刻薄寡恩，他毅然断绝了返回汉朝的念头。甚至对自己的投降行为也不感到后悔：“陵虽孤恩，汉亦负德。”因此，李陵最后给了苏武斩钉截铁的回答：“愿足下勿复望陵！”

对于投降变节者，中国人似乎向来不惜以最严厉最苛刻的态度加以批判。但对李陵，却多抱以深深的同情。

诫兄子严敦书

马援

援兄子严、敦，并喜讥议，而通轻侠客。[1]援前在交趾，还书诫之曰："吾欲汝曹闻人过失，如闻父母之名：耳可得闻，口不可得言也。[2]好议论人长短，妄是非正法，此吾所大恶也，宁死，不愿闻子孙有此行也。[3]汝曹知吾恶之甚矣，所以复言者，施衿结缡，申父母之戒，欲使汝曹不忘之耳！[4]

"龙伯高敦厚周慎，口无择言，谦约节俭，廉公有威。[5]吾爱之重之，愿汝曹效之。杜季良豪侠好义，忧人之忧，乐人之乐，清浊无所失。[6]父丧致客，数郡毕至。[7]吾爱之重之，不愿汝曹效也。效伯高不得，犹为谨敕之士，所谓'刻鹄不成尚类鹜'者也。[8]效季良不得，陷为天下轻薄子，所谓'画虎不成反类狗'者也。讫今季良尚未可知，郡将下车辄切齿，州郡以为言，吾常为寒心，是以不愿子孙效也。"[9]

马援（公元前14—49）：破羌人。东汉开国功臣之一，南征交趾，官拜伏波将军。

1. 通轻侠客：通，交往。轻，轻佻；与侠士中轻佻之人交好。

2. 交趾：汉郡，在今越南北部。汝曹：你等，尔辈。

3. 是非：评论，褒贬。正法：正当的法制。大恶：深恶痛绝。

4. 施衿结缡，申父母之戒：衿：佩带。缡：佩巾。古时礼俗，女子出嫁，母亲把佩巾、带子结在女儿身上，为其整衣。父戒女曰："戒之敬之，夙夜无违命。"母戒女曰："戒之敬之，夙夜无违宫事。"

5. 龙伯高敦厚周慎：龙伯高这个人敦厚诚实。龙伯高：东汉名士，史书上记载其"在郡四年，甚有治效""孝悌于家，忠贞于国，公明莅临，威廉赫赫"。周慎：周密，谨慎。口无择言：说出来的话没有败坏的，意为所言皆善。择：通"殬（dù）"，败坏。

6. 杜季良：东汉时期人，官至越骑司马。清浊无所失：意为诸事处置得宜。

7. 数郡毕至：很多郡的客人全都赶来了。

8. 谨敕：谨慎。鹄：天鹅。鹜：野鸭子。此句比喻虽仿效不及，尚不失其大概。

9. 郡将：郡守。郡守兼领武事，故称。下车：指官员初到任。切齿：表示痛恨。以为言：把这作为话柄。

【赏析】

马严、马敦兄弟是马援二哥的儿子。兄弟俩年幼时父母双亡，寄养在表兄家。后马援将马严兄弟带回洛阳，视同己出，严加教诲。马援写这封家书给两个侄子，正是他率军远征交趾的时候。从信中内容看，马援是因为兄弟二人有游侠倾向而对他们进行告诫教导。

游侠是战国秦汉时期有广泛社会影响的一类人，《史记》和《汉书》中都曾为游侠立传。一方面游侠重诺守信，温良泛爱，急人之困，乐于为人排忧解难；同时能够成为“侠”，还表现在结交广泛，上至王侯公卿、地方官吏，下至无赖少年、亡命之徒。但另一方面，游侠只重私义，蔑视法律，其行为往往违法犯禁，因而两汉以来，中央王朝对游侠都严厉打击。

马援在信中首先谆谆告诫兄弟二人不得“好议论人长短，妄是非正法”。这正是游侠“结私交”的开端，通过臧否人物、妄议法律，形成一个有共同价值观的群体。马援严厉禁止兄弟二人去议论别人，他把听到别人的过错比作如同听到父母的名字。古人极重家讳，不要说是父母的名字，就是父母名字中的某个字，也是不能说的。马援为防微杜渐，甚至说出“宁死，不愿闻子孙有此行”这样的话。马援此前一定已经对兄弟二人有过类似的教导，不惮其烦地一说再说，就是希望他们能把这些话记在心里。

为了强调自己的看法，马援举了正反两个例子。正面的例子是龙伯高，其为人敦厚谨慎，言论皆无可指摘，行事不张扬，但不失威严。马援希望两个侄子把龙伯高作为学习效仿的榜样。反面例子是杜季良，这是当时的一位大侠，为人排忧解难，无论什么样的人都结交，他的父亲去世时，送丧的人来自远近好几个郡。马援对杜季良也一样敬重，但不希望两个侄子效仿杜季良。第一个原因，是学习龙伯高不成，还能成为谨慎谦虚的人；效仿杜季良不成，就会成为品行轻薄的人。第二个原因，每一任地方长官都将杜季良视为眼中钉，随时都在寻找机会捕杀他。即便能够成为杜季良那样州郡闻名的豪侠，将来恐怕也很难得以善终。

马援并非危言耸听。西汉以来，许多天下知名的大侠，如郭解、原涉等，最终的结局都是被朝廷拘拿正法。如果马严、马敦兄弟效仿杜季良，将来很可能招致“杀身亡宗”。马援正是由于担心这样严重的后果，才在万里之外，戎马倥偬之际，给两个侄子写信劝告，反复叮咛，言辞恳切。关切之情，也流露于字里行间。

登楼赋

王粲

登兹楼以四望兮，聊暇日以销忧。览兹宇之所处兮，实显敞而寡仇。[1]挟清漳之通浦兮，倚曲沮之长洲。[2]背坟衍之广陆兮，临皋隰之沃流。[3]北弥陶牧，西接昭丘。[4]华实蔽野，黍稷盈畴。[5]虽信美而非吾土兮，曾何足以少留！[6]

遭纷浊而迁逝兮，漫逾纪以迄今。[7]情眷眷而怀归兮，孰忧思之可任！凭轩槛以遥望兮，向北风而开襟。平原远而极目兮，蔽荆山之高岑。[8]路逶迤而修迥兮，川既漾而济深。悲旧乡之壅隔兮，涕横坠而弗禁。昔尼父之在陈兮，有归欤之叹音。[9]钟仪幽而楚奏兮，庄舄显而越吟。[10]人情同于怀土兮，岂穷达而异心！

王粲（177—217）：字仲宣。山阳高平（今山东邹县）人。东汉末年文学家，“建安七子”之一，被称为“七子之冠冕”。

1. 仇：匹敌。

2. 挟清漳之通浦：依傍着广阔的漳水。挟：依傍。清漳：指漳水。通浦：两条河流相通之处。倚曲沮之长洲：弯曲的沮水中间是一块长形陆地。曲沮：弯曲的沮水。长洲：水中长形陆地。

3. 背坟衍之广陆：楼北是地势较高的广袤原野。背：背靠，指北面。坟：高。衍：平。广陆：广袤的原野。临皋（gāo）隰（xí）之沃流：楼南是地势低洼的低湿之地。临：面临，指南面。皋隰：水边低洼之地。沃流：可以灌溉的水流。

4. 北弥陶牧：北接陶朱公墓地所在。弥：尽于。陶牧：传说陶朱公范蠡葬于此地。牧：郊外。昭丘：楚昭王的坟墓。

5. 华实：花和果实。华：同“花”。黍（shǔ）稷（jì）盈畴：农作物遍布田野。黍稷：泛指农作物。

6. 信美：确实美。

7. 遭纷浊而迁逝：生逢乱世到处迁徙流亡。逾纪：超过十二年。纪：十二年。

8. 蔽荆山之高岑：高耸的荆山挡住了视线。

9. 尼父：指孔子。

10. 钟仪幽而楚奏兮：楚人钟仪被郑国作为俘虏献给晋国，晋侯让他弹琴，他弹奏了楚国的乐曲。晋侯称赞说：“乐操土风，不忘旧也。”庄舄（xì）显而越吟：庄舄是越国人，在楚国做官时病了，病中思念越国，呻吟出越国的口音。

唯日月之逾迈兮，俟河清其未极。[11]冀王道之一平兮，假高衢而骋力。[12]惧匏瓜之徒悬兮，畏井渫之莫食。[13]步栖迟以徙倚兮，白日忽其将匿。[14]风萧瑟而并兴兮，天惨惨而无色。兽狂顾以求群兮，鸟相鸣而举翼。原野阒其无人兮，征夫行而未息。[15]心凄怆以感发兮，意忉怛而憯恻。[16]循阶除而下降兮，气交愤于胸臆。[17]夜参半而不寐兮，怅盘桓以反侧。[18]

【赏析】

王粲出身名门世家，年轻时即被当世名士蔡邕赏识。但生逢汉末乱世，为避战乱，到荆州投靠刘表，在荆州流寓长达十五年。才华卓越而体貌短小的王粲，一直未被刘表重用。本文即王粲作于寄居荆州期间，通过登楼望远，抒发了思乡之情和怀才不遇之感。

全赋一共三段，结构清晰，层次分明。第一段写登楼四望所见景色。这座楼地处漳水和沮水两条河的交汇处，地势平坦，视野开阔，原野上处处是正处于丰收时节的农田，一派安定美丽的景象。然而为

---

11. 唯日月之逾迈兮：日月如梭，时光飞逝。俟河清其未极：黄河水还没有到澄清的那一天。俟：等待。河清：比喻天下太平。未极：未至。

12. 冀王道之一平：希望国家统一安定。冀：希望。假高衢而骋力：自己可以施展才能和抱负。假：凭借。高衢：大道。

13. 惧匏（páo）瓜之徒悬：担心自己像匏瓜那样被白白地挂在那里。《论语·阳货》："吾岂匏瓜也哉？焉能系而不食？"比喻不为世所用。畏井渫（xiè）之莫食：害怕井淘好了，却没有人来打水吃。渫，淘井。《周易·井卦》："井渫不食，为我心恻。"比喻一个洁身自持而不为人所重用的人。

14. 步栖迟以徙倚：在楼上漫步徘徊。

15. 阒（qù）：静寂。

16. 意忉怛而憯（cǎn）恻：指心情悲痛，无限伤感。憯：通"惨"。

17. 阶除：阶梯，台阶。

18. 怅盘桓以反侧：惆怅难耐，辗转反侧。

了消解忧愁而登楼的作者反因这美丽的景色加重了忧思，让他更鲜明地意识到这里不是他的家乡，他不属于这里。

第二段写由景色触发的流寓之感和怀归之情。由于战乱，作者离开家乡已经十二年了。他向北遥望家乡，可是山河邈远，路途阻隔，不知何时是归期。而思乡，是人之常情。就像孔子周游列国，在陈国遭到困厄，曾发出“回去吧！回去吧”的感叹；楚国乐官钟仪成为晋国的阶下囚，仍不忘弹奏楚国的乐曲；越国人庄舄在楚国做了高官，但病重时仍对越国念念不忘。可见远离家乡的人，不论境况如何，都会思乡怀归。

第三段抒写渴望建功立业的志向和怀才不遇的悲愤。这一段的心情又与思乡怀归之情紧密联系在一起。王粲的籍贯是山阳郡高平（今山东微山），但他长期生活在都城洛阳，又一度迁至长安，而这些地方在东汉末年长期陷于战乱。王粲希望结束战乱，恢复正常的王朝秩序，这样他也能回到朝廷中施展他的才华。如今他在荆州，长期不受重用，白白地虚度光阴。但天下太平这件事就像他渴望返回家乡一样，是那么遥不可及。此时作者眼中又呈现出另一番景色：时近傍晚，天色黯淡，原野寂寥，烘托出作者内心的凄怆。那“狂顾以求”“相鸣而举翼”的鸟兽，又何尝不是作者孤独、恓惶的内心世界的外化？

赋的开篇，作者就说登楼的目的是为了“销忧”，但到了下楼的时候，作者的内心反而越发不平静了，以至于“气交愤于胸臆”，直到深夜还在“怅盘桓以反侧”。强烈的思乡怀归之情、浓重的怀才不遇之悲和渴望建立功业的迫切愿望，都被叠加在了这个深夜独自徘徊的身影之上。

前出师表

诸葛亮

先帝创业未半而中道崩殂，今天下三分，益州疲弊，此诚危急存亡之秋也。[1]然侍卫之臣不懈于内，忠志之士忘身于外者，盖追先帝之殊遇，欲报之于陛下也。诚宜开张圣听，以光先帝遗德，恢弘志士之气，不宜妄自菲薄，引喻失义，以塞忠谏之路也。[2]

宫中府中，俱为一体；陟罚臧否，不宜异同。[3]若有作奸犯科及为忠善者，宜付有司论其刑赏，以昭陛下平明之理；不宜偏私，使内外异法也。[4]

侍中、侍郎郭攸之、费祎、董允等，此皆良实，志虑忠纯，是以先帝简拔以遗陛下。愚以为宫中之事，事无大小，悉以咨之，然后施行，必能裨补阙漏，有所广益。

将军向宠，性行淑均，晓畅军事，试用于昔日，先帝称之曰"能"，是以众议举宠为督。愚以为营中之事，悉以咨之，必能使行阵和睦，优劣得所。

亲贤臣，远小人，此先汉所以兴隆也；亲小人，远贤臣，此后汉所以倾颓也。先帝在时，每与臣论此事，未尝不叹息痛恨于桓、灵也。侍中、尚书、长史、参军，此悉贞良死节之臣，愿陛下亲之信之，则汉室之隆，可计日而待也。

诸葛亮（181—234）：字孔明，号卧龙。琅琊阳都（今山东沂南）人。三国时期蜀汉政治家。早年隐居襄阳，后出山辅佐刘备，奠定蜀汉基业；刘备去世，辅佐后主刘禅。

1. 崩殂（cú）：死。崩：古时指皇帝死亡。殂：死亡。

2. 开张圣听：扩大圣明的听闻，意请刘禅广泛听取意见。妄自菲薄：过于看轻自己。菲薄：小看，轻视。引喻失义：言辞不当。

3. 宫：指皇宫。府：指丞相府。陟（zhì）：提升，奖励。臧否（pǐ）：善恶，这里用作动词，评论人物好坏。

4. 作奸犯科：做奸邪事情，触犯科条法令。有司：职有专司，指专门管理某种事情的官吏。内外异法：内宫和外府刑赏之法不同。内外：指内宫和外府。

臣本布衣，躬耕于南阳，苟全性命于乱世，不求闻达于诸侯。[5]先帝不以臣卑鄙，猥自枉屈，三顾臣于草庐之中，咨臣以当世之事，由是感激，遂许先帝以驱驰。[6]后值倾覆，受任于败军之际，奉命于危难之间，尔来二十有一年矣。[7]

先帝知臣谨慎，故临崩寄臣以大事也。受命以来，夙夜忧叹，恐托付不效，以伤先帝之明；故五月渡泸，深入不毛。[8]今南方已定，兵甲已足，当奖率三军，北定中原，庶竭驽钝，攘除奸凶，兴复汉室，还于旧都。[9]此臣所以报先帝而忠陛下之职分也。至于斟酌损益，进尽忠言，则攸之、祎、允之任也。

愿陛下托臣以讨贼兴复之效，不效，则治臣之罪，以告先帝之灵。若无兴德之言，则责攸之、祎、允等之慢，以彰其咎；陛下亦宜自谋，以咨诹善道，察纳雅言，深追先帝遗诏。[10]臣不胜受恩感激。

今当远离，临表涕零，不知所言。

【赏析】

历史上幼主和顾命大臣的关系，常常是一个死结。有时候是顾命大臣废掉幼主，篡位自立；有时候是幼主杀掉擅权的顾命大臣。诸葛

---

5. 布衣：平民百姓。

6. 卑鄙：身份低微，见识短浅。猥：辱，这里有降低身份的意思。枉屈：枉驾屈就。感激：有所感而情绪激动。

7. 倾覆：指建安十三年（208），刘备在当阳长坂坡被曹操击溃，逃奔至夏口。后派诸葛亮赴东吴，与孙权建立联盟，共同抗曹。

8. 夙夜忧叹：早晚忧虑叹息。泸：泸水，即金沙江。

9. 奖率：奖赏率领。庶：希望。竭：竭尽。驽钝：比喻才能平庸。攘除：排除，铲除。奸凶：奸邪凶恶之人，此指曹魏政权。

10. 咨诹（zōu）善道：询问（治国的）良策。诹：询问，咨询。察纳：识别采纳。察：明察。雅言：正确的言论，合理的意见。先帝遗诏：刘备给后主的遗诏。

亮在刘备临终时受托，辅佐后主刘禅。而且刘备还明确地说刘禅可辅则辅，不可辅则诸葛亮可以取而代之。刘禅即位时刚十七岁，从此蜀汉军政大权被诸葛亮独揽，即便刘禅成年之后，诸葛亮也没有让刘禅亲政，“政事无巨细，咸决于亮”。但诸葛亮并没有因为大权在握而对皇位生出觊觎之心，后主也没有牵制乃至除掉诸葛亮，即使在诸葛亮故去后，刘禅继续做皇帝近三十年，也没有在政治上清算诸葛亮的举动。

如果放在别的朝代，诸葛亮的行为无疑是一个飞扬跋扈的权臣。但在后世，诸葛亮却被视为忠君典范，得到无数人景仰。杜甫一生对诸葛亮充满景仰之情，吟咏或提到诸葛亮的诗篇有二十多篇，像“诸葛大名垂宇宙，宗臣遗像肃清高”这样的诗句，将诸葛亮的历史地位推崇到无以复加的地步；朱熹作为一名理学家，评价古今人物时的道德标准极为苛刻，从古今人物中评选用心“光明正大，疏畅洞达，磊磊落落而不可掩者”，第一位就是诸葛亮，和杜甫、颜真卿、韩愈、范仲淹并称“五君子”。诸葛亮的这种人格魅力、道德风范，既体现在他一生行事上，也流露在他的文章里，《前出师表》便是其中最著名的一篇。

《前出师表》作于诸葛亮第一次北伐前夕，是一封请求后主刘禅允许自己领军出征的奏章。由于军政大权都掌握在诸葛亮手里，北伐之事仅仅是形式上请后主批准，所以这封奏章中并没有陈述北伐的具体事务，而更多的是以长辈口吻，用了一连串的“宜”和“不宜”，教导后主如何做一个好皇帝，但又不是板起面孔说教，不时提及刘备，回忆过往，充满殷勤恳切的情意。

文章以分析当时形势开头，指出刘备去世，益州疲弱，形势危急；但由于受到刘备恩遇，现在群臣上下都忠心耿耿，仍有进取的可能。在这种形势下，后主应该怎么做呢？诸葛亮提出三条建议：第一条是发扬刘备遗德，广开言路；第二条是赏罚公正严明，尤其是对内廷和外朝的官员要一视同仁，不能因个人情感而偏私；第三条是亲贤臣，远小人，宫中贤臣有郭攸之、费祎、董允，军中贤臣有向宠，遇事应该向他们咨询。东汉的历史经验也表明，亲贤远佞才能使国家兴隆。

接下来诸葛亮又追叙往事，回忆刘备对自己的知遇之恩。他自称“苟全性命于乱世，不求闻达于诸侯”，显然和事实不符。诸葛亮年轻的时候“每自比于管仲、乐毅”，他其实是胸怀大志的。但这样说，更能体现出刘备“三顾”的知遇之恩，也更能表达他对刘备的感激之情。知遇之恩再加之以托孤之任，使诸葛亮以“兴复汉室”为己任，只有这样，才能算是“报先帝”“忠陛下”。

最后，为了完成兴复大业，诸葛亮提出了朝廷上下要职责分明，自己承担“讨贼兴复之效”，朝中诸臣要进“兴德之言”；后主也应“自谋”，继承刘备遗志。结尾“今当远离，临表涕零，不知所言”一句，本是公文套语，但由于前文的言辞恳切，在这里也显得自然深情。

《出师表》中既有诸葛亮作为臣子对刘氏父子的忠心，也有作为长辈对刘禅谆谆教导的苦心。“报先帝”“忠陛下”思想贯穿全文，反复劝勉后主要继承刘备的遗志，完成“兴复汉室”的大业。诚挚恳切的深情溢于言表，其忠义之心不知令后世多少仁人志士动容。故古人有“读《出师表》而不堕泪者，其人必不忠”的说法。陆游《书愤》中有“出师一表真名世，千载谁堪伯仲间”之句，的确不是虚美。

洛神赋

曹植

黄初三年，余朝京师，还济洛川。[1]古人有言，斯水之神，名曰宓妃。[2]感宋玉对楚王神女之事，遂作斯赋，其词曰：[3]

余从京域，言归东藩，背伊阙，越轘辕，经通谷，陵景山。[4]日既西倾，车殆马烦。[5]尔乃税驾乎蘅皋，秣驷乎芝田，容与乎阳林，流眄乎洛川。[6]于是精移神骇，忽焉思散。[7]俯则未察，仰以殊观。[8]睹一丽人，于岩之畔。[9]

乃援御者而告之曰："尔有觌于彼者乎？彼何人斯，若此之艳也！"[10]御者对曰："臣闻河洛之神，名曰宓妃。然则君王所见，无乃是乎？[11]其状若何，臣愿闻之。"

余告之曰：其形也，翩若惊鸿，婉若游龙，荣曜秋菊，华茂春

洛神：传说古帝宓（fú）羲氏之女溺死洛水而为神，故名洛神，又名宓妃。

曹植（192—232）：字子建。沛国谯（今安徽亳州）人。曹操第三子，封陈王，谥曰思，故世称陈思王。

1. 黄初：魏文帝曹丕年号，公元220年至226年。京师：京城，魏都洛阳。济：渡。洛川：洛水，源出陕西，流经河南洛阳。

2. 斯水：此水，指洛川。

3. 传为宋玉所作的《高唐赋》和《神女赋》，记载了宋玉与楚襄王有关梦遇巫山神女的对答。

4. 京域：京都地区，指洛阳。言：语助词。东藩：东方藩国，曹植的封地。黄初三年，曹植被立为鄄（juàn）城（即今山东鄄城）王，城在洛阳东北方向，故称东藩。伊阙：山名，又称阙塞山、龙门山，在今河南洛阳南。轘（huán）辕：山名，在今河南偃师东南。通谷：山谷名，在今洛阳城南。陵：登。景山：在今偃师南。

5. 殆：通"怠"，疲倦。烦：疲乏。车夫和马都疲倦了。

6. 尔乃：于是就。税驾：停车。税：置。蘅皋：生杜蘅的岸。蘅：杜蘅，香草名。皋：岸。秣驷：喂马。驷：一车四马，此泛指马。芝田：种灵芝草的田地，此指野草繁茂之地。容与：悠然安闲的样子。阳林：地名。流眄：纵目四望。眄：斜视。

7. "于是"二句：眺望之时，忽然精神恍惚，思绪分散。

8. "俯则"二句：低头时还未看到什么，一抬头则景观异常。

9. 岩之畔：山岩边。

10. 援：以手牵引。御者：车夫。觌（dí）：看见。

11. 然则：既然这样那么。无乃：大概。是：这，此指宓妃。

松。[12]仿佛兮若轻云之蔽月，飘飖兮若流风之回雪。[13]远而望之，皎若太阳升朝霞；迫而察之，灼若芙蕖出渌波。[14]秾纤得衷，修短合度。肩若削成，腰如约素。[15]延颈秀项，皓质呈露，芳泽无加，铅华弗御。[16]云髻峨峨，修眉联娟。丹唇外朗，皓齿内鲜。[17]明眸善睐，辅靥承权。瓌姿艳逸，仪静体闲。[18]柔情绰态，媚于语言。奇服旷世，骨像应图。[19]披罗衣之璀粲兮，珥瑶碧之华琚。戴金翠之首饰，缀明珠以耀躯。践远游之文履，曳雾绡之轻裾。微幽兰之芳蔼兮，步踟蹰于山隅。[20]于是忽焉纵体，以遨以嬉。左倚采旄，右荫桂旗。攘皓腕于神浒兮，采湍濑之玄芝。[21]

余情悦其淑美兮，心振荡而不怡。无良媒以接欢兮，托微波而通辞。[22]愿诚素之先达兮，解玉佩以要之。嗟佳人之信修，羌习

---

12. “翩若”二句：翩然若惊飞的鸿雁，蜿蜒如游动的蛟龙，形容体态轻盈宛转。翩：鸟疾飞。婉：曲折。荣：盛。曜（yào）：日光照耀。华茂：华美茂盛。这两句形容洛神容光焕发，如秋菊、春松。

13. 仿佛：若隐若现。飘飖：飞翔。回：旋转。这两句形容行动的飘忽回旋。

14. 皎：洁白光亮。太阳升朝霞：太阳升起于朝霞之中。迫：靠近。灼：鲜明。芙蕖：荷花。渌（lù）：水清。

15. 秾：花木繁盛，此指人体丰腴。纤：细小，此指苗条。衷：中。削成：削刻而成。约：束。素：白细丝织品。这两句形容肩膀和腰肢的线条圆美。

16. 延、秀：长。这两句是说洁白的长颈露在衣领外。芳泽：香油。铅华：粉。古代烧铅成粉，故称铅华。弗御：不施。这两句写洛神不施粉黛，自然天成。

17. 云髻：发髻如云。峨峨：高耸貌。联娟：微曲。

18. 眸：目瞳子。睐（lài）：顾盼。靥（yè）：酒窝。辅：面颊。权：颧骨。这句是说：颧骨有酒窝承接。瓌：同“瑰”，奇妙。艳逸：艳丽飘逸。仪：仪态。闲：娴雅。

19. 绰：宽缓。旷世：举世无有。旷：久远。骨像：骨骼形貌。应图：与画中人相当。

20. 璀粲（cuǐ càn）：鲜明。珥：珠玉耳饰，此作动词，佩戴。瑶：美玉。碧：碧玉。琚：美玉。践：踏，脚穿。远游：鞋名。文履：饰有花纹图案的鞋。曳：拖。雾绡：轻薄如雾的绡。绡：生丝。裾：裙边。芳蔼：香气。踟蹰：徘徊。隅：角。

21. 纵体：轻举。遨、嬉：游。采旄（máo）：彩旗。旄：旗杆上的旄牛尾饰物，此处指旗。桂旗：以桂木做旗杆的旗，形容旗的华美。攘：挽袖。浒：水边地。洛神游历，故称神浒。湍濑：石上急流。玄芝：黑色芝草，相传为神草。

22. “余情”二句：我喜欢她的淑美，又担心不被接受，故心内动荡不乐。“无良媒”二句：没有合适的媒人去通接欢情，只能借微波来传递话语。微波一说指目光。

礼而明诗。[23]抗琼珶以和予兮，指潜渊而为期。执眷眷之款实兮，惧斯灵之我欺。[24]感交甫之弃言兮，怅犹豫而狐疑。收和颜而静志兮，申礼防以自持。[25]

于是洛灵感焉，徙倚彷徨。神光离合，乍阴乍阳。[26]竦轻躯以鹤立，若将飞而未翔。践椒涂之郁烈，步蘅薄而流芳。超长吟以永慕兮，声哀厉而弥长。[27]

尔乃众灵杂遝，命俦啸侣。[28]或戏清流，或翔神渚。或采明珠，或拾翠羽。[29]从南湘之二妃，携汉滨之游女。叹匏瓜之无匹兮，咏牵牛之独处。扬轻袿之猗靡兮，翳修袖以延伫。[30]体迅飞凫，飘忽若神。凌波微步，罗袜生尘。动无常则，若危若安。进止难期，若往若还。[31]转眄流精，光润玉颜。含辞未吐，气若幽兰。

---

23. 诚素：真诚的情意。素：同“愫”，真情。要：同“邀”。信修：确实美好。羌：发语词。习礼明诗：文化修养良好。

24. 抗：举起。琼珶（dì）：美玉。和：应答。潜渊：深渊。期：会。这句意为：指深水发誓，约期相会。眷眷：向往的样子。款实：诚实的心意。斯灵：此神，指宓妃。我欺：即欺我。

25. 交甫：郑交甫。传说郑交甫在汉水边遇二游女，赠玉于交甫；交甫受而置于怀中，走了十步，玉佩没了，女亦不见。弃言：被背弃承诺。狐疑：疑虑不定。想到郑交甫曾被仙女遗弃，故内心疑虑不定。收和颜：收起和悦的容颜。静志：镇定情志。申：施展。礼防：礼义的防界。自持：自我约束。

26. 徙倚：流连徘徊。“神光”二句：洛神身上放出的光彩若隐若现，忽明忽暗。

27. 竦（sǒng）：耸。鹤立：轻盈飘举，如鹤之立。椒：花椒。郁烈：馥郁浓烈。蘅：杜蘅。薄：草木丛生处。流芳：散发香气。超：惆怅。永慕：长久思慕。厉：疾。弥：久。

28. 众灵：众仙。杂遝（tà）：多而乱。命俦啸侣：招呼同伴。俦：伙伴，同类。

29. 渚：水中高地。翠羽：翠鸟的羽毛。

30. 南湘之二妃：娥皇和女英。据刘向《列女传》载，尧以长女娥皇和次女女英嫁舜，后舜南巡，死于苍梧，二妃往寻，自投湘水而死，为湘水之神。汉滨之游女：汉水之女神，即前注中郑交甫所遇之神女。“叹匏瓜”二句：为匏瓜星的无偶叹息，为牵牛星的独处哀咏。匏瓜：星名，又名天鸡，独在河鼓星东，故曰无匹。牵牛：星名，又名天鼓，与织女星分处天河两旁，相传每年阴历七月七日才得一会。袿（guī）：妇女的上衣。猗（yī）靡：随风飘动的样子。翳（yì）：遮蔽。延伫：久立。

31. 凫：野鸭。“凌波”二句：在水波上细步行走，溅起的水沫附在罗袜上如同尘埃。凌：超越。常则：固定的规则。难期：难料。

华容婀娜，令我忘餐。[32]

于是屏翳收风，川后静波。冯夷鸣鼓，女娲清歌。[33]腾文鱼以警乘，鸣玉鸾以偕逝。六龙俨其齐首，载云车之容裔。鲸鲵踊而夹毂，水禽翔而为卫。[34]于是越北沚，过南冈，纡素领，回清阳，动朱唇以徐言，陈交接之大纲。[35]恨人神之道殊兮，怨盛年之莫当。抗罗袂以掩涕兮，泪流襟之浪浪。悼良会之永绝兮，哀一逝而异乡。无微情以效爱兮，献江南之明珰。[36]虽潜处于太阴，长寄心于君王。忽不悟其所舍，怅神宵而蔽光。[37]

于是背下陵高，足往神留。遗情想象，顾望怀愁。[38]冀灵体之复形，御轻舟而上溯。浮长川而忘返，思绵绵而增慕。夜耿耿而不寐，沾繁霜而至曙。[39]命仆夫而就驾，吾将归乎东路。揽骓辔以抗策，怅盘桓而不能去。[40]

---

32. 转眄流精：顾盼间流露出奕奕神采。流精：目光流转而有光彩。辞：言辞。气若幽兰：气息香馨幽微如兰。

33. 屏翳：风神。川后：河神。冯（píng）夷：河伯的名字。女娲：女神名，相传笙簧是她所造。

34. “腾文鱼”二句：飞腾的文鱼是洛神的车乘的警卫，众神随着叮当的玉鸾一齐离去。腾：升。文鱼：神话中的飞鱼。警乘：警卫车乘。玉銮：鸾鸟形的玉制车铃。偕逝：俱往。俨：庄严的样子。齐首：六龙齐头并进。云车：神以云为车。容裔（yì）：行进中高低起伏的样子。鲸鲵（ní）：水栖哺乳动物，雄者称鲸，雌者称鲵。毂（gǔ）：车轮中用以贯轴的圆木，这里指车。

35. 沚：水中小块陆地。“纡素领”二句：洛神回首顾盼。纡：回。素领：白皙的颈项。清阳：形容女性清秀的眉目。这句说：陈述结交往来的纲要。

36. 这句说：遗憾在此壮盛之年，不得与君结合。抗：举。罗袂（mèi）：罗袖。浪浪：水流不断的样子。效爱：致爱慕之意。珰（dāng）：耳珠。

37. 太阴：众神所居之处，非常幽远，故称太阴。不悟：不见。所舍：停留之处。宵：暗冥。一说通“消”，消失。蔽光：隐去光彩。

38. 背下：离开低地。陵高：登上高处。遗情：留情，情思流连。想象：思念洛神的美好形象。

39. 灵体：指洛神。此句希望洛神再次出现。 上溯：逆流而上。长川：指洛水。反：通“返”。耿耿：心神不安的样子。

40. 东路：东藩之路。鄄城在洛阳东北，故称东路。骓（fēi）：车旁之马。辔（pèi）：马缰绳。抗策：举鞭。盘桓：徘徊不进。这两句说：当手执马缰、举鞭欲策时，又怅然若失，徘徊依恋，无法离去。

【赏析】

自洛阳出发返回封地，车马劳顿时，曹植恍惚之间睹一丽人，惊问车夫“彼何人斯”。答曰：洛水之神名曰宓妃，君王所见想必即是，不知容貌如何？

翩若惊鸿，婉若游龙，轻云蔽月，回雪流风。曹植用最华美的辞藻和最丰富的想象描摹了洛神的气质、形体、面容、衣着和动作。

曹植相当心仪，却无良媒以接欢，只能托微波而通辞。不料洛神举琼珶以回应，指潜渊而为期。但此时，曹植却“怅犹豫而狐疑，申礼防以自持”。自重矜持的背后是内心忧惧的投射。曹植曾因才华横溢被父亲曹操宠爱，几为太子者数矣，却因任性，且非长子，未能继位。曹丕登基同年即诛杀曹植心腹丁仪兄弟，并强令曹植等诸侯王离开京城，回到封地。次年，贬曹植为安乡侯，同年改封鄄城侯。黄初三年，立为鄄城王。四年，又徙封雍丘王。封地一再迁徙，封号频繁改换。写作《洛神赋》时，曹植已不复当年任气豪侠，成了谨言慎行、动辄得咎的王侯。

洛神感焉，徙倚彷徨。由众灵陪伴而来，行止缥缈，气势盛大。她靠近时，一切都安静下来，众神退去。她转动洁白的脖颈，回过清秀的眉目，朱唇微启，缓缓地陈说心中遗憾和款款深情：人神有别，无法结合，献上明珰，寄心君王。言毕消失。曹植盘桓留恋，在眷眷不舍中奔赴封地。

《洛神赋》讲述了人神彼此钟情又各有顾虑的故事，富于传奇色彩，但更富抒情气质。它表现了曹植热烈的追求与赞美、忧惧与迟疑，对彼此无法接通的无奈，对洛神的不舍与眷恋。至于洛神具体所指，是政治中的自我实现，还是其他，就众说纷纭了。但《洛神赋》确如预言一般，其思其情象征了曹植后半生的心境。

与山巨源绝交书

嵇康

康白：足下昔称吾于颍川，吾常谓之知言，然经怪此意尚未熟悉于足下，何从便得之也？[1]前年从河东还，显宗、阿都说足下议以吾自代，事虽未行，知足下故不知之。[2]足下傍通，多可而少怪，吾直性狭中，多所不堪，偶与足下相知耳。[3]间闻足下迁，惕然不喜，恐足下羞庖人之独割，引尸祝以自助，手荐鸾刀，漫之膻腥，故具为足下陈其可否。[4]

吾昔读书，得并介之人，或谓无之，今乃信其真有耳。[5]性有所不堪，真不可强；今空语同知有达人，无所不堪，外不殊俗而内不失正，与一世同其波流而悔吝不生耳。[6]老子、庄周，吾之师也，亲居贱职；柳下惠、东方朔，达人也，安乎卑位，吾岂敢短

山巨源：山涛（205—283）的字，“竹林七贤”之一，在调任大将军从事中郎时，荐举嵇康代其原职选曹郎。嵇康写此公开信拒绝。

嵇康（223—262）：字叔夜。“竹林七贤”之一。曾为中散大夫，世称嵇中散。他是曹魏宗室的女婿，学问渊博，性格峻洁刚直，因拒绝与当时掌权的司马氏合作而被诬陷，最终遭到杀害。

1. 称：指称说嵇康不愿出仕。颍川：指山嵚，山涛叔父，曾任颍川太守。知言：相知之言。经：常常。此意：指嵇康不愿出仕的心意。

2. 河东：黄河流经山西，河以东的地区称河东。显宗：公孙崇，字显宗，谯国人，曾为尚书郎。阿都：吕安，字仲悌，小名阿都，东平人，嵇康好友。以吾自代：山涛拟推荐嵇康以代其职。

3. 傍通：善于应变。多可而少怪：多有许可而少有责怪，对人宽容。狭中：心地狭窄。

4. 间：近来。迁：升官。惕（tì）然：忧惧的样子。这两句语出《庄子·逍遥游》：“庖人虽不治庖，尸祝不越樽俎而代之（厨师即使不准备好食物祭品，祭师也不应该越职替代）”，讽刺山涛推荐自己做官，就好像厨师拉祭师来准备食物祭品一样。荐：举。鸾刀：刀柄缀有鸾铃的屠刀。漫：沾染。具：详细地。足下：您。陈：陈述。

5. 并介之人：兼济天下而又耿介孤直的人。此指山涛，后文“性所不堪”指自己。

6. 以上五句的意思是：现在听说有人对世事能够通达，没有什么不能接受，外表和俗人没什么两样，而内心仍能保持自己的主张，能够与世浮沉又没什么遗憾。但这只是一种空话而已。

之哉！[7]又仲尼兼爱，不羞执鞭；子文无欲卿相，而三登令尹，是乃君子思济物之意也。[8]所谓达则兼善而不渝，穷则自得而无闷。[9]以此观之，故尧、舜之君世，许由之岩栖，子房之佐汉，接舆之行歌，其揆一也。[10]仰瞻数君，可谓能遂其志者也。故君子百行，殊途而同致。[11]循性而动，各附所安。故有处朝廷而不出，入山林而不反之论。[12]且延陵高子臧之风，长卿慕相如之节，志气所托，不可夺也。[13]

吾每读尚子平、台孝威传，慨然慕之，想其为人。[14]加少孤露，母兄见骄，不涉经学，性复疏懒，筋驽肉缓，头面常一月十五

---

7. 老子：姓李名耳，为周朝的守藏史，著《老子》。庄周：曾为蒙漆园吏，著《庄子》。柳下惠：即展禽，名获，春秋时鲁国人，为鲁国典狱官，曾被罢职三次，有人劝他到别国去，他自己却不以为意。居于柳下，死后谥“惠”，故称柳下惠。东方朔：字曼卿，汉武帝时人，常为侍郎。二人职位都很低下，故曰“安乎卑位”。短：轻视。

8. 这两句意为：孔子博爱无私，不以执鞭的贱职为羞。《论语·述而》：“子曰：‘富而可求也，虽执鞭之士，吾亦为之。’”子文：姓斗，名谷於菟，春秋时楚人。令尹：楚国执政的上卿。《论语·公冶长》：“令尹子文，三仕为令尹，无喜色；三已之，无愠色。”济物：救世济人。

9. 达：显达。不渝：不改变。穷：不得志。

10. 君世：为君于世。“君”做动词用。许由：尧时隐士。尧想把天下让给他，他不肯接受，就到箕山去隐居。岩栖：隐居山林。子房：张良的字，曾帮助汉高祖刘邦平定天下。接舆：春秋时楚国隐士。孔子游宦楚国时，接舆唱着讽劝孔子的歌从其车边走过。揆（kuí）：道。这些人表现不一，但处世之道都是顺乎本性。

11. 遂其志：实现他们的心愿。百行：各种行为。殊途而同致：取径不同而目的相同。

12. 这两句语出《韩诗外传》卷五：“朝廷之人为禄，故入而不出；山林之士为名，故往而不返。”

13. 延陵：名季札，春秋时吴国公子，居于延陵，人称延陵季子。子臧：曹国公子欣时。曹宣公卒，曹人要立子臧为君，子臧拒不接受，离国而去。季札的父兄要立季札为嗣君，季札自比子臧，拒不接受。长卿：汉司马相如的字。相如：指战国时赵国人蔺相如，以“完璧归赵”功拜上大夫。《史记·司马相如传》：“（司马）相如既学，慕蔺相如之为人，更名相如。”节：气概。

14. 尚子平：东汉时人。古时候的《英雄记》说他“有道术，为县功曹，休归，自入山担薪，卖以供食饮”。《后汉书·逸民传》作“向子平”，说他在儿女婚嫁后，即不再过问家事，恣意游五岳名山，不知所终。台孝威：名佟，东汉时人。隐居武安山，凿穴而居，以采药为业。

日不洗，不大闷痒，不能沐也。[15]每常小便，而忍不起，令胞中略转乃起耳。[16]又纵逸来久，情意傲散，简与礼相背，懒与慢相成，而为侪类见宽，不攻其过。[17]又读庄、老，重增其放，故使荣进之心日颓，任实之情转笃。[18]此由禽鹿少见驯育，则服从教制，长而见羁，则狂顾顿缨，赴蹈汤火，虽饰以金镳，飨以嘉肴，愈思长林而志在丰草也。[19]

阮嗣宗口不论人过，吾每师之而未能及；至性过人，与物无伤，唯饮酒过差耳。[20]至为礼法之士所绳，疾之如仇，幸赖大将军保持之耳。[21]吾不如嗣宗之资，而有慢弛之阙，又不识人情，暗于机宜，无万石之慎，而有好尽之累。[22]久与事接，疵衅日兴，虽欲无患，其可得乎？[23]

又人伦有礼，朝廷有法，自惟至熟，有必不堪者七，甚不可者二：卧喜晚起，而当关呼之不置，一不堪也。[24]抱琴行吟，弋钓草野，而吏卒守之，不得妄动，二不堪也。[25]危坐一时，痹不得摇，

---

15. 孤：幼年丧父。露：暴露，无人庇护曰露。兄：指嵇喜。见骄：骄纵我。驽：劣马，此指迟钝。缓：松弛。能：通“耐”。不能：没耐心，不愿。

16. 胞：原指胎衣，这里指膀胱。这三句意为：小便常忍到膀胱胀得几乎转动，才起身如厕。

17. 简：简略。慢：怠慢。侪（chái）类：同辈朋友。

18. 任实：指放任本性。

19. 禽：古代对鸟兽的通称。一说通“擒”。少：小时候。见：被。狂顾：急剧地四面张望。顿缨：挣脱羁索。金镳（biāo）：金属制作的马笼头，这里指鹿笼头。飨（xiǎng）：用酒食款待，此指喂。嘉肴：此指精美饲料。

20. 阮嗣宗：阮籍，字嗣宗，与嵇康同为“竹林七贤”，不拘礼法，常以醉酒和“口不论人过”来避祸。过差：犹过度。

21. 绳：纠人之失。何曾在司马昭面前曾说阮籍任性放荡，“宜投之四裔，以絜王道”；司马昭答曰“此贤素羸弱，君当恕之”。疾：憎恨。大将军：司马昭。保持：保护。

22. 慢弛之阙：傲慢懒散的缺点。暗于机宜：不懂得随机应变。万石：汉朝石奋历仕高祖、文帝、景帝，以谨慎著称。他和四个儿子都官至二千石，共一万石，所以汉景帝称之“万石君”。好尽：尽情直言，不知忌讳。累：过失。

23. 事：官场俗事。接：交接。疵（cī）：缺点。衅（xìn）：仇隙。

24. 惟：思虑。熟：仔细。当关：守门的差役。不置：不放。

25. 弋（yì）：系有绳子的箭，用来射鸟。

性复多虱，把搔无已，而当裹以章服，揖拜上官，三不堪也。[26]素不便书，又不喜作书，而人间多事，堆案盈机，不相酬答，则犯教伤义，欲自勉强，则不能久，四不堪也。[27]不喜吊丧，而人道以此为重，已为未见恕者所怨，至欲见中伤者。[28]虽瞿然自责，然性不可化，欲降心顺俗，则诡故不情，亦终不能获无咎无誉如此，五不堪也。[29]不喜俗人，而当与之共事，或宾客盈坐，鸣声聒耳，嚣尘臭处，千变百伎，在人目前，六不堪也。[30]心不耐烦，而官事鞅掌，机务缠其心，世故繁其虑，七不堪也。[31]又每非汤武而薄周孔，在人间不止，此事会显，世教所不容，此甚不可一也。[32]刚肠疾恶，轻肆直言，遇事便发，此甚不可二也。以促中小心之性，统此九患，不有外难，当有内病，宁可久处人间邪？[33]又闻道士遗言，饵术黄精，令人久寿，意甚信之；游山泽，观鱼鸟，心甚乐之。[34]一行作吏，此事便废。安能舍其所乐而从其所惧哉？

夫人之相知，贵识其天性，因而济之。[35]禹不逼伯成子高，全其节也；仲尼不假盖于子夏，护其短也；近诸葛孔明不逼元直以入蜀，华子鱼不强幼安以卿相，此可谓能相终始、真相知

---

26. 危坐：端端正正地坐。痹（bì）：麻木。章服：冠服，指官服。
27. 不便：不习。书：信。机：同“几”，几案。
28. 这句说：已经被不见谅的人们怨恨。
29. 瞿然：惊惧的样子。化：改变。降心：抑制自己的心意。诡故：违背本性。不情：不合常情。无咎无誉：没有过错也没有赞誉。
30. 聒（guō）：喧闹。嚣尘：嘈杂多尘。伎：伎俩机巧。
31. 鞅（yāng）掌：事务繁忙。机务：政务。
32. 非：非难。汤：成汤，推翻夏桀统治，建立商朝。武：周武王，推翻商纣王统治，建立西周。此处暗指对弑君开国的西晋不满。周：周公旦，辅助武王灭纣。孔：孔子。西晋宗室司马氏族推崇儒家，儒家中尤推周公和孔子，而嵇康却自称“薄周孔”，隐然相抗。此事：非难汤武鄙薄周孔。会显：会当显著，为众所知。
33. 促中小心：心胸狭隘。
34. 饵（ěr）：服食。术、黄精：两种中草药名，古人认为服食后可以轻身延年。
35. 济：成全。

者也。[36]足下见直木不可以为轮，曲木不可以为桷，盖不欲以枉其天才，令得其所也。[37]故四民有业，各以得志为乐，唯达者为能通之，此足下度内耳。[38]不可自见好章甫，强越人以文冕也；己嗜臭腐，养鹓鸰以死鼠也。[39]吾顷学养生之术，方外荣华，去滋味，游心于寂寞，以无为为贵。[40]纵无九患，尚不顾足下所好者。[41]又有心闷疾，顷转增笃，私意自试，不能堪其所不乐。[42]自卜已审，若道尽途穷则已耳，足下无事冤之，令转于沟壑也。[43]吾新失母兄之欢，意常凄切。女年十三，男年八岁，未及成人，况复多病，顾此悢悢，如何可言！[44]今但愿守陋巷，教养子孙，时与亲旧叙离阔，陈说平生，浊酒一杯，弹琴一曲，志愿毕矣。[45]足下若嬲之不置，不过欲为官得人，以益时用耳。[46]足下旧知吾潦倒粗疏，不切事

---

36. 禹：治水的大禹，建立夏朝。伯成子高：禹时隐士。《庄子·天地》记载伯成子高曾辞诸侯之位而从事农耕。假：借。盖：雨伞。子夏：孔子弟子卜商的字。《孔子家语·致思》："孔子将行，雨而无盖。门人曰：'商也有之。'孔子曰：'商之为人也，甚吝于财。吾闻与人交，推其长者，违其短者，故能久也。'"孔明：诸葛亮的字。元直：徐庶的字。两人都在刘备部下，后来徐庶的母亲被曹操捉去，因而辞别刘备而投奔曹操，诸葛亮没有加以阻留。华子鱼：三国时华歆的字。幼安：管宁的字。两人为同学好友，魏文帝时，华歆为太尉，想推举管宁接任自己的职务，管宁辞不受，华歆也不加强迫。

37. 桷（jué）：屋上承瓦的椽子。枉：屈。天才：本性。

38. 四民：指士、农、工、商。度内：意料之中，想得到。

39. 章甫：殷朝的帽子。强：勉强。越人：指今浙江、福建一带居民。文冕（miǎn）：饰有花纹的帽子。语出《庄子·逍遥游》："宋人资章甫而适诸越，越人断发文身，无所用之。"鹓鸰（yuān chú）：传说中像凤凰的鸟。语出《庄子·秋水》：惠子做了梁国的相，害怕庄子来夺他的相位，便派人搜寻庄子，庄子往见惠子曰："南方有鸟，其名为鹓鸰……非梧桐不止，非练实不食，非醴泉不饮。于是鸱得腐鼠，鹓鸰过之，仰而视之，曰：'赫！'"

40. 方：正。外：疏远，排斥。滋味：美味。寂寞：安静。

41. 九患：上文七不堪和二甚不可。

42. 增笃：加重。自试：自己设想。

43. 卜：考虑。审：明确。无事：不要。冤：委屈。转于沟壑：流转在山沟河谷之间，指流离而死。

44. 悢悢（liàng）：悲恨。

45. 叙离阔：叙述离别之情。

46. 嬲（niǎo）：纠缠。不置：不放。

情，自唯亦皆不如今日之贤能也。[47]若以俗人皆喜荣华，独能离之，以此为快，此最近之，可得言耳。然使长才广度，无所不淹，而能不营，乃可贵耳。[48]若吾多病困，欲离事自全，以保余年，此真所乏耳，岂可见黄门而称贞哉！[49]若趣欲共登王涂，期于相致，时为欢益，一旦迫之，必发其狂疾，自非重怨，不至于此也。[50]野人有快炙背而美芹子者，欲献之至尊，虽有区区之意，亦已疏矣。[51]愿足下勿似之。其意如此，既以解足下，并以为别。[52]嵇康白。

【赏析】

嵇康高调宣称自己的散漫懒惰不宽容，并公然要求大家的包容和爱护，如此理直气壮的傲骄为何会成为千古名文呢？

文章妙在嵇康的率真坦荡，他对自己的缺点毫不掩藏躲闪，反倒天真可爱，绝不猥琐。这率性源于他从另一个维度将尧舜和狂人接舆等量齐观。无论是身居贱职的老庄，还是三登令尹的子文；无论是安乎卑位的柳下惠，还是辅佐刘邦的张良，他们都“循性而动，各附所

---

47. 潦倒粗疏：放任散漫。切事情：贴合世故人情。唯：想。

48. 此最近之：这样讲最接近我的本情。长才广度：有高才大度的人。淹：精深。不营：不求仕进。

49. 此真所乏：这的确是我本性有所欠缺。黄门：宦官。称贞：称赞其有贞节。

50. 趣：通“促”，急。登王涂：任职朝廷。涂：途。期：希望。相：偏指一方，此指“我”。致：招致。欢益：欢悦。这两句意为：假如你不是对我有重怨，不会逼我发狂疾。

51. 野人：田夫。快炙（zhì）背：对太阳晒背感到快意。美芹子：以芹菜为美味。语出《列子·杨朱》：“宋国有田夫，常衣缊黂，仅以过冬。暨春东作，自曝于日，不知天下之有广厦隩室，绵纩狐狢，顾谓其妻曰：‘负日之暄，人莫知者，以献吾君，将有重赏。’里之富室告之曰：‘昔人有美戎菽、甘枲茎芹萍子者，对乡豪称之；乡豪取而尝之，蜇于口，惨于腹，众哂而怨之，其人大惭。子此类也。’”至尊：君主。区区：微小而恳切。疏：远于事理。

52. 解：解释。足下：您。别：告别，绝交的婉辞。

安”。“性”为天性，“安”为价值观。他们顺应自己独特的天赋个性，用一生顺遂其志，实现自己的价值维度，成就了自己独特而鲜明的人格形象。王弼说“圣人茂于人者神明也”。圣人之所以超越芸芸众生，正在于其发扬天性，实现自我，内在丰茂，志气如神。

由此，嵇康坦然地展示自己的天性：纵逸简傲、不识人情、喜晚起、好行吟、不喜吊丧、不喜俗人、刚肠疾恶、轻肆直言，总之就是文章开篇的自述“直性狭中，多所不堪”。这天性固不美好，“不如嗣宗之资，而有慢弛之阙，好尽之累”，但自有诗意潇洒，不愿被官场戕害。更何况人与人之间的相处“贵识其天性，因而济之”，尊重天性，不加勉强，各得其所，方为真相知也。一千多年过去了，亲子、夫妻、朋友、师生间的相处之道仍是如此，可见这封书信所能引起的后世共鸣及其永恒价值。

嵇康对山涛傲慢，不仅为伸张自己的人生哲学，作为公开信，其不合作的态度与其说是对朋友，不如说是针对山涛所服务的司马政权。司马政权推崇儒学，而嵇康却力主老庄。生活习性的展示背后是意识形态的对抗。“非汤武而薄周孔”更是直指崇尚孝道却弑主篡位的虚伪的司马氏。明乎此，其傲岸懒散就不仅是肤浅的任性偏颇，更有士人面对不正义的政权的不屈精神和独立姿态。散淡背后的精神力量卓然挺立，这便是《与山巨源绝交书》的意义所在吧。

思旧赋并序

向秀

余与嵇康、吕安居止接近，其人并有不羁之才。[1]然嵇志远而疏，吕心旷而放，其后各以事见法。[2]嵇博综技艺，于丝竹特妙。临当就命，顾视日影，索琴而弹之。[3]余逝将西迈，经其旧庐。[4]于时日薄虞渊，寒冰凄然。[5]邻人有吹笛者，发音寥亮。追思曩昔游宴之好，感音而叹，故作赋云：[6]

将命适于远京兮，遂旋反而北徂。[7]济黄河以泛舟兮，经山阳之旧居。[8]瞻旷野之萧条兮，息余驾乎城隅。[9]践二子之遗迹兮，历穷巷之空庐。[10]

叹《黍离》之愍周兮，悲《麦秀》于殷墟。[11]唯古昔以怀今

向秀（227—272）：字子期。河内怀县（今河南武陟西南）人。魏晋之际哲学家、文学家，与嵇康、吕安友善，为"竹林七贤"之一。

1. 吕安：字仲悌。其妻貌美，吕安之兄吕巽与之有染，事发，吕巽反诬吕安不孝，嵇康辩其无辜。因嵇康一贯的不合作态度，司马昭借机一并杀了二人。居止：居住的地方。

2. 以：因。事：二人被诬之事。法：刑。

3. 就命：就死。《世说新语・雅量》记载："嵇中散临刑东市，神气不变，索琴弹之，奏《广陵散》。曲终，曰：'袁孝尼尝请学此散，吾靳固不与，《广陵散》于今绝矣！'"

4. 逝将西迈：由家乡西行入洛阳。经其旧庐：从洛阳返回时路过嵇康的旧宅。

5. 薄：迫近。虞渊：传说中的日落之处。

6. 曩（nǎng）昔：从前。

7. 将命：奉命。适：往。旋反：回来，指从洛阳回乡。徂（cú）：往。

8. 山阳：地名，在今河南。嵇康原隐居在山阳嵇山之下。

9. 息：安放。城隅：城墙角。

10. 二子：指嵇康和吕安。

11. 《黍（shǔ）离》：《诗经》中感叹周朝覆亡的诗歌，"知我者谓我心忧，不知我者谓我何求。悠悠苍天，此何人哉！"愍（mǐn）：通"悯"，同情。殷墟：殷都旧址，在今河南安阳小屯村。麦秀：指麦子秀发而未实。《史记・宋微子世家》："箕子朝周，过故殷墟，感宫室毁坏，生禾黍，箕子伤之，欲哭则不可，欲泣为其近妇人，乃作《麦秀》之诗以歌咏之。"

兮，心徘徊以踌躇。[12]栋宇存而弗毁兮，形神逝其焉如。[13]

昔李斯之受罪兮，叹黄犬而长吟。[14]悼嵇生之永辞兮，顾日影而弹琴。托运遇于领会兮，寄余命于寸阴。[15]

听鸣笛之慷慨兮，妙声绝而复寻。停驾言其将迈兮，遂援翰而写心。[16]

【赏析】

刘禹锡“怀旧空吟闻笛赋”诗句，典出向秀的《思旧赋》。其中“空吟”二字正是向秀此刻的心境。曾经嵇康打铁，向秀鼓风，相对欣然，旁若无人。又与吕安共灌园于山阳。三人志同道合，志远心放，散淡潇洒。直至康、安被诛，天下警动，向秀遂入京领职。司马昭嘲弄他说：“听说你有隐居之志，何以在此？”向秀答：“未达尧心，岂足多慕。”帝甚悦。但向秀心中的屈辱向何人道？故友已逝，世无知音。向秀只能北上山阳旧居寄托对故友、对自己的哀思。“践二子之遗迹兮，历穷巷之空庐”，“栋宇存而弗毁兮，形神逝其焉如”。栋宇依旧，笛声寥亮，曾经打铁灌园的情景、曾经洒脱傲岸的意气还历历在目，现在却都已是前尘梦影，如电如幻，想来如何不凄恻，不怃然？鲁迅说：“年轻时读向子期《思旧赋》，很怪他为什么只有寥寥的几行，刚开头却又煞了尾。然而，现在我懂得了。”在好友死亡的阴影下做的政治妥协，虽有强烈的不甘和沉痛，然而也只能

---

12. 唯：思。古昔：上文的商周旧事。怀今：有感于古人事而怀念嵇康和吕安。
13. 焉如：何往。
14. 李斯临刑前对儿子说：“吾欲与若复牵黄犬，俱出上蔡东门逐狡兔，岂可得乎！”父子相哭。
15. 运遇：命运遭遇。领会：对于命运的领悟和理解。寸阴：极短的时光，指临刑前片刻。
16. 将迈：将要出发。援：提。翰：笔。写心：描述自己的心境。

妥协。《思旧赋》从第一句“余与嵇康、吕安居止接近”开始，笔触就是隐忍和克制，但克制里犹流露出止不住的悲伤，“日薄虞渊，寒冰凄然”，“追思曩昔游宴之好，感音而叹”，“唯古昔以怀今兮，心徘徊以踌躇”。越克制，就越悲怆；越悲怆，越要克制。最后对着形神皆逝的空境无言慨叹，大概就是“空吟”吧。

唯一令人欣慰的是“悼嵇生之永辞兮，顾日影而弹琴。托运遇于领会兮，寄余命于寸阴”。嵇康虽然永辞，但临刑前的索琴而弹，贯彻了他一生对美的珍视和追求。“广陵散于今绝矣”，这个高贵的瞬间定格成了后人心中嵇康永恒的姿态。

陈情表
李密

臣密言：臣以险衅，夙遭闵凶。[1]生孩六月，慈父见背；行年四岁，舅夺母志。[2]祖母刘悯臣孤弱，躬亲抚养。[3]臣少多疾病，九岁不行，零丁孤苦，至于成立。[4]既无伯叔，终鲜兄弟，门衰祚薄，晚有儿息。[5]外无期功强近之亲，内无应门五尺之僮，茕茕孑立，形影相吊。[6]而刘夙婴疾病，常在床蓐，臣侍汤药，未曾废离。[7]

逮奉圣朝，沐浴清化。[8]前太守臣逵，察臣孝廉，后刺史臣荣，举臣秀才，臣以供养无主，辞不赴命。[9]诏书特下，拜臣郎中，寻蒙国恩，除臣洗马。[10]猥以微贱，当侍东宫，非臣陨首所能上报。[11]

李密（224—287）：字令伯。西晋时犍为武阳（今四川彭山）人。少仕蜀为郎，蜀汉灭亡之后，以父亡母嫁祖母无所依托，上表陈情辞却晋武帝太子洗（xiǎn）马的职位征召。陈：陈述。表：古代奏章的一种。

1. 险衅（xìn）：艰难祸患。很早遭到不幸。夙：早。闵，通“悯”，可忧患的事（多指疾病死丧）。凶：不幸。

2. 生孩：生下来还是婴孩时。见背：弃我而死去。行年：经历的年岁。舅夺母志：指由于舅父强行改变了李密母亲守节的志向。这是对母亲改嫁的委婉说法。

3. 悯：怜惜。

4. 不行：不能行走。意思是柔弱。零丁：通“伶仃”，孤独的样子。成立：成人自立。

5. 终鲜（xiǎn）：最终也很少。家门衰微，福分浅薄。祚（zuò）：福分。儿息：儿子。

6. 外无期（jī）功强近之亲：没什么近亲。外：自己一房以外的亲族。古代以亲属关系的远近规定服丧时间长短，服丧一年称“期”，九月称“大功”，五月称“小功”。强近：勉强算接近的。应门五尺之僮：照应门户的五尺高的小孩。僮：童仆。茕（qióng）茕孑（jié）立：孤单无依靠地独自生活。形影相吊：只有身体和影子相互安慰。吊：安慰。

7. 婴：被缠绕。早被疾病缠绕，指得病多年。蓐：草席。废离：废养远离。

8. 逮：及至。奉：事奉。圣朝：晋朝。清化：清明的政治教化。

9. 前太守臣逵：前任太守名逵的。察：考察推举。孝廉：汉代以来举荐人才的一种科目，举用孝顺父母、品行方正的人。后刺史臣荣：后任刺史名荣的人。秀才：当时地方选拔人才的一种科目，这里是优秀人才的意思。供养无主：供养祖母的事无人来做。主：主持。辞：辞谢。

10. 拜：授官。郎中：尚书省的属官。寻：不久。蒙：蒙受。除：任命。洗马：文中指太子洗马，掌管图书，祭奠先圣先师，讲经，太子出行为先驱。

11. 猥（wěi）：自谦之词。担任侍奉太子的职务。当：任，充当。东宫：太子居东宫，这里指太子。此恩不是我杀身所能报答的。陨（yǔn）首：丧命。

臣具以表闻，辞不就职。[12]诏书切峻，责臣逋慢。[13]郡县逼迫，催臣上道；州司临门，急于星火。[14]臣欲奉诏奔驰，则刘病日笃；欲苟顺私情，则告诉不许。[15]臣之进退，实为狼狈。[16]

伏唯圣朝以孝治天下，凡在故老，犹蒙矜育，况臣孤苦，特为尤甚。[17]且臣少仕伪朝，历职郎署，本图宦达，不矜名节。[18]今臣亡国贱俘，至微至陋，过蒙拔擢，宠命优渥，岂敢盘桓，有所希冀。[19]但以刘日薄西山，气息奄奄，人命危浅，朝不虑夕。[20]臣无祖母，无以至今日，祖母无臣，无以终余年。母孙二人，更相为命，是以区区不能废远。[21]

臣密今年四十有四，祖母今年九十有六，是臣尽节于陛下之日长，报刘之日短也。[22]乌鸟私情，愿乞终养。[23]臣之辛苦，非独蜀之人士及二州牧伯所见明知，皇天后土，实所共鉴。[24]愿陛下矜悯愚诚，听臣微志，庶刘侥幸，保卒余年。[25]臣生当陨首，死当结

---

12. 将有关情况在奏表中一一呈报。具：详尽。闻：使……知道。
13. 切峻：急切严厉。逋（bū）慢：回避怠慢。
14. 郡县：郡县的官员。州司：州官。急于星火：比流星坠落还要急。
15. 日笃：一天天加重。苟顺：姑且迁就。告诉不许：申诉不被准许。
16. 狼狈：进退两难。
17. 伏唯：旧时奏疏、书信中下级对上级常用的敬语。故老：年老有功的旧臣。犹蒙矜育：尚且蒙受怜惜抚育。
18. 伪朝：对晋称呼被灭的蜀汉。郎署：郎官的衙署。署：官署衙门。李密在蜀国曾担任郎中与尚书郎。本来就希望官职显达。矜：矜持爱惜。
19. 受到过分的提拔。擢（zhuó）：提拔。宠命：恩命，指拜郎中、洗马等官职。优渥（wò）：优厚。盘桓：逗留、徘徊不进的样子。希冀：希望，企图，指非分的愿望。
20. 日薄西山：太阳接近西山。比喻人的寿命即将终了。薄：迫近。奄奄：气息微弱的样子。危浅：活不长。危：危险。浅：指不长。
21. 区区：拳拳。形容自己的私情。
22. 有：通“又”。
23. 乌鸟私情：乌鸦反哺之情，比喻人的孝心。愿乞终养：希望求得奉养祖母到最后。
24. 辛苦：辛酸苦楚。二州：益州和梁州。牧伯：太守和刺史。天地神明也都看得清清楚楚的。
25. 矜：怜悯。愚诚：愚拙的至诚之心。听：听许，同意。庶：或许。或许祖母刘氏能侥幸寿终。

草。[26]臣不胜犬马怖惧之情，谨拜表以闻。[27]

【赏析】

这是一封让人无法拒绝的上书，因为谁都无法拒绝对亲情的报恩。

出生六个月，父亲离世。四岁时母亲被逼改嫁。《晋书》记载："密时年数岁，感恋弥至，烝烝之性，遂以成疾。"体弱多病，家门不兴，他是个几乎被遗弃的孩子。在这样的境况下，祖母刘氏躬亲抚养，至于其成人，恩情有如再造。李密成人时，祖母已七十岁。人生七十古来稀。对于恩重如山又来日不知其几的祖母，李密自当滴水之恩，涌泉相报。《晋书·李密传》记载："密奉事以孝谨闻。刘氏有疾，则涕泣侧息，未尝解衣，饮膳汤药必先尝后进。"可见文中说"刘夙婴疾病，常在床蓐，臣侍汤药，未曾废离"，并非虚言。

时值故国西蜀败亡，西晋新立。李密曾出使东吴以才辩著称，在西蜀又以孝道闻名。对驰名两国、德才兼备的名士，西晋政府当然礼遇拉拢，安抚人心。因此长官多番推举，"察臣孝廉""举臣秀才"。李密"辞不赴命"后，政府更是直接征召，"拜臣郎中""除臣洗马"。甚至于"郡县逼迫，催臣上道；州司临门，急于星火"。李密虽然"辞不就职"，但始终言辞恳切。无论是"进退狼狈"还是"不矜名节"，他的自白看似谦卑，但在皇帝眼中自有不卑不亢的气

---

26. 活着将不惜为国事献出生命，死后也当结草报恩。《左传》记载，晋国大夫魏武子临死的时候，嘱咐他的儿子魏颗（huǒ）把武子的爱妾杀了殉葬。魏颗没有照办。后来魏颗跟秦将杜回作战，看见一个老人结草把杜回绊倒，杜回因此被擒。魏颗夜间梦见结草的老人，自称是再嫁之妾的父亲，特来报恩。后世用以指报恩。

27. 犬马：作者自比，表示谦卑。拜表：拜上表章。

度。这气度背后则是孝道这一永恒价值的力量："但以刘日薄西山，气息奄奄，人命危浅，朝不虑夕。臣无祖母，无以至今日，祖母无臣，无以终余年。母孙二人，更相为命，是以区区不能废远。"亲情的力量喷涌而出，皇权也无法阻拦。

最后李密根据年龄提出先尽孝、后尽忠的方案，情理兼备，恳切动人。

兰亭集·序

王羲之

永和九年，岁在癸丑，暮春之初，会于会稽山阴之兰亭，修禊事也。[1]群贤毕至，少长咸集。[2]此地有崇山峻岭，茂林修竹，又有清流激湍，映带左右，引以为流觞曲水，列坐其次。[3]虽无丝竹管弦之盛，一觞一咏，亦足以畅叙幽情。[4]是日也，天朗气清，惠风和畅，仰观宇宙之大，俯察品类之盛，所以游目骋怀，足以极视听之娱，信可乐也。[5]

夫人之相与，俯仰一世。[6]或取诸怀抱，悟言一室之内，或因寄所托，放浪形骸之外。[7]虽趣舍万殊，静躁不同，当其欣于所遇，暂得于己，快然自足，不知老之将至。[8]及其所之既倦，情随事迁，感慨系之矣。[9]向之所欣，俯仰之间，已为陈迹，犹不能不以之兴怀，

三月三上巳节，王羲之与谢安、孙绰、支遁等名士四十余人在兰亭集会，举行禊礼，饮酒赋诗，作品结为一集，王羲之作序总述其事。

王羲之（303—361，一说321—379）：字逸少。琅琊临沂（今山东）人。出身东晋世家大族，中国历史上最著名的书法家之一。

1. 永和：东晋穆帝年号（345—356）。九年：公元353年。癸丑：古人以天干地支相配纪年，永和九年正当癸丑。会（kuài）稽：东晋郡名，辖地今浙江北部和江苏东南部。山阴：今浙江绍兴。兰亭：位于今绍兴西南兰渚。修禊（xì）：三月上旬巳日（魏以后定为三月三日）古人临水行祭，以祓除不祥。

2. 群贤：指谢安、孙绰、支遁等名流。毕：全。咸：都。

3. 修竹：高耸的竹子。激湍：很急的水流。映带：映衬，围绕。流觞：随水流动的酒杯。曲水：环曲的水流。酒杯停在谁面前，就得引杯饮酒。次：旁边，水边。

4. 丝竹管弦：管乐和弦乐，这里泛指音乐。一觞一咏：喝酒作诗。幽情：幽深内藏的感情。

5. 惠风：和煦的风。品类：自然界的万物。所以：用来。游目：纵目观望。骋怀：舒展怀抱。极：穷尽。信：实在。

6. 相与：相处。俯仰：低头抬头，极言时间短促。

7. 悟言：心领神会的妙谈。因寄：有所依托。所托：所爱好的事物。放浪：无拘束。形骸：身躯。

8. 趣舍：取舍。万殊：千差万别。 静躁：安静与躁动。不知老之将至：语出《论语·述而》“其为人也，发愤忘食，乐以忘忧，不知老之将至云尔”。

9. 所：意。系之：随之而来。

况修短随化，终期于尽。[10]古人云：死生亦大矣。[11]岂不痛哉！

每览昔人兴感之由，若合一契，未尝不临文嗟悼，不能喻之于怀。[12]固知一死生为虚诞，齐彭殇为妄作。[13]后之视今，亦犹今之视昔，悲夫！故列叙时人，录其所述，虽世殊事异，所以兴怀，其致一也。[14]后之览者，亦将有感于斯文。

【赏析】

永和九年三月三日，王羲之以会稽内史身份主持了大规模的文人集会，一代名流云集兰亭，谢安、孙绰、许询等共四十一位。此次集会临流畅饮，游赏风物，赋诗抒怀，最后将诗作汇编成集，由王羲之撰写序文。

序文先以洗练的文字交代雅集的时间地点、缘由、人物和环境感受，整体凸显的是“乐”：“足以极视听之娱，信可乐也。”

然而乐不持久，想及此，便产生深刻的悲哀。无论“悟言一室之内”还是“放浪形骸之外”，当年不知老之将至的快然自足都会随着时光流逝而改变，物是人非，物非人是，甚或人物皆非。“及其所之既倦，情随事迁，感慨系之矣。”外物与自己的那段美好遇合永远地消失在时光的长河中，留不住。而自己的生命与这个世界的遇合又何尝不是如此？“俯仰之间，已为陈迹”，转瞬间生命就消失了踪影。

---

10. 向：过去。犹：尚且。兴怀：引发感触。修短：生命长短。随化：顺随造化。期：至。
11. “死生”句，语出《庄子·德充符》：“仲尼曰：‘死生亦大矣，而不得与之变。’”
12. 契：符契。由两半合成，双方各执一半，以资取信。临文：看到文章。嗟悼：叹息哀伤。喻之：明白悲伤的原因。
13. 固：本来。一死生：把生死存亡看作一样。语出《庄子·德充符》“以死生为一条”。齐彭殇（shāng）：把长寿和短命等量齐观。彭：彭祖，相传活了800年。殇：夭折的人。语出《庄子·齐物论》：“莫寿乎殇子，而彭祖为夭。”
14. 列叙时人：一一记下当时的与会者。虽世殊事异：即使时代和事情不同。

再多留恋，也如握沙捕风，逝而难返。想及此，“死生亦大矣，岂不痛哉”！

对美好、对生命的深刻眷恋使王羲之不甘在时光之流中暗灭。他要执着地留下痕迹，来对抗这裹挟万物逝而不返的时光。“故列叙时人，录其所述，虽世殊事异，所以兴怀，其致一也。后之览者，亦将有感于斯文。”千年已逝，沧海桑田，但我们仍然有感于斯文，有感于暮春之初的美好，更有感于王羲之对美好的执着与眷恋。

归去来兮辞并序

陶渊明

余家贫，耕植不足以自给。幼稚盈室，瓶无储粟，生生所资，未见其术。[1]亲故多劝余为长吏，脱然有怀，求之靡途。[2]会有四方之事，诸侯以惠爱为德，家叔以余贫苦，遂见用于小邑。[3]于时风波未静，心惮远役，彭泽去家百里，公田之利，足以为酒。[4]故便求之。及少日，眷然有归欤之情。[5]何则？质性自然，非矫厉所得；饥冻虽切，违己交病。[6]尝从人事，皆口腹自役。[7]于是怅然慷慨，深愧平生之志。犹望一稔，当敛裳宵逝。[8]寻程氏妹丧于武昌，情在骏奔，自免去职。[9]仲秋至冬，在官八十余日。[10]因事顺心，命篇曰《归去来兮》。[11]乙巳岁十一月也。[12]

归去来兮，田园将芜胡不归！[13]既自以心为形役，奚惆怅而独

归去来：即归去，“来”是语助词。

陶渊明（365—427）：字元亮，又名潜，世称靖节先生。浔阳柴桑（今江西九江）人。东晋诗人，风格质朴自然，开创田园诗的新境界。

1. 瓶：储粮容器。生生：维持生计。资：凭借。

2. 脱然：不经意的样子。有怀：有做官之念。靡途：没有门路。

3. 会：适逢。四方之事：奉命出使。诸侯：州郡长官。家叔：陶夔（kuí），时任太常卿。以：因为。见：被。

4. 惮：害怕。役：服役。彭泽：县名，今江西彭泽县西南。

5. 归欤（yú）之情：归隐之心。

6. 矫厉：勉强致力事务。切：迫切。违己：违反自己本心。交病：指思想上遭受痛苦。

7. 口腹自役：为了满足口腹的需要而驱使自己。

8. 望：观望。一稔（rěn）：公田收获一次。稔：谷物成熟。敛裳：收拾行装。宵：星夜。逝：离去。

9. 寻：不久。程氏妹：嫁给程家的妹妹。武昌：今湖北鄂城。情：吊丧的心情。骏奔：疾如奔马。

10. 仲秋：农历八月。

11. 事：辞官。顺：顺遂。心：心愿。

12. 乙巳岁：晋安帝义熙元年。

13. 胡：通“何”。

悲？[14]悟已往之不谏，知来者之可追。[15]实迷途其未远，觉今是而昨非。舟遥遥以轻飏，风飘飘而吹衣。[16]问征夫以前路，恨晨光之熹微。[17]

乃瞻衡宇，载欣载奔。僮仆欢迎，稚子候门。[18]三径就荒，松菊犹存。[19]携幼入室，有酒盈樽。引壶觞以自酌，眄庭柯以怡颜。[20]倚南窗以寄傲，审容膝之易安。[21]园日涉以成趣，门虽设而常关。策扶老以流憩，时矫首而遐观。[22]云无心以出岫，鸟倦飞而知还。[23]景翳翳以将入，抚孤松而盘桓。[24]

归去来兮，请息交以绝游。[25]世与我而相违，复驾言兮焉求？[26]悦亲戚之情话，乐琴书以消忧。[27]农人告余以春及，将有事于西畴。[28]或命巾车，或棹孤舟。[29]既窈窕以寻壑，亦崎岖而经丘。[30]木欣欣以向荣，泉涓涓而始流。[31]善万物之得时，感吾生之行休。[32]

---

14. 以心为形役：本心不愿做官，但为生计奔走，所以说心神被形体役使。奚：何，为什么。惆怅：感伤。
15. “悟以往”二句意为：觉悟到过去的错误已不可挽回，知道未来的事还可以补救。
16. 飏（yáng）：飞扬，形容船行轻快。
17. 征夫：行人。熹微：天色微明。
18. 衡宇：横木为门的房屋，指简陋的房屋。
19. 三径：汉蒋诩（xǔ）隐居时，在屋前竹下开了三条小路，只与求仲、羊仲往来，后人遂将隐士居所称为三径。
20. 引：拿来。觞（shāng）：酒杯。眄：斜视。柯：树枝。以：为了。怡颜：面色愉快。
21. 审：明白。容膝：仅容膝跪坐的空间，极言其狭小。
22. 策：拄着。扶老：手杖。憩（qì）：休息。流憩：游息，到处走走歇歇。矫首：举头。遐：远。
23. 岫（xiù）：山峰。云无心以出岫：云气自然而然地从山里冒出。
24. 景：日光。翳翳：阴暗的样子。将入：太阳要落山了。盘桓：徘徊，留恋不去。
25. 息交：停止与官场来往交游。
26. 驾言：出游。言：助词。焉求：何求。
27. 情话：知心话。
28. 春及：春天到了。有事：有耕种之事。畴：田地。
29. 或：有时。巾车：有篷的车子。棹：船桨，这里名词做动词，划船。
30. 窈窕：山路幽深。壑（hè）：山沟。
31. 欣欣、向荣：草木滋长茂盛。涓涓：水流细微的样子。
32. 善：欢喜，羡慕。行休：行将结束。

已矣乎，寓形宇内复几时！[33]曷不委心任去留，胡为乎遑遑欲何之？[34]富贵非吾愿，帝乡不可期。[35]怀良辰以孤往，或植杖而耘耔。[36]登东皋以舒啸，临清流而赋诗。[37]聊乘化以归尽，乐夫天命复奚疑！[38]

【赏析】

陶渊明是中国古代最著名的隐逸诗人，但在他最终归隐田园之前，他其实经历了多次出仕为官和退隐家园的纠结。《归去来兮辞》是陶渊明徘徊于仕隐之间十年之后，终于奔向田园的心声发露。

最终，陶渊明决定直面内心的召唤，依从自己喜好自然的本性，痛感“今是而昨非”，过去的已无法追回，能把握的只有未来，所以他决意归去田园。

陶渊明弃官彭泽，是借他妹妹去世之机，但他奔向自己人生真正的归宿——田园——则是欣然的。舟之轻快与衣之飘飏，似乎都表露着这样的情绪；望见家门时更可以说是欣喜，所谓“载欣载奔”。这里有家人、童仆和美酒，小酌怡情，诗酒人生。归来的狂喜终于平静下来，倚窗寄傲，涉园成趣，云飞鸟还，矫首遐观，平静中自有悠长的乐趣。终于回到心之所向的田园，离开仕途红尘，挥挥手，不留恋，而转向享受田园，田园的景物和人的生命本身，都充溢着欢悦：

---

33. 已矣乎：算了吧！寓形：寄生。宇内：天地之间。
34. 曷（hé）不：何不。委心：随心。去留：生死。任去留：不以生死为意。胡：为什么。遑遑：不安的样子。之：往。
35. 帝乡：神仙居住的地方。期：企及。
36. 怀：爱惜。良辰：万物得时的春天。孤往：独自外出。植：置。植杖：放掉手杖（而拿起农具）。耘：除草。耔：培土。
37. 皋（gāo）：高地。舒：放。啸：撮口发出长而清越的声音。
38. 聊：姑且。乘化：随顺大自然的运转变化。归尽：到死。尽：死亡。

“木欣欣以向荣，泉涓涓而始流。善万物之得时，感吾生之行休。”

面对有限的生命，人会剥离一切虚荣和矫饰，何不任从自己的心性，勇敢地直面内心，任真率性，坚定地做自己：登皋长啸，临流赋诗，享受这生命的快乐吧。

桃花源记

陶渊明

晋太元中，武陵人捕鱼为业，缘溪行，忘路之远近。[1]忽逢桃花林，夹岸数百步，中无杂树，芳草鲜美，落英缤纷；渔人甚异之。[2]复前行，欲穷其林。林尽水源，便得一山，山有小口，仿佛若有光；便舍船从口入。初极狭，才通人。[3]复行数十步，豁然开朗。土地平旷，屋舍俨然，有良田美池桑竹之属；阡陌交通，鸡犬相闻。[4]其中往来种作，男女衣着，悉如外人；黄发垂髫，并怡然自乐。[5]见渔人，乃大惊；问所从来，具答之。[6]便要还家，设酒杀鸡作食。[7]村中闻有此人，咸来问讯。[8]自云先世避秦时乱，率妻子邑人来此绝境，不复出焉；遂与外人间隔。[9]问今是何世，乃不知有汉，无论魏、晋。[10]此人一一为具言所闻，皆叹惋。[11]余人各复延至其家，皆出酒食。[12]停数日，辞去。此中人语云："不足为外人道也。"

既出，得其船，便扶向路，处处志之。[13]及郡下，诣太守说如

---

1. 太元：东晋孝武帝的年号（376—396）。武陵：郡名，今武陵山区或湖南常德一带。缘：沿着。
2. 落英：落花。异：认为特别。
3. 才通人：仅容一人通过。
4. 俨（yǎn）然：整齐的样子。之属：这类。阡陌：田间小路，南北走向的叫阡，东西走向的叫陌。交通：交错相通。
5. 悉：全，都。黄发：老人，人老则发色转黄。垂髫（tiáo）：儿童。髫：小孩的垂发。
6. 从来：从哪里来。具：详细地。
7. 要（yāo）：邀请。
8. 咸：都。问讯：询问消息，打听消息。
9. 率：率领。妻子：妻室与子女。邑人：同乡人。绝境：与外界的隔绝之处。
10. 乃：竟。无论：更不用说。
11. 具言：详细地说出。所闻：渔人知道的世事。闻：听说。
12. 延：邀请。
13. 扶：沿着。向路：前时来路。志：做标记。

此。[14]太守即遣人随其往，寻向所志，遂迷不复得路。[15]南阳刘子骥，高尚士也；闻之，欣然规往。[16]未果，寻病终，后遂无问津者。[17]

【赏析】

一千多年前，陶渊明编织了一个诗化田园的梦，使无数后人心向往之，却又追索不得。

梦分三段，溪行捕鱼、桃源仙境、重寻迷路，均以写实交代人物、动作、细节。虚景实写，仿佛确有其人，真有其事。

梦由“忘”字开始。人世繁杂，得失心、算计心，乌烟瘴气尽由此出。然一“忘”字使渔人机心顿失，算计全无，烂漫起来。于是“忽逢”桃花林，“芳草鲜美，落英缤纷”。更让渔人惊异的是“中无杂树”，一片纯粹，没有杂质。渔人以孩童般的好奇心穿过桃林、山洞，找到桃花源。此处“土地平旷，屋舍俨然，有良田美池桑竹之属；阡陌交通，鸡犬相闻”。更令人心动的是，桃源的老人孩子“并怡然自乐”。桃源人见到渔人后“大惊，问所从来”“具要还家”“咸来问讯”，情真意切，洋溢着浓郁的生活气息。

桃源人又“问今是何世，乃不知有汉，无论魏、晋”。历史的翻云覆雨，看多了，看透了，在获得智慧的同时，往往使人萌发种种机心。桃源中人的真淳自足、恬淡自在也许正源于“不知有汉，无论魏、晋”。《归去来兮辞》中陶渊明“请息交以绝游”，却与农人往来（“农人告余以春及，将有事于西畴”），大概也因农人虽然知识

---

14. 及郡下：到了郡城。郡下：指武陵郡。诣（yì）：到，往见。
15. 寻所向志：寻找之前做的标记。遂迷：竟然迷路。
16. 南阳：今河南南阳。刘子骥：隐士，好游山泽。规：计划。
17. 寻：不久。终：死亡。问津：问路，这里指访求。津：渡口。

不多，却有真淳的心灵和生活的诚意，恬淡自足，不务外求。

渔人在桃花源中“停数日，辞去”。返程路上便机心四起，“处处志之”，违背了桃源人“不为外人道”的叮嘱。“及郡下，诣太守”，求恩赏，桃花源遂不复出现。

渔人因“忘”机心而寻到桃花源，又因“处处志之”“诣太守”而失去桃花源。得失之间，恍如一梦。“一语天然万古新，豪华落尽见真淳。”桃源所贵，唯“真淳”二字。

五柳先生传

陶渊明

先生不知何许人也，亦不详其姓字，宅边有五柳树，因以为号焉。[1]闲静少言，不慕荣利。好读书，不求甚解。每有会意，便欣然忘食。[2]性嗜酒，家贫不能常得。亲旧知其如此，或置酒而招之。造饮辄尽，期在必醉。[3]既醉而退，曾不吝情去留。[4]环堵萧然，不蔽风日。[5]短褐穿结，箪瓢屡空，晏如也。[6]常著文章自娱，颇示己志。忘怀得失，以此自终。

赞曰：黔娄之妻有言，不戚戚于贫贱，不汲汲于富贵。[7]其言兹若人之俦乎？衔觞赋诗，以乐其志，无怀氏之民欤？葛天氏之民欤？[8]

【赏析】

五柳先生是一位隐士，隐士最被人称道的德行是“不慕荣利”。因为不慕荣利，他连籍贯姓氏都放弃了，在那个极端重视家族门第的时代，这无异于自我取消在世俗社会中的价值和地位。因为不慕荣利，他读书只为了快乐，没有追求学问的负担，更没有获取功名的目

---

1. 许：处。
2. 会意：心得体会。
3. 造：到。
4. 曾不：一点也不。吝情：感情上计较。
5. 环堵：四壁。萧然：空无一物。
6. 短褐：粗布短衣。穿：破洞。结：缝补，连缀。箪：盛饭竹器。晏如：安然自在的样子。
7. 赞：史传后附赞语，用于对人物事件的总结和评述。黔娄：春秋时的高士，清贫而不求仕进。戚戚：忧惧。汲汲：急于追求的样子。
8. 衔觞：即饮酒。无怀氏：无怀氏、葛天氏都是传说中的上古太平盛世的帝王。

的。因为不慕荣利，他率性自然，不虚伪矫饰，被别人请去喝酒，当饮则饮，当去则去。因为不慕荣利，他安贫乐道，极度贫困、极度匮乏的物质生活中，他能安然恬淡，不改其乐。因为不慕荣利，他可以无须计较人生中的利益得失，就这样快乐地度过一生。

五柳先生既不屑于追求富贵的生活，亦不忧于贫贱的处境，他陶然自足，自得其乐。作者说，这样的人，恐怕只有在还保持着人类高贵完美天性的远古洪荒时代才有吧？

这篇小传向来被视为陶渊明的自传，率性自然的性格，安详沉稳的情态，贫困匮乏却又不乏闲适诗意的日常生活，的确是陶渊明自我的写照。

别赋

江淹

黯然销魂者，唯别而已矣。[1]况秦吴兮绝国，复燕宋兮千里。[2]或春苔兮始生，乍秋风兮暂起。是以行子肠断，百感凄恻。风萧萧而异响，云漫漫而奇色。舟凝滞于水滨，车逶迟于山侧，棹容与而讵前，马寒鸣而不息。[3]掩金觞而谁御，横玉柱而沾轼。[4]居人愁卧，恍若有亡。[5]日下壁而沈彩，月上轩而飞光。[6]见红兰之受露，望青楸之离霜。[7]巡曾楹而空掩，抚锦幕而虚凉。[8]知离梦之踯躅，意别魂之飞扬。[9]

故别虽一绪，事乃万族：[10]

至若龙马银鞍，朱轩绣轴，帐饮东都，送客金谷。[11]琴羽张兮箫鼓陈，燕赵歌兮伤美人；珠与玉兮艳暮秋，罗与绮兮娇上春。[12]

江淹（444—505）：字文通。历仕南朝宋、齐、梁三代，南朝著名文学家。

1. 黯然：心神沮丧，形容惨戚之状。销魂：形容极度的悲伤愁苦。

2. 绝国：隔绝遥远的邦国。

3. 逶迟：徘徊不行的样子。棹：船桨，这里指代船。容与：缓慢荡漾不前的样子。讵：岂，怎。

4. 掩：覆盖。觞：酒杯。御：进用。玉柱：琴瑟上的系弦之木，这里指的是琴。轼：车前的横木。

5. 恍（huǎng）：丧神失意的样子。

6. 沈彩：日光西沉。沈：同“沉”。

7. 离：同“罹”，遭受。

8. 曾楹：高高的楼房。曾：通“层”。楹：屋前的柱子，此指房屋。

9. 意：同“臆”，料想。

10. 万族：繁多的种类。

11. 龙马：据《周礼・夏官・廋人》载，马八尺以上称“龙马”。朱轩绣轴：指车驾之华贵。帐饮东都：西汉疏广告老还乡时，公卿大夫和故旧同乡等在长安东都门为他饯行，来送行的人很多，所乘车有数百辆。送客金谷：西晋石崇在洛阳西北金谷造有金谷园，当他出为征虏将军时，送行的人很多，石崇与送行者在金谷园设帐宴饮。

12. 琴羽：指琴中弹奏出羽声。羽：五音之一，声最细切，宜于表现悲戚之情。上春：即初春。

惊驷马之仰秣，耸渊鱼之赤鳞。[13]造分手而衔涕，感寂漠而伤神。[14]

乃有剑客惭恩，少年报士，韩国赵厕，吴宫燕市，割慈忍爱，离邦去里，沥泣共诀，抆血相视。[15]驱征马而不顾，见行尘之时起。方衔感于一剑，非买价于泉里。[16]金石震而色变，骨肉悲而心死。[17]

或乃边郡未和，负羽从军。[18]辽水无极，雁山参云。闺中风暖，陌上草薰。日出天而耀景，露下地而腾文，镜朱尘之照烂，袭青气之烟煴。[19]攀桃李兮不忍别，送爱子兮沾罗裙。[20]

至如一赴绝国，讵相见期。视乔木兮故里，决北梁兮永辞。[21]左右兮魂动，亲宾兮泪滋。可班荆兮赠恨，唯樽酒兮叙悲。[22]值秋

---

13. 仰秣：吃草时抬起头。语出《淮南子·说山训》："伯牙鼓琴，驷马仰秣。"形容琴声把驾车的马都感动了。

14. 造：等到。衔涕：含泪。寂漠：即"寂寞"。

15. 韩国：指战国时聂政受韩国严仲子之请，刺杀韩相侠累成功后自杀身亡。赵厕：指战国初期，豫让因自己的主人智氏为赵襄子所灭，乃变姓名为刑人，入宫中厕，挟匕首欲刺死赵襄子，未能成功。吴宫：指春秋时专诸为吴国公子光刺杀吴王僚一事。燕市：指荆轲与朋友高渐离等饮于燕国集市，后为燕太子丹至秦刺秦王政未成，被杀；高渐离后亦因刺杀秦始皇未遂而被杀。抆血：泪尽继之以血。抆（wěn）：擦拭。

16. 买价：指以生命换取金钱。泉里：黄泉。

17. 金石震：钟、磬等乐器齐鸣。此句典出小说《燕丹太子》："荆轲与武阳入秦，秦王陛戟而见燕使，鼓钟并发，群臣皆呼万岁，武阳大恐，面如死灰色。"骨肉：指死者亲人。此句典出《史记·刺客列传》，聂政刺杀韩相侠累后，屠肠毁容自杀，以免牵累亲人。而聂政姐姐聂嫈不肯仅顾自身安危而使弟弟义举隐没无闻，故赶到韩国指认弟弟，伏尸而哭，自杀其旁。

18. 负羽：携带弓箭。

19. 耀景：光芒照耀。腾文：指露水在阳光下反射出绚烂的色彩。朱尘：尘土。照烂：鲜明绚烂之色。袭：笼罩。青气：春天草木上腾起的烟霭。烟煴：通"氤氲"，云气笼罩弥漫的样子。

20. 爱子：爱人，指征夫。

21. 乔木：高大的树木。古代以乔木作为故乡的标志。见王充《论衡·佚文》："睹乔木，知旧都。"

22. 班荆：据《左传·襄公二十六年》，楚国伍举与声子相善。伍举将奔晋，遇声子于郑郊。两人"班荆相与食"，即荆草铺地，坐在上面。后遂以"班荆道故"喻亲旧惜别之悲痛。班：铺设。

雁兮飞日，当白露兮下时。怨复怨兮远山曲，去复去兮长河湄。[23]

又若君居淄右，妾家河阳。[24]同琼佩之晨照，共金炉之夕香。君结绶兮千里，惜瑶草之徒芳[25]。惭幽闺之琴瑟，晦高台之流黄。[26]春宫闷此青苔色，秋帐含兹明月光，夏簟清兮昼不暮，冬釭凝兮夜何长！[27]织锦曲兮泣已尽，迴文诗兮影独伤。[28]

傥有华阴上士，服食还山。[29]术既妙而犹学，道已寂而未传。[30]守丹灶而不顾，炼金鼎而方坚，驾鹤上汉，骖鸾腾天。[31]暂游万里，少别千年。[32]唯世间兮重别，谢主人兮依然。[33]

下有芍药之诗，佳人之歌。[34]桑中卫女，上宫陈娥。[35]春草碧色，春水渌波，送君南浦，伤如之何！[36]至乃秋露如珠，秋月如珪，明月白露，光阴往来，与子之别，思心徘徊。[37]

---

23. 曲：山角。湄：水边。
24. 淄右：淄水西面。在今山东境内。河阳：黄河北岸。
25. 结绶：指出仕做官。绶：系官印的丝带。
26. 晦：昏暗不明。流黄：黄色丝绢，这里指黄绢做成的帷幕。
27. 春宫：指闺房。闷：关闭。青苔色：因无人往来，台阶上长满青苔。簟（diàn）：竹席。釭（gāng）：灯。
28. 织锦曲：前秦苻坚时，刺史窦滔被徙沙漠，妻苏惠织锦为回文诗寄赠。
29. 傥（tǎng）：倘使。华阴：即华山。上士：道士；求仙的人。服食：道家以为服食丹药可以长生不老。还山：即成仙。
30. 寂：进入微妙之境。未传：未获真传。
31. 丹灶：炼丹炉。不顾：不顾问尘俗之事。炼金鼎：在金鼎里炼丹。骖：三匹马驾车称“骖”。鸾：古代神话传说中凤凰一类的鸟。
32. 少别：小别。
33. 谢：辞别。依然：依恋不舍的样子。
34. 芍药之诗：语出《诗经·郑风·溱洧》：“维士与女，伊其相谑，赠之以芍药。”佳人之歌：指汉代李延年所唱的歌：“北方有佳人，绝世而独立。一顾倾人城，再顾倾人国。宁不知倾城与倾国？佳人难再得。”
35. 桑中：卫国地名。上宫：陈国地名。卫女、陈娥：均指恋爱中的少女。《诗经·鄘风·桑中》：“云谁之思？美孟姜矣。期我乎桑中，要我乎上宫。”
36. 渌波：清澈的水波。南浦：见《楚辞·九歌·河伯》：“子交手兮东行，送美人兮南浦。”后以“南浦”泛指送别之地。
37. 珪：一种洁白晶莹的圆形美玉。

是以别方不定，别理千名，有别必怨，有怨必盈，使人意夺神骇，心折骨惊。[38]虽渊、云之墨妙，严、乐之笔精，金闺之诸彦，兰台之群英，赋有凌云之称，辩有雕龙之声，谁能摹暂离之状，写永诀之情者乎！[39]

【赏析】

“黯然销魂”，四个字写足了离别之人的情状。离别之时的不舍，离别之后的思念，全在这四个字中了。多少人写离别，不论是“一日不见，如隔三秋”的短暂分离，还是“此去经年，应是良辰好景虚设”的后会无期，都是写自己身在其中的感受，从一个离别者的角度抒发自己所深味的离别之情。而江淹的《别赋》，却是站在第三方的立场，他似乎在观察着并记录着人间的一场场离别，每一场离别都是不同的：时间不同，地点不同，原因不同，离别的人也不同；每一场离别又都是相同的，离别的人都沉浸在离别的悲伤之中，无可逃脱。

江淹先根据离别后的情境，把所有离别的人分为两类：一类是离家远行的“行子”，一类是在家守候的“居人”。行子凄然赶路，一路上触景生情，便是饮酒弹琴，也排遣不掉心中的离愁。在家的居人，独守空闺，看着日落月升，春去秋来，不知多少回梦见行子归来。

可是“别虽一绪，事乃万族”，相同的离情别绪，由于离别者的不同身份、离别原因的千差万别，又会产生种种不同的行为，表现出

---

38. 别方：别离的双方。名：种类。心折骨惊：即“心惊骨折”，形容创痛极深。

39. 渊：即王褒，字子渊。云：即扬雄，字子云。两人都是汉代著名的辞赋家。严：严安。乐：徐乐。两人均为汉代著名文章家。金闺：指汉代长安金马门，汉官署名，是聚集才识之士以备汉武帝诏询的地方。彦：有学识才干的人。兰台：汉代朝廷中藏书和讨论学术的地方。凌云：司马相如作《大人赋》，汉武帝读后“飘飘有凌云之气，似游天地之间”。雕龙：战国驺奭作文，善闳辩，故齐人称之为“雕龙奭”。

种种不同的情状。江淹铺排了七种离别场景，描摹了各种离别的环境，渲染了各种离别的气氛，展示出不同人物的离别之情。这七种离别分别是富贵者之别、剑客之别、征人之别、逃亡者之别、宦游之别、方外之别和情侣之别：

富贵者的离别场面是盛大热闹的，送行者云集，宴饮作乐，美妙动听的音乐，娇娆的歌儿舞女，但所有这些都抵消不了离别的感伤，分手时仍止不住潸然泪下；

剑客秉持着"士为知己者死"的信念，或为报恩，或为报仇，他们的离别是死别，所以分别时更为悲痛，但他们视死如归，慷慨赴义；

征人将奔赴遥远的边塞，等待他的是苦寒之地和生死未卜的未来，而家乡正是春光灿烂，妻子含泪相送，依依不舍；

逃亡者无法在国内立足，被迫离开家园，流亡到遥远的国家，亲友相送，秋日萧索，而逃亡之路漫漫无期；

宦游者为了功名利禄，到千里之外任职，留下曾经朝夕相处的妻子，年复一年，在寂寞中等待，在思念和期盼中韶华流逝；

方外之士专注于学道求仙，他们已获得长生妙术，在天地之间来去自如，对于离别并不挂怀，但在与世间之人离别时，依然不能不被离别的悲伤影响；

年轻的情侣在幽期密会时曾经有过多少欢愉的时光，而这些在离别时都化作了难以承受的感伤，从春到秋，离别之后的相思绵绵不绝。

江淹把离别写得很悲伤，也很美丽。种种离别的情境，如在眼前；各类离别的人，声情宛然；而所有的离别，所有离别的人，都逃不出开篇那四个字：黯然销魂。

与陈伯之书

丘迟

迟顿首。[1]陈将军足下：无恙，幸甚，幸甚！[2]

将军勇冠三军，才为世出，弃燕雀之小志，慕鸿鹄以高翔！[3]昔因机变化，遭遇明主，立功立事，开国称孤，朱轮华毂，拥旄万里，何其壮也！[4]如何一旦为奔亡之虏，闻鸣镝而股战，对穹庐以屈膝，又何劣邪！[5]

寻君去就之际，非有他故，直以不能内审诸己，外受流言，沈迷猖蹶，以至于此。[6]圣朝赦罪责功，弃瑕录用，推赤心于天下，安反侧于万物，将军之所知，不假仆一二谈也。[7]朱鲔涉血于友于，张绣剚刃于爱子，汉主不以为疑，魏君待之若旧。[8]况将军无昔人之罪，而勋重于当世。夫迷途知返，往哲是与，不远而复，先典攸高。[9]主上屈法申恩，吞舟是漏；将军松柏不剪，亲戚安居，高台未

丘迟（464—508）：南朝齐梁时文学家，擅诗赋文章。

1. 顿首：叩拜。这是古人书信开头和结尾常用的客气语。

2. 陈将军：即陈伯之，曾被南齐东昏侯任命率军对抗萧衍，后投降萧衍，但入梁不久又叛逃至北魏。

3. 才为世出：此喻陈伯之才能杰出于当世。

4. 开国称孤：开建邦国。指陈伯之入梁后被梁武帝封为丰城县公。朱轮华毂：华贵的车驾。拥旄：指高级武将持朝廷颁发的旄节统治一方。旄：用牦牛尾装饰的旗子，此指旄节。

5. “一旦”句：指陈伯之叛梁降魏。鸣镝（dí）：响箭。股战：大腿颤抖。

6. 去就：指陈伯之弃梁投降北魏事。猖蹶：倾覆、失败。

7. “推赤心”二句：这是说梁朝以赤心待人，对一切既往不咎。不假：不借助，不需要。

8. 朱鲔涉血于友于：朱鲔（wěi）是王莽末年绿林军将领，曾劝说刘玄杀死了刘秀的哥哥。刘秀攻洛阳，朱鲔拒守，刘秀遣岑彭前去劝降，宽赦其罪，朱鲔乃降。友于：即兄弟。张绣剚刃于爱子：三国时割据宛城的张绣投降曹操后再次反叛，攻打曹操，曹操的长子曹昂和侄子曹安民在乱战中被杀，后张绣二次率众降，被封列侯。剚（zì）刃：用刀刺入人体。

9. 与：赞同。不远而复：指迷途不远而返回。《易·复卦》：“不远复，无祇悔，元吉。”先典：古代典籍，指《易经》。攸高：嘉许。

倾，爱妾尚在。[10]悠悠尔心，亦何可言！

今功臣名将，雁行有序，佩紫怀黄，赞帷幄之谋；乘轺建节，奉疆埸之任，并刑马作誓，传之子孙。[11]将军独靦颜借命，驱驰毡裘之长，宁不哀哉！[12]夫以慕容超之强，身送东市；姚泓之盛，面缚西都。[13]故知霜露所均，不育异类；姬汉旧邦，无取杂种。北虏僭盗中原，多历年所，恶积祸盈，理至焦烂。[14]况伪孽昏狡，自相夷戮，部落携离，酋豪猜贰。[15]方当系颈蛮邸，悬首藁街，而将军鱼游于沸鼎之中，燕巢于飞幕之上，不亦惑乎？

暮春三月，江南草长，杂花生树，群莺乱飞。见故国之旗鼓，感平生于畴日，抚弦登陴，岂不怆悢！[16]所以廉公之思赵将，吴子之泣西河，人之情也，将军独无情哉？[17]

想早励良规，自求多福。当今皇帝盛明，天下安乐。白环西献，楛矢东来；夜郎滇池，解辫请职；朝鲜昌海，蹶角受化。[18]唯

---

10. 吞舟：这里指能吞舟的大鱼。松柏不剪：指陈伯之祖先的坟墓未曾受到毁坏。松柏：古人常在坟墓边植以松柏，因而以松柏指坟墓。

11. 紫：紫绶，系官印的丝带。黄：黄金印。乘轺（yáo）：乘坐使节之车。建节：将皇帝赐予的符节插在车上。疆埸（yì）：边境。刑马作誓：杀白马饮血以立誓。

12. 靦（miǎn）颜：厚着脸。

13. 慕容超：东晋十六国时南燕君主。刘裕北伐将他擒获，解至建康斩首。姚泓：后秦君主。刘裕北伐破长安，姚泓出降。面缚：面朝前，双手反缚于后。西都：长安。

14. 焦烂：溃败灭亡。

15. 自相夷戮：指北魏内部的自相残杀。携离：四分五裂。携：离。猜贰：猜忌别人有二心。

16. 陴（pí）：城上女墙。

17. 廉公之思赵将：廉颇本是赵国良将，赵王中秦国反间计，不信任廉颇，廉颇奔魏，魏不能信用。又入楚为楚将，无功。不论在魏还是在楚，廉颇都想复回赵国为将。吴子之泣西河：据《吕氏春秋·观表》，吴起为魏国守西河，魏武侯听信谗言，使人召回吴起。吴起预料西河必为秦所夺取，故车至于岸门，望西河而泣。后西河果为秦所得。

18. 白环西献：传说在舜时，西王母来朝，献白环、玉玦。楛矢东来：武王克商，东北的肃慎氏进贡楛矢石砮。楛（hù）矢：用楛木做的箭。夜郎：古夜郎国，今贵州桐梓县一带。滇池：古滇池国，今云南昆明市附近。都是汉代西南方国名。解辫请职：解开盘结的发辫，请求封职，即表示改易风俗，愿意归顺。昌海：西域国名，即今新疆罗布泊。蹶角：以额角叩地。受化：接受教化。

北狄野心，掘强沙塞之间，欲延岁月之命耳！[19]中军临川殿下，明德茂亲，总兹戎重，吊民洛汭，伐罪秦中，若遂不改，方思仆言。[20]聊布往怀，君其详之。[21]丘迟顿首。

【赏析】

这是一封劝降书，一封收到了实际效果的劝降书。梁天监四年（505），梁朝北伐，当时北魏前线与梁对抗的主将是天监元年自梁降魏的陈伯之。陈伯之本来是南齐将领，在梁武帝萧衍起兵伐齐自立的过程中，几经犹豫，最终拥戴萧衍，所以萧衍即位建立梁朝后，论功行赏，任命陈伯之为江州刺史，并封他为丰城县公。但陈伯之对梁武帝心怀疑虑，在南朝不自安，投降北魏，北魏任命他为平南将军，都督淮南诸军事，实际上是将他置于与梁朝冲突的战场前沿。梁军统帅临川王萧宏就是在这种背景下命记室丘迟写信给陈伯之劝降的。

劝人投降，必须要有充足而且强大的理由。要知道，此时梁与北魏相比，在军事实力上并不占优势，而且自东晋以来，南朝政权在与北方的战争中，也是败多胜少。更何况陈伯之本是叛变梁朝投敌的将领，对于梁朝必然顾虑重重。

丘迟此信，确实给出了强大的理由，但角度却出人意料。两军对垒，丘迟在信中并未写得剑拔弩张，以势压人；也没有空口许诺，诱之以利。而是设身处地，处处从陈伯之的处境出发，晓之以理，

19. 掘强：即倔强。
20. 中军临川殿下：指萧宏。时临川王萧宏任中军将军。茂亲：至亲。指萧宏为武帝之弟。戎重：军事重任。吊民：慰问老百姓。汭（ruì）：水流隈曲处。洛汭：洛水汇入黄河的洛阳、巩义市一带。秦中：今陕西中部地区，这里指北魏。
21. 聊布：聊且陈述。往怀：往日的友情。

动之以情。

丘迟的说理有三层。第一层直接从陈伯之变节的历史落笔，对比陈伯之投敌前后、在梁朝与居北魏的处境，在南时“朱轮华毂，拥旄万里，何其壮也”，降北后“闻鸣镝而股战，对穹庐以屈膝，又何劣邪”，虽稍嫌夸张，却也是有事实基础的。而一壮一劣的鲜明对比，又让陈伯之不得不反思自己此前的投降行为是否明智。第二层善意地推测陈伯之当初之所以投降是由于受了他人蛊惑，并非出于本意。梁朝的政策是既往不咎、宽大为怀，并以光武帝刘秀劝降曾杀害其兄长的主谋朱鲔以及曹操接纳曾杀害其长子的张绣的历史典故，以及陈伯之奔北后其在南方的祖坟和家人都安然无恙的事实为证据，来打消陈伯之对梁朝态度的顾虑。第三层从反面分析，指出梁朝必能灭亡北魏，如果陈伯之执迷不悟，那将把自己置于危险处境。

在说理完毕后，丘迟又动之以情，这是全文最有感染力的部分，“暮春三月，江南草长，杂花生树，群莺乱飞”，仅仅一句话，却形神兼备地写出江南春天的图景，由此再追问一句：你不想念家乡吗？

丘迟就像一位至交老友一样，为陈伯之分析形势，陈述利害，娓娓道来，情理兼备，使这一封信具有了让人难以拒绝的说服力和感染力。史载，翌年三月，陈伯之在寿阳（今安徽寿县附近）率本部八千士兵降梁。

答谢中书书

陶弘景

山川之美，古来共谈。高峰入云，清流见底。两岸石壁，五色交辉；青林翠竹，四时俱备。晓雾将歇，猿鸟乱鸣；夕日欲颓，沉鳞竞跃。实是欲界之仙都。[1]自康乐以来，未复有能与其奇者。[2]

【赏析】

本文是陶弘景给谢中书的一封回信。陶弘景是山中隐士，谢中书是朝中显宦，信中没有一句寒暄，更没有一句谈及世务，字里行间流露出超尘脱俗的情怀。

全文很短，只有六十八字。以“山川之美”起首，开篇点明主题。第二句“高峰入云，清流见底”承接第一句，总写山水。接下来第三四两句仿佛徐徐展开的画面，呈现出色彩丰富的石壁和四季常青的草木。第五六句写这并非一幅沉寂的画面，而是充满了自由活泼的生灵，从早到晚，林间有“猿鸟乱鸣”，水中有“沉鳞竞跃”。

这一段景色描写，所写不必作一时一地看，更像是对江南山水的概括，一句一景，每一景都体现出江南山水清丽优美、雅致玄远的特征。作者以“欲界之仙都”做比，一方面是在称赞景色之奇美，另一方面也暗示只有超然物外、弃绝名利的人才能体会到。

谢中书（500—536）：谢微，陶弘景的好友，曾任中书舍人。

陶弘景（456—536）：字通明，号华阳隐居。丹阳秣陵（今江苏南京）人。南朝齐梁时著名隐士，与齐梁帝王多有交游，人称“山中宰相”。

1. 欲界之仙都：即人间仙境。欲界：佛教语，指人间。

2. 康乐：指南朝著名山水诗人谢灵运，他继承他祖父谢玄的爵位，被封为康乐公。与（yù）：参与，这里有欣赏领略之意。

与朱元思书

吴均

风烟俱净，天山共色，从流飘荡，任意东西。[1]自富阳至桐庐，一百许里，奇山异水，天下独绝。[2]水皆缥碧，千丈见底。[3]游鱼细石，直视无碍。急湍甚箭，猛浪若奔。[4]夹嶂高山，皆生寒树，负势竞上，互相轩邈，争高直指，千百成峰。[5]泉水激石，泠泠作响；好鸟相鸣，嘤嘤成韵。[6]蝉则千转不穷，猿则百叫无绝。[7]鸢飞戾天者，望峰息心；经纶世务者，窥谷忘反。[8]横柯上蔽，在昼犹昏；疏条交映，有时见日。[9]

【赏析】

《与朱元思书》清新俊朗，明净有力。在雕缋满眼的南朝骈文中

朱元思：吴均友人，一本宋元思。书：信。

吴均（469—520）：字叔庠（xiáng）。吴兴故鄣（今浙江安吉）人。南朝文学家，出身寒微，富于文才。

1. 从流：随流。东西：做动词，漂向东或向西。

2. 富阳：今浙江富阳，在富春江北岸。桐庐：今浙江桐庐，在富阳西南。许：左右。

3. 缥（piǎo）碧：缥为淡青色，碧是青绿色。

4. 湍（tuān）：山间急流。甚箭：甚于箭，比箭还快。奔：动词名词，奔马。

5. 负势竞上：高山凭依地势，争着向上。轩：高耸。邈（miǎo）：远展。两字皆活用作动词。

6. 激：击。泠泠（líng）：水声清越。嘤嘤（yīng）：鸟鸣声。

7. 转：通“啭”（zhuàn），婉转动听的鸣声。

8. 鸢（yuān）：鹰类猛禽。戾（lì）：至。鸢飞戾天者，指追求名利极力攀高的人。息心：追逐名利的心就平静下来。经：织物纵线，做动词，整理。纶（lún）：丝绪，做动词，整理。经纶世务：规划世间事务。窥：看。反：通“返”。

9. “横柯”二句：横斜的树枝在上空遮蔽，以至于白天也像黄昏。疏条两句：稀疏的枝条互相掩映，阳光有时出现。

犹似清水芙蓉，天然可爱。

“风烟俱净，天山共色”首句霜轻尘敛，明净如洗。“从流飘荡，任意东西”次句自在洒脱，宛如山溪。“奇山异水，天下独绝”收束前文，总起后文：水、山各三句，平行展开。“水皆缥碧，千丈见底。游鱼细石，直视无碍。急湍甚箭，猛浪若奔。”对水的描摹由静而动，由清澈而奔流。“夹岸高山”从水过渡到山。“皆生寒树，负势竞上，互相轩邈。争高直指，千百成峰。”脱离官场徜徉于奇山秀水中，吴均感到内心昂扬向上、超然不羁。他便将内具的精神投射于山峰之上，使山峰充满了动感和蓬勃的生气。

之后三句是活泼的声响。“泉水激石，泠泠作响；好鸟相鸣，嘤嘤成韵。蝉则千转不穷，猿则百叫无绝。”后两句用六言调整作品节奏，并为紧接的“鸢飞戾天”做铺垫。

“鸢飞戾天者，望峰息心；经纶世务者，窥谷忘反。”奇山异水间，人世的是非彼我，荣辱毁誉，都变得虚幻而微渺了。烦虑顿消，心境澄明。只见“横柯上蔽，在昼犹昏；疏条交映，有时见日”。阳光在浓荫中乍隐乍现，自有活泼的情趣。

水经注·三峡

郦道元

自三峡七百里中，两岸连山，略无阙处。[1]重岩叠嶂，隐天蔽日，自非亭午夜分，不见曦月。[2]至于夏水襄陵，沿溯阻绝。[3]或王命急宣，有时朝发白帝，暮到江陵，其间千二百里，虽乘奔御风，不以疾也。[4]春冬之时，则素湍绿潭，回清倒影。绝巘多生怪柏，悬泉瀑布，飞漱其间，清荣峻茂，良多趣味。[5]每至晴初霜旦，林寒涧肃，常有高猿长啸，属引凄异，空谷传响，哀转久绝。[6]故渔者歌曰："巴东三峡巫峡长，猿鸣三声泪沾裳！"

【赏析】

全文总计不过一百五六十字，描写了三峡风貌。三峡全长七百里，这是按照古人的度量标准，大约相当于今天的四百里。船行峡中，所见无非长江和长江两岸的高山。这段文字极其精练、传神地写出了三峡山水的特征。

先写山，写对山的总体印象。三峡的山第一是"连"，沿着长江连绵不断几百里，没有缺口处。第二是"高"，高到隐天蔽日，只有

郦道元（约470—527）：字善长。范阳涿（zhuō）州（今河北涿州）人。北魏地理学家、散文家。所撰《水经注》四十卷，既是地理学名著，也是山水散文的汇集。

1. 略无：毫无。阙：通"缺"，空缺。

2. 自非：如果不是。亭午：正午。夜分：半夜。曦：早晨的阳光，这里指太阳。

3. 襄：上，这里指漫上。陵：大的土山，这里泛指山陵。沿：顺流而下。溯：逆流而上。

4. 奔：奔驰的快马。不以：不如。

5. 绝巘（yǎn）：极高的山峰。良：实在，的确。

6. 属引：连续不断。属（zhǔ）：动词，连接。引：延长。凄异：凄凉怪异。哀转久绝：悲哀婉转，猿鸣声很久才消失。绝：消失，停止。转：通"啭"，鸣叫。

在正午太阳升到天空最高处和半夜月亮升到最高处时，才能看见它们。两句话写出了三峡高山的逶迤雄险的气势。

然后写水，三峡中的江水在不同季节的特征不同。夏天的江水漫上丘陵，来往的船只都被阻绝了，可见水势的险恶。当迫不得已在此时乘船而下时，“朝发白帝，暮到江陵”，船行的速度比骑着快马奔驰、比乘着疾风飞翔还要快，可见水流的湍急。而在春天和冬天，水势减小的三峡，则是另一番面貌，浪花洁白，江水深碧，清波回旋，平静的江面映出两岸高山的倒影，此时的三峡是清秀的。

接着作者又把笔触移向两岸的崖壁。所见有“怪柏”“悬泉”“瀑布”，草木茂盛，景物繁多，“良多趣味”。写三峡，自然不能缺少几乎成为三峡标签的猿鸣。而猿声向来是一种和悲伤联系在一起的意象，作者特意将其置于秋天的凄寒景物中来描写，并引渔歌为证，更增凄凉萧瑟的气氛。

郦道元作为北魏人，在那个南北分裂的时代，没有机会亲身到三峡考察。这段向来被系于他名下的文字，其实是引自南朝盛弘之的《荆州记》。盛弘之也不是原创，他是从东晋袁山松《宜都山川记》中引用的。这段文字又成为李白《早发白帝城》一诗的蓝本，由此足见这段文字的魅力。

秋日登洪府滕王阁饯别序

王勃

豫章故郡，洪都新府。[1]星分翼轸，地接衡庐。[2]襟三江而带五湖，控蛮荆而引瓯越。[3]物华天宝，龙光射牛斗之墟；人杰地灵，徐孺下陈蕃之榻。[4]雄州雾列，俊采星驰。[5]台隍枕夷夏之交，宾主尽东南之美。[6]都督阎公之雅望，棨戟遥临；宇文新州之懿范，襜帷暂驻。[7]十旬休暇，胜友如云；千里逢迎，高朋满座。[8]腾蛟起凤，孟学士之词宗；紫电青霜，王将军之武库。[9]家君作宰，路出名区；童子何知，躬逢胜饯。[10]

时维九月，序属三秋。[11]潦水尽而寒潭清，烟光凝而暮山紫。

王勃（约650—676）：字子安。绛州龙门（今山西河津）人。与杨炯、卢照邻、骆宾王合称“初唐四杰”。

1. 豫章故郡，洪都新府：滕王阁在今江西省南昌市，南昌为汉豫章郡治，隋唐改豫章郡为洪州。

2. 星分翼轸：翼和轸是二十八宿中的两个星宿，古人习惯以天上星宿与地上区域对应，洪州对应着天上的翼和轸两个星宿。衡庐：衡山和庐山。这里指衡山所在的衡州和庐山所在的江州。

3. 襟三江而带五湖：以三江为衣襟，以五湖为衣带。此句指洪州处于三江五湖之间。控蛮荆而引瓯越：蛮荆指古代楚地，今湖北、湖南一带。瓯越指古代越地，今浙江地区。此句指洪州连接着楚地和越地。

4. 龙光射牛斗之墟：龙光，指剑气。牛、斗，星宿名。墟，地域。据传西晋张华看到牛、斗二星宿之间常有紫气，就命雷焕到丰城（今江西丰城市，古属豫章郡），掘得龙泉、太阿二剑。后这对宝剑入水化为双龙。徐孺下陈蕃之榻：徐孺即徐孺子的省称，东汉隐士。陈蕃为豫章太守，专为徐孺子来访时设一榻，徐孺子去后又悬起。

5. 雾列：房屋像雾一样罗列。形容洪州之繁华。俊采：杰出的人才。

6. 台隍：指洪州城池。夷夏之交：指荆楚地区和扬州。此句指洪州地处要冲。

7. 棨戟：外有赤黑色缯作套的木戟，这里指高官的仪仗。懿范：美好的榜样。襜帷：车上的帷幕，这里代指车马。

8. 十旬休暇：唐代十日为一旬，遇旬日则官员休沐，称为“旬休”。

9. 腾蛟起凤：宛如蛟龙腾跃、凤凰起舞，形容富有文采。词宗：文坛宗匠，这里指参与宴会的孟学士等文官都是文章高手。紫电青霜：紫电，宝剑名。青霜：形容宝剑锋利。武库：武器库，这里指参与宴会的王将军等武将都富于谋略。

10. 家君作宰：王勃之父担任交趾县的县令。家君：对自己父亲的称呼。

11. 三秋：即秋季，包括孟秋、仲秋、季秋三个月。

俨骖騑于上路，访风景于崇阿。[12]临帝子之长洲，得仙人之旧馆。[13]层峦耸翠，上出重霄；飞阁流丹，下临无地。[14]鹤汀凫渚，穷岛屿之萦回；桂殿兰宫，即冈峦之体势。

披绣闼，俯雕甍。[15]山原旷其盈视，川泽纡其骇瞩。[16]闾阎扑地，钟鸣鼎食之家；舸舰迷津，青雀黄龙之舳。[17]云销雨霁，彩彻区明。[18]落霞与孤鹜齐飞，秋水共长天一色。渔舟唱晚，响穷彭蠡之滨；雁阵惊寒，声断衡阳之浦。[19]

遥吟甫畅，逸兴遄飞。[20]爽籁发而清风生，纤歌凝而白云遏。[21]睢园绿竹，气凌彭泽之樽；邺水朱华，光照临川之笔。[22]四美具，二难并。[23]穷睇眄于中天，极娱游于暇日。天高地迥，觉宇宙之无穷；兴尽悲来，识盈虚之有数。[24]望长安于日下，目吴会于云间。[25]地势极而南溟深，天柱高而北辰远。[26]关山难越，谁悲失路之人；萍水

---

12. 潦水：雨后的积水。俨：整齐的样子。骖騑：驾车的马匹。崇阿：高大的山陵。
13. 帝子：和下一句中的“仙人”都指滕王阁的修建者、唐高祖李渊的儿子滕王李元婴。
14. 流丹：形容阁楼上的彩绘鲜艳欲滴。
15. 绣闼：绘饰华美的门。雕甍：雕饰华美的屋脊。
16. 骇瞩：对所见的景物感到惊骇。
17. 闾阎：里门，这里代指房屋。扑地：遍地都是。钟鸣鼎食之家：指富贵人家。迷津：船只排满港口。青雀黄龙之舳：雕有青雀黄龙纹饰的大船。舳（zhú）：船尾把舵处，这里代指船只。
18. 霁：雨过天晴。彩：日光。彻：贯通。区：天空。
19. 彭蠡：彭蠡湖，鄱阳湖的另一名称。衡阳：在今湖南，据说境内有回雁峰，每年秋天大雁到此不再南飞，等到第二年春天北返。
20. 甫：顿时。畅：舒畅。遄（chuán）：迅速。
21. 爽籁：清脆的乐声。籁：古代的一种箫。白云遏：形容歌声优美动听，引得行云停飞。
22. 睢园：即汉梁孝王菟园，梁孝王曾在园中聚集文人饮酒赋诗。彭泽：指陶渊明，曾官彭泽县令。邺水朱华：邺为曹操封地，曹丕、曹植兄弟与曹操幕下文人在邺交游，曹植曾著《公宴诗》：“秋兰被长坂，朱华冒绿池。”朱华：即荷花。临川：指谢灵运，曾任临川内史。
23. 四美：指良辰、美景、赏心、乐事。二难：指贤主、嘉宾难得。
24. 识盈虚之有数：认识到万事万物的消长兴衰是有定数的。数：定数，命运。
25. 吴会：会稽，今浙江绍兴地区。
26. 南溟：即“南冥”，南方的大海。天柱：传说中昆仑山高耸入天的铜柱。北辰：北极星，比喻天子。

相逢，尽是他乡之客。[27]怀帝阍而不见，奉宣室以何年？[28]

嗟乎！时运不齐，命途多舛。冯唐易老，李广难封。[29]屈贾谊于长沙，非无圣主；窜梁鸿于海曲，岂乏明时？[30]所赖君子见机，达人知命。老当益壮，宁移白首之心？穷且益坚，不坠青云之志。酌贪泉而觉爽，处涸辙以犹欢。[31]北海虽赊，扶摇可接；东隅已逝，桑榆非晚。[32]孟尝高洁，空余报国之情；阮籍猖狂，岂效穷途之哭！[33]

勃，三尺微命，一介书生。[34]无路请缨，等终军之弱冠；有怀投笔，慕宗悫之长风。[35]舍簪笏于百龄，奉晨昏于万里。[36]非谢家之

---

27. 萍水相逢：浮萍随水漂泊，聚散不定。比喻向来不认识的人偶然相遇。

28. 帝阍：天帝的守门人。此处借指皇帝的宫门。宣室：汉未央宫正殿，贾谊迁谪长沙四年后，汉文帝复召他回长安，于宣室中问鬼神之事。此代指皇帝。

29. 冯唐易老：冯唐在汉文帝、汉景帝时不被重用，汉武帝时被举荐，已是九十多岁。李广难封：李广为一代名将，一生历次参与对匈奴作战，他的同僚和部下因军功封侯者很多，他却始终未能封侯。

30. 屈贾谊于长沙：贾谊才华横溢，深受汉文帝器重，但受到朝廷大臣的嫉妒和排挤，被贬为长沙王太傅。窜梁鸿于海曲：东汉高士，看到朝廷修建宫殿无有休止，作《五噫歌》讽刺，汉章帝闻知后欲捉拿治罪，梁鸿携妻子避居吴中。

31. 贪泉：在广州附近，传说人饮此水会变得贪得无厌。《晋书·吴隐之传》载吴隐之赴广州刺史任，饮贪泉之水后，作诗表示廉者不会因饮下此水而变易操守。涸辙：干涸的车辙，比喻困境。《庄子·外物》有鲋鱼困于涸辙之中的故事。

32. 北海虽赊，扶摇可接：北海虽然遥远，但乘着大风可以到达。赊：远。扶摇：旋风。语出《庄子·逍遥游》，大鹏自北海起飞往南海，“抟扶摇而上者九万里”。东隅已逝，桑榆非晚：早晨虽已过去，但只要珍惜黄昏仍然为时不晚。东隅：日出处，表示早晨，引申为“早年”。桑榆：日落处，表示傍晚，引申为“晚年”。语出《后汉书·冯异传》：“失之东隅，收之桑榆。”

33. 孟尝：东汉会稽上虞人，曾任合浦太守，以廉洁奉公著称，后因病隐居。桓帝时，虽有人屡次荐举，终不见用。穷途之哭：阮籍不满世事，佯装狂放，常驾车出游，路不通时就痛哭而返。

34. 三尺：衣带下垂的长度。微命：即“一命”，周朝官阶制度是从一命到九命，一命是最低级的官职。

35. 终军：汉武帝时主动请命出使南越，“愿受长缨，必羁南越王而致之阙下”。投笔：东汉班超年轻时家贫，受雇为官府抄书，自感庸碌无为，投笔于地，立志效法张骞、傅介子往西域立功。宗悫：南朝宋南阳人，年少时叔父问其志向，回答说“愿乘长风破万里浪”。

36. 簪笏：冠簪，手板，代指官职地位。百龄：百年，一生。奉晨昏：侍奉父母。《礼记·曲礼上》：“凡为人子之礼……昏定而晨省。”

宝树，接孟氏之芳邻。[37]他日趋庭，叨陪鲤对；今兹捧袂，喜托龙门。[38]杨意不逢，抚凌云而自惜；钟期既遇，奏流水以何惭？[39]

呜呼！胜地不常，盛筵难再；兰亭已矣，梓泽丘墟。[40]临别赠言，幸承恩于伟饯；登高作赋，是所望于群公。敢竭鄙怀，恭疏短引；一言均赋，四韵俱成。[41]请洒潘江，各倾陆海云尔。[42]

【赏析】

王勃是一个短命的天才，短短二十七年的生命历程，就像一颗耀眼的流星，划过初唐的天空。他少年成名，佳作迭出，给宫体诗风和宫廷文人统治的文坛注入了新鲜的活力。但是他也命途多舛，接连两次遭受严重的仕途挫折，二十七岁时前往交趾（今越南北部）探望父亲，渡海时溺水，受到惊吓而死。

本篇《秋日登洪府滕王阁饯别序》（简称《滕王阁序》）是王勃前往交趾省亲途中，路过洪州，恰逢都督阎公在滕王阁大宴宾客，应

37. 谢家之宝树：东晋谢安曾问家人为何人们都希望自己的孩子优秀，他的侄子谢玄回答说子弟就像芝兰玉树，谁都希望长在自家庭院前。此处以“谢家之宝树”比喻好子弟。孟氏之芳邻：孟母为教育儿子而三迁择邻，最后定居于学宫附近。

38. 他日趋庭，叨陪鲤对：鲤，孔鲤，孔子之子。趋庭，受父亲教诲。《论语·季氏》载孔子立庭中，孔鲤趋而过，孔子教导他要学诗、学礼。捧袂：举起双袖，表示恭敬的姿势。喜托龙门：《后汉书·李膺传》：“膺独持风裁，以声名自高，士有被其容接者，名为登龙门。”

39. 杨意不逢，抚凌云而自惜：杨意，杨得意的省称。司马相如经杨得意引荐，入朝见汉武帝。凌云：指司马相如作《大人赋》。汉武帝读《大人赋》，飘飘有凌云之意。钟期：钟子期的省称。俞伯牙善鼓琴，视钟子期为知音。

40. 兰亭：王羲之与群贤宴集于此，并写下了著名的《兰亭集序》。梓泽：即西晋石崇的金谷园，石崇常与朋友在此宴饮集会。

41. 恭疏短引：恭敬地写下一篇小序，即指本序。一言均赋：每人都写一首诗。

42. 请洒潘江，各倾陆海云尔：钟嵘《诗品》称陆机之才如海，潘岳之才如江。这里形容参加此次宴集的宾主的文采。

邀即席而作。从题目的“饯别序”看，这是一篇应酬性文章，文章第一部分也确实是应酬性文字，从赞美东道主写起，叙及洪州地理位置重要、物产珍异、历史上人物杰出以及眼前宾主尊贵。这些都是作为一篇应酬性文字的套路，王勃只是写得更漂亮得体。

王勃的天才从第二部分开始显现，第二部分由眼前的宴会跳开去写滕王阁的景色。在王勃笔下，滕王阁被置于辽阔的天地山水之间，景物有条不紊地一一展开。王勃先写自己一路走来，在山水迤逦中，远眺滕王阁，“层峦耸翠，上出重霄；飞阁流丹，下临无地”；再写登临滕王阁，自阁上远眺，由近及远，山原川泽，尽收眼底，一直远至秋水长天：“落霞与孤鹜齐飞，秋水共长天一色。”至于“渔舟唱晚”“雁阵惊寒”，就更是出于想象的虚写，却勾勒出了一个无比浩渺的空间。

据说这次滕王阁宴会，本是阎都督为了向大家夸耀女婿才学，已经让女婿事先准备好一篇序文，席上阎都督假意请王勃为这次盛会作序，王勃竟不推辞，欣然领命。阎都督很是恼火，拂衣离席，叫人向自己汇报王勃写些什么。听说王勃开首写“豫章故郡，洪都新府”，都督很不以为然，说：“不过是老生常谈。”等听到“落霞与孤鹜齐飞，秋水共长天一色”，都督大惊叹服：“此真天才，当垂不朽！”

不过这篇序最感人的力量还是在后半部分。王勃写这篇文章时，已经遭受过两次仕途上的严重挫折。第一次是任沛王府修撰时，为沛王写了一篇《檄英王鸡》的游戏文字，触怒唐高宗，被逐出沛王府；第二次是在虢州参军任上，杀死自己藏匿的官奴，被下狱，险些处死，并连累父亲被远贬交趾。所以身处冠盖云集的盛宴，眺望天高地远的世界，王勃不由得“兴尽悲来”，联想到自己的命运，他发出了怀才不遇的感慨，但他并没有沉沦，也没有怨天尤人。他仍然怀着“青云之志”，在郁郁不得志的处境中坚守高贵的品行。他也把这次宴会视作一次干谒的机会，表达了自己“请缨”“投笔”的意愿，热切地希望在场的官员中能有赏识、举荐自己的“知音”。

这篇文章把骈文句式工整、对偶精美、用典贴切、富丽典雅的特点发挥到了极致，同时在骈文四字句、六字句的基本句式的基础上，增加了大量三字句、七字句，并运用了单句对、复句对、本句对、隔句对等灵活多样的对偶形式，使文章又兼具了错综多变、节奏明快的风格。而在交际酬赠的文体内，又抒发了怀才不遇的失意、命途多舛的悲慨、穷且益坚的信念、积极进取的决心，这一系列深沉的情感，使这篇骈文具有了坚实的内容。阎都督所言非虚：“此真天才，当垂不朽！”

山中与裴秀才迪书

王维

近腊月下，景气和畅，故山殊可过。[1]足下方温经，猥不敢相烦，辄便往山中，憩感配寺，与山僧饭讫而去。[2]

北涉玄灞，清月映郭。[3]夜登华子岗，辋水沦涟，与月上下；寒山远火，明灭林外；深巷寒犬，吠声如豹；村墟夜舂，复与疏钟相间。[4]此时独坐，僮仆静默，多思曩昔，携手赋诗，步仄径，临清流也。[5]

当待春中，草木蔓发，春山可望，轻鲦出水，白鸥矫翼，露湿青皋，麦陇朝雊。[6]斯之不远，傥能从我游乎？[7]非子天机清妙者，岂能以此不急之务相邀？[8]然是中有深趣矣！无忽。[9]因驮黄檗人往，不一。[10]山中人王维白。[11]

裴秀才：裴迪，王维的诗友和道友。秀才：唐代参加进士科考试的人。书：信札。

王维（701—761）：字摩诘，号摩诘居士。太原祁县（今山西运城）人。以诗、画著名，苏轼称其“诗中有画，画中有诗”。

1. 腊月：农历十二月。年末“腊祭”，故称十二月为腊月。景气：暖风。故山：旧日所居之山，指与裴迪同隐的蓝田辋川别业，在长安东南蓝田县南郊二十里。殊：很。可过：值得游览。

2. 足下：您，表示对人的尊称。方温经：正在温习经书。方：正。猥：自谦，指琐屑小事。相烦：打扰你。辄（zhé）便：同义复词，也就。憩：休息。感配寺：在蓝田县城。饭讫（qì）：吃完饭。

3. 涉：渡水。玄灞（bà）：青黑的灞水，冬天与玄色相配；蓝田在灞水北岸。郭：外城墙。

4. 华子岗：辋川二十景之一。辋（wǎng）水：辋川，灞水支流。沦涟：水波粼粼。村墟：村庄。舂（chōng）：在石臼中捣谷，用杵捣去谷物外壳。疏钟：间隔较长的钟声。

5. 仄径：狭窄的小路。

6. 轻鲦（tiáo）：白色细长的鱼。矫翼：张开翅膀。矫：举。青皋：青草地。皋：水边高地。麦陇：麦田里。朝雊（gòu）：野鸡晨啼。

7. 斯：上述春景。傥：通“倘”，或许。

8. 子：对男子的尊称。天机：天赋的感悟力。清妙：聪颖灵妙，超尘拔俗。

9. 是中：这中间。无：通“毋”。无忽：别忘了。

10. 因：借。黄檗（bò）人：采药为生的山农。黄檗是一种药材。不一：古人书信结尾用语，不一一详述之意。

11. 白：古人书信末署名后用语，对同辈人使用。“白”即告诉。

【赏析】

书札不长，却情韵盎然。王维对自然和友人都深情又克制。“足下方温经，猥不敢相烦，辄便往山中。”于是王维孤身前往蓝田。夜色四合，灞水泛着青黑的寒光，月亮的清辉映在城郭上。王维沉入了一种神秘的体验，明月被辋水沦涟揉碎，柔和地随波上下；冬山寒寂，但有俗世热闹的火光在林外明灭。冷与热，明与暗，交织如梦幻。小巷深处的犬吠在深山中大如豹声，打谷声在回荡的钟磬音中尤显亲切。虚静中有生机，冷寂外有人烟，正如“深林人不知，明月来相照”。世间兼有冷寂与暖意，悲凉与喜悦，放下定见，心怀慈悲，便能体会细微的变化、交错的真实。禅意般的领悟使王维不由得思念此行想约而未约的好友裴迪。

想到知己，王维就不由得明媚起来，“多思曩昔，携手赋诗，步仄径，临清流”，节奏都轻快了起来。等你温书完毕，正是不久后的春天，那时“草木蔓发，春山可望，轻鯈出水”，植物和动物都生机勃勃，“白鸥矫翼，露湿青皋，麦陇朝雊”，白与青对比，色彩明丽，虫鸣鸡啼，热闹非凡。这样的春天岂能辜负，你来和我共游吧？若非你天机神妙，我又怎会冒昧相邀？相信我，此行会很有趣。春山如此明快，邀约又如此诚挚，想必裴迪会莞尔一笑，无法拒绝吧？

春夜宴诸从弟桃李园序

李白

夫天地者，万物之逆旅；光阴者，百代之过客。[1]而浮生若梦，为欢几何？古人秉烛夜游，良有以也。[2]况阳春召我以烟景，大块假我以文章。[3]会桃李之芳园，序天伦之乐事。[4]群季俊秀，皆为惠连；吾人咏歌，独惭康乐。[5]幽赏未已，高谈转清。[6]开琼筵以坐花，飞羽觞而醉月。[7]不有佳作，何伸雅怀？[8]如诗不成，罚依金谷酒数。[9]

【赏析】

天地，是万物之逆旅。于永恒光阴，百代只是过客。面对宇宙光年、天地玄黄，李白并不流于人生如寄的感伤。他将天地、光阴置于

李白（701—762）：字太白，号青莲居士。有“诗仙”之誉。

1. 逆旅：旅馆，暂时歇息之所。逆：迎，迎止宾客之意。

2. 秉烛夜游：及时行乐。秉（bǐng）：执。《古诗十九首》之十五：“生年不满百，常怀千岁忧。昼短苦夜长，何不秉烛游！”良：的确。以：道理。

3. 阳春：温暖的春天。大块：大自然。假：借。文章：错杂的色彩花纹，此指锦绣般的自然景物。

4. 序：叙说。天伦：指父子、兄弟等亲属关系。

5. 群季：诸弟。古人兄弟以伯仲叔季排行，因以季指弟。惠连：南朝宋文学家谢惠连，十岁能文，为族兄谢灵运所赏爱。此以惠连指代族弟，赞誉其才华。康乐：谢灵运，名将谢玄之孙，袭封康乐公，故称。此以谢灵运自比，又自愧不如，是谦辞。

6. 幽赏：对幽美景物的欣赏。

7. 琼筵：美好的筵席。坐花：坐在花间。飞：形容不断地举杯。羽觞：两边有耳的杯子。醉月：醉于月下。

8. 伸：抒发。雅怀：高雅的情怀。

9. 金谷：西晋石崇筑园于金谷涧（今河南洛阳西北），石崇常设宴赋诗于园中，《金谷诗序》曰“遂各赋诗，以叙中怀，或不能者，罚酒三斗”。

句首，用豪迈的不容置疑的判断口吻定义二者。此刻他的精神已超越个体，与宇宙冥合，仿佛与天地一同俯瞰万物生灭，百代更迭。但他终究是个体，浮生若梦，欢会聚首的乐事能有几何？古人燃灯夜游，确实有其道理。尽情欢娱吧，只是这欢娱背后渗透着生命短暂的焦虑与不安。

但那是李白，青春昂扬、光明热烈的李白。他总能轻轻挥去宠辱浮沉，潇洒纵横。温煦的春天用美景召唤着我们，大自然将美好声色展示给我们，青烟醉柳，桃李芬芳。如此良夜，岂能辜负？于是李白豪迈地对堂弟们说：“群季俊秀，皆为惠连；吾人咏歌，独惭康乐”，“开琼筵以坐花，飞羽觞而醉月。不有佳作，何伸雅怀？如诗不成，罚依金谷酒数”！桃李园中，各赋新诗，诗不成者，罚酒三斗！一时间笑声盈盈，确是人生一大乐事。

全文笔势大开大合，如行云流水，豪气纵横。饱满的热情、清新的风格、昂扬的精神，读来不由得人酣畅淋漓，神清气爽。

祭十二郎文

韩愈

年月日，季父愈闻汝丧之七日，乃能衔哀致诚，使建中远具时羞之奠，告汝十二郎之灵：[1]

呜呼！吾少孤，及长，不省所怙，唯兄嫂是依。[2]中年兄殁南方，吾与汝俱幼，从嫂归葬河阳，既又与汝就食江南；零丁孤苦，未尝一日相离也。[3]吾上有三兄，皆不幸早逝。承先人后者，在孙唯汝，在子唯吾，两世一身，形单影只，嫂尝抚汝指吾而言曰："韩氏两世，唯此而已！"[4]汝时尤小，当不复记忆；吾时虽能记忆，亦未知其言之悲也。

吾年十九，始来京城。[5]其后四年，而归视汝。又四年，吾往河阳省坟墓，遇汝从嫂丧来葬。[6]又二年，吾佐董丞相幕于汴州，汝来省吾；止一岁，请归取其孥。[7]明年，丞相薨，吾去汴州，汝不果

韩愈（768—824）：字退之。河南南阳（今河南孟州）人。中唐著名文学家，世称韩昌黎、韩吏部。倡导古文运动，被誉为"文起八代之衰"，与柳宗元并称"韩柳"，为"唐宋八大家"之一。

1. 年月日：指写此祭文的时间。建中：当为韩愈家中仆人。时羞：应时的鲜美佳肴。羞：通"馐"。

2. 省（xǐng）：知道，明白。怙（hù）：《诗·小雅·蓼莪》："无父何怙，无母何恃。"后世因用"怙"代父，"恃"代母。

3. 中年兄殁南方：代宗大历十二年（777），韩愈兄长韩会贬为韶州（今广东韶关）刺史，次年死于任所，年四十三。时韩愈十一岁，随兄在韶州。河阳：今河南孟州市西。就食江南：唐德宗建中二年（781），北方藩镇李希烈反叛，中原局势动荡，韩愈随嫂迁家避居宣州（今安徽宣城）。

4. 两世一身：子辈和孙辈均只剩一个男丁。

5. 始来京城：韩愈十九岁赴长安参加进士考试。

6. 省（xǐng）：探望，此引申为凭吊。遇汝从嫂丧来葬：韩愈往河阳祭扫祖坟，遇十二郎送其母灵柩自宣州归葬。

7. 董丞相：指董晋。贞元十二年（796），董晋以检校尚书左仆射，同中书门下平章事任宣武军节度使，汴、宋、亳、颍等州观察使。时韩愈在董晋幕中任节度推官。汴州，今河南开封。取其孥（nú）：把家眷接来。孥：妻和子女的统称。

来。[8]是年，吾又佐戎徐州，使取汝者始行，吾又罢去，汝又不果来。[9]吾念汝从于东，东亦客也，不可以久；图久远者，莫如西归，将成家而致汝。呜呼！孰谓汝遽去吾而殁乎！[10]吾与汝俱少年，以为虽暂相别，终当久相与处，故舍汝而旅食京师，以求斗斛之禄；诚知其如此，虽万乘之公相，吾不以一日辍汝而就也。[11]

去年孟东野往，吾书与汝曰："吾年未四十，而视茫茫，而发苍苍，而齿牙动摇。[12]念诸父与诸兄，皆康强而早世，如吾之衰者，其能久存乎？吾不可去，汝不肯来；恐旦暮死，而汝抱无涯之戚也。"孰谓少者殁而长者存，强者夭而病者全乎？呜呼！其信然邪？其梦邪？其传之者非其真邪？信也，吾兄之盛德，而夭其嗣乎？汝之纯明，而不克蒙其泽乎？[13]少者强者夭殁，长者衰者而存全乎？未可以为信也。梦也，传之非其真也？东野之书，耿兰之报，何为而在吾侧也？[14]呜呼！其信然矣！吾兄之盛德，而夭其嗣矣！汝之纯明宜业其家者，不克蒙其泽矣！[15]所谓天者诚难测，而神者诚难明矣！所谓理者不可推，而寿者不可知矣！虽然，吾自今年来，苍苍者或化而为白矣，动摇者或脱而落矣。毛血日益衰，志气日益微，几何不从汝而死也！死而有知，其几何离？[16]其无知，悲不几时，而不悲者无穷期矣。汝之子始十岁，吾之子始五岁，少而强者不可保，如此孩提者又可冀其成立邪？呜呼哀哉！呜呼哀哉！

---

8. 薨（hōng）：古时诸侯或二品以上大官死曰薨。
9. 佐戎：辅助军务。
10. 孰谓：谁料到。遽（jù）：骤然。
11. 斗斛（hú）：唐时十斗为一斛。斗斛之禄：指微薄的俸禄。
12. 孟东野：即孟郊。
13. 纯明：纯正贤明。不克：不能。蒙：承受。
14. 耿兰：当是宣州韩氏别业的管家人。
15. 业：用如动词，继承之意。
16. 其几何离：分离会有多久呢？意谓死后仍可相会。

汝去年书云："比得软脚病，往往而剧。"[17]吾曰："是疾也，江南之人，常常有之。"未始以为忧也。呜呼！其竟以此而殒其生乎？抑别有疾而至斯极乎？汝之书，六月十七日也。东野云：汝殁以六月二日。耿兰之报无月日。盖东野之使者不知问家人以月日；如耿兰之报，不知当言月日。东野与吾书，乃问使者，使者妄称以应之耳。其然乎？其不然乎？

今吾使建中祭汝，吊汝之孤与汝之乳母。[18]彼有食可守以待终丧，则待终丧而取以来；如不能守以终丧，则遂取以来。[19]其余奴婢，并令守汝丧。吾力能改葬，终葬汝于先人之兆，然后唯其所愿。[20]

呜呼！汝病吾不知时，汝殁吾不知日；生不能相养以共居，殁不能抚汝以尽哀，敛不得凭其棺，窆不得临其穴。[21]吾行负神明，而使汝夭，不孝不慈，而不得与汝相养以生，相守以死；一在天之涯，一在地之角，生而影不与吾形相依，死而魂不与吾梦相接，吾实为之，其又何尤！[22]彼苍者天，曷其有极！[23]自今已往，吾其无意于人世矣！当求数顷之田于伊、颍之上，以待余年，教吾子与汝子，幸其成；长吾女与汝女，待其嫁，如此而已！[24]呜呼！言有穷而情不可终，汝其知也耶？其不知也耶？呜呼哀哉！尚飨。[25]

---

17. 比（bì）：近来。软脚病：即脚气病。
18. 吊：此指慰问。孤：指十二郎的儿子。
19. 终丧：守满三年丧期。
20. 兆：葬域，墓地。
21. 敛：同"殓"。为死者更衣称小殓，尸体入棺材称大殓。窆（biǎn）：下棺入土。
22. 何尤：怨恨谁？
23. 彼苍者天，曷其有极：意思是青苍的上天啊，我的痛苦哪有尽头啊！
24. 伊、颍：伊水和颍水，均在今河南省境内。此指故乡。
25. 尚飨：古代祭文结语用词，意为希望死者享用祭品。

【赏析】

“十二郎”即韩老成，是韩愈的侄子。两人虽为叔侄，但年龄相仿，自幼相依为命，感情深厚。此篇祭文是韩愈得知韩老成死讯七日之后所作，充满了对往事的回忆和对韩老成过世的悲痛欲绝之情。如《古文观止》编者所评：“读此等文，须想其一面哭，一面写，字字是血，字字是泪。”祭文的一般体例，内容往往都是赞颂死者的生前功业或德行。但韩愈此文，却只有一重又一重不能自抑的悲伤。

韩愈的第一重悲伤，是由十二郎之死而念及的家世之悲。韩愈三岁即丧父失母，由兄嫂抚养，后兄长韩会被贬为韶州刺史，韩愈随兄到韶州（今广东韶关），而不久兄长殁于任上，韩愈和十二郎随寡嫂将兄长灵柩送回家乡后，又为避战乱，随寡嫂“就食江南”，迁居于今安徽宣城。在颠沛流离中，全赖寡嫂含辛茹苦的抚养。家庭的丧乱，时代的动荡，韩愈的早年备尝艰辛与凄苦。

成年后与十二郎的聚少离多，是韩愈的第二重悲伤。韩愈自十九岁进京参加科举考试，至三十六岁任监察御史，韩老成病亡，两人十七年间只有过三次短暂的相会。韩愈的科举之路和早期仕途并不顺畅，他四次参加科举考试才考取进士，又三次参加吏部铨选均未通过，为生计所迫，不得已于二十九岁后往汴州、徐州等地任地方大员的幕僚。这期间韩愈也曾多次谋划接韩老成及其家人同住，但由于种种原因未果。韩愈以为来日方长，与十二郎的分别只是暂别，等到十二郎猝然离世，才惊觉暂别已成永别，痛悔自己不应为了仕途而离开十二郎。

韩愈的第三重悲伤即死别之悲，写得尤其感人。他写自己不能相信十二郎的噩耗，他不能相信“少者殁而长者存，强者夭而病者全”，他发出一连串的疑问，拒绝相信。他提出一连串的质疑，试图证明十二郎不该夭亡。然而告知十二郎死讯的“东野之书，耿兰之报”就在眼前，不得不信。而不得不接受了十二郎已然不在人世的事实后，他顿觉生无可恋。甚至觉得死是一种解脱，“死而有知，其几何离？其无知，悲不几时，而不悲者无穷期矣”。在如诉如泣之中，想到他自己的和十二郎的子女尚幼，想到竟还不清楚十二郎的死因，想到十二郎的后事尚需安排，更为悲恸。

对于十二郎的死，韩愈不仅感到悲伤，还感到愧疚，他陷于深深的悔恨与自责之中，悔恨没能亲自照顾十二郎，没能见到十二郎最后一面，没能为十二郎送葬尽哀。自责自己“行负神明”“不孝不慈”，导致了十二郎的早逝。如果说韩愈在抒写前面三重悲伤时还竭力克制，吞声呜咽，行文至此，则再也克制不住，终于一发不可收拾，以至于捶胸顿足，号啕痛哭。

文章虽是祭文，但围绕着对十二郎的哀思，韩愈还写入了家世之悲、宦海浮沉、生活艰辛乃至人生无常等感慨，故而情感极其浓烈而深厚。恰如结尾所言，整篇文章“言有穷而情不可终”，被古人赞为“祭文中千年绝调”。

杂说四（世有伯乐）

韩愈

世有伯乐，然后有千里马。[1]千里马常有，而伯乐不常有。故虽有名马，只辱于奴隶人之手，骈死于槽枥之间，不以千里称也。[2]

马之千里者，一食或尽粟一石。[3]食马者不知其能千里而食也。[4]是马也，虽有千里之能，食不饱，力不足，才美不外见，且欲与常马等不可得，安求其能千里也？[5]

策之不以其道，食之不能尽其材，鸣之而不能通其意，执策而临之，曰："天下无马！"呜呼！其真无马邪？其真不知马也！

【赏析】

从字面看，这篇文章倾诉了千里马的不幸。

第一段写千里马面临着必然被埋没的不幸命运，因为千里马只有依靠伯乐才能被大家认识到它的才能，而伯乐并不常见，那么千里马落入奴隶人之手，它的结局只能是像普通马那样死在马棚里，到死它的才能也没有机会施展。

第二段写千里马为什么在普通的食马者那里不能施展出它的才能。这是由于千里马的食量大大超过普通的马，而食马者按照普通马的食量来喂养千里马，千里马"食不饱，力不足"，才能就无法

---

1. 伯乐：古时著名的擅长相马的人。
2. 骈死于槽枥之间：（和普通的马）一同死在马厩里。骈：两马并驾。槽枥：喂牲口用的食器，引申为马厩。
3. 石：容量单位，十斗为一石，一石约等于一百二十斤。
4. 食马者：喂马的人。
5. 外见：表现在外面。见：通"现"。

发挥出来。

第三段则用漫画式的手法嘲讽了那些食马者，他们对千里马毫不了解，千里马就在眼前，他们却还装模作样地感叹“天下无马”，这是多么无知、浅妄啊！而被他们埋没的千里马又是多么不幸啊！

然而这篇文章又不仅仅是在写马。《战国策·楚策》里就已经有一个叫汗明的人在拜见春申君时，用骥和伯乐来比喻两个人的关系了。所以在中国文化里，千里马和伯乐很早就具有了特定的寓意，韩愈的这篇文章也不例外：千里马实际上是指人才，伯乐是指能够识别人才、重用人才的人，而那些不识千里马的食马者，指的自然就是那些愚妄浅薄、不识人才甚至摧残人才的统治者。

作者用千里马不遇伯乐，比喻贤才难遇明主，用千里马的悲惨命运，表现了有才能之士遭受的不公正待遇和不幸的处境，通过嘲讽食马者的无知浅薄，讽刺在上者埋没、摧残人才。全文寄托了作者强烈的不平和怀才不遇的悲愤。

送李愿归盘谷序

韩愈

太行之阳有盘谷，盘谷之间，泉甘而土肥，草木丛茂，居民鲜少。[1]或曰："谓其环两山之间，故曰盘。"或曰："是谷也，宅幽而势阻，隐者之所盘旋。"友人李愿居之。

愿之言曰："人之称大丈夫者，我知之矣。利泽施于人，名声昭于时，坐于庙朝，进退百官，而佐天子出令。[2]其在外，则树旗旄，罗弓矢，武夫前呵，从者塞途；供给之人，各执其物，夹道而疾驰。喜有赏，怒有刑。才畯满前，道古今而誉盛德，入耳而不烦。[3]曲眉丰颊，清声而便体，秀外而惠中，飘轻裾，翳长袖，粉白黛绿者，列屋而闲居，妒宠而负恃，争妍而取怜。[4]大丈夫之遇知于天子、用力于当世者之所为也。吾非恶此而逃之，是有命焉，不可幸而致也。

"穷居而野处，升高而望远，坐茂树以终日，濯清泉以自洁。采于山，美可茹；钓于水，鲜可食。起居无时，唯适之安。与其有誉于前，孰若无毁于其后。与其有乐于身，孰若无忧于其心。车服不维，刀锯不加，理乱不知，黜陟不闻。[5]大丈夫不遇于时者之所为也，我则行之。伺候于公卿之门，奔走于形势之途，足将进而趑趄，口将言而嗫嚅，处秽污而不羞，触刑辟而诛戮，侥幸于万一，老死而后止者，其于为人，贤不肖何如也!"[6]

---

1. 阳：山的南面叫阳。盘谷：在今河南济源北二十里。
2. 庙朝：宗庙和朝廷。进退：这里指任免升降。
3. 才畯：才能出众的人。畯：通"俊"。
4. 便（pián）体：轻盈的体态。惠中：聪慧的资质。惠：通"慧"。裾：衣服的前后襟。黛：青黑色颜料。古代女子用以画眉。
5. 车服：车辆与服饰，代指官职。古代以官职的品级高下，确定所用车子和服饰。刀锯：指刑具。黜陟（zhì）：指官吏的进退或升降。
6. 形势：地位和威势。趑趄（zī jū）：踟蹰不前。嗫嚅（niè rú）：欲言又止。刑辟：刑法。

昌黎韩愈闻其言而壮之，与之酒而为之歌曰：

“盘之中，维子之宫；盘之土，维子之稼；盘之泉，可濯可沿；盘之阻，谁争子所？窈而深，廓其有容；缭而曲，如往而复。[7]嗟盘之乐兮，乐且无央；虎豹远迹兮，蛟龙遁藏；鬼神守护兮，呵禁不祥。饮则食兮寿而康，无不足兮奚所望！膏吾车兮秣吾马，从子于盘兮，终吾生以徜徉！”[8]

【赏析】

理解本文的关键词是“大丈夫”。在李愿——其实是韩愈借李愿之口——看来，人有三种：一种是高官显贵，他们是遇于时的大丈夫；一种是隐士，他们是不遇于时的大丈夫；第三种是小人。表面上看，高官显贵似乎是最高一等人，李愿之所以选择归隐盘谷，不是不愿做高官显贵，而是不能，是做不到。

然而要读懂本文，就不能不读《孟子》。一直到唐代，孟子及其书即使在儒生中也还没有获得像后世那般神圣的地位。韩愈则对孟子大力推崇，将之列入上继尧舜文武周孔的儒家道统之中。《孟子》中最早对“大丈夫”进行了界定，当韩愈在此文中写到“大丈夫”时，不可能不受孟子的影响。

孟子对“大丈夫”的界定，是针对一个叫景春的人的提问而发。景春问像张仪和公孙衍那样“一怒而诸侯惧，安居而天下熄”的纵横家算不算大丈夫，被孟子断然否决。孟子认为：“居天下之广居，立天下之正位，行天下之大道。得志，与民由之；不得志，独行其道。

7. 廓其有容：广阔而有所容。
8. 徜徉：自由自在地来来往往。

富贵不能淫，贫贱不能移，威武不能屈，此之谓大丈夫。”

按照孟子的标准，“大丈夫”首先要具备崇高的人格和坚定的内心世界，不论在何种境况中都不会改易自己的理想。而从作者对第一种人的详细描述看，高官显贵显然是不符合这个标准的。他们身居权力中枢，影响着国家大政，掌握着百官升降的命运；他们出行则威风凛凛，侍卫仆人前呼后拥；大批才士投奔他们做幕僚，对他们谄谀奉承；家中则姬妾成群，美人环绕。可谓得志、得势又得意。但这些人却毫无“行道”“兼济天下”的行为。所以李愿一开始就说这是“人之称大丈夫者”，是一般人所认为的“大丈夫”。而他尽管自称“非恶此而逃之，是有命焉，不可幸而致也”，但即使得志，在他也必不如此的。

他要做的，是独行其道的隐士。在穷居野处中，仍不忘“升高而望远”“濯清泉以自洁”，仍然在修身砺行，不变其志。而隐居生活相比于朝不保夕、祸福无端的官场生活，无誉无毁，无忧无虑，平安自在。因此，如果大丈夫不遇于时，那就要归隐山林。而如果还要百般钻营，不惜放弃人格操守而奔走于权门，希冀着以此有朝一日青云直上，那就成了一个趋炎附势的小人，实在可耻、可笑又可悲。这当然是李愿也决计不肯为的。

在文章最后，作者用古歌的形式描述了李愿在盘谷中诗意而自由的隐居生活，赞美了隐者的高尚志趣，表达了对这种生活的欣羡之意。这其中也寓含着韩愈自身不得志的感慨。

苏轼《跋退之送李愿序》一文说：“欧阳文忠公尝谓晋无文章，唯陶渊明《归去来》一篇而已。余亦以谓唐无文章，唯韩退之《送李愿归盘谷》一篇而已。平生愿效此作一篇，每执笔辄罢，因自笑曰：‘不若且放，教退之独步。’”能被苏轼誉为“独步”的文章，自有其特出之处。

陋室铭

刘禹锡

山不在高，有仙则名。水不在深，有龙则灵。斯是陋室，唯吾德馨。苔痕上阶绿，草色入帘青。谈笑有鸿儒，往来无白丁。[1]可以调素琴，阅金经。[2]无丝竹之乱耳，无案牍之劳形。[3]南阳诸葛庐，西蜀子云亭。[4]孔子云：何陋之有？

【赏析】

铭是一种文体，从题目看，《陋室铭》应该是一篇要写自己的居室简陋的文章。但实际上，正文中却处处写陋室不陋。而“陋室不陋”之所以能够成立，在于评价标准的变化。全文没有一句直接写到“陋室”是什么样子，只有一句“苔痕上阶绿，草色入帘青”描写了陋室的环境。阶上生苔，院中长草，从物质环境的标准看，也确实简陋。然而短文的开头给出了另一种评价标准：评价山和水不在于山的本身是否高、水的本身是否深，而是山中是否有仙、水中是否有龙。只要山中有仙，山就会有名气；只要水中有龙，水就会显得灵异。按照这个逻辑，“陋室”是否陋，不在于陋室本身，而在于陋室中住的人，只要陋室的主人品德高尚，陋室就不觉简陋了，即“斯是陋室，唯吾德馨”。

刘禹锡（772—842）：字梦得。洛阳人。与柳宗元一起参与“永贞革新”，世称“刘柳”，晚年与白居易并称“刘白”。

1. 鸿儒：大儒，这里指博学的人。白丁：平民，这里指没有什么学问的人。
2. 素琴：不加装饰的琴。金经：佛经。
3. 案牍：公文，文书。
4. 子云：扬雄，字子云，蜀郡成都人，西汉时文学家。

文章也就很自然地从“陋室”转而写“德馨”：往来的朋友都是学问渊博之人，在室内的日常活动是可以修身养性抚琴读经。这里没有嘈杂的音乐，没有劳神的公务。陋室之中是恬然自适的生活，陋室主人具有高雅脱俗的情怀，谁还会在意居室的物质环境是否简陋呢？就像诸葛亮的草庐和扬雄的旧居，想到它们具有高洁人格的主人，谁又会说它们是简陋的呢？

文章最后一句引孔子的话引得巧妙自然，这一句出自《论语·子罕》：“君子居之，何陋之有？”这里只截取了后半句，含蓄地表达了作者以君子自况的高雅情趣，既总结全文，又与“唯吾德馨”遥相呼应。

种树郭橐驼传

柳宗元

郭橐驼，不知始何名。[1]病偻，隆然伏行，有类橐驼者，故乡人号之曰“驼”。[2]驼闻之，曰：“甚善，名我固当。”[3]因舍其名，亦自谓“橐驼”云。

其乡曰丰乐乡，在长安西。驼业种树，凡长安豪富人为观游及卖果者，皆争迎取养。[4]视驼所种树，或移徙，无不活，且硕茂，早实以蕃。[5]他植者虽窥伺效慕，莫能如也。[6]

有问之，对曰：“橐驼非能使木寿且孳也，能顺木之天以致其性焉尔。[7]凡植木之性：其本欲舒，其培欲平，其土欲故，其筑欲密。[8]既然已，勿动勿虑，去不复顾。[9]其莳也若子，其置也若弃，则其天者全而其性得矣。[10]故吾不害其长而已，非有能硕茂之也；不抑耗其实而已，非有能早而蕃之也。[11]他植者则不然，根拳而

柳宗元（773—819）：字子厚。河东（今山西运城）人。参与“永贞革新”，事败被贬永州司马，后调任柳州刺史，世称“柳河东”“柳柳州”，诗文峻洁流丽。

1. 橐（tuó）驼：骆驼。这里指驼背。

2. 病偻：患了脊背弯曲的病。隆然伏行：脊背突起而弯腰行走。

3. 名：称呼。固：确实。

4. 业：以……为业，名词做动词。“凡长安”句：所有经营园林游览以及做水果买卖的长安豪富人。凡：所有。为：经营。这句定语后置，“为观游及卖果”修饰“豪富人”。争迎取养：争着把他接到家中奉养。

5. 移徙：指移植。硕茂：高大茂盛。早实以蕃：结果实早而且多。实：结果实。以：而且。蕃：多。

6. 窥伺效慕：暗中观察，羡慕效仿。伺：探察。

7. 寿且孳（zī）：活得长久而且繁殖茂盛。孳：繁殖。致其性：来实现其自然的潜能。致：使达到。焉尔：罢了。

8. 本：树根。培：培土。平：平匀。故：旧。筑：捣土。密：结实。

9. 既然已：这样做了以后。虑：担忧。

10. 莳（shì）：栽种。其置也若弃：栽好后要像丢弃它一样。置：放在一边。

11. 不害其长：不妨碍它自然生长。硕茂：使动用法，使（树）高大茂盛。不抑耗其实：不抑制、减少它结果。

土易，其培之也，若不过焉则不及。[12]苟有能反是者，则又爱之太恩，忧之太勤，旦视而暮抚，已去而复顾。[13]甚者爪其肤以验其生枯，摇其本以观其疏密，而木之性日以离矣。[14]虽曰爱之，其实害之；虽曰忧之，其实仇之；故不我若也。吾又何能为哉！”[15]

问者曰：“以子之道，移之官理，可乎？”[16]驼曰：“我知种树而已，官理，非吾业也。然吾居乡，见长人者好烦其令，若甚怜焉，而卒以祸。[17]旦暮吏来而呼曰：‘官命促尔耕，勖尔植，督尔获；早缫而绪，早织而缕，字而幼孩，遂而鸡豚。’鸣鼓而聚之，击木而召之。[18]吾小人辍飧饔以劳吏者，且不得暇，又何以蕃吾生而安吾性耶？[19]故病且怠。[20]若是，则与吾业者其亦有类乎？”

问者曰：“嘻，不亦善夫！吾问养树，得养人术。”[21]

传其事以为官戒。[22]

---

12. 根拳而土易：树根拳曲，还换新土。其培之也，若不过焉则不及：他培土时，不是过紧就是太松。

13. 苟：如果。反是者：和这种做法相反。是：此。恩：有情义，这里引申为“深”。

14. 爪其肤：掐破树皮。疏密：指土的松与紧。日以离：一天天地失去。

15. 不我若：比不上我。

16. 官理：为官治民。理：治。唐人避高宗李治讳，改治为理。

17. 长（zhǎng）人者：官吏。好烦其令：喜欢不断发号施令。“若甚”二句：好像很爱百姓，而百姓最终因此受到祸害。

18. 促尔耕，勖（xù）尔植，督尔获：催促你们耕田，勉励你们种植，督促你们收获。尔：你们。勖：勉励。缫（sāo）：煮茧抽丝。而：通“尔”，你们。绪：丝头。缕：线。字：养育。遂而鸡豚（tún）：喂养好你们的鸡和猪。遂：成，顺利成长。豚：猪。木：这里指木梆。

19. 吾小人辍（chuò）飧（sūn）饔（yōng）以劳吏者：我们小百姓不吃饭来慰劳当差的。辍：停止。飧：晚饭。饔：早饭。何以：靠什么。蕃吾生：使生活丰美。安吾性：使性情安定专注。

20. 病且怠：困苦又疲劳。

21. 养人术：治民的办法。人：民，因避李世民讳改。

22. 传：为……作传。以为：以（之）为。戒：鉴戒。

【赏析】

《种树郭橐驼传》以驼背种树的寓言批评繁政扰民。

郭橐驼的驼背和人生态度与《庄子·大宗师》中的子舆相似。子舆也得"曲偻"病，鸡胸驼背，头垂背拱，肩高于顶，好友子祀看望他："你厌恶这病吗？"子舆答曰："不，造物若把我的左臂变成鸡，我就用它晨鸣报时；造化若把我的右臂变成弓弹，我就用它打鸟；造化若把我的大腿变成车轮，我正好乘着它前行，不用换座驾了！得者，时也；失者，顺也。安时而处顺，哀乐不能入也！"郭橐驼和子舆一样随遇而安、自得其乐，因而对绰号毫不介怀，安之若素，甚至以之为名。柳宗元将主人公设计为驼背，或许正是向顺遂天性的《庄子》致敬。

其貌不扬的郭橐驼要传授工作经验，自然要先确立业界专家的地位，第二节的功能正在于此。"争迎取养"的侧面描写，"无不活，且硕茂"的正面描写，"他植者莫能如"的反面描写都简洁有效地勾勒了郭橐驼的权威形象。

随后郭橐驼开宗明义地介绍种树理念"顺木之天，以致其性"——顺应树木的本性，给予充分的生长空间，不妨害就好。无为，并非彻底不为，而是不做违背规律之事。无为，即无违。所谓"顺木之天"并非无所事事，而是以最精妙的分寸感"莳也若子，置也若弃"。该出手时精心照料，"其本欲舒，其培欲平，其土欲故，其筑欲密"。该放手时则毫无眷恋，"勿动勿虑，去不复顾"。原来"顺木之天"需要智慧、理解和克制，而非简单地放任自流。

"以子之道，移之官理，可乎？"轻巧一问，文意转向官理。郭橐驼的回答谦逊自然、直接明了，"我知种树而已，官理，非吾业也……长人者好烦其令，若甚怜焉，而卒以祸"。其中短句的铺排让人印象深刻。"促尔耕，勖尔植，督尔获，早缫而绪，早织而缕，字而幼孩，遂而鸡豚。”鼓点越击越快，毫无意义的政令像随音节接踵而至，应接不暇，使人疲于奔命、心神俱惫。最后以“吾问养树，得养人术”作结，点出顺应人们天性使其自然生活之意。

至小丘西小石潭记

柳宗元

从小丘西行百二十步，隔篁竹，闻水声，如鸣佩环，心乐之。[1]伐竹取道，下见小潭，水尤清冽。全石以为底，近岸，卷石底以出，为坻，为屿，为嵁，为岩。[2]青树翠蔓，蒙络摇缀，参差披拂。[3]

潭中鱼可百许头，皆若空游无所依。[4]日光下澈，影布石上，佁然不动；俶尔远逝，往来翕忽，似与游者相乐。[5]

潭西南而望，斗折蛇行，明灭可见。[6]其岸势犬牙差互，不可知其源。[7]

坐潭上，四面竹树环合，寂寥无人，凄神寒骨，悄怆幽邃。[8]以其境过清，不可久居，乃记之而去。[9]

同游者：吴武陵，龚古，余弟宗玄。隶而从者，崔氏二小生：曰恕己，曰奉壹。[10]

---

1. 本文为《永州八记》第四篇，此处“小丘”指其第三篇《钴鉧潭西小丘记》中的小丘。篁竹：竹林。

2. 近岸，卷石底以出：靠近岸边，石底向上弯曲，露出水面。为坻（chí），为屿，为嵁（kān），为岩：成为坻、屿、嵁、岩各种不同的形状。坻：水中高地。屿：小岛。嵁：不平的岩石。

3. 蒙络摇缀，参差披拂：（树枝藤蔓）遮掩缠绕，摇动下垂，参差不齐，随风飘拂。

4. 可：大约。许：用在数词后表示约数。

5. 佁（yǐ）然不动：（鱼）呆呆的一动不动。佁然，呆呆的样子。俶（chù）尔远逝：忽然间向远处游去了。俶尔：忽然。往来翕（xī）忽：来来往往轻快敏捷。翕忽：轻快敏捷的样子。

6. 斗折蛇行，明灭可见：溪水像北斗星那样曲折，像蛇爬行那样蜿蜒，时隐时现。

7. 犬牙差（cī）互：像狗的牙齿那样参差不齐。差互：参差不齐。

8. 凄神寒骨，悄（qiǎo）怆（chuàng）幽邃（suì）：使人感到心情凄凉，寒气透骨，幽静深远，弥漫着忧伤的气息。悄怆：忧伤的样子。邃，深。

9. 以其境过清：因为这里的环境太凄清了。以：因为。清：凄清。

10. 隶而从者，崔氏二小生：跟着我一同去的，有崔家的两个年轻人。隶：随从。二小生：两个年轻人。

【赏析】

柳宗元积极参与唐顺宗朝的政治活动，欲有所作为，失败后被贬为永州司马，谪居永州十年。政治上的失意却带来了他文学创作上的丰收。在永州期间，柳宗元寻幽访胜，寄情山水，著名的《永州八记》便是由此诞生。

《永州八记》是八篇山水游记的总称，本文所记小石潭，也一如《永州八记》中其他景物，在人迹罕至之处，不为人知，但又丽质天然，自具特色。小石潭本就地处僻远，还被掩映于一片竹林之后，必须通过“伐竹取道”才能到达。它并不奇伟瑰丽，但是又的确与众不同。它有两个特点，第一个特点是“石”，第二个特点是“水尤清冽”。整个小潭“全石以为底”，靠近岸边的露出水面的石头“为坻，为屿，为嵁，为岩”，形貌变化多端，潭的周边围绕着古树翠蔓。而潭水的清澈是通过写潭中的鱼表现出来的，它清澈到几乎透明，水中鱼“皆若空游无所依”，连鱼的影子落在水底都清晰可见。这些鱼也颇为有趣，有时神态自若地“佁然不动”，有时又毫无征兆地突然游走，“俶尔远逝，往来翕忽，似与游者相乐”，给寂静的小石潭增添了不少情趣。

可是这里太寂静了，寂寞凄清的环境渐渐侵蚀了乍见小石潭时的愉悦感。或者也可以说，作者仕途失意后心底的落寞抑郁被这种环境唤起，小石潭如此美好却被遗弃于荒远之地，让他想到了自己的命运，站在小石潭边，他体味到了“凄神寒骨，悄怆幽邃”，这让他不能承受，“乃记之而去”。

三戒

柳宗元

吾恒恶世之人，不知推己之本，而乘物以逞，或依势以干非其类，出技以怒强，窃时以肆暴，然卒迨于祸。[1]有客谈麋、驴、鼠三物，似其事，作《三戒》。

临江之麋

临江之人畋，得麋麑，畜之。[2]入门，群犬垂涎，扬尾皆来。其人怒，怛之。[3]自是日抱就犬，习示之，使勿动，稍使与之戏。积久，犬皆如人意。麋麑稍大，忘己之麋也，以为犬良我友，抵触偃仆，益狎。[4]犬畏主人，与之俯仰甚善，然时啖其舌。

三年，麋出门，见外犬在道甚众，走欲与为戏。外犬见而喜且怒，共杀食之，狼藉道上，麋至死不悟。

黔之驴

黔无驴，有好事者船载以入，至则无可用，放之山下。[5]虎见之，庞然大物也，以为神。蔽林间窥之，稍出近之，慭慭然莫相知。[6]

---

1. 推己之本：审察自己的实际能力。推：推求。乘物以逞：依靠别的东西来逞强。干：触犯。窃时：趁机。肆暴：放肆地做坏事。迨（dài）：及，遭到。
2. 畋：打猎。麑（ní）：鹿仔。
3. 怛（dá）：恐吓。
4. 良：真，确。抵触：用头角相抵相触。偃：仰面卧倒。仆：俯面卧倒。
5. 黔：指唐代黔中道，辖地相当于今重庆、湖南和贵州各一部分地区。
6. 慭（yìn）慭然：小心谨慎的样子。

他日，驴一鸣，虎大骇，远遁，以为且噬己也，甚恐。然往来视之，觉无异能者。益习其声，又近出前后，终不敢搏。稍近，益狎，荡倚冲冒。驴不胜怒，蹄之。虎因喜，计之曰："技止此耳！"因跳踉大㘎，断其喉，尽其肉，乃去。[7]

噫！形之庞也类有德，声之宏也类有能，向不出其技，虎虽猛，疑畏，卒不敢取；今若是焉，悲夫！

永某氏之鼠

永有某氏者，畏日，拘忌异甚。[8]以为己生岁直子；鼠，子神也，因爱鼠，不畜猫犬，禁僮勿击鼠。[9]仓廪庖厨，悉以恣鼠，不问。[10]

由是鼠相告，皆来某氏，饱食而无祸。某氏室无完器，椸无完衣，饮食大率鼠之余也。[11]昼累累与人兼行，夜则窃啮斗暴，其声万状，不可以寝，终不厌。[12]

数岁，某氏徙居他州；后人来居，鼠为态如故。其人曰："是阴类，恶物也，盗暴尤甚。且何以至是乎哉？"[13]假五六猫，阖门撤瓦灌穴，购僮罗捕之。杀鼠如丘，弃之隐处，臭数月乃已。

呜呼！彼以其饱食无祸为可恒也哉！

---

7. 跳踉：腾跃的样子。㘎（hǎn）：吼叫。
8. 畏日：怕犯日忌。旧时迷信，认为年月日辰都有凶吉，凶日要禁忌做某种事情，犯了就不祥。
9. 生岁直子：出生的年份正当农历子年。生在子年的人，生肖属鼠。直，通"值"。僮：指仆人。
10. 仓廪：粮仓。庖厨：厨房。恣：放纵。
11. 椸（yí）：衣架。
12. 累累：一个接一个。兼行：并走。窃啮：偷咬东西。
13. 阴类：在阴暗地方活动的东西。

【赏析】

“三戒”出自《论语·季氏》中的“君子有三戒”。不过《论语》中所说的“三戒”是指少时戒色、壮年戒斗、老而戒得。柳宗元仅仅借用了其字面意思，而赋予了它另外的内涵。

这内涵在文首的小序中说得很明白，是指“不知推己之本，而乘物以逞”的行为，具体而言，包括“依势以干非其类，出技以怒强，窃时以肆暴”。总之是说那些对自身没有清楚认识、没有自知之明却还依靠外在条件肆意妄为的人，一旦环境变化，必然大祸临头。

为了说明这个道理，柳宗元写了这三篇分别以麋、驴、鼠为主人公的寓言故事。麋不知道自我的本质，认不清与犬的区别，也不知道正是完全凭借主人的宠溺，家犬才对它友善。一旦失去了主人袒护这个条件，外犬便毫不犹豫地将它杀死吃掉。与麋的分不清敌我相比，驴则是没有意识到自己与虎之间的实力相差悬殊，轻易地暴露了自己的实力，最终葬身虎口。如果说麋和驴是因为糊涂，没有自知之明，我们对它们的悲惨结局还会觉得可怜可悲，鼠就是得志便猖狂的小人，利用主人家的畏忌，肆意妄为，其种种行为让人厌恶，它最后覆灭的结局也会让人觉得是咎由自取。

有人结合柳宗元生平，认为麋、驴、鼠三种形象是政治讽喻，有确切所指。这当然也有道理，但杰出寓言的寓意是具有高度概括性和普遍性的，有时甚至超出作者的本意。这三篇寓言显然不仅仅适用于柳宗元的时代，特别是《黔之驴》一篇，后世广为流传。文中把虎和驴写得形象鲜明生动，句句不离开虎，却处处都在写驴，从虎见到驴、惧怕驴，到试探驴，最后吃掉驴，篇幅虽不长，但情节紧凑，波澜起伏，还细致地表现了老虎从极度恐惧到得意扬扬的心理变化过程。而驴的外强中干、不堪一击的形象，也在这个过程中被刻画出来。汉语中也由此多了“黔驴技穷”这样一个成语。

阿房宫赋

杜牧

六王毕，四海一，蜀山兀，阿房出。[1]覆压三百余里，隔离天日。[2]骊山北构而西折，直走咸阳。[3]二川溶溶，流入宫墙。[4]五步一楼，十步一阁；廊腰缦回，檐牙高啄；各抱地势，钩心斗角。[5]盘盘焉，囷囷焉，蜂房水涡，矗不知其几千万落。[6]长桥卧波，未云何龙？复道行空，不霁何虹？高低冥迷，不知西东。[7]歌台暖响，春光融融；舞殿冷袖，风雨凄凄。[8]一日之内，一宫之间，而气候不齐。

妃嫔媵嫱，王子皇孙，辞楼下殿，辇来于秦，朝歌夜弦，为秦宫人。[9]明星荧荧，开妆镜也；绿云扰扰，梳晓鬟也；渭流涨腻，弃脂水也；烟斜雾横，焚椒兰也。[10]雷霆乍惊，宫车过也；辘辘远听，杳不知其所之也。[11]一肌一容，尽态极妍，缦立远视，而望幸

杜牧（803—853）：字牧之。京兆万年（今陕西西安）人。宰相杜佑之孙。杜牧诗、赋及古文皆工。

1. “六王”句：六国（韩、魏、赵、齐、楚、燕）被秦国灭亡，四海统一。四川的山光秃，阿（ē）房宫出现了。兀：山高而上平，此指山上树木被砍尽。出：出现。

2. （从渭南到咸阳）阿房宫覆盖了三百多里地，宫殿楼阁连接不断，占地极广。隔离天日：形容宫殿高大。

3. 构：（从骊山北边）建起。走：趋向。

4. 二川：渭水和樊川。溶溶：河水缓流的样子。

5. 腰：（走廊）像人的腰部。缦回：萦绕曲折。牙：（屋檐）像牙向上突起。各抱地势：各随地形。钩心：都向中心区攒聚。斗角：屋角互相对峙。

6. 囷囷（qūn qūn）：曲折回旋的样子。楼阁依山而筑，所以说像蜂房水涡。矗：高高耸立的样子。落：座。

7. 未云何龙：没有云怎么（出现了）龙？长桥似龙。复道：楼阁间架木筑成的通道，上下都有，称为复道。霁：雨后天晴。冥迷：分辨不清。

8. 风雨凄凄：舞袖飘拂，好像带来寒气。

9. 妃嫔（pín）媵（yìng）嫱（qiáng）：统指六国王侯的宫妃。她们各有等级，妃的等级高些，媵是陪嫁的侍女。辞别（六国的）楼阁宫殿，乘辇（niǎn）车来到秦国。

10. 荧荧：明亮的样子。涨腻：因混入洗脸的胭脂香粉而涨起一层脂膏。椒兰：两种香料植物，焚烧以熏衣物。

11. 辘辘：车行的声音。之：到。

焉。[12]有不得见者三十六年。

燕赵之收藏，韩魏之经营，齐楚之精英，几世几年，剽掠其人，倚叠如山。[13]一旦不能有，输来其间。鼎铛玉石，金块珠砾，弃掷逦迤；秦人视之，亦不甚惜。[14]

嗟乎！一人之心，千万人之心也。秦爱纷奢，人亦念其家；奈何取之尽锱铢，用之如泥沙？[15]使负栋之柱，多于南亩之农夫；架梁之椽，多于机上之工女；钉头磷磷，多于在庾之粟粒；瓦缝参差，多于周身之帛缕；直栏横槛，多于九土之城郭；管弦呕哑，多于市人之言语。[16]使天下之人，不敢言而敢怒。独夫之心，日益骄固。[17]戍卒叫，函谷举，楚人一炬，可怜焦土！[18]

呜呼！灭六国者六国也，非秦也。族秦者秦也，非天下也。[19]嗟乎！使六国各爱其人，则足以拒秦；使秦复爱六国之人，则递三世，可至万世而为君，谁得而族灭也？[20]秦人不暇自哀，而后人哀之；后人哀之而不鉴之，亦使后人而复哀后人也。[21]

---

12. 妍：美丽。缦立：久立。缦：通“慢”。幸：皇帝临幸某处。
13. 剽（piāo）：掠夺。倚叠：积累。
14. 鼎铛（chēng）玉石，金块珠砾：把宝鼎看作铁锅，把美玉看作石头，把黄金看作土块，把珍珠看作石子。铛：平底的浅锅。逦迤（lǐ yǐ）：连续不断。
15. 锱铢（zī zhū）：极言其细微。
16. 支撑栋梁的柱子。梁：房梁。椽（chuán）：架着屋顶的木条。磷磷：这里形容突出的钉头。庾（yǔ）：露天的谷仓。槛（jiàn）：栏杆。呕哑（ōu yā）：唱歌。
17. 独夫：指秦始皇。
18. 戍（shù）卒叫：指陈胜、吴广起义。函谷关在公元前206年被刘邦攻占。项羽在公元前206年入咸阳，焚烧秦宫殿，大火三月不灭。
19. 族：使……灭族。
20. 使：假使。递：王位按次序传递。三世：二世胡亥、三世子婴，秦灭。
21. 不暇：来不及。

【赏析】

太和二年，太学博士吴武陵向科举主司侍郎崔郾推荐杜牧时说："向偶见文士十数辈，扬眉抵掌，共读一卷文书，览之，乃进士杜牧《阿房宫赋》。其人，王佐才也。"二十三岁的杜牧因这篇慷慨飞扬的名作被举贤良方正科。由《唐才子传》的这段记载，可知《阿房宫赋》在当时已广为传诵。

作品开篇如电影，磅礴、开阔、凝练。"六王毕，四海一"，铺开战国地图，秦国的金戈铁马从灭韩开始，迤逦向东推进，韩、魏、赵、齐、楚、燕，这些高贵悠久的诸侯国陆续沦为秦国的郡县，秦国的土地蔓延铺展，最终吞没整个中原版图。"蜀山兀，阿房出"，镜头转至四川蒙茸葱郁的山顶，经过砍伐搬运的延时拍摄，仅剩黄土。与此同时，阿房宫的架构逐渐清晰，那是一片"覆压三百余里，隔离天日"的建筑，密集繁盛，迫人心神。随后远景扫过阿房宫周围的骊山和咸阳，交代地形位置，并聚焦流经宫殿的渭水和樊川，然后温柔地靠近水面，画面随河间浮花流入阿房宫内。善于状物的杜牧镜头感极强，若在现代一定是位了不起的编剧兼导演。

"流入宫墙"后，杜牧以冷峻的笔触条理井然地描绘煌煌建筑、后宫姝丽、珍宝钟鼎，并对秦人的暴殄天物、毫不爱惜越来越不满。从"有不得见者三十六年"开始，到"使天下之人，不敢言而敢怒"，不满接近爆发，最终"戍卒叫，函谷举，楚人一炬，可怜焦土"。在浓墨重彩地渲染宫殿繁盛后，十四字短句勾勒毁灭，仿佛厚积薄发又速朽的秦朝，起落对比鲜明，不由得人不惊心动魄、扼腕嗟叹。

但急转直下、毁于一旦的政权只出现在千年以前吗？悲剧会否重演？杜牧在《上知己文章启》中说："宝历大起宫室，广声色，故作《阿房宫赋》。"卒章显志，显然意在借古喻今，警戒朝堂，惜哉积重难返，八十二年后唐朝覆灭。

岳阳楼记

范仲淹

庆历四年春，滕子京谪守巴陵郡。[1]越明年，政通人和，百废俱兴，乃重修岳阳楼，增其旧制，刻唐贤今人诗赋于其上。属予作文以记之。[2]

予观夫巴陵胜状，在洞庭一湖。[3]衔远山，吞长江，浩浩汤汤，横无际涯；朝晖夕阴，气象万千。[4]此则岳阳楼之大观也，前人之述备矣。[5]然则北通巫峡，南极潇湘，迁客骚人，多会于此，览物之情，得无异乎？[6]

若夫霪雨霏霏，连月不开，阴风怒号，浊浪排空；日星隐曜，山岳潜形；商旅不行，樯倾楫摧；薄暮冥冥，虎啸猿啼。[7]登斯楼也，则有去国怀乡，忧谗畏讥，满目萧然，感极而悲者矣。[8]

至若春和景明，波澜不惊，上下天光，一碧万顷；沙鸥翔集，锦鳞游泳；岸芷汀兰，郁郁青青。[9]而或长烟一空，皓月千里，浮光

范仲淹（989—1052）：字希文，谥文正。苏州人。北宋政治家、文学家。

1. 庆历四年：公元1044年。庆历，宋仁宗的年号。滕子京谪守巴陵郡：滕子京降职任岳州太守。谪：被贬官，降职。巴陵郡：岳州在唐代以前为巴陵郡。

2. 属：通“嘱”，嘱托，嘱咐。

3. 夫：指示代词，相当于“那”。

4. 浩浩汤（shāng）汤：水波浩荡的样子。朝晖夕阴：或早或晚（一天里）阴晴多变化。气象：景象。万千：千变万化。

5. 大观：雄伟景象。备：详尽，完备。

6. 潇湘：潇水和湘水，流入洞庭湖的一条水系。湘水上游称潇水。迁客：被贬谪流迁的人。骚人：诗人。战国时屈原作《离骚》，因此后人也称诗人为骚人。得无：恐怕。

7. 霪（yín）雨霏霏：连绵不断的雨。开：放晴。曜（yào）：光辉，日光。樯（qiáng）倾楫摧：桅杆倒下，船桨折断。薄暮冥冥：傍晚天色昏暗的样子。薄：迫近。冥冥：昏暗的样子。

8. 去国怀乡：离开国都，怀念家乡。去：离开。国：国都，指京城。萧然：萧条的样子。

9. 景：日光。翔集：时而飞翔，时而停歇。集：栖止，鸟停息在树上。锦鳞：指美丽的鱼。鳞：代指鱼。汀：小洲，水边平地。郁郁：形容草木茂盛。

跃金，静影沉璧，渔歌互答，此乐何极！[10]登斯楼也，则有心旷神怡，宠辱偕忘，把酒临风，其喜洋洋者矣。

嗟夫！予尝求古仁人之心，或异二者之为，何哉？[11]不以物喜，不以己悲；居庙堂之高则忧其民，处江湖之远则忧其君。[12]是进亦忧，退亦忧。然则何时而乐耶？其必曰“先天下之忧而忧，后天下之乐而乐”欤？噫！微斯人，吾谁与归？[13]

时六年九月十五日。

【赏析】

范仲淹是中国历史上一个光辉的名字。他固然在中国文学史上占有一席之地，也曾出将入相，是宋仁宗朝举足轻重的大臣，但他最为后人景仰的，还是他崇高的思想境界和伟岸的人格，他将中国古代士大夫的主体意识和社会责任感推向了一个新境界。论人一向严苛的朱熹将他与诸葛亮、杜甫、颜真卿、韩愈并称为“五君子”，称他们都是“光明正大，疏畅洞达，磊磊落落”。他崇高的思想境界，在《岳阳楼记》一文中有鲜明的体现。

《岳阳楼记》是范仲淹应滕子京之请而作。滕子京是范仲淹好友，两人同年考中进士，政治立场相近，因而当范仲淹推行新政时，滕子京也成为朝廷中反对新政的保守派的打击对象，被贬官到岳州任知州。等滕子京在岳州重修岳阳楼并写信请范仲淹作记时，范仲淹的

---

10. 静影沉璧：静静的月影像沉入水中的璧玉。

11. 古仁人：古时品德高尚的人。

12. 不以物喜，不以己悲：不因为外在环境之差异不同和自己的得失荣辱，而或喜或悲，产生情绪波动。庙堂：指朝廷。江湖：意思是不在朝廷上做官而在野。

13. 微斯人，吾谁与归：如果没有这样的人，那我同谁一道呢？微：没有。斯人：这样的人。谁与归，就是“与谁归”。

新政在保守派阻挠下已经以失败告终，范仲淹也刚被贬出京。在这种背景下，范仲淹写《岳阳楼记》也就大有深意。

这篇文章，是一个刚刚经历了失败的人，写给另一个不久前经历过失败的人。然而，文章中看不到一丁点衰飒沉沦、抱怨哀叹。

文章一开头，写滕子京被贬谪后仍积极有为，将岳州治理得“政通人和，百废俱兴”，由此引出滕子京“重修岳阳楼”。但文章的重点却没有放在滕子京的施政和重修岳阳楼的过程上，甚至没有放在岳阳楼上。而是在简单描述了岳阳楼上所见洞庭湖的浩大景象之后，转而写登临岳阳楼的“迁客骚人”，写这些迁客骚人登临岳阳楼时的心情。

这些迁客骚人境遇不同，登临时所见景象不同，心情也随之有异。他们中有览物而悲者，有览物而喜者。当洞庭湖上风雨大作、天地昏暗时，登临岳阳楼的迁客骚人便会被触动身世之感，对前途感到忧惧，不由得悲从中来。而在阳光明媚、风平浪静的春天，或者月色皎洁、渔歌飘扬的夜晚，登临岳阳楼的人也会陶醉在这美景中，暂时忘却仕途上的荣辱浮沉。

以上这两种人，虽然或悲或喜的心情不一样，但说到底都是牵系于个人的一己得失，这是范仲淹所不认可的。范仲淹追求的是“古仁人”的境界，不计自身得失，不论个人处境，忧君忧民。需要指出的是，范仲淹这里说的“忧其君”，就如杜甫“一饭未尝忘忧君”那样，是以“君”作为国家的代表，忧的是国家。“古仁人”的境界，其实就是范仲淹自己的境界，是范仲淹遭受了重大的政治挫折之后，依然坚持的“先天下之忧而忧，后天下之乐而乐”的崇高思想境界。这一境界，超越了孟子所说并为后世士大夫服膺的“达则兼济天下，穷则独善其身”的儒家立身处世原则。最后一句“微斯人，吾谁与归”，则含蓄地表达了对滕子京的期许和勉励，同时也再次强调了自己的坚定信念。

《宋史·范仲淹传》说范仲淹："每感激论天下事，奋不顾身，一时士大夫矫厉尚风节，自仲淹倡之。"范仲淹影响的不仅仅是宋代士大夫的风节，直到今天，范仲淹的精神仍是中华民族的宝贵财富。

爱莲说

周敦颐

水陆草木之花，可爱者甚蕃。[1]晋陶渊明独爱菊。自李唐来，世人甚爱牡丹。予独爱莲之出淤泥而不染，濯清涟而不妖，中通外直，不蔓不枝，香远益清，亭亭净植，可远观而不可亵玩焉。[2]

予谓菊，花之隐逸者也；牡丹，花之富贵者也；莲，花之君子者也。噫！菊之爱，陶后鲜有闻。[3]莲之爱，同予者何人？牡丹之爱，宜乎众矣！[4]

【赏析】

这是一篇托物言志的小文，却有着深邃的思想内容。作者周敦颐是北宋重要的思想家，并不以文学见长，但这篇《爱莲说》却脍炙人口。

文章在与菊和牡丹的对比中来写莲，写花实际上是在写人，三种花分别象征了三种人格。菊在秋天开花，孤高傲世，不与百花并立，陶渊明之后菊更是与隐士结下了不解之缘。牡丹在唐代受到上至皇室下至平民的追捧，盛开时花团锦簇，富丽堂皇，一派富贵者的形象。

而作者却爱莲。莲花自身具有高洁的品性，它美丽芬芳，洁身自爱，既不媚俗，也不避世。而这正是作者所追求的理想人格，不随波

周敦颐（1017—1073）：字茂叔，号濂溪先生。道州（今湖南道县）人。北宋理学家。

1. 可：值得。蕃：通“繁”，多。

2. 濯：洗涤。妖：妖艳，美丽而不端庄。植：通“直”。亵（xiè）：亲近而不庄重。

3. 鲜（xiǎn）：少。

4. 宜乎众矣：（喜爱牡丹的）人应该是很多了。宜：当，这里与乎连用有当然的意思。

逐流，不矫情任性，在尘世中保持自身的美好本性。“出淤泥而不染，濯清涟而不妖”一句，可谓写尽莲花的精神，也成为君子人格的写照。

莲花假若有知，一定会引周敦颐为知己吧。

醉翁亭记

欧阳修

环滁皆山也。[1]其西南诸峰，林壑尤美，望之蔚然而深秀者，琅琊也。[2]山行六七里，渐闻水声潺潺而泻出于两峰之间者，酿泉也。峰回路转，有亭翼然临于泉上者，醉翁亭也。[3]作亭者谁？山之僧智仙也。名之者谁？太守自谓也。太守与客来饮于此，饮少辄醉，而年又最高，故自号曰醉翁也。醉翁之意不在酒，在乎山水之间也。[4]山水之乐，得之心而寓之酒也。

若夫日出而林霏开，云归而岩穴暝，晦明变化者，山间之朝暮也。[5]野芳发而幽香，佳木秀而繁阴，风霜高洁，水落而石出者，山间之四时也。[6]朝而往，暮而归，四时之景不同，而乐亦无穷也。

至于负者歌于途，行者休于树，前者呼，后者应，伛偻提携，往来而不绝者，滁人游也。[7]临溪而渔，溪深而鱼肥。酿泉为酒，泉香而酒洌；山肴野蔌，杂然而前陈者，太守宴也。[8]宴酣之乐，非丝非竹，射者中，弈者胜，觥筹交错，起坐而喧哗者，众宾欢也。[9]苍颜白发，颓然乎其间者，太守醉也。[10]

欧阳修（1007－1072）：字永叔，号醉翁，晚号“六一居士”，谥文忠。吉州永丰（今江西永丰）人。北宋政治家、文学家、史学家，北宋诗文革新运动的领袖，“唐宋八大家”之一。

1. 滁：滁州，在今安徽省滁州。
2. 蔚然：草木茂盛的样子。
3. 翼然：像鸟张开翅膀一样。
4. 乎：相当于“于”。
5. 林霏：树林中的雾气。晦明：指天气阴晴明暗。
6. 风霜高洁：就是风高霜洁。天高气爽，霜色洁白。
7. 伛偻：腰弯背曲的样子，这里指老年人。提携：指小孩子。
8. 野蔌：野菜。蔌：菜蔬。
9. 非丝非竹：不是琴箫等乐器演奏的音乐。射：这里指投壶，宴饮时的一种游戏，把箭向壶里投，投中多的为胜，负者照规定的杯数喝酒。弈：下棋。觥筹交错：酒杯和酒筹相错杂，形容喝酒尽欢的样子。
10. 苍颜：脸色苍老。颓然：原意是精神不振的样子，这里形容醉态。

已而夕阳在山，人影散乱，太守归而宾客从也。树林阴翳，鸣声上下，游人去而禽鸟乐也。[11]然而禽鸟知山林之乐，而不知人之乐；人知从太守游而乐，而不知太守之乐其乐也。醉能同其乐，醒能述以文者，太守也。太守谓谁？[12]庐陵欧阳修也。[13]

【赏析】

这篇文章的写法，可以借用文章中的一个词来概括——“峰回路转”。文章篇幅不长，内容却多达四次转折，每一转都出人意料而又意趣横生。

开篇第一段紧扣着“醉翁亭”来写，将醉翁亭置于秀美的群山之中，一步步走近，写亭的位置、亭的环境、亭的建造、亭的名字的由来，写作者自己到此处饮酒而醉。这已经足够摇曳多姿了，却突然由一句“醉翁之意不在酒，在乎山水之间也”而转向了山水之乐。

写山水之乐，首先要写山水风景的优美。欧阳修并没有局限于眼前的此时此地，而是用高度概括的手法，写出了山中一天之内和四季之间的景色。作者敏锐地捕捉到了景物的变化和特征，用“日出而林霏开，云归而岩穴暝”两句写出了早晚景物的变化之美，用“野芳发而幽香，佳木秀而繁阴，风霜高洁，水落而石出”四个短句写出了春夏秋冬四季不同的风光。如此优美的风景，自然会吸引游人前往，这些“朝而往，暮而归”的游人，任何时候来此都能感受到山水带来的快乐，于是文章转到了写游人之乐。这是第二转。

游人中有普通百姓也有太守带领的官员和宾客。普通百姓在路上

---

11. 阴翳：形容枝叶茂密成阴。
12. 谓：为，是。
13. 庐陵：欧阳修是吉州永丰人，吉州原属庐陵郡，故欧阳修自称“庐陵欧阳修”。

扶老携幼，络绎不绝，悠然平和；太守带领宾客在醉翁亭设宴饮酒，嬉戏喧哗，尽情醉笑；太守自己更是酒酣而醉。这一官民同乐的画面反映出的就已不再仅仅是山水之乐，而且还透露出了太平盛世、政治清明的信息。

最后一部分写游人归去，本来大家乘兴而来，兴尽而返，文章也就可以就此结束了，但作者却又陡然一转，这是第三转，写游人去后山中的禽鸟之乐。在游人离开后，禽鸟在山中自在欢快地鸣唱，但它们无法体会到人的快乐；人能体会到随太守出游的快乐，却不能体会太守的快乐——这最后一转转回了太守自己。那么太守的快乐是怎样的呢？太守不仅从山林中、从宴饮中得到了快乐，还为官员百姓的快乐而感到快乐。

太守的最大快乐，就是寄情山水，与民同乐。

秋声赋

欧阳修

欧阳子方夜读书，闻有声自西南来者，悚然而听之，曰："异哉！"初淅沥以萧飒，忽奔腾而砰湃，如波涛夜惊，风雨骤至。[1]其触于物也，鏦鏦铮铮，金铁皆鸣；又如赴敌之兵，衔枚疾走，不闻号令，但闻人马之行声。[2]予谓童子："此何声也？汝出视之。"童子曰："星月皎洁，明河在天，四无人声，声在树间。"

予曰："噫嘻悲哉！此秋声也，胡为而来哉？盖夫秋之为状也：其色惨淡，烟霏云敛；其容清明，天高日晶；其气栗冽，砭人肌骨；其意萧条，山川寂寥。[3]故其为声也，凄凄切切，呼号愤发。丰草绿缛而争茂，佳木葱茏而可悦；草拂之而色变，木遭之而叶脱。[4]其所以摧败零落者，乃一气之余烈。[5]

"夫秋，刑官也，于时为阴；又兵象也，于行为金，是谓天地之义气，常以肃杀而为心。[6]天之于物，春生秋实，故其在乐也，商声主西方之音，夷则为七月之律。[7]商，伤也，物既老而悲伤；夷，戮也，物过盛而当杀。

"嗟乎！草木无情，有时飘零。[8]人为动物，唯物之灵；百忧感

---

1. 砰湃：同"澎湃"，波涛汹涌的声音。
2. 鏦鏦（cōng）铮铮：金属相击的声音。衔枚：古时行军或袭击敌军时，让士兵衔枚以防出声。枚，形似竹筷，衔于口中，两端有带，系于脖上。
3. 云敛：云雾密聚。敛：收，聚。栗冽：寒冷。砭：古代用来治病的石针，这里引申为刺的意思。
4. 绿缛：碧绿繁茂。
5. 一气：指构成天地万物的浑然之气。
6. 刑官：执掌刑狱的官。《周礼》把官职与天、地、春、夏、秋、冬相配，称为六官。秋天肃杀万物，所以司寇为秋官，执掌刑法，称刑官。于时为阴：古人以阴阳配四季，春夏属阳，秋冬属阴。于行用金：古人把五行分配于四季，秋天属金。义气：节烈、刚正之气。
7. 商声主西方之音：古代以五声配四时，商声属秋；五声和五行相配，则商声属金，主西方之音。夷则为七月之律：古以十二律配十二月，七月为夷则。
8. 有时：有固定时限。

其心，万事劳其形；有动于中，必摇其精。而况思其力之所不及，忧其智之所不能；宜其渥然丹者为槁木，黟然黑者为星星。[9]奈何以非金石之质，欲与草木而争荣？念谁为之戕贼，亦何恨乎秋声！”

童子莫对，垂头而睡。但闻四壁虫声唧唧，如助予之叹息。

【赏析】

“自古逢秋悲寂寥”，从宋玉《九辨》的“悲哉！秋之为气也”开始，悲秋便是中国古典文学中的重要主题，悲秋的名篇佳作迭见不鲜。欧阳修不惧重复，从秋声着手，以秋声写秋怀；层层剖析，貌似说理实则抒情；从有声的自然之秋转到无声的人生之秋，使感秋之悲更加深沉，让人无可释怀。

文章开篇写“声”，寂静的深夜，突然有声音响起，让作者感到惊惧。声音是无形的，本来很难描摹，文章用了一连串比喻，像淅淅沥沥的雨声，像奔腾澎湃的波涛声，像骤然而至的狂风暴雨声，又像金铁相撞的鏦鏦铮铮声，暗夜里奔赴敌阵的军队的人马行进声，形象地描绘出了这声音自远而近、时小时大的状态。

这本是风声，可是作者却从中感受到了秋天，进而从秋色、秋容、秋气、秋意四个方面呈现出“秋之为状”，秋天是惨淡、寥远、寒冷、萧条的。在这样一种肃杀的秋天的氛围里，秋声便尤其“凄凄切切，呼号愤发”了；而原本繁茂葱茏的草木，也在秋声中迅速凋零衰败。不仅自然界中秋具有如此的肃杀之气，人类社会中凡与秋相关的，无不令人联想到杀戮和死亡。秋天是行刑的季节；秋冬为阴；秋属金，又有战争的象征；秋属五音中的商声，商声主西方之音，又谐

9. 渥然：脸色红润的样子。黟（yī）然黑者为星星：乌黑的须发变成花白。

音为“伤”，含有悲伤之意。十二律中，夷则是七月的音律，七月是秋天的第一个月，夷是删刈，有杀戮之意。原来肃杀是秋之为心，从自然到社会，秋天都意味着万物的由盛转衰，意味着肃杀悲凉。

以上摹秋声，绘秋状，析秋心，悲秋之意已足，迟暮之叹隐隐升起。但接下来作者突然又为秋声“开脱”，认为人的迟暮怪不到秋的肃杀，而是由于人自己的忧心劳苦：“百忧感其心，万事劳其形。”人事忧劳必然伤害心神，损耗精力，更何况人还总是“思其力之所不及，忧其智之所不能”。原本红润的容貌变为苍老枯槁，原本乌黑的须发也变成花白，人事的忧劳更甚于秋的肃杀。

写《秋声赋》时，欧阳修五十三岁。一生中经历多次贬谪，无数的宦海风波，渐渐步入暮年，对于生命的流逝，人世的艰险，都已深深体味过了。所以听到秋声，便油然生出如许感慨。可惜他身边的童子并不能理解，竟“垂头而睡”。文章便在四壁虫声唧唧中戛然而止，留下余味悠长。

其实，声本无哀乐，哀乐在于人心。文中那个童子，不就对这秋声、对欧阳修的感慨无动于衷吗？

游褒禅山记

王安石

褒禅山亦谓之华山，唐浮图慧褒始舍于其址，而卒葬之，以故其后名之曰“褒禅”。[1]今所谓慧空禅院者，褒之庐冢也。[2]距其院东五里，所谓华山洞者，以其乃华山之阳名之也。[3]距洞百余步，有碑仆道，其文漫灭，独其为文犹可识，曰“花山”。[4]今言“华”，如“华实”之“华”者，盖音谬也。[5]

其下平旷，有泉侧出，而记游者甚众，所谓前洞也。由山以上五六里，有穴窈然，入之甚寒，问其深，则其好游者不能穷也，谓之后洞。[6]余与四人拥火以入，入之愈深，其进愈难，而其见愈奇。有怠而欲出者，曰：“不出，火且尽。”遂与之俱出。盖予所至，比好游者尚不能十一，然视其左右，来而记之者已少。[7]盖其又深，则其至又加少矣。方是时，予之力尚足以入，火尚足以明也。既其出，则或咎其欲出者，而予亦悔其随之，而不得极夫游之乐也。[8]

于是予有叹焉。[9]古人之观于天地、山川、草木、虫鱼、鸟兽，往往有得，以其求思之深而无不在也。夫夷以近，则游者众；险以远，则至者少。[10]而世之奇伟瑰怪非常之观，常在于险远，而人之

王安石（1021—1086）：字介甫，号半山，封荆国公，世人又称王荆公。抚州临川人（今江西抚州）。北宋著名政治家、思想家、文学家，“唐宋八大家”之一。

1. 浮图：亦作“浮屠”，本为佛的音译，此处是说佛教徒、和尚。褒禅：即慧褒禅师。
2. 庐冢：古时为孝敬父母或师长，在他们逝后的服丧期间，为守护坟墓而盖的屋舍，也称“庐墓”。这里指慧褒弟子在慧褒墓旁盖的屋舍。
3. 阳：山的南面。古代称山的南面、水的北面为“阳”。
4. 仆道：倒在路旁。漫灭：指因风化剥落而模糊不清。
5. 华（huá）实：浮华和真实。
6. 窈然：深远幽暗的样子。
7. 不能十一：不及十分之一。
8. 咎：责怪。其：这里用作第一人称代词，指自己。夫：这，那，指示代词。
9. 于是：对于这种情况。
10. 夷：平坦。

所罕至焉，故非有志者不能至也。有志矣，不随以止也，然力不足者，亦不能至也。有志与力，而又不随以怠，至于幽暗昏惑而无物以相之，亦不能至也。[11]然力足以至焉，于人为可讥，而在己为有悔。尽吾志也而不能至者，可以无悔矣，其孰能讥之乎？此予之所得也。

余于仆碑，又以悲夫古书之不存，后世之谬其传而莫能名者，何可胜道也哉！此所以学者不可以不深思而慎取之也。

四人者：庐陵萧君圭君玉，长乐王回深父，余弟安国平父、安上纯父。

至和元年七月某日，临川王某记。

【赏析】

如果你根据题目，把这篇文章当作游记来读，你会很失望。对游览之地的方位倒是标注得很清楚，以慧空禅院为坐标点，向东五里是华山前洞，距洞一百多步有一块废弃的石碑；从前洞向山上行五六里是华山后洞。记叙游览的历程也很清楚，先到前洞，此地平旷易行，记游的人很多；再往后洞，需要举火把进入，深不可测，越往洞内深处走，记游的人越少。然而作为一篇游记，竟然没有景色描写，进入后洞，只说“入之愈深，其进愈难，而其见愈奇”，究竟奇在何处，又不肯说。而且，这竟是一次中道而返、半途而废的游览：由于同行中某人的懈怠，大家在尚有余力、进入后洞不及好游者十分之一的地方就返回了。出来后又后悔不迭，明明自己“力尚足以入，火尚足以明”，却“与之俱出”，以至于“不得极夫游之乐”。

---

11. 至于：抵达，到达。幽暗昏惑：幽深昏暗，叫人迷乱（的地方）。相（xiàng）：帮助，辅助。

显然，名列“唐宋八大家”的王安石绝非力不足以写景而不写，而是他的这篇文章用意不在记游写景，而在议论。所以当他的游览结束的时候，才是他的议论的开始。而读完后文的议论，也才会发现前文的记叙无一闲笔，无一赘语，均在为后文的议论埋下伏笔；后文的议论有了前文的记叙为立论的基础，更为读者信服。

如其感叹“夫夷以近，则游者众；险以远，则至者少”“而世之奇伟、瑰怪、非常之观，常在于险远，而人之所罕至焉”，就对应了前文中记叙前洞平敞处记游者甚众，后洞愈深，景色愈奇，而记游者愈少。而一行人由于某位懈怠者便半途而废，又生发出并从反面证明了文章最核心的观点：如想到达“世之奇伟瑰怪非常之观”，必须同时具备志、力、物三个条件。并且连用三个双重否定句来强调：“非有志者不能至也”“力不足者，亦不能至也”“无物以相之，亦不能至也”。

议论至此，其实我们已经能够读出，作者绝非仅仅就游览华山后洞乃至观赏风景立论，而是有更普遍的意义。人所罕至的“世之奇伟瑰怪非常之观”不正象征着平常人所不能为的大事业吗？这篇文章实际上是王安石对如何做出一番大事业的思考：必须有坚定的志向，自身具备足够的才力，还要有可做辅助的物质手段。这也是宋文的一个特点，往往题小而境大，从看似寻常的题材中讲出一番“万事不可磨灭之理”。

主要的观点讲完，作者又从华山山名的讹误，联想到古籍的以讹传讹，引申出学者治学时必须要“深思而慎取”的观点，同样是前文记叙与后文议论相映照的手法，但只是在文章结尾处顺带一提，无关乎全文主旨了。

记承天寺夜游

苏轼

元丰六年十月十二日夜，解衣欲睡，月色入户，欣然起行。[1]念无与为乐者，遂至承天寺寻张怀民。怀民亦未寝，相与步于中庭。[2]庭下如积水空明，水中藻荇交横，盖竹柏影也。何夜无月？何处无竹柏？但少闲人如吾两人者耳。

【赏析】

毫无疑问，苏东坡最大的理想是致君尧舜、兼济天下，然而他的一生屡遭政敌打击，饱尝仕途险恶，所以他的文字中时常会有隐遁江湖、自由自在度过一生的愿望。他有词句道："几时归去，做个闲人。对一张琴，一壶酒，一溪云。"综观东坡一生，这两个理想都没实现，但他也始终坚持。在宦海浮沉中，他总能找到机会，哪怕只是一时一刻，抽身出来，做个"闲人"。

《记承天寺夜游》所记便是苏东坡在被贬黄州时的"休闲"时光。此前经历了无比凶险的"乌台诗案"，从一个朝野瞩目、仕途顺畅的政治明星，转眼变成了一个险些被定为死罪、贬谪到黄州看管的戴罪之身，东坡遭遇了他人生的第一个低谷，却也迎来了他文学创作上的第一个高峰。东坡以其潇洒豁达的人生态度、豪迈开阔的胸襟，化解了政治失意的苦闷悲愁，在黄州留下了一段诗意人生的轨迹。从

苏轼（1037—1101）：字子瞻，号东坡居士。眉州眉山（今属四川）人。与父亲苏洵、弟弟苏辙并称"三苏"。北宋杰出的散文家、诗人、词人、书法家，文章为"唐宋八大家"之一，诗与黄庭坚并称"苏黄"，词与辛弃疾并称"苏辛"，书法跻身"北宋四大家"之列。

1. 元丰六年：公元1083年。元丰：宋神宗年号。

2. 相与：共同，一同。

《记承天寺夜游》中，我们可以看到其中的一个片段。

元丰六年十月十二日夜晚，已是初冬的黄州，苏东坡被照入房中的月色触动，穿衣起床，到承天寺寻友人一起赏月。在东坡的眼中，洒满月光的承天寺庭院，空明澄澈，仿佛一个晶莹无尘的水中世界。院中竹柏投在地上的影子，仿佛水中的水草交错摇曳。那一刻，东坡先生一定有些恍惚了。他找到了做“闲人”的感觉。

“闲人”不是无所事事的百无聊赖，而是将自己从平庸琐碎的日常生活中抽身出来，从奔波忙碌的官场生活中抽身出来，摒除对名利富贵的追求，让身心完全处于诗意自由的状态。只有在这种状态下，一个人才能用心去感受这个世界，一个寻常的月夜，也才成为一道如此绝美的风景。

前赤壁赋

苏轼

壬戌之秋，七月既望，苏子与客泛舟游于赤壁之下。[1]清风徐来，水波不兴。[2]举酒属客，诵《明月》之诗，歌《窈窕》之章。[3]少焉，月出于东山之上，徘徊于斗、牛之间。[4]白露横江，水光接天。[5]纵一苇之所如，凌万顷之茫然。[6]浩浩乎如冯虚御风，而不知其所止；飘飘乎如遗世独立，羽化而登仙。[7]

于是饮酒乐甚，扣舷而歌之。[8]歌曰："桂棹兮兰桨，击空明兮溯流光。[9]渺渺兮予怀，望美人兮天一方。[10]"客有吹洞箫者，倚歌而和之。[11]其声呜呜然，如怨如慕，如泣如诉，余音袅袅，不绝如缕。[12]舞幽壑之潜蛟，泣孤舟之嫠妇。[13]

苏子愀然，正襟危坐而问客曰："何为其然也？"[14]

---

1. 壬戌（xū）：宋神宗元丰五年（1082）。此时苏轼因"乌台诗案"被贬黄州已两年多。望：十五月圆。既望：过了十五，即每月十六。苏子：苏轼自称。
2. 兴：起。
3. 举酒属客：劝客饮酒。《明月》：《诗经·陈风·月出》。《窈窕》：《月出》第一章有"舒窈纠兮"，"窈纠"即窈窕。
4. 少焉：一会儿。斗、牛：星宿名，斗宿和牛宿。
5. 露：水汽。
6. 一苇：小船，语出《诗经·卫风·河广》。如：到。凌：越过。万顷（qǐng）：形容宽阔。茫然：江面旷远、水汽弥漫的样子。
7. 冯虚：凭空，腾空。御风：驾着风。遗世独立：抛开人世，无牵无挂。羽化：成仙。登仙：飞入仙境。
8. 扣舷（xián）：敲击船边，打节拍。
9. 棹（zhào）、桨：划船的工具，前推为桨，后推为棹。桂、兰：表示美。
10. 渺渺：深远。予怀：我的情怀。美人：古人笔下美好理想的象征。天一方：遥远。
11. 客：据考证是道士杨世昌，善吹箫。倚歌而和之：根据歌声伴奏。
12. 此句意为：余音宛如细丝，细而不断。
13. 此句意为：箫声使深渊里的蛟龙飞舞，使孤舟上的寡妇哭泣。嫠（lí）妇：寡妇。蛟（jiāo）：蛟龙。
14. 愀（qiǎo）然：忧愁的样子。此句意为：箫声为何如此悲凉？

客曰："'月明星稀，乌鹊南飞。'此非曹孟德之诗乎？[15]西望夏口，东望武昌，山川相缪，郁乎苍苍，此非孟德之困于周郎者乎？[16]方其破荆州，下江陵，顺流而东也，舳舻千里，旌旗蔽空，酾酒临江，横槊赋诗，固一世之雄也，而今安在哉？[17]况吾与子渔樵于江渚之上，侣鱼虾而友麋鹿，驾一叶之扁舟，举匏樽以相属。[18]寄蜉蝣于天地，渺沧海之一粟。[19]哀吾生之须臾，羡长江之无穷。[20]挟飞仙以遨游，抱明月而长终。知不可乎骤得，托遗响于悲风。"[21]

苏子曰："客亦知夫水与月乎？[22]逝者如斯，而未尝往也；盈虚者如彼，而卒莫消长也。[23]盖将自其变者而观之，则天地曾不能以一瞬；自其不变者而观之，则物与我皆无尽也。[24]而又何羡乎？且夫天地之间，物各有主，苟非吾之所有，虽一毫而莫取。[25]唯江上之清风，与山间之明月，耳得之而为声，目遇之而成色，取之无禁，用之不竭。是造物者之无尽藏也，而吾与子之所共适。"[26]

---

15. "月明"是曹操《短歌行》中的诗句。孟德：曹操的字。
16. 夏口：位于今武汉黄鹄山上。武昌：今湖北鄂城。缪（liǎo）：通"缭"，缠绕。困于周郎：被周瑜打败。
17. 赤壁大战前，曹操在荆州降服了刘琮，攻占江陵，沿长江东下，进军赤壁。方：当。荆州：下辖南阳、江夏、长沙等八郡，在今湖南、湖北一带。江陵：今属湖北。船多，千里相连不绝。舳（zhú）舻（lú）：船头和船尾的合称，因以指船。酾（shī）酒：斟酒。横槊：横执长矛。固：本来。
18. 渔樵：打鱼砍柴。江渚：江中小洲。侣鱼虾：与鱼虾为伴。友麋（mí）鹿：与麋鹿为友。扁（piān）舟：小船。匏（páo）尊：葫芦做的酒器。相属：互相劝酒。
19. "寄蜉蝣"句意为：像蜉蝣一样短促地寄生在天地间。蜉（fú）蝣：朝生暮死的水边昆虫。"渺沧海"句意为：渺小得如同大海中的一粒小米。
20. 须臾：短暂。
21. 遗响：谓箫声。悲风：秋风。
22. 夫：那。
23. "逝者如斯"句意为：江水始终流淌，但长江还在；月盈月亏，但月亮还是那个月亮。
24. "盖将自其变者"句意为：从变的角度看，天地万物都在瞬息万变；从不变的角度看，一物总是一物，不会成为他物，我总是我，独一无二，不会成为他人，所以我与物皆永恒。
25. 且夫：况且。
26. 共适：共同享受。

客喜而笑，洗盏更酌，肴核既尽，杯盘狼藉。[27]相与枕藉乎舟中，不知东方之既白。[28]

【赏析】

禅宗说“万古长空，一朝风月”，领会万古长空，享受一朝风月。《前赤壁赋》中苏轼正是这样一个既洞达又享乐的人。

苏轼与客泛舟，晚风柔和，水波不兴，月光清奇，朗照大地。这都是日常的景致，但随即，白露横江，水光接天，界限被打破了，小舟挣脱了江面的束缚，凌空而起，去往天际。“浩浩乎如冯虚御风，而不知其所止；飘飘乎如遗世独立，羽化而登仙。”这画面清空超逸、出尘绝俗、空旷高邈、如梦如幻，它也许源于实景，但更源于苏轼心中的自由、超越和远离。

于是两人饮酒乐甚，吟咏啸歌：“……有美人兮天一方。”歌曲掺杂了《楚辞》的悲凉浪漫和《诗经》的苍茫——所谓伊人，在水一方——歌中隐含的可望而不可即的淡淡忧伤被之后的箫声深化了，如怨如慕，如泣如诉。于是客人谈到死亡，“是非成败转头空”的幻灭感，和面对永恒自然、茫茫宇宙的渺小感都汹涌而来。

但苏轼并没有被煽动。他清醒地表示，客人只看到人与长江之间的差异，却忘了两者的共性——人和水月一样瞬息万变，且都因独一无二而永恒。无论朝生暮死的蜉蝣、夭折长寿的人类，抑或看似永恒的水月，都在不断地变化代谢，都是世间独特又平凡的存在，也都会消亡。那还羡慕什么呢？如果蜉蝣不羡慕人类，人类又何须羡慕长

27. “洗盏更酌”句意为：重新斟上酒再喝。“肴核既尽”句意为：菜肴和果品都已经吃完。狼藉（jí）：杂乱的样子。

28. 相与：互相。枕藉（jiè）：倚靠，此指苏轼和客人互相靠着睡着了。

江？企望不属于自己的东西自然会痛苦，那就好好享受属于自己的东西吧。这天地间的无边风月，已然取之不尽用之不竭。对美的感受，足以让人在空明洞彻、圆满自足中通达永恒。

客人一下释然了，于是他和苏轼一起兴致高昂地洗盏更酌，无牵无挂放旷而眠。那毫不拘束的杯盘狼藉，背后是对人生的洞达和自信。这两个躺得横七竖八的人想必一夜清甜无梦，唇边还留着赤子般的笑容，“相与枕藉乎舟中，不知东方之既白”。

后赤壁赋

苏轼

是岁十月之望，步自雪堂，将归于临皋。[1]二客从予，过黄泥之坂。[2]霜露既降，木叶尽脱，人影在地，仰见明月。顾而乐之，行歌相答。

已而叹曰："有客无酒，有酒无肴，月白风清，如此良夜何？"客曰："今者薄暮，举网得鱼，巨口细鳞，状如松江之鲈。顾安所得酒乎？"归而谋诸妇。[3]妇曰："我有斗酒，藏之久矣，以待子不时之需。"

于是携酒与鱼，复游于赤壁之下。江流有声，断岸千尺。[4]山高月小，水落石出。曾日月之几何，而江山不可复识矣。[5]予乃摄衣而上，履巉岩，披蒙茸，踞虎豹，登虬龙，攀栖鹘之危巢，俯冯夷之幽宫。[6]盖二客不能从焉。划然长啸，草木震动，山鸣谷应，风起水涌。余亦悄然而悲，肃然而恐，凛乎其不可留也。[7]返而登舟，放乎中流，听其所止而休焉。时夜将半，四顾寂寥。适有孤鹤，横江东来。翅如车轮，玄裳缟衣，戛然长鸣，掠予舟而西也。[8]

---

1. 是岁十月之望：指宋神宗元丰五年（1082）十月十五日，即写《前赤壁赋》这一年。望，阴历每月的十五日。雪堂：苏轼到黄州后自建的一处厅堂。临皋：苏轼在黄州的寄居之地，位于长江边。
2. 黄泥之坂：即黄泥坂。坂：斜坡，山坡。
3. 顾：但是，可是。安所：何所，哪里。诸：兼词，相当于"之于"。
4. 断岸：形容临江的山壁极其陡峭。
5. 曾日月之几何：曾几何时，没过多久。指距上次赤壁之游没过多久。曾：才，刚刚。
6. 摄衣：提起衣襟。履巉（chán）岩：登上险峻突兀的山岩。披蒙茸：拨开杂草。蒙茸，杂乱的丛草。踞虎豹：指山石的形状像虎豹蹲踞之形。虬龙：指树枝弯曲如虬龙的树木。攀栖鹘之危巢：指手扶崖边的树木，树上高处有鹘鸟栖息的巢穴。冯（píng）夷：水神。
7. 悄然：忧愁的样子。肃然：因恐惧而收敛的样子。
8. 玄裳缟衣：形容仙鹤身上的羽毛是白的，尾巴是黑的。玄：黑。裳：下裙。缟：白色丝织品。衣：上衣。戛（jiá）然：形容鹤一类的鸟高声鸣叫的声音。

须臾客去，予亦就睡。梦一道士，羽衣蹁跹，过临皋之下，揖予而言曰：“赤壁之游乐乎？”[9]问其姓名，俯而不答。“呜呼噫嘻！我知之矣。畴昔之夜，飞鸣而过我者，非子也耶？”[10]道士顾笑，予亦惊寤。开户视之，不见其处。

【赏析】

天才不会重复自己。同一地点，同样的夜游，前后仅相隔三个月，苏轼竟写出了两篇千古传诵却又绝不相类的文章。当苏轼写完《前赤壁赋》的时候，他一定意识到了它是不朽的。当苏轼在写《后赤壁赋》时，他也一定意识到自己在挑战《前赤壁赋》。所以他开篇就说“是岁十月之望”，提醒读者一定要把两篇文章放在一起对读。

读《前赤壁赋》，你会觉得美。赤壁之下，秋夜泛舟，由水和月组成的澄澈清明之境，面对千古江山发出的人生短暂渺小之叹，体悟到的通达圆融的解脱之理，以最优美的方式徐徐展开。文章最后，烦恼消除，转悲为喜，主客“相与枕藉乎舟中，不知东方之既白”，真让人感到人生至此，夫复何求。

《后赤壁赋》开篇，似乎要延续前赋的乐，“霜露既将，木叶尽脱。人影在地，仰见明月”，多么清朗明亮的月夜。再加上朋友“状如松江之鲈”的佳肴、妻子“藏之久矣”的美酒，不由得不兴致勃勃，起了重游赤壁之念。

然而再到赤壁，江山却不复昔时模样。三个月后的赤壁，“江流有声，断岸千尺，山高月小，水落石出”，水和月竟是如此的陌生和

9. 羽衣：用鸟羽制成的衣服，道士穿的衣服称羽衣。蹁跹：飘然轻快地走着。
10. 畴昔之夜：昨天晚上。畴：语首助词。

疏离。作者转而写山，夜半孤身登山，这一番游历更是让人惊恐忧惧，幽深险峻的山上，岩石草木仿佛虎豹虬龙，让人胆战心惊。返身登船，已经意兴阑珊。行文至此，已可收笔，却横空飞来一鹤。鹤去人散，似已言尽，却又兀然于梦中突现一个道士。

我们或许不能参透《前赤壁赋》中水与月的变与不变，但我们能确定其中有甚深哲理。而此赋中的孤鹤与道士，有寓意还是无寓意？梦中与道士答非所问的对话，是有玄机还是无玄机？惊醒后寻道士不见踪迹，是有寄托还是无寄托？

在《前赤壁赋》里，我们能感受到“万古长空，一朝风月”的超然与解脱；而在《后赤壁赋》中，东坡自己也陷入了“是耶非耶，今夕何夕”的迷茫，留给我们的，是一派缥缈空灵的惘然怃然。

宝绘堂记

苏轼

君子可以寓意于物，而不可以留意于物。[1]寓意于物，虽微物足以为乐，虽尤物不足以为病。[2]留意于物，虽微物足以为病，虽尤物不足以为乐。《老子》曰："五色令人目盲，五音令人耳聋，五味令人口爽，驰骋田猎令人心发狂。"[3]然圣人未尝废此四者，亦聊以寓意焉耳。刘备之雄才也，而好结髦。[4]嵇康之达也，而好锻炼。[5]阮孚之放也，而好蜡屐。[6]此岂有声色臭味也哉，而乐之终身不厌。

凡物之可喜，足以悦人而不足以移人者，莫若书与画。然至其留意而不释，则其祸有不可胜言者。钟繇至以此呕血发冢，宋孝武、王僧虔至以此相忌，桓玄之走舸，王涯之复壁，皆以儿戏害其国，凶其身。[7]此留意之祸也。

始吾少时，尝好此二者，家之所有，唯恐其失之，人之所有，唯恐其不吾予也。既而自笑曰：吾薄富贵而厚于书，轻死生而重于画，岂不颠倒错谬，失其本心也哉？自是不复好。见可喜者，虽时

---

1. 寓意：借其他事物来寄托自己的意趣。留意：心志沉溺于某一事物。
2. 尤物：珍贵的物品。尤：特异，突出。
3. 五色：青赤黑黄白，泛指美色。五音：宫商角徵羽，泛指美声。五味：酸甜苦辣咸，泛指美味。爽：失。驰骋田猎：放纵的驰马射猎。
4. 结髦：以鸟羽或兽毛编制饰物。
5. 达：放旷。锻炼：打铁。
6. 阮孚：阮籍的侄孙，阮咸的儿子。蜡屐：给鞋子涂蜡。事见《世说新语·雅量》。
7. "钟繇（yáo）"句：事见韦续《墨薮》："繇见蔡伯喈笔法于韦诞，坐上自捶胸三日，胸尽青，因呕血。太祖以五灵丹救之得活。繇苦求之，不得。及诞死，繇令人盗掘其墓而得之。"冢（zhǒng）：墓。宋孝武：南朝宋皇帝刘骏。王僧虔：宋尚书令，擅长隶书。孝武帝不愿意有人书法胜过自己，故王僧虔写字常用拙笔，因此得以保全。桓玄：东晋权臣桓温之子。走舸：桓玄北伐姚兴，以轻舟载衣服、书画和器物等，"书画服玩既宜恒在左右。且兵凶战危，脱有不意，当使轻而易运"。王涯：中晚唐时官员，文宗时任宰相，博古好学，家中藏书数万卷，重价收买书法名画，藏在复壁中，甘露之祸时，尽被人破壁取去。复壁：夹墙。

复蓄之，然为人取去，亦不复惜也。譬之烟云之过眼，百鸟之感耳，岂不欣然接之，去而不复念也？于是乎二物者，常为吾乐，而不能为吾病。

驸马都尉王君晋卿虽在戚里，而其被服礼仪，学问诗书，常与寒士角。[8]平居攘去膏粱，屏远声色，而从事于书画，作宝绘堂于私地之东，以蓄其所有，而求文以为记，恐其不幸而类吾少时之所好，故以是告之，庶几全其乐而远其病也。[9]

熙宁十年七月二十二日记。

【赏析】

如何热烈地爱着这个世界，又不伤害他人与自己？我们对世界的热爱往往寄托于具体的人、事、物，但过于执着的爱像一团烈焰，驱散黑暗，也不免灼伤自己。

《宝绘堂记》中，苏轼为乐趣而赏玩字画，却反而患得患失，失了内心的平静。“始吾少时，尝好此二者，家之所有，唯恐其失之，人之所有，唯恐其不吾予也。”雅致的书画竟然导致紧张、嫉妒、懊悔、痛惜的情绪，这让苏轼猛然醒悟：执迷使自己丧失了玩赏的乐趣。

于是苏轼主张君子寓意于物，而不留意于物。热爱，但不过分执着与沉溺。好比手握一把沙子，捏得越紧从指缝间漏掉的反而越多，

---

8. 王君晋卿：王诜（shēn），字晋卿，娶宋英宗女儿蜀国长公主。驸马都尉：即驸马。戚里：西汉时皇帝外戚在长安的居所，后用来称皇室亲戚。寒士：出身寒微的士人。角：较量。

9. 攘（rǎng）去：排除。膏粱：精美的食物。屏远声色：断绝音乐和女色。庶几：希望，但愿。

不如放平双手，自然地享受其美好，放旷恬淡，随遇而安。“见可喜者，虽时复蓄之，然为人取去，亦不复惜也。譬之烟云之过眼，百鸟之感耳，岂不欣然接之，去而不复念也？于是乎二物者，常为吾乐，而不能为吾病。”

寓意而不留意，即《庄子》所谓“物物而不物于物”。刺激的打猎、古雅的书画、奇葩的鸟羽兽毛编织、打铁、上蜡，无论高下雅俗，都是外物。若寓意于物，鲁莽粗野的癖好也能使人增光添彩、生动有趣；若留意于物，过分执念，被外物控制，高雅的书画也足以使人动心移性，甚至丧身害国。

然而生活中但凡有所热爱，都难免本末倒置，因而苏轼劝谏新筑宝绘堂的王晋卿勿重蹈覆辙，愿他全其乐而远其病也。

文与可画筼筜谷偃竹记

苏轼

竹之始生，一寸之萌耳，而节叶具焉；自蜩腹蛇蚹，以至于剑拔十寻者，[1]生而有之也。今画者乃节节而为之，叶叶而累之，岂复有竹乎？故画竹必先得成竹于胸中，执笔熟视，乃见其所欲画者，急起从之，振笔直遂，以追其所见，如兔起鹘落，少纵则逝矣。与可之教予如此。予不能然也，而心识其所以然。夫既心识其所以然，而不能然者，内外不一，心手不相应，不学之过也。故凡有见于中，而操之不熟者，平居自视了然，而临事忽焉丧之，岂独竹乎？[2]子由为《墨竹赋》以遗与可曰："庖丁，解牛者也，而养生者取之；轮扁，斫轮者也，而读书者与之。[3]今夫夫子之托于斯竹也，而予以为有道者则非邪？"子由未尝画也，故得其意而已。若予者，岂独得其意，并得其法。

与可画竹，初不自贵重，四方之人，持缣素而请者，足相蹑于其门。[4]与可厌之，投诸地而骂曰："吾将以为袜材！"[5]士大夫传之，以为口实。及与可自洋州还，而余为徐州。[6]与可以书遗余曰：

文与可（1018—1079）：文同，字与可。擅画墨竹。筼筜谷：今陕西洋县。偃竹：风中仰斜的竹子。

1. 蜩腹蛇蚹：形容竹笋开始脱壳拔节。寻：长度单位，一寻等于八尺。

2. "故凡"五句：凡内心有一定理解，而实际操作不熟的人，平时自以为很清楚，临做事时突然又不会了，难道只有画竹是这样吗？

3. 庖丁：《庄子·养生主》载，庖丁自称掌刀十九年杀过无数头牛，刀刃却如新磨。其诀窍在于掌握了牛的构造，从空隙处下刃，所以游刃有余。梁惠王听后觉得对养生颇有启发。轮扁：《庄子·天道》载，轮扁说削制车轮时要不快不慢，但这分寸感无法表达，即使父亲也无法口授给儿子，由此看来，古人心中的"道"也无法写下。齐桓公听后，赞同这看法。

4. 缣素：白色细绢，可作画布。

5. 袜材：做袜子的材料。

6. 洋州：即筼筜谷所在地。为徐州：担任徐州的知州。

"近语士大夫：'吾墨竹一派，近在彭城，可往求之。'袜材当萃于子矣。"[7]书尾复写一诗，其略云："拟将一段鹅溪绢，扫取寒梢万尺长。"[8]予谓与可："竹长万尺，当用绢二百五十匹，知公倦于笔砚，愿得此绢而已！"与可无以答，则曰："吾言妄矣！世岂有万尺竹哉？"余因而实之，答其诗曰："世间亦有千寻竹，月落庭空影许长。"与可笑曰："苏子辩矣，然二百五十匹绢，吾将买田而归老焉。"因以所画《筼筜谷偃竹》遗予曰："此竹数尺耳，而有万尺之势。"筼筜谷在洋州，与可尝令予作洋州三十咏，筼筜谷其一也。[9]予诗云："汉川修竹贱如蓬，斤斧何曾赦箨龙，料得清贫馋太守，渭滨千亩在胸中。"[10]与可是日与其妻游谷中，烧笋晚食，发函得诗，失笑喷饭满案。

元丰二年正月二十日，与可没于陈州。是岁七月七日，予在湖州，曝书画，见此竹，废卷而哭失声。

昔曹孟德祭乔公文，有"车过""腹痛"之语，而予亦载与可畴昔戏笑之言者，以见与可于予亲厚无间如此也。[11]

【赏析】

"君子之交淡如水"，中国人对高尚友谊的理解总近于伯牙、子期的"高山流水"，彼此神交，意趣萧散。但文与可与苏轼却像一出

---

7. 书：信。遗：送。彭城：即徐州。萃：聚集。子：你。
8. 扫取寒梢：画竹。
9. 尝：曾经。洋州三十咏：苏轼所作的歌咏洋州的三十首诗。
10. 汉川：汉水，洋州在汉水上游。修竹：修长的竹子。箨（tuò）龙：笋。箨：笋壳。
11. 曹操祭桥玄的文中说："（当年与桥玄）从容约誓之言：'徂没之后，路有经由，不以斗酒只鸡过相沃酹，车过三步，腹痛勿怨。'虽临时戏笑之言，非至亲之笃好，胡肯为此辞哉？"

欢乐的《老友记》，损友互嘲的段子一个连着一个，应接不暇。在调侃戏谑间，真挚的友谊跃然闪现。

文与可擅墨竹，却对接连上门的请画者颇不耐烦，于是灵机一动，将在不远处任官的苏轼介绍给他们。此举赞美了苏轼的画艺，也引导“粉丝”们纷纷前去。想到苏轼皱眉撇嘴、焦头烂额的样子，文与可不由得幸灾乐祸地调皮起来，“袜材当萃于子矣”。信末还以信任和祝福的口吻调侃说：你会在方寸间画出万尺长之竹的。不料机智的苏轼顺水推舟：请与可兄将万尺之竹的绢布送来吧。文与可顿时气短：这，世间哪有万尺竹？伶牙俐齿的苏轼此时已完全占取主动：真有啊，月下竹影是也。与可自知嘴仗不胜，便以画作《筼筜谷偃竹》相赠。此画又牵出两人之前的一段互嘲，在筼筜谷任官的文与可曾向苏轼索诗，苏轼回诗大略曰：谷中竹笋尽在你这吃货的胸中了吧。文与可读此诗时正在吃笋，“发函得诗，失笑喷饭满案”。

两人性情相投，都率真可爱，不仅如此，他们在文艺理念上也有深刻的共鸣。“渭滨千亩在胸中”一语双关，揶揄与可馋嘴的同时，也赞美他“成竹在胸”的创作理念：写形更要写神，领会整体神韵，用熟练的技法表现，以达到心手相应。这一理念为写意的文人画奠定了基石，具有里程碑的意义。把握内在精神，追求比外在细节更珍贵的内在活力，源于《庄子》的这一理念不仅适用于绘画，写作、养生、治世也莫不如是。因此苏辙虽不画画，也能体会文与可“成竹在胸”一说的真意。

然而，如此可爱又深刻的朋友却永远离开了人世。半年后，隐痛在不经意间爆发，面对故友画作，想及曾经的嬉笑，心中格外痛楚——彼此间能完全放松、率性相对的人是多么珍贵，然而他已不在了。

亡妻王氏墓志铭

苏轼

治平二年五月丁亥，赵郡苏轼之妻王氏，卒于京师。[1]六月甲午，殡于京城之西。[2]其明年六月壬午，葬于眉之东北彭山县安镇乡可龙里先君先夫人墓之西北八步。轼铭其墓曰：

君讳弗，眉之青神人，乡贡进士方之女。[3]生十有六年，而归于轼。有子迈。[4]君之未嫁，事父母，既嫁，事吾先君、先夫人，皆以谨肃闻。其始，未尝自言其知书也。见轼读书，则终日不去，亦不知其能通也。其后轼有所忘，君辄能记之。问其他书，则皆略知之，由是始知其敏而静也。

从轼官于凤翔，轼有所为于外，君未尝不问知其详。曰："子去亲远，不可以不慎。"日以先君之所以戒轼者相语也。轼与客言于外，君立屏间听之，退必反覆其言曰："某人也，言辄持两端，唯子意之所向，子何用与是人言。"[5]有来求与轼亲厚甚者，君曰："恐不能久。其与人锐，其去人必速。"[6]已而果然。将死之岁，其言多可听，类有识者。其死也，盖年二十有七而已。始死，先君命轼曰："妇从汝于艰难，不可忘也。他日汝必葬诸其姑之侧。"[7]未期年而先君没，轼谨以遗令葬之。[8]铭曰：

---

1. 苏轼于宋仁宗至和元年（1054）18岁时，娶王弗。王氏于治平二年（1065）病卒于京都开封，年27，苏轼那年29岁。次年，苏轼送其父苏洵灵柩归葬原籍，王氏一并归葬。五月丁亥：五月二十八日。赵郡：苏轼的郡望。
2. 殡：停柩。
3. 讳：为表尊重，不直称其名。青神：今四川乐山地区青神县，北宋属眉州，苏轼即眉州人。乡贡进士：乡试及格后推至京都考试的士人，相当于明清举人。方：王方。
4. 迈：苏轼长子苏迈。
5. 言辄持两端：说话模棱两可。
6. "其与人锐"二句：他对人突然过分好，抛弃人一定也很快。
7. 姑：丈夫之母。
8. 期（jī）年：一周年。

君得从先夫人于九原，余不能。[9]呜呼哀哉。余永无所依怙。[10]君虽没，其有与为妇何伤乎。[11]呜呼哀哉。

【赏析】

“十年生死两茫茫，不思量，自难忘。千里孤坟，无处话凄凉。纵使相逢应不识，尘满面，鬓如霜。夜来幽梦忽还乡，小轩窗，正梳妆。相顾无言，唯有泪千行。料得年年肠断处，明月夜，短松冈。”王氏过世十年后，苏轼的思念依然刻骨铭心，这是个怎样的女子呢？

她沉静，内秀，不声张。“未尝自言其知书也。见轼读书，则终日不去，亦不知其能通也。其后，轼有所忘，君辄能记之。问其他书，则皆略知之。”苏轼起初也许不以为意，但王氏的可贵在时间的沉淀中越发突出。她聪颖博闻，却不张扬；灵秀敏捷，而又朴实无华。有妻如此，苏轼会在生活中时时感到贴心、安稳。

不仅如此，她处事稳重，有识人之明。她洞察人性，这对烂漫天真、锋芒毕露、“眼见天下无一不好人”的苏轼恰是一种调和。十年后，置身政治风暴的苏轼恐怕对王氏的人格和识见会有更深的领悟，只是她再也无法提点自己了。

这个静敏有识见的贤妻陪伴了自己十一年就走了，如同她来时一样，去另一个世界侍奉父母了，只留下幼子和自己孤零零地在这旷莽的人世间。铭文中，苏轼悲痛而又深感安慰，甚至还有些羡慕：她离开了，在另一个世界还有父母的护佑，而自己呢？而立之年，要在这个无父无母无妻的世界上开始孤独地过自己的生活了。

---

9. 九原：墓地。

10. 依怙（hù）：依靠，这里指父母。

11. 君虽没，其有与为妇何伤乎：虽已离世，但对儿媳的职分又有何影响呢？

留侯论

苏轼

古之所谓豪杰之士者，必有过人之节。人情有所不能忍者，匹夫见辱，拔剑而起，挺身而斗，此不足为勇也。[1]天下有大勇者，卒然临之而不惊，无故加之而不怒，此其所挟持者甚大，而其志甚远也。[2]

夫子房受书于圯上之老人也，其事甚怪；然亦安知其非秦之世有隐君子者，出而试之？[3]观其所以微见其意者，皆圣贤相与警戒之义。世人不察，以为鬼物，亦已过矣。且其意不在书。当韩之亡，秦之方盛也，以刀锯鼎镬待天下之士，其平居无罪夷灭者，不可胜数，虽有贲、育，无所复施。[4]夫持法太急者，其锋不可犯，而其末可乘。子房不忍忿忿之心，以匹夫之力，而逞于一击之间。当此之时，子房之不死者，其间不能容发，盖亦已危矣。[5]千金之子，不死于盗贼。[6]何者？其身之可爱，而盗贼之不足以死也。[7]子房以盖世之才，不为伊尹、太公之谋，而特出于荆轲、聂政之计，以侥幸于不死，此固圯上老人所为深惜者也。[8]是故倨傲鲜腆而深折之，彼其

---

1. 匹夫：普通人。见辱：被侮辱。
2. 卒然：突然。卒，通“猝”。所挟持者：这里指胸怀抱负。
3. 圯上之老人：桥上的老人。《史记·留侯世家》记载张良刺杀秦始皇失败后，逃亡到下邳，在一座桥上遇到一位老人，老人对张良多次考验后，送他一本《太公兵法》，并称“读此则为王者师”。隐君子：指隐士。
4. 以刀锯鼎镬待天下之士：用刀锯杀人，用鼎镬烹人。指秦朝刑法苛酷残暴。贲、育：孟贲、夏育，战国时期的勇士。
5. 其间不能容发：当中连一根头发的空隙都没有。比喻与灾祸相距极近，情势危急。间：间隙。
6. 不死于盗贼：不会死在和盗贼拼搏上。
7. 可爱：值得爱惜。
8. 伊尹、太公：伊尹是商朝的开国功臣，太公即姜子牙，周朝的开国功臣。荆轲、聂政：二人都是著名刺客，《史记·刺客列传》记有二人行刺事迹。

能有所忍也，然后可以就大事，故曰："孺子可教也。"[9]

楚庄王伐郑，郑伯肉袒牵羊以逆，庄王曰："其君能下人，必能信用其民矣。"[10]遂舍之。勾践之困于会稽，而归臣妾于吴者，三年而不倦。且夫有报人之志，而不能下人者，是匹夫之刚也。[11]夫老人者，以为子房才有余而忧其度量之不足，故深折其少年刚锐之气，使之忍小忿而就大谋。何则？非有生平之素，卒然相遇于草野之间，而命以仆妾之役，油然而不怪者，此固秦皇帝之所不能惊，而项籍之所不能怒也。[12]

观夫高祖之所以胜，而项籍之所以败者，在能忍与不能忍之间而已矣。项籍唯不能忍，是以百战百胜而轻用其锋。高祖忍之，养其全锋而待其弊，此子房教之也。当淮阴破齐，而欲自王，高祖发怒，见于词色，由此观之，犹有刚强不忍之气，非子房其谁全之？[13]

太史公疑子房以为魁梧奇伟，而其状貌乃如妇人女子，不称其志气。[14]而愚以为此其所以为子房欤！

【赏析】

《留侯论》论的是留侯张良。这篇文章是苏轼考中进士之后，为

9. 鲜腆：无礼。

10. 郑伯肉袒牵羊以逆：楚庄王攻克郑国后，郑伯赤裸上身牵羊开城迎接，表示屈服。逆：迎接。

11. 报人：向人报仇。下人：对人谦恭处下。

12. 油然：舒缓的样子。

13. 当淮阴破齐，而欲自王：韩信破齐，派使者向刘邦请封为齐地的"假王"。此时刘邦与项羽的局势正僵持不下，对韩信提出的要求极其恼怒，在韩信使者面前就要发作时，张良及时提醒。刘邦醒悟，便封韩信为齐王。淮阴：即韩信，先被封为齐王，后迁为楚王，又降为淮阴侯。

14. 太史公疑子房以为魁梧奇伟：《史记·留侯世家》的"太史公曰"中说："余以为其人计魁梧奇伟，至见其图，状貌如妇人好女。"

准备制科考试所作的二十五篇《进策》和二十五篇《进论》中的一篇。当时苏轼不过二十四岁，但这篇文章已能反映出他的眼光独到、文笔老练。

苏轼并非为标新立异而故作耸人之言。他敏锐地察觉到了张良从不能忍到能忍的变化，注意到了“忍”在张良辅佐刘邦统一天下建立汉朝过程中的关键作用。张良的祖父和父亲先后共历五代韩王为相，秦灭韩国，张良正是血气方刚的年龄，他不能忍，毁家纾难，用暗杀秦始皇的方式来为韩国报仇。暗杀失败后，张良逃到下邳，史书记载他此时“为任侠”，而不能忍是侠的共同特征之一。就在这时，圯上老人出现了。以往人们只看到圯上老人的古怪神秘，看到圯上老人授《太公兵法》给张良。苏轼却看出了圯上老人的授书过程本质上是在磨砺张良的性格，是故意用傲慢无礼的举动“深折其少年刚锐之气”，而“意不在书”。

推而广之，苏轼认为楚汉之争的胜败关键在于能忍与不能忍，项羽以不能忍而败，刘邦以能忍而胜。刘邦的“忍”，正是张良所教。史书中对此并无明确记载，但苏轼很巧妙地找到了一个证据，就是在刘邦与项羽僵持的紧要关头，韩信趁机向刘邦提出自己要做齐王的请求，刘邦面对韩信使者就要勃然大怒的时候，张良在旁边暗示刘邦要忍，接受了韩信的请求。可见在刘邦不能忍的时候，“非子房其谁全之”！

最了解张良的人是刘邦，他称赞张良“运筹策帷帐之中，决胜于千里之外”。人们议论张良，首先想到的是这句话，除了这一句，似乎再作别的评价也显得多余。而苏轼偏偏能从一个“忍”字立论，并且偏偏能用张良一生的事功来印证，让人们看到了张良的“忍小忿而就大谋”，可谓作文立意避熟就生、另辟蹊径的典范。

记游松风亭

苏轼

余尝寓居惠州嘉祐寺，纵步松风亭下。[1]足力疲乏，思欲就亭止息。望亭宇尚在木末，意谓是如何得到？[2]良久，忽曰："此间有甚么歇不得处？"由是如挂钩之鱼，忽得解脱。若人悟此，虽兵阵相接，鼓声如雷霆，进则死敌，退则死法，当甚么时也不妨熟歇。[3]

【赏析】

设定了目标，奋力前行，却又到达不得，沮丧、疲乏、焦虑笼罩下来，整个人都不好了。目标难以实现的焦虑感想必绑架过每一个人，"望亭宇尚在木末，意谓是如何得到？"正是急躁又无力的心情写照。

苏轼郁闷地坐着，久之，突然悟道："此间有什么歇不得处？"目的地固然重要，但目的地的初衷并非给人套上紧箍咒，让人头疼焦虑。当目标不再激励人们昂扬前进，而是成了心灵的枷锁，让人丧失蓬勃的活力，那就挣脱吧！只为惯性而盲目前进，那目标本身已经是值得商榷的存在。

要么乐于实现，要么彻底放下。当目标不再令人欢悦，画地为牢，成了自己给自己的限制，那就是时候给当下寻找另一种意义了。前进中的每一刻其实都有独一无二的光彩，它们并非只为目的而存

---

1. 嘉祐寺：旧址在广东惠阳东江南岸，白鹤峰南侧，不远处有松风亭。
2. 木末：树梢。松风亭仍在高高的树梢。
3. 进则死敌，退则死法：前进的话，会被敌人杀死；后退的话，也会被军法处死。甚么时：这时。熟歇：好好歇息一番。

在。打开心扉，每一刻都可以生意盎然！年近花甲的苏轼在疲惫的行走中坐下来，想了一会，突然像老顽童一样快活起来：放弃目标，释去羁绊，原来我是自由的！歇息的一刻于是充满灵悟和创造的活力！“由是如挂钩之鱼，忽得解脱”，自己解救自己是幸福的。

挣脱既定目标的限制，领会心灵的自由，即使下一刻是死亡，这一刻也仍然有熟歇的洒脱自在。兵阵交接、金鼓相振中，一个士兵突然坐下来，若无其事地打个哈欠，想想都觉得喜感不已。而苏轼却正是这样生活的。被贬至一无所有的惠州，别人“试问岭南应不好”，苏轼“却道，此心安处是吾乡”。妥帖放松地坐下来，每一个当下都值得感知自由。

与程秀才

苏轼

某启。去岁僧舍屡会，当时不知为乐，今者海外岂复梦见。聚散忧乐，如反覆手，幸而此身尚健。得来讯，喜侍下清安，知有爱子之戚。襁褓泡幻，不须深留恋也。[1]仆离惠州后，大儿房下亦失一男孙，亦悲怆久之，今则已矣。此间食无肉，病无药，居无室，出无友，冬无炭，夏无寒泉，然亦未易悉数，大率皆无耳。唯有一幸，无甚瘴也。近与小儿子结茅数椽居之，仅庇风雨，然劳费已不赀矣。[2]赖十数学生助工作，躬泥水之役，愧之不可言也。尚有此身，付与造物，听其运转，流行坎止，无不可者。故人知之，免忧。乍热，万万自爱。不宣。

【赏析】

一无所有之时，你会如何自处？“食无肉，病无药，居无室，出无友，冬无炭，夏无寒泉，然亦未易悉数，大率皆无耳。”会沮丧吧？但苏轼说：“尚有此身，付与造物，听其运转，流行坎止，无不可者。”

世人都以为苏轼旷达乐观，俨然一个理想主义者，那是因为他深知生活的本相是一无所有。不到三十岁，父母贤妻就先后离世。才气固然名动天下，但生命的凄惶已铺展在眼前。初入仕途，受肖小恶意

程秀才：程天侔。

1. 襁褓：婴儿。泡幻：梦幻泡影，喻人生短暂。

2. 结茅：盖起简陋的房屋。椽（chuán）：支撑瓦片的木条，后指房屋的间数，量词。不赀（zī）：无法估算。

诽谤，以致苏轼在乌台诗案中诟辱备至，命若悬丝。一个亲历过命运无常、人性丑恶的人，才会对这个世界的一片狼藉洞若观火，并格外珍惜世间种种美好。海南“无瘴”，“十数学生”相助“结茅数椽”，“躬水泥之役”，如此雪中送炭的可爱之人使苏轼欣喜甚至感恩，“愧之不可言也”。

经历过卓绝的苦难之后，还能感恩并恬淡地生活，这需要强大的信念与内力。罗曼·罗兰说：“世界上只有一种真正的英雄主义，就是认清了生活的真相后依然热爱生活。”苏轼历经新党迫害、友人背叛、恶意贬谪，以致身处天涯海角，但他仍然爱着生活、劳动、朋友和自己，“故人知之，免忧。乍热，万万自爱”。在命运的角落里不自怨自艾、自暴自弃，仍关心亲友、珍爱自己，并带着孩子般的好奇心看命运会将自己带往何处，在与大道的同变化、共周流中获得新鲜的乐趣。真正的通达者深知灾祸与平安如同海上的狂澜与静波，都是大道周流的常态。与其悲愁，不如领受世间为数不多却又领略不尽的美好吧。

试笔自书

苏轼

吾始至南海，环视天水无际，凄然伤之，曰："何时得出此岛耶？"已而思之，天地在积水中，九州在大瀛海中，中国在四海中，有生孰不在岛者？[1]覆盆水于地，芥浮于水，蚁附于芥，茫然不知所济。[2]少焉水涸，蚁即径去，见其类，出涕曰："几不复与子相见。岂知俯仰之间，有方轨八达之路乎？"[3]念此可以一笑。戊寅九月十二日，与客饮薄酒小醉，信笔书此纸。

【赏析】

生命中的困厄往往不在其本身，而是深陷其中、无法自拔的无力感。苏轼被贬至海南，并非普通的贬谪，与政治中心的距离意味着被边缘化的程度。海南位于北宋最南境，远无可远，被贬至此可算对一个官员最彻底的否定。只因北宋朝廷不杀士人的祖训，苏轼才保住性命。"所欠唯一死"是他对此次贬谪的清醒认知，虽然这清醒只会增加痛苦。

初至海南的苏轼已年过花甲，两任妻子和爱妾朝云皆已离世。一生盛名烜赫，晚年竟流落至此，生无可恋的沮丧定然闪现过。"吾始至南海，环视天水无际，凄然伤之"便是明证。然而苏轼之伟大正在其超拔，"无所往而不乐者，盖游于物之外也"，"自其内而观之，

---

1. 有生：生物。孰：谁。
2. 芥：小草。济：渡。
3. 少焉水涸：过了一会儿，水干了。类：同类，即蚂蚁。"几不复"三句：差点不能与你相见了，谁知顷刻之间，却出现了这么宽广的大路呀。方轨：两车并行。八达：可以通向八面。

未有不高且大者也。彼挟其高大以临我，则我常眩乱反复，如隙中之观斗，又焉知胜负之所在，是以美恶横生，而忧乐出焉”。沉浸于一件事中不可自拔，生命的天空便被其遮蔽，人在其中如坐井观天，不见其余。被贬海南的打击固然深重，但转换视角、游于物外，便会发现别有洞天！

宇宙中的我们也像漂浮在海中，不过是在更大的岛上浮生若梦。我们在宇宙的岛上乐趣无穷，海岛又有何不可？“日啖荔枝三百颗，不辞长作岭南人”，正是中原大地难有的享受。盆水覆地，芥浮于水，蚂蚁困于水中以为绝境，须臾水干，才发现路宽通达。先以大喻小，又以小喻大，空间的灵活转换使海岛不再卑微而边缘，反显得平常，还有些浪漫。蚂蚁的诉说更是打开时间的拘限，以发展的眼光回看当下，当下的绝望和凄伤反倒有些冒失。于是展颜一笑，薄酒小醉，淡然处之。在海南岛贬居三年后，苏轼如自己所预言的被召回，渡海之时，他和文中的小蚂蚁一样感到了世界的开阔与自由，“云散月明谁点缀，天容海色本澄清”。

与二郎侄

苏轼

二郎侄：

得书，知安，并议论可喜，书字亦进。文字亦若无难处，只有一事与汝说。凡文字，少小时须令气象峥嵘，采色绚烂。渐老渐熟乃造平淡，其实不是平淡，绚烂之极也。汝只见爷伯而今平淡，一向只是此样，何不取旧时应举时文字看，高下抑扬，如龙蛇捉不住，当且学此。只书学亦然，善思吾言。

【赏析】

由浓烈而趋于平淡，岂独文字，人生亦然。青年时意气昂扬，指点江山，激扬文字。苏轼年轻时的《留侯论》中，骈对、反问、毋庸置疑的判断句触目皆是，可谓纵横捭阖，气势充沛，“高下抑扬，如龙蛇捉不住”“气象峥嵘，采色绚烂”。然之后“渐老渐熟乃造平淡”。但此平淡绝非寡淡，而是内在神明饱满焕发出的一片淡泊洒然。

起伏跌宕的人生历练中，苏轼讽刺过、苛酷过、尖锐过、紧张过、愤怒过，而最终归于醇美成熟、天真可爱。“但寻牛矢觅归路，家在牛栏西复西”“小儿误喜朱颜在，一笑哪知是酒红”。行云流水、自然浑成的文字背后是丰厚的人生体验，以及深思后的返璞归真。找到自己的安身立命之所，红尘万丈也一片清澄，一无所有，也无妨乐趣无穷。于是世界如星珠串天，处处闪眼。黄州时期的《记承天寺夜游》一片性灵，《书临皋亭》亦自由潇洒、横放适意：

“东坡居士酒醉饭饱，倚于几上。白云左缭，清江右洄，重门洞开，林峦坌入。当是时，若有思而无所思，以受万物之备，惭愧！惭愧！”

“江山风月，本无常主，闲者便是主人”，东坡以主人的姿态领受天地丰厚的馈赠，并充满感激。如此不卑不亢、恬淡自然的态度呈现于行云流水的文字，自然“如万斛泉源，不择地而出，在平地滔滔汩汩，虽一日千里无难；及其与山石曲折，随物赋形，而不可知也。所可知者，常行于所当行，常止于不可不止，如是而已矣。其他，虽吾亦不能知也”。

金石录·后序

李清照

右《金石录》三十卷者何？赵侯德父所著书也。[1]取上自三代、下迄五季，钟、鼎、甗、鬲、盘、彝、尊、敦之款识，丰碑大碣、显人晦士之事迹，凡见于金石刻者二千卷，皆是正讹谬，去取褒贬，上足以合圣人之道，下足以订史氏之失者皆载之，可谓多矣。[2]呜呼！自王播、元载之祸，书画与胡椒无异；长舆、元凯之病，钱癖与《传》癖何殊？名虽不同，其惑一也。[3]

余建中辛巳，始归赵氏。[4]时先君作礼部员外郎，丞相作吏部侍郎，侯年二十一，在太学作学生。[5]赵、李族寒，素贫俭。每朔望谒告出，质衣取半千钱，步入相国寺，市碑文果实归。[6]相对展玩咀嚼，自谓葛天氏之民也。[7]后二年，出仕宦，便有饭蔬衣綀，穷遐方绝域，尽天下古文奇字之志。[8]日就月将，渐益堆积。[9]丞相居

李清照（1084—约1151）：号易安居士。齐州章丘（今山东济南）人。宋代女词人。

1. 赵侯德父：李清照的丈夫赵明诚，字德父。

2. 三代：指夏商周。五季：五代，指唐宋之间的后梁、后唐、后汉、后晋、后周。款识：古代钟鼎彝器上铸刻的文字。丰碑大碣：很大的石碑。古代以长方形石刻为碑，圆形石刻为碣。晦士：隐士。是正讹谬：订正差错谬误。

3. 王播：前人指出应是王涯，唐文宗时宰相，为宦官所杀，家产被抄没，所收藏历代名贵书画被弃掷于道。元载：唐代宗时宰相，好聚敛，后获罪赐死，抄没其家产时，仅胡椒即有八百石。长舆、元凯之病：西晋和峤字长舆，官至中书令；杜预字元凯，为西晋灭吴的大将。杜预说和峤有“钱癖”，晋武帝问他有什么癖好，杜预回答说自己有“《左传》癖”。杜预著有《春秋左氏经传集解》。

4. 建中辛巳：宋徽宗建中靖国元年（1101）。归赵氏：嫁给赵明诚。

5. 先君：过世的父亲，这里指李清照的父亲李格非。丞相：指赵明诚父亲赵挺之，后曾官至尚书右仆射兼中书侍郎（相当于丞相）。

6. 朔望谒告：指阴历每月之初一（朔日）、十五日（望日）的例行休假。质衣：典当衣服。市：购买。

7. 葛天氏：传说中远古时代的帝王，其时人民质朴，无忧无虑。

8. 饭蔬衣綀（shū）：吃穿简单随意。饭、衣：此处皆名词用作动词。蔬：蔬菜。綀：粗布。古文：古代文字，指秦以前的字体。

9. 日就月将：日积月累。

政府，亲旧或在馆阁，多有亡诗、逸史、鲁壁、汲冢所未见之书，遂尽力传写，浸觉有味，不能自已。[10]后或见古今名人书画，一代奇器，亦复脱衣市易。尝记崇宁间，有人持徐熙《牡丹图》，求钱二十万。[11]当时虽贵家子弟，求二十万钱岂易得耶？留信宿，计无所出而还之。夫妇相向惋怅者数日。[12]

后屏居乡里十年，仰取俯拾，衣食有余。[13]连守两郡，竭其俸入以事铅椠。[14]每获一书，即同共勘校，整集签题。得书画彝鼎，亦摩玩舒卷，指摘疵病，夜尽一烛为率。[15]故能纸札精致，字画完整，冠诸收书家。余性偶强记，每饭罢，坐归来堂烹茶，指堆积书史，言某事在某书某卷第几页第几行，以中否角胜负，为饮茶先后。[16]中即举杯大笑，至茶倾覆怀中，反不得饮而起。甘心老是乡矣！故虽处忧患困穷，而志不屈。

收书既成，归来堂起书库大橱，簿甲乙，置书册。[17]如要讲读，即请钥上簿，关出卷帙。[18]或少损污，必惩责揩完涂改，不复向时之坦夷也。是欲求适意而反取憀慄。[19]余性不耐，始谋食去重肉，衣去重采，首无明珠翡翠之饰，室无涂金刺绣之具。遇书史

---

10. 馆阁：掌管图书、编修国史的官署。亡诗：《诗经》305篇之外的周诗。逸史：正史之外的史书。鲁壁：孔子宅壁。汉武帝时，从孔子宅壁发现古文《尚书》《礼记》等书。汲冢：西晋时汲郡人掘魏襄王冢，得竹简小篆古书十余万言。浸：渐渐。

11. 崇宁：宋徽宗年号（1102—1106）。徐熙：五代时南唐著名画家。

12. 信宿：两夜。

13. 屏（bǐng）居：退职闲居。赵挺之遭政敌排挤，罢相后不久死去，赵明诚亦被免职，携李清照回到青州故里。

14. 连守两郡：指赵明诚后来出任莱州、淄州知州。铅椠（qiàn）：书写用具，这里指校订书籍的工作。

15. 率（lǜ）：限度。

16. 归来堂：夫妇二人在青州宅第内的堂室名，取陶渊明《归去来兮辞》意：脱离仕途回归田园。

17. 簿甲乙：编订目录，分类登记。

18. 请钥上簿：取出钥匙，登记在册。关出：检出。卷帙：书籍。

19. 憀（liáo）慄（lì）：不安的样子。

百家字不刓缺、本不讹谬者，辄市之，储作副本。[20]自来家传《周易》《左氏传》，故两家者流，文字最备。于是几案罗列，枕席枕藉，意会心谋，目往神授，乐在声色狗马之上。

至靖康丙午岁，侯守淄川，闻金人犯京师，四顾茫然，盈箱溢箧，且恋恋，且怅怅，知其必不为己物矣。[21]建炎丁未春三月，奔太夫人丧南来，既长物不能尽载，乃先去书之重大印本者，又去画之多幅者，又去古器之无款识者。[22]后又去书之监本者，画之平常者，器之重大者。[23]凡屡减去，尚载书十五车。至东海，连舻渡淮，又渡江，至建康。青州故第，尚锁书册什物，用屋十余间，期明年春再具舟载之。[24]十二月，金人陷青州，凡所谓十余屋者，已皆为煨烬矣。

建炎戊申秋九月，侯起复，知建康府，己酉春三月罢，具舟上芜湖，入姑孰，将卜居赣水上。[25]夏五月，至池阳，被旨知湖州，过阙上殿。[26]遂驻家池阳，独赴召。六月十三日，始负担舍舟，坐岸上，葛衣岸巾，精神如虎，目光烂烂射人，望舟中告别。[27]余意甚恶，呼曰："如传闻城中缓急，奈何？"[28]戟手遥应曰："从众。必不得已，先去辎重，次衣被，次书册卷轴，次古器；独所谓宗器者，可自负抱，与身俱存亡，勿忘之！"[29]遂驰马去。途中

---

20. 刓（wán）缺：磨损残缺。
21. 靖康丙午岁：宋钦宗靖康元年（1126）。侯守淄川：赵明诚任淄州知州。淄川即淄州，今山东淄博。
22. 建炎丁未：宋高宗建炎元年（1127）。长（zhàng）物：多余的东西。
23. 监本：国子监刻印的书籍，在当时为通行本。
24. 东海：即海州，今江苏连云港一带。
25. 建炎戊申：建炎二年（1128）。己酉：建炎三年（1129）。
26. 过阙上殿：指朝见皇帝。
27. 葛衣岸巾：穿着葛布衣，戴着露额的头巾。
28. 意甚恶：情绪很不好。缓急：偏义复词，指危急。
29. 戟手：举手屈肘，用食指、中指指点如戟状。宗器：宗庙祭器。这里指赵明诚家祭祀祖先的祭器。

奔驰，冒大暑，感疾。至行在，病痁。[30]七月末，书报卧病。余惊怛，念侯性素急，奈何病痁？或热，必服寒药，疾可忧。遂解舟下，一日夜行三百里。比至，果大服柴胡、黄芩药，疟且痢，病危在膏肓。[31]余悲泣，仓皇不忍问后事。八月十八日，遂不起，取笔作诗，绝笔而终，殊无分香卖履之意。[32]

葬毕，余无所之。朝廷已分遣六宫，又传江当禁渡。[33]时犹有书二万卷，金石刻二千卷，器皿茵褥可待百客，他长物称是。[34]余又大病，仅存喘息，事势日迫，念侯有妹婿任兵部侍郎，从卫在洪州，遂遣二故吏先部送行李往投之。[35]冬十二月，金人陷洪州，遂尽委弃。所谓连舻渡江之书，又散为云烟矣。独余少轻小卷轴、书帖，写本李、杜、韩、柳集，《世说》《盐铁论》，汉、唐石刻副本数十轴，三代鼎鼐十数事，南唐写本书数箧，偶病中把玩，搬在卧内者，岿然独存。

上江既不可往，又虏势叵测，有弟迒，任敕局删定官，遂往依之。[36]到台，台守已遁，之剡。[37]出陆，又弃衣被走黄岩，雇舟入海奔行朝。[38]时驻跸章安，从御舟海道之温，又之越。[39]庚戌十二月，放散百官，遂之衢。[40]绍兴辛亥春三月，复赴越。壬子，又赴

---

30. 行在：皇帝出行所在之地。这里指建康。痁：疟疾。
31. 膏肓（huāng）：指病已到不可救治的地步。
32. 分香卖履：指对家事所作的遗嘱。曹操在临终前的遗令中对姬妾做出了安排："余香可分与诸夫人，不命祭。诸舍中（姬妾）无所为，可学作履组卖也。"
33. 分遣六宫：当时金兵南下，南宋朝廷疏散宫中妃子、宫女等。
34. 他长物称是：其余用物与此数相当。
35. 从卫在洪州：在洪州护卫隆裕太后。洪州：今江西南昌。
36. 上江：长江上游，此处指今江西省。叵（pǒ）测：不可测度。敕局删定官：负责编辑皇上诏令的官员。
37. 台：台州，治所在今浙江台州临海。剡（shàn）：剡溪，在今浙江绍兴嵊州。
38. 黄岩：今浙江黄岩。行朝：即行在。
39. 驻跸（bì）：指皇帝出行，沿途短暂停留。章安：在今浙江台州临海东南。之温：到温州。之越：到越州。越：今浙江绍兴。
40. 庚戌：建炎四年（1130）。衢：今浙江衢州。

杭。[41]先侯疾亟时，有张飞卿学士，携玉壶过视侯，便携去，其实珉也。[42]不知何人传道，遂妄言有颁金之语，或传亦有密论列者。[43]余大惶怖，不敢言，亦不敢遂已，尽将家中所有铜器等物，欲赴外廷投进。[44]到越，已移幸四明。[45]不敢留家中，并写本书寄剡，后官军收叛卒，取去，闻尽入故李将军家。所谓岿然独存者，无虑十去五六矣。唯有书画砚墨可五七簏，更不忍置他所，常在卧榻下，手自开阖。[46]在会稽，卜居土民钟氏舍，忽一夕，穴壁负五簏去。[47]余悲恸不已，重立赏收赎。后二日，邻人钟复皓出十八轴求赏，故知其盗不远矣。万计求之，其余遂牢不可出。今知尽为吴说运使贱价得之。[48]所谓岿然独存者，乃十去其七八。所有一二残零不成部帙书册，三数种平平书帖，犹复爱惜如护头目，何愚也邪！

今日忽阅此书，如见故人。因忆侯在东莱静治堂，装卷初就，芸签缥带，束十卷作一帙。[49]每日晚吏散，辄校勘二卷，题跋一卷。此二千卷，有题跋者五百二卷耳。今手泽如新而墓木已拱，悲夫！[50]

昔萧绎江陵陷没，不惜国亡而毁裂书画；杨广江都倾覆，不悲身死而复取图书。[51]岂人性之所著，死生不能忘之欤？[52]或者天意以

---

41. 绍兴辛亥：宋高宗绍兴元年（1131）。壬子：绍兴二年（1132）。
42. 疾亟（jí）：病危。珉（mín）：似玉的石头。
43. 颁金：将玉壶送给金人。密论列：向朝廷秘密举报。
44. 外廷：朝廷不在京师，故称外廷。
45. 四明：今浙江宁波。
46. 簏：竹箱。
47. 会稽：今浙江绍兴。穴壁：在墙上打洞。
48. 运使：转运使的简称，宋朝“路”一级管钱粮的官员。
49. 东莱：即莱州。静治堂：赵明诚出任莱州知州时的厅堂名。芸签：用芸草制成的书签。缥带：用来束扎卷轴的丝带。
50. 手泽：亲手书写的墨迹。墓木已拱：指死去很多年了，坟墓前的树木都可以合抱了。
51. “萧绎”二句：梁元帝萧绎喜好收藏图书，即位后驻留江陵，西魏伐梁，江陵陷没，他将图书十余万卷全部烧毁。“杨广”二句：唐攻克洛阳后，将洛阳图书装船运往长安，中途为风浪倾覆。传说隋炀帝杨广托梦给负责押运的官员，称自己将图书取走。江都：今江苏扬州，隋炀帝在江都被杀。
52. 著（zhuó）：执着，系念。

余菲薄，不足以享此尤物耶？[53]抑亦死者有知，犹斤斤爱惜，不肯留在人间耶？何得之艰而失之易也？呜呼！余自少陆机作赋之二年，至过蘧瑗知非之两岁，三十四年之间，忧患得失，何其多也！[54]然有有必有无，有聚必有散，乃理之常。人亡弓，人得之，又胡足道！[55]所以区区记其终始者，亦欲为后世好古博雅者之戒云。

绍兴二年玄黓岁壮月朔甲寅，易安室题。[56]

【赏析】

李清照与丈夫赵明诚可以称得上是收藏大家。从婚后尚无独立经济来源时，就以到相国寺买碑文为乐；赵明诚进入仕途，有了俸禄，两人更是立下“穷遐方绝域，尽天下古文奇字之志”。书、画、彝、鼎，倾力搜购。李清照自诩“纸札精致，字画完整，冠诸收书家”。至金兵南侵，北宋覆亡，李清照逃难时，选最贵重之物带走十五车，不能带走的书画什物，尚有十余屋。

对于金石书画，李清照夫妇是真心热爱，几乎花去了他们所有的钱，有时甚至典当衣物也在所不惜，李清照自己乃至“食去重肉，衣去重采，首无明珠翡翠之饰，室无涂金刺绣之具”。他们的收藏，并非是为了谋利或炫耀，而是真的懂，真的从这些收藏中收获了无限乐趣，所谓“几案罗列，枕席枕藉，意会心谋，目往神授，乐在声色狗马之上”。

---

53. 尤物：最好的东西。

54. 少陆机作赋之二年：指18岁。杜甫《醉歌行》：“陆机二十作《文赋》。”过蘧（qú）瑗知非之两岁：指52岁。蘧瑗，字伯玉，春秋时卫国大夫。《淮南子·原道训》：“蘧伯玉年五十而有四十九年之非。”

55. 人亡弓，人得之：人丢了弓，被人捡去，相当于没有丢。用了《孔子家语·好生》中楚王失弓的典故，是李清照于无可奈何中的自我宽慰。

56. 绍兴二年玄黓岁壮月朔甲寅：绍兴二年（1132）八月初一。易安室：李清照书斋名。

然而“世间好物不坚牢，彩云易散琉璃脆”，靖康之变，国破家亡，赵明诚病故，李清照眼睁睁地看着自己和丈夫穷尽前半生心血积聚起来的珍藏一批批亡失，散佚殆尽。先是逃离家乡时留下十余屋不能带走的各类收藏，金兵到来后化为灰烬；接着在流亡途中把十五车书画、金石刻、器皿中的绝大部分寄往洪州亲戚处，洪州转眼被金兵攻占，这些东西全部散失；后来又有谣言说赵明诚生前有通敌之嫌，李清照为自保被迫将留存身边的铜器都进献朝廷；此时李清照只剩下数筐轻小卷轴书画、珍稀刻本写本，随身携带，小心守护，但还是遭人偷盗。最后李清照所有的不过“一二残零不成部帙书册，三数种平平书帖”。

得之艰而失之易，尽管李清照也说“有有必有无，有聚必有散”，但这不过是事已无可奈何之时的自我宽解罢了。看她得知金兵将至时首先想到所收文物必将不能保有，“且恋恋，且怅怅”，在所有文物散失殆尽仅剩数种书帖时，“犹复爱惜如护头目”，就可以想见她内心的痛惜。

让李清照不能释怀的，不仅在于这些文物收藏凝聚了她和丈夫的心血，更由于在物的收聚流散背后，是人的存亡悲欢。刚结婚时，与丈夫到相国寺寻购碑文果实，回家后相对展玩咀嚼的岁月静好；收藏渐多、桌案上书史堆积，与丈夫煮茶赌书的快乐开怀；夜晚举烛共读，摩玩整理，校勘题签的志同道合……所有这些如神仙眷侣般的日子，都随着那些文物一起，永远地失去了。

晚年的李清照，其心境有《声声慢》一词中“寻寻觅觅，冷冷清清，凄凄惨惨戚戚”可为写照。此时为赵明诚手著的《金石录》作序，曾经琴瑟和鸣、伉俪情深的日子必纷至沓来，如在眼前。然而“手泽如新而墓木已拱”，斯人已逝，沧海桑田，李清照唯有将余生的悲苦凄凉，尽数写入这篇《<金石录>后序》之中。

江陵府曲江楼记

朱熹

广汉张侯敬夫守荆州之明年，岁丰人和，幕府无事。顾常病其学门之外，即阻高墉，无以宣畅郁湮，导迎清旷。[1]乃直其南凿门通道，以临白河，而取旁近废门旧额以榜之，且为楼观以表其上。[2]

敬夫一日与客往而登焉，则大江重湖，萦纡渺弥，一目千里；而西陵诸山，空濛晻霭，又皆隐见出没于云空烟水之外。[3]敬夫于是顾而叹曰："此亦曲江公所谓江陵郡城南楼者邪？[4]昔公去相而守于此，其平居暇日，登临赋咏，盖皆翛然有出尘之想。[5]至其伤时感事，寤叹隐忧，则其心未尝一日不在于朝廷。而汲汲然唯恐其道之终不行也。呜呼，悲夫！"乃书其扁曰"曲江之楼"，而以书来属予记之。

时予方守南康，疾病侵陵，求去不获。[6]读敬夫之书，而知兹楼之胜，思得一与敬夫相从游于其上，瞻眺江山，览观形制，按楚汉以来成败兴亡之效，而考其所以然者；然后举酒相属，以咏张公之诗，而想见其人于千载之上，庶有以慰夙心者。[7]顾乃千里相望，邈不可得，则又未尝不矫首西悲而喟然发叹也。抑尝思之：张公远矣，其一时之事，虽唐之治乱所以分者，顾亦何预于后之人？而读其书者，未尝不为之掩卷太息也。是则是非邪正之实，乃天理之固

朱熹（1130—1200）：字元晦，又字仲晦，号晦庵，晚称晦翁。南宋哲学家、教育家、诗人，其思想上承北宋程颐程颢，为宋朝理学集大成者。

1. 学门：府学的大门。府学是府级官办教育机构。高墉：高墙。郁湮：滞塞不通。
2. 榜：匾额。这里做动词用，指作为匾额。
3. 晻霭：昏暗不明。
4. 曲江公：即张九龄，唐玄宗开元年间任宰相，后受李林甫排挤，贬为荆州长史。
5. 翛（xiāo）然：无拘无束、自由自在的样子。出尘：超出世俗，脱离烦恼。
6. 侵陵：也写作"侵凌"，侵犯，欺凌。
7. 庶：差不多。夙心：平素的心愿。

然，而人心之不可已者。是以虽旷百世而相感，使人忧悲愉佚勃然于胸中，恍若亲见其人而真闻其语者，是岂有古今彼此之间，而亦孰使之然哉？[8]

《诗》曰："天生烝民，有物有则。民之秉彝，好是懿德。"[9]登此楼者，于此亦可以反诸身，而自得之矣。

予于此楼，既未得往寓目焉，无以写其山川风景、朝暮四时之变，如范公之书岳阳，独次第敬夫本语，而附以予之所感者如此。[10]后有君子，得以览观焉。

淳熙己亥十有一月己巳日南至。

【赏析】

宋人写诗作文喜欢讲道理，作为宋代的理学大家，朱熹的文章中自然也少不了"道理"。这篇《江陵府曲江楼记》，是朱熹应友人张敬夫之邀而写，从友人以"曲江"作为楼名这一举动中，看到了"天理"的存在。

"曲江"指唐玄宗时期的名相张九龄，因他是岭南曲江人，故后人又称他为"张曲江"。张九龄受李林甫排挤，罢相后，被贬为荆州长史。张九龄是唐玄宗朝的最后一位名相，在他之前，有姚崇、宋璟、张说等名相，这也是唐代国力达到鼎盛的时期；在他之后，则是李林甫、杨国忠长期为相，唐玄宗也不复前期的励精图治，唐朝政治

---

8. 愉佚：安逸快乐。

9. "天生烝民"四句：出自《诗经·大雅·烝民》，意思是上天生下这些人，有形体有法则。人的常性与生俱来，追求善美是其德。烝民：庶民，百姓。秉彝：常理，常性。懿：美好。

10. 次第：依次排比。

开始渐趋昏乱，危机开始显现，最终爆发了“安史之乱”，唐王朝也由盛转衰。

张敬夫任职荆州，为府学开门筑楼，登楼眺望，心有所感，想到张九龄被贬荆州时所作的《登郡城南楼》诗，感叹张九龄在仕途上遭受打击后，虽有辞官归隐的念头，但内心最主要的还是不忘国家，心忧天下，“至其伤时感事，寤叹隐忧，则其心未尝一日不在于朝廷。而汲汲然唯恐其道之终不行也”。

朱熹为曲江楼作记，便把张敬夫对张九龄的共鸣作为一个问题来探讨：二人异代，相隔四百年，即便张九龄在唐朝是一位非常重要的人物，与张敬夫有何关系呢？再推而广之，不只张敬夫，凡是读张九龄之诗文者，没有不掩卷叹息的。即如朱熹自己，也同样被感动。当朱熹接到张敬夫来信时，正在知南康军任上，心有归隐之念：“疾病侵陵，求去不获。”而读张敬夫来信，顿生神往之情，希望能和张敬夫同游于曲江楼上，指点江山，纵论古今，“然后举酒相属，以咏张公之诗，而想见其人于千载之上，庶有以慰夙心者”。

那么张九龄诗文中感动、激发人心的力量来自哪里呢？朱熹认为来自“天理”：“是非邪正之实，乃天理之固然，而人心之不可已者。”“天理”一直存在着，张九龄体认到了，在他的诗文中表现了出来。此后不管隔百代千代，只要人心体悟到“天理”，便能和张九龄产生共鸣，虽千载之下，也能“恍若亲见其人而真闻其语者”。

与朱熹同时代的另一位儒学大家陆九渊，曾说“人同此心，心同此理，往古来今，概莫能外”。认为心是本体，理在心中，只要发明本心，即能体悟天理。朱熹此文作于淳熙己亥，即淳熙六年（1179），而在此之前的淳熙二年（1175），朱熹曾与陆九渊进行了著名的“鹅湖之会”，就双方所持学说进行了三天的辩论。朱熹在这篇文章中特别强调“天理固然”，而人心相感，天理在人心之先，恐怕不为无意。

指南录·后序

文天祥

德祐二年正月十九日，予除右丞相兼枢密使，都督诸路军马。[1]时北兵已迫修门外，战、守、迁皆不及施。[2]缙绅、大夫、士萃于左丞相府，莫知计所出。会使辙交驰，北邀当国者相见，众谓予一行为可以纾祸。[3]国事至此，予不得爱身；意北亦尚可以口舌动也。初，奉使往来，无留北者，予更欲一觇北，归而求救国之策。于是辞相印不拜，翌日，以资政殿学士行。[4]

初至北营，抗辞慷慨，上下颇惊动，北亦未敢遽轻吾国。不幸吕师孟构恶于前，贾馀庆献谄于后，予羁縻不得还，国事遂不可收拾。[5]予自度不得脱，则直前诟虏帅失信，数吕师孟叔侄为逆，但欲求死，不复顾利害。[6]北虽貌敬，实则愤怒。二贵酋名曰"馆伴"，夜则以兵围所寓舍，而予不得归矣。

未几，贾馀庆等以祈请使诣北；北驱予并往，而不在使者之目。予分当引决，然而隐忍以行。[7]昔人云："将以有为也。"[8]至

文天祥（1236—1283）：字履善，一字宋瑞，号文山。吉州庐陵（今江西吉安）人。南宋末坚持抵抗元军，兵败被俘，最终就义。

1. 德祐二年：即1276年。德祐，宋恭帝的年号。枢密使：掌管全国军政的最高长官。

2. 修门：本指楚国郢都城门，语出《楚辞·招魂》："魂兮归来，入修门些。"这里代指南宋都城临安的城门。

3. 纾（shū）祸：消除灾祸。

4. 觇（chān）：侦察，窥视。以资政殿学士行：以资政殿学士的身份前往。

5. 吕师孟：时为兵部侍郎，曾于德祐元年十二月出使元军，请求称侄纳币。构恶：结怨。贾馀庆：官同签书枢密院事，知临安府，时与文天祥同出使元营。献谄：献媚。羁縻：拘禁。

6. 数：谴责。吕师孟叔侄为逆：吕师孟的叔叔吕文焕为襄阳守将，据守多年，时已投降元军。

7. 分：本分。引决：自杀。

8. "昔人"二句：韩愈《张中丞传后叙》记载，安史之乱中睢阳陷落后，守将张巡、南霁云等被俘，将遭叛军处决时，南霁云稍现犹豫之意，被张巡呵斥，南霁云笑着说自己并非怕死，"将以有为也"，于是和张巡等人一同从容就义。

京口，得间奔真州，即具以北虚实告东西二阃，约以连兵大举。[9]中兴机会，庶几在此。[10]留二日，维扬帅下逐客之令。[11]不得已，变姓名，诡踪迹，草行露宿，日与北骑相出没于长淮间。穷饿无聊，追购又急，天高地迥，号呼靡及。[12]已而得舟，避渚洲，出北海，然后渡扬子江，入苏州洋，展转四明、天台，以至于永嘉。[13]

呜呼！予之及于死者不知其几矣！诋大酋当死；骂逆贼当死；与贵酋处二十日，争曲直，屡当死；去京口，挟匕首以备不测，几自刭死；经北舰十余里，为巡船所物色，几从鱼腹死；真州逐之城门外，几彷徨死；如扬州，过瓜洲扬子桥，竟使遇哨，无不死；扬州城下，进退不由，殆例送死；坐桂公塘土围中，骑数千过其门，几落贼手死；贾家庄几为巡徼所陵迫死；夜趋高邮，迷失道，几陷死；质明避哨竹林中，逻者数十骑，几无所逃死；至高邮，制府檄下，几以捕系死；行城子河，出入乱尸中，舟与哨相后先，几邂逅死；至海陵，如高沙，常恐无辜死；道海安、如皋，凡三百里，北与寇往来其间，无日而非可死；至通州，几以不纳死；以小舟涉鲸波出，无可奈何，而死固付之度外矣。[14]呜呼！死生，昼夜事也；死而死矣，而境界危恶，层见错出，非人世所堪。痛定思痛，痛何如哉！

---

9. 京口：今江苏镇江，当时为元军占领。真州：今江苏仪征，当时仍为宋军把守。东西二阃：指宋淮东制置使李庭芝和淮西制置使夏贵。阃（kǔn）：指在外统兵的将帅。

10. 庶几：差不多。

11. 维扬帅：指淮东制置使李庭芝。维扬：扬州。下逐客之令：李庭芝因听信传言，怀疑文天祥通敌，下令捕拿文天祥。

12. 追购：悬赏追缉。

13. 渚洲：指长江中的沙洲，因有元兵占领，故须避开。北海：长江口以北的海域。苏州洋：今上海市附近的海域。

14. 骂逆贼：文天祥曾在元军大营内痛责投降元军的吕文焕及其侄吕师孟。物色：搜寻。巡徼：巡查的哨兵。质明：黎明。制府：指淮东制置使官府。檄：指李庭芝追捕文天祥的文书。捕系：捉拿囚禁。

予在患难中，间以诗记所遭，今存其本，不忍废，道中手自抄录：使北营，留北关外，为一卷；发北关外，历吴门、毗陵，渡瓜洲，复还京口，为一卷；脱京口，趋真州、扬州、高邮、泰州、通州，为一卷；自海道至永嘉，来三山，为一卷。[15]将藏之于家，使来者读之，悲予志焉。

呜呼！予之生也幸，而幸生也何所为？[16]求乎为臣，主辱臣死，有馀僇；所求乎为子，以父母之遗体行殆而死，有馀责。[17]将请罪于君，君不许；请罪于母，母不许；请罪于先人之墓，生无以救国，死犹为厉鬼以击贼，义也；赖天之灵，宗庙之福，修我戈矛，从王于师，以为前驱，雪九庙之耻，复高祖之业，所谓"誓不与贼俱生"，所谓"鞠躬尽力，死而后已"，亦义也。[18]嗟夫！若予者，将无往而不得死所矣。向也，使予委骨于草莽，予虽浩然无所愧怍，然微以自文于君亲，君亲其谓予何！[19]诚不自意返吾衣冠，重见日月，使旦夕得正丘首，复何憾哉！[20]复何憾哉！

是年夏五，改元景炎，庐陵文天祥自序其诗，名曰《指南录》。[21]

---

15. 三山：今福建福州的别称。
16. "予之"二句：我能活下来是幸运的，但侥幸活下来是为了做什么呢？
17. 僇（lù）：通"戮"，罪责。父母之遗体：这里指父母给予的身体。
18. 九庙：皇帝祭祀祖先共有九庙，这里以九庙指代国家。高祖：指宋太祖赵匡胤。
19. 微以自文于君亲：无法掩盖自己对皇帝、对父母的过失。微以：无以。文：掩饰。
20. 返吾衣冠：即回到南宋，恢复宋朝衣冠。衣冠：代表华夏文明。日月：指皇帝。正丘首：指死于故乡。《礼记·檀公上》："古之人有言曰：狐死正丘首，仁也。"传说狐狸死时，头必朝向出生时的山丘。
21. 夏五：即夏五月。改元：更改年号。

【赏析】

所谓“怯夫慕义，何处不勉焉”，一个普通人，在危急关头，不假细思、不及选择的情况下，也有可能成为一名热血沸腾、慷慨就义的英雄。而一名勇士，如果给予充足的时间前思后想，毅然赴死的意志也许就会被削弱。当然，真正的节义之士，可以经受住各种考验。文天祥从被俘押解至大都到从容就义，前后约五年时间，元廷多少威逼利诱，文天祥丝毫不为所动，求死之心自始至终未曾改变。刚被俘时，元军主帅逼他给尚在抵抗的宋朝大臣写劝降信，他写下了《过零丁洋》：“人生自古谁无死，留取丹心照汗青。”他就义后，人们在他的衣带上发现了一首遗诗：“孔曰成仁，孟曰取义，唯其义尽，所以仁至。读圣贤书，所学何事？而今而后，庶几无愧。”事实上，文天祥面对死亡的思考和选择，并不止这五年。他曾两次被元朝俘虏囚禁，第一次被俘后，在押解北上的途中设法逃脱，历经九死一生，逃回南方，继续组织抵抗。他将这一路所写的诗编集为《指南录》，并先后写过两篇序，本文是其中的《后序》。

文天祥第一次被俘，是元军兵临南宋都城，文天祥作为使者前往元营交涉被扣留，然后作为囚犯被押送北上。行至京口，文天祥寻到机会逃出。其时江淮一带尚被宋军控制，文天祥奔走于真州、扬州一带，希望联合各地宋军进攻长江一带的元兵。但由于有谣言引起的误会，使文天祥不能获得宋军将领的信任，甚至被下令缉拿追杀。文天祥不得不在兵荒马乱之中一路逃亡，最后乘船入海，向南逃至永嘉一带。而从被俘到逃亡，可谓惊心动魄，凶险至极，他自己回首，“予之及于死者不知其几矣”！多少次身陷绝境，又多少次死里逃生，“境界危恶，层见错出，非人世所堪”。

尽管句句说死，但“生存还是死亡”在文天祥这里并不是一个问题。文天祥首要考虑的是一个“义”字。国家危亡、社稷倾覆之际，为国而死是义，率兵击贼、恢复山河也是义。孟子说：“生亦我所欲，所欲有甚于生者，故不为苟得也；死亦我所恶，所恶有甚于死者，故患有所不避也。”有甚于生的，就是义；有甚于死的，就是不义。侥幸逃得一命，留得此身继续为国尽力，那么当生则生；不幸落入敌手，以死亡要挟自己屈膝投降，那么当死则死。对文天祥来说，选择生还是选择死，唯视义之所在。

观潮

周密

浙江之潮，天下之伟观也。[1]自既望以至十八日为最盛。[2]方其远出海门，仅如银线；既而渐近，则玉城雪岭际天而来，大声如雷霆，震撼激射，吞天沃日，势极雄豪。[3]杨诚斋诗云“海涌银为郭，江横玉系腰”者是也。[4]

每岁，京尹出浙江亭教阅水军，艨艟数百，分列两岸；既而尽奔腾分合五阵之势，并有乘骑、弄旗、标枪、舞刀于水面者，如履平地。[5]倏尔黄烟四起，人物略不相睹，水爆轰震，声如崩山；烟消波静，则一舸无迹，仅有“敌船”为火所焚，随波而逝。[6]

吴儿善泅者数百，皆披发文身，手持十幅大彩旗，争先鼓勇，溯迎而上，出没于鲸波万仞中，腾身百变，而旗尾略不沾湿，以此夸能。[7]而豪民贵宦，争赏银彩。

江干上下十余里间，珠翠罗绮溢目，车马塞途。[8]饮食百物皆倍穹常时，而僦赁看幕，虽席地不容间也。[9]

禁中例观潮于“天开图画”。[10]高台下瞰，如在指掌。都民遥

周密（1232—1298）：字公谨，号草窗。南宋末年词人。

1. 浙江：即钱塘江。

2. 既望：阴历十六日。

3. 方其远出海门：当潮在远处从入海口涌起的时候。沃日：冲荡太阳，形容波浪大。

4. 杨诚斋：南宋诗人杨万里，号诚斋。

5. 京尹：京城临安府（今浙江杭州）的长官。艨艟（méng chōng）：战船。五阵：五种阵法。标：树立，举。

6. 略不相睹：彼此一点也看不见。水爆：水军用的一种爆炸武器。

7. 披发文身：披散着头发，身上画着花纹。

8. 江干（gān）：江岸。

9. 倍穹：（价钱）加倍的高。僦（jiù）赁（lìn）看幕：租用看棚的人（非常多）。僦、赁：都是租用的意思。看幕：为观潮而特意搭的帐篷。席地：一席之地，仅容一个座位的地方。

10. 禁中：帝王所居的宫内。这里指皇帝及其身边的人员。

瞻黄伞雉扇于九霄之上，真若箫台蓬岛也。[11]

【赏析】

“八月十八潮，壮观天下无。”钱塘江潮的壮观，自古被人们赞叹，也被众多文人墨客书写。周密的《观潮》便是其中一篇上乘之作。与其他观潮诗文相比，周密不仅观潮，也观弄潮之船与弄潮之人，还观观潮之人。

先写潮水来势之壮观，形如玉城雪岭，声如雷霆，有冲天盖地之势；再写水军乘潮演练，战船数百，往来迅疾，黄烟四起，炮声隆隆，看上去这是一场实战演习，还有“敌船”为火所焚，其声势浩大，愈增潮水声威；又写数百弄潮儿，手持彩旗，出没于惊涛骇浪之中，还能做出种种腾身变化，让人想到北宋一首词中所说的“弄潮儿向涛头立，手把红旗旗不湿”，弄潮儿的勇猛与潮水的雄壮相得益彰；最后写江岸上观潮场面之盛大，车马塞途，人山人海，连皇室人员都来观看，益见潮水之壮丽与弄潮之精彩。

读此文，似乎能感觉到钱塘江潮扑面而来，不由得有悠然神往之情。八月十八的钱塘江潮，年年如约而至，不知如今是否还有弄潮儿呢？

11. 箫台：即凤台。春秋时有箫史善吹箫，娶秦穆公女儿弄玉，曾吹箫作凤鸣，引来凤凰，穆公于是为其做凤台，后来箫史和弄玉成仙而去。蓬岛：蓬莱岛，古代传说中的海中三神山之一。箫台、蓬岛在此都指神仙所居。

松风阁记

刘基

雨、风、露、雷，皆出乎天。雨露有形，物待以滋。雷无形而有声，唯风亦然。

风不能自为声，附于物而有声；非若雷之怒号，訇磕于虚无之中也。[1]唯其附于物而为声，故其声一随于物，大小清浊，可喜可愕，悉随其物之形而生焉。土石赑屃，虽附之不能为声；谷虚而大，其声雄以厉；水荡而柔，其声汹以豗。[2]皆不得其中和，使人骇胆而惊心。故独于草木为宜。

而草木之中，叶之大者，其声窒；叶之槁者，其声悲；叶之弱者，其声懦而不扬。是故宜于风者莫如松。[3]

盖松之为物，干挺而枝樛，叶细而条长，离奇而巃嵸，潇洒而扶疏，鬖髿而玲珑。[4]故风之过之，不壅不激，疏通畅达，有自然之音。故听之可以解烦黩，涤昏秽，旷神怡情，恬淡寂寥，逍遥太空，与造化游。[5]宜乎适意山林之士乐之而不能违也。

金鸡之峰，有三松焉，不知其几百年矣。[6]微风拂之，声如暗泉飒飒走石濑；稍大，则如奏雅乐；其大风至，则如扬波涛，又如振鼓，隐隐有节奏。[7]

刘基（1311—1375）：字伯温。青田（今浙江青田）人。为明朝开国功臣之一。

1. 訇（hōng）磕：大声。

2. 赑（xì）屃（bì）：蠵（xī）龟，龙生九子之一，爱书法，能负重，碑下石座一般都雕成赑屃状。豗（huī）：喧响。

3. 窒（zhì）：阻塞。

4. 樛（jiū）：树枝向下弯曲。巃（lóng）嵸（zōng）：聚集的样子。鬖（sān）髿（suō）：蓬松的样子。

5. 黩（dú）：污浊。

6. 金鸡峰：在今绍兴附近的会稽山上。

7. 石濑（lài）：沙石上的急流。

方舟上人为阁其下，而名之曰松风之阁。[8]予尝过而止之，洋洋乎若将留而忘归焉。盖虽在山林，而去人不远。夏不苦暑，冬不酷寒，观于松可以适吾目，听于松可以适吾耳，偃蹇而优游，逍遥而相羊，无外物以汩其心，可以喜乐，可以永日，又何必濯颍水而以为高，登首阳而以为清也哉！[9]

予，四方之寓人也，行止无所定，而于是阁不能忘情，故将与上人别而书此以为之记。时至正十五年七月九日也。

【赏析】

《松风阁记》的审美趣味是东方式的。"风之过之，不壅不激，疏通畅达，有自然之音"，吹拂的风，不壅窒，也不猛烈，恰到好处。"旷神怡情，恬淡寂寥，逍遥太空，与造化游"，风中松针的声音，使人心旷神怡，寂寥却不孤独。松风阁"虽在山林，而去人不远"，兼有天人之际的美好，与世隔绝，而又温馨亲切。这些感受看似散乱，却有内在的统一处——"中和"。

《中庸》曰："致中和，天地位焉，万物育焉；极高明而道中庸。"中庸，是一种恰到好处的美。它不偏不倚，过犹不及，所有的纷乱、极端都将回归于它。中庸并非平庸。中庸不是没有原则的好好先生，更非否定一切的愤世嫉俗，而是智慧、中肯、宽容的总和。它以极致的洞察超越对立，以良好的分寸感平衡各种意见，使人生充满韧性与力度，因此说"极高明而道中庸"。

---

8. 上人：对僧人的敬称。为：建造。

9. 偃蹇（jiǎn）：高耸引申为傲慢。相羊：徘徊。濯（zhuó）：洗。颍水：河名。相传尧让天下于许由，许由不受，隐居在颍水附近。尧又想任命他做九州长，他认为尧的建议弄脏了他的耳朵，就跑到颍水边洗耳朵。首阳：山名，在山西永济南。相传伯夷、叔齐在周武王灭商以后，逃避到首阳山，不食周粟而死。

中庸的审美趣味深深地根植于中国人的心中。先秦《礼记》如是，明代的刘基如是，现代的老舍亦如是。《想北平》中老舍说："北平也有热闹的地方，但是它和太极拳相似，动中有静。巴黎有许多地方使人疲乏，所以咖啡与酒是必要的，以便刺激；在北平，有温和的香片茶就够了。""北平在人为之中显出自然，几乎是什么地方既不挤得慌，又不太僻静：最小的胡同里的房子也有院子与树；最空旷的地方也离买卖街与住宅区不远。"调和、兼容、恰到好处的审美趣味不仅源于老舍对北平的热爱，更源于中国人血脉里对中庸的认同。

"草木之中，叶之大者，其声窒；叶之槁者，其声悲；叶之弱者，其声懦而不扬。是故宜于风者莫如松。"此处的松与风不仅是自然界的存在，更象征了坚贞与灵动兼具的中庸人格，不卑弱，不强悍，自得其乐，恰到好处。中庸之美，正是作者游走四方，却对松风阁不能忘情，并写下上下两篇游记的原因。

与下篇的正面描写相比，这里选取的上篇从大处落笔，层层剥笋式的写作手法使人印象深刻。作者于风、雨、雷、露中选取风，在风的万籁中选取草木之声，又于纷纭草木中独爱松。松风阁被置于丰富的万物之中，但作者独独钟情于此。阅尽芳华后，眼中只有你，专注而深刻地懂得。

王冕传

宋濂

王冕者，诸暨人。[1]七八岁时，父命牧牛陇上，窃入学舍听诸生诵书，听已辄默记。[2]暮归，忘其牛。或牵牛来责蹊田者，父怒，挞之，已而复如初。[3]母曰："儿痴如此，曷不听其所为。"[4]冕因去，依僧寺以居。[5]夜潜出，坐佛膝上，执策映长明灯读之，琅琅达旦。佛像多土偶，狞恶可怖，冕小儿，恬若不见。

安阳韩性闻而异之，录为弟子，学遂为通儒。[6]性卒，门人事冕如事性。时冕父已卒，即迎母入越城就养。[7]久之，思母还故里，冕买白牛驾母车，自被古冠服随车后。乡里小儿竞遮道讪笑，冕亦笑。[8]

著作郎李孝光欲荐之为府史，冕骂曰："吾有田可耕，有书可读，肯朝夕抱案立高庭下备奴使哉？"[9]每居小楼上，客至，僮入报，命之登乃登。部使者行郡，坐马上求见，拒之去。去不百武，冕倚楼长啸，使者闻之惭。[10]

冕屡应进士举不中，叹曰："此童子羞为者，吾可溺是

王冕（1287—1359）：字元章。元代著名画家、诗人、篆刻家。

宋濂（1310—1381）：字景濂。浦江（今浙江义乌）人。元明之际文学家。

1. 诸暨：今浙江诸暨市。

2. 陇：通"垅"，田埂。

3. 蹊：踩踏。

4. 曷：何。

5. 去：离家。

6. 安阳韩性：字明善，绍兴人。先世安阳人，后迁于越。隐居讲学，弟子甚多。

7. 越城：今绍兴市越城区。

8. 遮道：拦道。讪笑：讥笑。

9. 李孝光：字季和。浙江乐清人。元顺帝至正年间任秘书监著作郎。府史：府衙小吏。备奴使：准备被奴役吗？

10. 部使者：按察官员。行郡：巡视府属各地。武：半步为武。啸：撮口发出清越而长的声音。

哉！”[11]竟弃去。买舟下东吴，渡大江，入淮楚，历览名山川。或遇奇才、侠客，谈古豪杰事，即呼酒共饮，慷慨悲吟，人斥为狂奴。

北游燕都，馆秘书卿泰不花家。[12]泰不花荐以馆职，冕曰：“公诚愚人哉！不满十年，此中狐兔游矣，何以禄仕为？”[13]即日将南辕，会其友武林卢生死滦阳，唯两幼女、一童留燕，伥伥无所依。[14]冕知之，不远千里走滦阳，取生遗骨，且挈二女还生家。[15]

冕既归越，复大言天下将乱。时海内无事，或斥冕为妄。冕曰：“妄人非我，谁当为妄哉？”乃携妻孥隐于九里山。种豆三亩，粟倍之，树梅花千，桃杏居其半，芋一区，薤、韭各百本，引水为池，种鱼千余头，结茅庐三间。[16]自题为“梅花屋”。尝仿《周礼》著书一卷，坐卧自随，秘不使人观。更深人寂，辄挑灯朗讽，既而抚卷曰：“吾未即死，持此以遇明主，伊、吕事业不难致也。”[17]当风日佳时，操觚赋诗，千百不休，皆鹏骞海怒，读者毛发为耸。[18]人至，不为宾主礼，清谈竟日不倦。食至辄食，都不必辞谢。善画梅，不减杨补之。[19]求者肩背相望，以缯幅短长为得米之差。[20]人讥之，冕曰：“吾借是以养口体，岂好为人家作画师哉？”

未几，汝、颍兵起，一一如冕言。皇帝取婺州，将攻越，物色

---

11. 溺是：沉溺在应举中。
12. 燕都：元京城大都，今北京市。馆：住。秘书卿：元代秘书监的长官。泰不花：字兼善，伯牙吾台氏，居台州。第进士，授集贤修撰。历任秘书卿、礼部尚书等。
13. 馆职：指在史馆、集贤院等供职。
14. 武林：杭州的别称。滦阳：今河北迁安西北。
15. 挈：带领。
16. 薤（xiè）：百合科植物，鳞茎可食。本：株。种鱼：养鱼。
17. 伊、吕：伊尹、吕尚。伊尹为商汤贤相。吕尚扶助武王灭殷建立周朝。
18. 操觚（gū）：把酒。鹏骞（xiān）海怒：大鹏飞举，海涛怒吼。
19. 杨补之：宋代画家杨无咎，字补之，善画梅。
20. 缯（zēng）：丝织品，可作画。

得冕，置幕府，授以咨议参军，一夕，以病死。[21]冕状貌魁伟，美须髯，磊落有大志，不得少试以死，君子惜之。

史官曰：予受学城南时，见孟寀言越有狂生，当天大雪，赤足上潜岳峰，四顾大呼曰："遍天地间皆白玉合成，使人心胆澄澈，便欲仙去。"[22]及入城，戴大帽如蓰，穿曳地袍翩翩行，两袂轩翥，哗笑溢市中。[23]予甚疑其人，访识者问之，即冕也。冕真怪民哉！马不覂驾，不足以见其奇才，冕亦类是夫！[24]

【赏析】

《儒林外史》刻画读书人群像，以王冕为全书开篇，大约是将王冕的风骨识见、精神气度视作楷模，以警醒后世热衷功名、卑弱奴性的读书人如范进者。

王冕出身农家，但天性好学，"窃入学舍听诸生诵书，听已辄默记。暮归，忘其牛。或牵牛来责蹊田者，父怒，挞之，已而复如初"。王冕母亲称之"痴"，可见天赋使然，非人力所能及。难能可贵的是，少年王冕在艰苦的环境中仍能心无旁骛，相当专注，"夜潜出，坐佛膝上，执策映长明灯读之，琅琅达旦。佛像多土偶，狞恶可怖，冕小儿，恬若不见"。王冕向学之心单纯，无所杂念，反倒心志坚韧，又得高人点拨，进步迅猛，"遂为通儒"。恩师韩性离世后，"门人事冕如事性"，侧面证明了王冕"通儒"的威信。值得玩味的

---

21. 汝、颍兵起：汝、颍指今河南、安徽。指元末的红巾军起义。皇帝取婺州：朱元璋于至正十九年（1359）攻下婺州（今浙江金华）。咨议参军：咨议政事的职官。
22. 史官：作者自谓。
23. 蓰（xǐ）：草名。袂（mèi）：衣袖。轩翥（zhù）：飞举的样子。
24. 覂（fěng）驾：翻覆车驾，犹言不受驾驭。

是，王冕送母亲回乡时，“买白牛驾母车，自被古冠服随车后”。王冕所处的元代将人分为四等，蒙古人、色目人、汉人、南人。王冕籍贯诸暨，属越地，是为南人。文中的“古冠服”应当不是元人服饰，而是南人或儒家古籍中的记载。他披服古衣冠招摇返乡，看似迂阔，但未必不是一种意识形态的对抗。有趣的是，当乡里小儿讪笑时，“冕亦笑”。王冕为何也跟着笑呢？《老子》曰：“上士闻道，勤而行之；中士闻道，若存若亡；下士闻道，大笑之，不笑不足以为道。”王冕“亦笑”是以得道之人的立场居高临下地讥笑不懂道的乡里小儿吗？抑或怀有仁爱之心，悲悯宽容他们的讪笑，并以自嘲之心一笑而过？作为“通儒”，王冕的笑中想必后者的意思更多一些吧。

王冕好学、专注、知行合一，不仅如此，他还安贫乐道，不愿被官场役使，重视人格独立和尊严，对朋友忠肝义胆、侠义心肠。他虽然隐居，但对天下形势洞若观火，了然于胸，自己也志存高远，希冀一用，只可惜一夕病死，虽被征召，而终无缘政事。

但他磊落的人格终以艺术的形式流传下来。王冕笔下的梅花幽特拗崛，清白简傲，其横斜倾侧之态、飘逸清雅之姿、疏密得当之美，正是王冕内心情怀与抱负的写照。“冰雪林中着此身，不同桃李混芳尘。忽然一夜清香发，散作乾坤万里春。”其人其画其文“直而不绞，质而不俚，豪而不诞，奇而不怪，博而不滥，有忠君爱民之情，去恶拔邪之志，恳恳悃悃见于词意之表，非徒作也，因大敬焉”。刘基的敬意、宋濂的传记正是对王冕风骨识见、人格精神和艺术造诣的至高赞美。

秦士录

宋濂

邓弼，字伯翊，秦人也。身长七尺，双目有紫棱，开合闪闪如电，能以力雄人。[1]邻牛方斗，不可擘，拳其脊折仆地。[2]市门石鼓，十人舁弗能举，两手持之行。[3]然好使酒，怒视人，人见辄避，曰："狂生不可近，近则必得奇辱。"

一日独饮娼楼，萧、冯两书生过其下，急牵入共饮。两生素贱其人，力拒之。弼怒曰："君终不我从，必杀君，亡命走山泽耳，不能忍君苦也！"[4]两生不得已，从之。弼自据中筵，指左右揖两生坐，呼酒歌啸以为乐，酒酣，解衣箕踞，拔刀案上，铿然鸣。[5]两生雅闻其酒狂，欲起走。[6]弼止之曰："勿走也！弼亦粗知书，君何至相视如涕唾！今日非速君饮，欲少吐胸中不平气耳。[7]四库书从君问，即不能答，当血是刃。[8]"两生曰："有是哉？"遽摘七经数十义扣之，弼历举传、疏，不遗一言；复询历代史，上下三千年，缅缅如贯珠。[9]弼笑曰："君等伏乎未也？"两生相顾惨沮，不敢再有问。[10]弼索酒，被发跳叫曰："吾今日压倒老生矣！古者学在养气，今人一服儒衣，反奄奄欲绝，徒欲驰骋文墨，儿抚一世豪杰，

---

1. 目有紫棱：眼光锐利有神。
2. 擘（bāi）：分开。拳其脊：（邓弼）用拳头打牛的背脊（牛于是倒地）。
3. 舁（yú）：抬。
4. 不我从：不听从我。
5. 箕（jī）踞（jù）：两腿伸直叉开，形同畚箕，是傲慢无礼的姿态。
6. 雅：素来，一向。
7. 速：请。
8. 四库：经史子集四部的代称。
9. 遽：就。摘：选取。七经：《易》《书》《诗》《周礼》《仪礼》《礼记》《春秋》为七经。扣：问。传、疏：注释经文的叫"传"，解释传文的叫"疏"。缅缅（sǎ）：洋洋洒洒，有次序的样子。
10. 惨沮：沮丧失色。

此何可哉？[11]此何可哉？君等休矣。”两生素负多才艺，闻弼言，大愧，下楼，足不得成步。归，询其所与游，亦未尝见其挟册呻吟也。[12]

泰定末，德王执法西御史台，弼造书数千言，袖谒之。[13]阍卒不为通，弼曰：“若不知关中有邓伯翊耶？”[14]连击踣数人，声闻于王。[15]王令隶人捽入，欲鞭之。[16]弼盛气曰：“公奈何不礼壮士？今天下虽号无事，东海岛夷，尚未臣顺。[17]间者驾海舰，互市于鄞，即不满所欲，出火刀斫柱，杀伤我中国民。[18]诸将军控弦引矢，追至大洋，且战且却，其亏国体为已甚。西南诸蛮，虽曰称臣奉贡，乘黄屋左纛，称制与中国等，尤志士所同愤。[19]诚得如弼者一二辈，驱十万横磨剑伐之，则东西为日所出入，莫非王土矣，公奈何不礼壮士？”[20]庭中人闻之，皆缩颈吐舌，舌久不能收。王曰：“尔自号壮士，解持矛鼓噪，前登坚城乎？”[21]曰：“能。”“百万军中，可刺大将乎？”曰：“能。”“突围溃阵，得保首领乎？”曰：“能。”王顾左右曰：“姑试之。”问所须，曰：“铁铠、良马各一，雌雄剑二。”王即命给与，阴戒善槊者五十人，驰马出东门外，然后遣弼往。[22]王自临观，空一府随之。既

---

11. “今人一服儒衣”四句：现在的人一穿上读书人的衣服，就毫无生气，只想卖弄学问，却把世上豪杰当小孩子玩弄。
12. 挟册呻吟：拿书吟诵。
13. 泰定：元泰定帝年号（1324—1328）。西御史台：陕西道御史府。
14. 阍（hūn）卒：守门士兵。通：通报。
15. 踣（bó）：跌倒。
16. 捽（zuó）：揪住。
17. 东海岛夷：日本。
18. 间者：有时。鄞（yín）：鄞县，今浙江宁波。
19. 西南诸蛮：指西南少数民族部落。黄屋：古代皇帝所乘的车，以黄缯为车盖内饰。左纛（dào）：车衡左边的大旗。称制：行使皇帝的权力。
20. 横磨剑：精锐善战的士兵。
21. 解：懂得。
22. 阴：暗中。槊（shuò）：长矛。

弼至，众槊并进。弼虎吼而奔，人马辟易五十步，面目无色。[23]已而烟尘涨天，但见双剑飞舞云雾中，连斫马首堕地，血涔涔滴。[24]王抚髀欢曰："诚壮士！诚壮士！"[25]命勺酒劳弼，弼立饮不拜。由是狂名振一时，至比之王铁枪云。[26]

王上章荐诸天子，会丞相与王有隙，格其事不下。[27]弼环视四体，叹曰："天生一具铜筋铁肋，不使立勋万里外，乃槁死三尺蒿下，命也，亦时也。尚何言！"遂入王屋山为道士，后十年终。

史官曰：弼死未二十年，天下大乱，中原数千里，人影殆绝。玄鸟来降，失家，竟栖林木间。[28]使弼在，必当有以自见。惜哉！弼鬼不灵则已，若有灵，吾知其怒发上冲也。

【赏析】

"奇人、奇事、奇闻，读之令人气壮。"全文气盛，开篇就写邓弼恃力使气，俨然一个胸无点墨的莽汉。之后他强留书生饮酒，看似强蛮，却以胸中翰墨和一番宏论压倒素以才艺自负的两书生。由武入文，邓弼的才华出乎读者意料，构成文章的起伏波澜。一番浩然正气的宏论，更是将文章推至第一个高潮，使人对邓弼刮目相看。林云铭评曰："至说出养气语，皆前人所未发。应上不平气，伏下盛气。"养气之说可谓"文腰"，使邓弼的形象由狂生转向壮士。"古之学者在养气"一句使邓弼超越了个人技艺的炫耀，而呈现内在更宽博浩大

---

23. 辟（bì）易：惊退。
24. 涔涔（cén）：血流不止的样子。
25. 抚髀（bì）：拍着大腿。诚：确实。
26. 王铁枪：王彦章，五代梁人，骁勇有力，持铁枪，驰骋如飞，军中号王铁枪。
27. 隙：感情上的裂痕。格：阻碍。
28. 玄鸟：燕子。

的境界。

于是，邓弼经世安邦的志向和所向披靡的战力便在后两段中自然展开。慷慨陈言、才堪经略、沙场壮举、德王赞叹，使读者对邓弼的前途充满期待。不料丞相与德王有隙，力荐不果，使邓弼最终只能浩叹英雄失路，而入王屋山为道士。人物命运一路烘托扶摇直上，而突然反跌不振。曲折中渗透了宋濂为国惜才的深意。

《论语·子路》曰："不得中行而与之，必也狂狷乎？狂者进取，狷者有所不为也。"《孟子·尽心》曰："孔子岂不欲中道哉！不可必得，故思其次也。"孔孟对狂狷之士的同情理解，使服膺儒术的宋濂能赞赏邓弼身上的凛然生气。因此邓弼虽未立德、立功、立言，宋濂仍尊称其为"士"，流露出深深的叹惋之情。

中山狼传

马中锡

赵简子大猎于中山，虞人导前，鹰犬罗后，骇禽鸷兽应弦而倒者不可胜数。[1]有狼当道，人立而啼。简子垂手登车，援乌号之弓，挟肃慎之矢，一发饮羽，狼失声而逋。[2]简子怒，驱车逐之，惊尘蔽天，足音鸣雷，十里之外，不辨人马。

时，墨者东郭先生，将北适中山以干仕，策蹇驴，囊图书，夙行失道，望尘惊悸。[3]狼奄至，引首顾曰："先生岂有志于济物哉？昔毛宝放龟而得渡，隋侯救蛇而获珠，龟蛇固弗灵于狼也。[4]今日之事，何不使我得早处囊中以苟延残喘乎？异时倘得脱颖而出，先生之恩，生死而肉骨也。[5]敢不努力以效龟蛇之诚？"先生曰："嘻，私汝狼以犯世卿，忤权贵，祸且不测，敢望报乎？然墨之道，兼爱为本，吾终当有以活汝，脱有祸，固所不辞也！"[6] 乃出图书，空囊橐，徐徐焉实狼其中，前虞跋胡，后恐疐尾，三纳之而未克，徘徊容与，追者益近。[7]狼请曰："事急矣！先生果将揖逊救焚溺，而

马中锡（1446—1512）：字天禄。明代官员、文学家。故城（今河北故城）人。

1. 赵简子：名鞅。春秋时晋国的大夫。中山：地名，今河北定县一带。虞人：管狩猎的官。

2. 垂手登车：从容上车。垂手：形容安闲从容。乌号：古良弓名。肃慎：古良箭名。饮羽：形容箭人很深，连箭末的羽毛都看不见了。饮：吞没。逋（bū）：逃跑。

3. 墨者：信奉墨子学说的人。墨子，春秋时人，主张"兼爱""非攻"。东郭：姓。适：到。干仕：求官。蹇（jiǎn）驴：跛驴。夙（sù）行：清早赶路。失道：迷路。

4. 奄：突然。毛宝：晋代人，曾得一只白龟而放生，后在战事中投江逃命时，水中有物载他过江，登岸视之，乃之前放生的白龟。隋侯：汉水东面的国主。隋侯曾替受伤的大蛇敷药，后蛇衔大珠报答他，故称隋侯珠。

5. 颖：锥子尖。脱颖而出：意为人总会出头，此处意为若能脱离灾祸，日后出头。生死而肉骨：使死者复生，使枯骨长肉。

6. 脱：即使。

7. 前虞跋胡：往前怕压住狼下巴的垂肉。后恐疐（zhì）尾：往后恐怕压住狼尾巴。疐：跌倒。克：成功。徘徊容与：迟疑不决。

鸣銮避寇盗耶？唯先生速图！”[8]乃跼蹐四足，引绳而束缚之，下首至尾，曲脊掩胡，猥缩蠖曲，蛇盘龟息，以听命先生。[9]先生如其指，内狼于囊，遂括囊口，肩举驴上，引避道左，以待赵人之过。

已而简子至，求狼弗得，盛怒，拔剑斩辕端示先生，骂曰：“敢讳狼方向者，有如此辕！”先生伏踬就地，匍匐以进，跽而言曰：“鄙人不慧，将有志于世，奔走遐方，自迷正途，又安能发狼踪，以指示夫子之鹰犬也！然尝闻之，大道以多歧亡羊。夫羊，一童子可制之，如是其驯也，尚以多歧而亡；狼非羊比，而中山之歧，可以亡羊者何限？乃区区循大道以求之，不几于守株缘木乎？况田猎，虞人之所事也，君请问诸皮冠。行道之人何罪哉？且鄙人虽愚，独不知夫狼乎？性贪而狠，党豺为虐，君能除之，固当窥左足以效微劳，又肯讳之而不言哉！”[10]简子默然，回车就道。先生亦驱驴，兼程而进。

良久，羽旄之影渐没，车马之音不闻。[11]狼度简子之去已远，而作声囊中曰：“先生可留意矣，出我囊，解我缚，拔矢我臂，我将逝矣！”[12]先生举手出狼，狼咆哮谓先生曰：“适为虞人逐，其来甚速，幸先生生我。[13]我馁甚，馁不得食，亦终必亡而已。与其饥死道路，为群兽食，毋宁毙于虞人，以俎豆于贵家。[14]先生既墨者，摩顶放踵，思一利天下，又何吝一躯啖我而全微命乎？[15]”遂

---

8. 揖逊、鸣銮：讲究礼貌。你在救火拯溺时还要讲礼貌吗？

9. 跼（jú）蹐（jí）：蜷缩。下首至尾：把头弯下来凑到尾巴上。

10. 伏踬就地：伏倒在地上。跽（jì）：跪。区区：仅仅。守株：守株待兔。缘木：缘木求鱼，上树捕鱼。比喻脱离实际办事，必劳而无获。党豺为虐：与豺为一伙为恶。窥左足：抬脚，语见《汉书·息无躬传》。窥：通“跬”，半步。

11. 羽旄：旗子上的装饰。这里借指赵简子一行人。

12. 度（duó）：估计。逝：去。

13. 生我：救活我。

14. 馁（něi）：饿。俎（zǔ）豆于贵家：供贵族做祭品。俎豆：古代祭祀容器。

15. 摩顶放踵：见《孟子·尽心上》，求有利于天下，自己就算从头到脚受折磨，也不顾惜。啖我：给我吃。

鼓吻奋爪，以向先生。先生仓卒以手搏之，且搏且却，引蔽驴后，便旋而走。狼终不得有加于先生，先生亦极力拒，彼此俱倦，隔驴喘息。[16]先生曰："狼负我！狼负我！"狼曰："吾非固欲负汝，天生汝辈，固需吾辈食也！"相持既久，日晷渐移，先生窃念天色向晚，狼复群至，吾死矣夫！[17]因绐狼曰："民俗，事疑必询三老。第行矣，求三老而问之。苟谓我当食即食，不可即已。"[18]狼大喜，即与偕行。

逾时，道无人行，狼馋甚，望老木僵立路侧，谓先生曰："可问是老！"[19]先生曰："草木无知，叩焉何益？"[20]狼曰："第问之，彼当有言矣！"先生不得已，揖老木，具述始末，问曰："若然，狼当食我邪？"[21]木中轰轰有声，谓先生曰："我杏也。往年老圃种我时，费一核耳，逾年华，再逾年实，三年拱把，十年合抱，至于今二十年矣。[22]老圃食我，老圃之妻子食我，外至宾客，下至奴仆皆食我。又复鬻实于市，以规利于我。[23]其有功于老圃甚巨。今老矣，不能敛华就实，贾老圃怒，伐我条枚，芟我枝叶，且将售我工师之肆取直焉。[24]噫！樗朽之材，桑榆之景，求免于斧钺之诛而不可得。[25]汝何德于狼，乃觊免乎？[26]是固当食汝。"言下，狼复鼓吻奋爪以向先生。先生曰："狼爽盟矣！矢询三老，今值一

16. 有加：占上风。
17. 日晷（guǐ）：日影。
18. 绐（dài）：骗。第：只管。
19. 逾时：过了一会儿。
20. 叩焉何益：问它有什么用？
21. 具述始末：从头到尾详述一遍。
22. 逾年华：隔年开花。拱：两手所围。把：一手所握。
23. 鬻（yù）：卖。规利：图利。
24. 不能敛华就实：不能在花谢后结果。贾（gǔ）：买，此引申为引得。条枚：枝干。工师之肆：工匠铺子。直：同"值"，价钱。
25. 樗（chū）朽之材：无用的树木。樗：落叶乔木，质松，味臭，又称臭椿。桑榆之景：晚年。
26. 觊（jì）：觊觎，非分地希望。觊免：妄想宽免。

杏，何遽见迫耶？”[27]复与偕行。

狼愈急，望见老牸，曝日败垣中，谓先生曰：“可问是老！”[28]先生曰：“向者草木无知，谬言害事。今牛，禽兽耳，更何问焉？”[29]狼曰：“第问之。不问，将咥汝！”[30]先生不得已，揖老牸，再述始末以问。牛皱眉瞪眼，舐鼻张口，向先生曰：“老杏之言不谬矣！老牸茧栗少年时，筋力颇健，老农卖一刀以易我，使我贰群牛，事南亩。既壮，群牛日益老惫，凡事我都之。[31]彼将驰驱，我伏田车，择便途以急奔趋；彼将躬耕，我脱辐衡，走郊坰以辟榛荆。[32]老农视我犹左右手，衣食仰我而给，婚姻仰我而毕，赋税仰我而输，仓庾仰我而实。[33]我亦自谅可得帷席之敝如马狗也。[34]往年家储无担石，今秋麦多十斛矣；往年穷居无顾藉，今掉臂行村社矣；往年尘卮罂，涸唇吻，盛酒瓦盆，半生未接，今酝黍稷，据樽罍，骄妻妾矣；往年衣短褐，侣木石，手不知揖，心不知学，今持《兔园册》，戴笠子，腰韦带，衣宽博矣。一丝一粟，皆我力也。顾欺我老弱，逐我郊野；酸风射眸，寒日吊影；瘦骨如山，老泪如雨，涎垂而不可收，足挛而不可举，皮毛具亡，疮痍未瘥。[35]老农之妻妒且悍，朝夕进说曰：‘牛之一身，无废物也。肉可脯，皮可鞟，

---

27. 爽盟：背约。矢：发誓。何遽（jù）见迫耶：为什么急着追迫于我？遽：立刻。见：我。
28. 牸（zì）：母牛。曝（pù）日：晒太阳。败垣（yuán）：破墙。
29. 向者：刚才。
30. 咥（dié）：咬。
31. 茧栗：牛角初长成。贰群牛：和别的牛群一起耕地。贰：副。都：总管。
32. 伏田车：低下头驾田猎之车。脱辐衡：卸下车杠。郊坰（jiōng）：郊野。辟榛荆：开荒。榛荆：野草杂树。
33. 仓庾（yǔ）：谷仓。实：充实。
34. 帷席：帷帐和席子。自信死后能像狗马一样，得到帷席而被掩埋。
35. 担石：少量粮食。担：两石。无顾藉：没有依靠。掉臂：逍遥自在。村社：村中集社。尘卮（zhī）罂（yīng）：酒杯和酒缸积满了灰尘，表示无酒可喝。涸唇吻：嘴唇发燥，一直没尝到酒。未接：没触碰过（酒）。据：持。尊罍（léi）：酒器。侣木石：与木石为伴，没有社会往来。《兔园册》：村塾中的课本。韦带：熟皮带，质柔软。宽博：宽大的衣服。酸风射眸：冷风刺痛眼睛。痍：伤痕。瘥（chài）：痊愈。

骨、角可切蹉为器。’[36]指大儿曰：‘汝受业庖丁之门有年矣，胡不砺刃硎以待？’[37]迹是观之，是将不利于我，我不知死所矣！夫我有功、彼无情乃若是，行将蒙祸；汝何德于狼，觊幸免乎？”言下，狼又鼓吻奋爪以向先生。先生曰：“毋欲速！”

遥望老子杖藜而来，须眉皓然，衣冠闲雅，盖有道者也。[38]先生且喜且愕，舍狼而前，拜跪啼泣，致辞曰：“乞丈人一言而生。”丈人问故，先生曰：“是狼为虞人所窘，求救于我，我实生之。今反欲咥我，力求不免，我又当死之，欲少延于片时，誓定是于三老。初逢老杏，强我问之，草木无知，几杀我。次逢老牸，强我问之，禽兽无知，又几杀我。今逢丈人，岂天之未丧斯文也。敢乞一言而生。”因顿首杖下，俯伏听命。丈人闻之，欷歔再三。以杖叩狼曰：“汝误矣！夫人有恩而背之，不祥莫大焉。儒谓受人恩而不忍背者，其为子必孝，又谓虎狼之父子。[39]今汝背恩如是，则并父子亦无矣！”乃厉声曰：“狼，速去！不然将杖杀汝！”狼曰：“丈人知其一未知其二，请诉之，愿丈人垂听。初，先生救我时，束缚我足，闭我囊中，压以诗书，我鞠躬不敢息；又蔓辞以说简子，其意盖将死我于囊，而独窃其利也。是安可不咥？”[40]丈人顾先生曰：“果如是，是羿亦有罪焉！”[41]先生不平，具状其囊狼怜惜之意。狼亦巧辩不已以求胜。丈人曰：“是皆不足以执信也。试再囊之，我观其状，果困苦否。”狼欣然从之。信足先生，先生复缚置囊中，肩举驴上，而狼未之知也。[42]丈人附耳谓先生曰：

---

36. 鞟（kuò）：去毛的皮。
37. 砺刃：磨刀。硎：磨刀石。
38. 杖藜：拄着拐杖。藜：可做杖的植物。
39. 虎狼之父子：即使是虎狼，也有父子之爱。
40. 鞠躬不敢息：弓着身子不敢出气。蔓辞：说无谓的话。
41. 羿亦有罪焉：逢蒙向羿学射箭，学会后杀羿。孟子说：“是亦羿有罪焉。”羿不辨人之好坏，自己也有过失。此处借以批评东郭先生。
42. 信：通“伸”。

“有匕首否？”先生曰：“有。”于是出匕。丈人目先生，使引匕刺狼。先生曰：“不害狼乎？”丈人笑曰：“禽兽负恩如是，而犹不忍杀。子固仁者，然愚亦甚矣！从井以救人，解衣以活友，于彼计则得，其如就死地何？先生其此类乎？仁陷于愚，固君子之所不与也。”[43]言已大笑，先生亦笑，遂举手助先生操刃，共殪狼，弃道上而去。[44]

【赏析】

中山狼忘恩负义，狡诈贪婪；东郭先生迂腐懦弱，滥施仁慈。这两个形象已分别成为两类人物的代名词，可见两个形象的生动与真实。明智的丈人则一针见血地指出双方问题所在，并用果敢的行动结束荒唐的相峙局面，以惩恶扬善、替天行道。寓言以生动的形象、有趣的故事将人性的弱点呈现给读者，使人在阅读中有所警戒。

但这些只是概念，文学的趣味在于鲜活生动的呈现。狼如何骗得东郭先生的信任？首先，它善于示弱，中箭后“失声而逋”，见到先生马上“引首顾”，以温驯可怜相引动他人的恻隐之心，解除防备。其次，中山狼善于识人。遥见东郭先生“策蹇驴，囊图书”，且“望尘惊悸”，中山狼就知道用知识和道德忽悠这个书呆子准错不了。于是满嘴典故，“毛宝放龟而得渡，隋侯救蛇而获珠”，让东郭先生误以为中山狼满腹经纶，而引为知己。但在中山狼，知识只是自利的工具和手段而已，与道德无关。最后，中山狼相当顽强。它中箭后能逃跑，忽悠东郭先生救助自己，做事果断务实，“将揖逊救焚溺，而鸣

43. 固：本来。与：赞同。
44. 殪（yì）：杀。

銮避寇盗耶？唯先生速图！”巧言善辩，狡猾诡诈，当丈人说“狼，速去！不然将杖杀汝”后，还血口喷人，狼不服输的韧劲令人印象深刻。所以，不可否认，狼洞察人性，反应敏捷，善于应变，但是，它不善良！当它恳求东郭先生放它出来，承诺“我将逝矣”后，马上“咆哮谓先生”“鼓吻奋爪，以向先生”，凶相毕露，翻脸不认人，还恶狠狠地叫嚣：“天生汝辈，固需吾辈食也！”伪善、狡猾、凶残、欺诈，狼的本性在跌宕的情节中充分展现。当然它也有守诺、敬畏民俗的一面，才会答应东郭先生“求三老而问之”的拖延要求。

而东郭先生呢？无疑是个好人。但他对“兼爱”的理解过于教条，缺乏生活的判断力。做事瞻前顾后，“前虞跋胡，后恐疐尾，三纳之而未克，徘徊容与”，太讲求繁文缛节，舍本取末（有趣的是，墨家重简素，并不重仪节）。面对狼的攻击，他只会叫唤：“狼负我！狼负我！”处理实际生活的能力可见一斑。当丈人无法说动狼改变主意终要下杀手时，东郭先生仍犹疑地问：“不害狼乎？”滥施仁慈、执迷不悟至此，让人不由得哀其不幸，而怒其愚驽。但与中山狼相比，人们还是更愿意和东郭先生打交道吧。

古人将人之修养浓缩为“仁义礼智信”，良知第一，聪明在后。只有聪明而没有善意，终会被摒弃。反之，满心慈悲，却缺乏洞察与判断，也不免沦于险境。因而，仁爱先之，智能辅之，方得长久。

听蕉记

沈周

夫蕉者，叶大而虚，承雨有声。雨之疾徐、疏密，响应不忒。[1]然蕉何尝有声，声假雨也。[2]雨不集，则蕉亦默默静植；蕉不虚，雨亦不能使为之声。蕉雨固相能也。[3]蕉静也，雨动也，动静戛摩而成声，声与耳又相能想入也。[4]迨若匝匝插插，剥剥滂滂，索索淅淅，床床浪浪，如僧讽堂，如渔鸣榔，如珠倾，如马骧，得而象之，又属听者之妙也。[5]

长洲胡日之种蕉于庭，以伺雨，号“听蕉”，于是乎有所得于动静之机者欤？[6]

【赏析】

江南庭院，常见芭蕉种植，窗前阶下，天井之中，墙角之处，处处可见它的身影。芭蕉叶子阔大，绿意盎然，让人一见就觉得赏心悦目，历来也颇受文人青睐。但文人对芭蕉的欣赏最主要的还不是观其形，而是听其声。当然，这声音还需要另一样事物的配合才能发出——“雨打芭蕉”可堪列入最有韵味的古典意象。

沈周（1427—1509）：字启南，号石田。长洲（今江苏苏州）人。明代书画家，与文徵明、唐寅、仇英并称“明四家”。

1. 忒：差错。

2. 假：凭借。

3. 植：立，站立。相能：相互配合。

4. 戛摩：击撞摩擦。

5. 迨：等到。鸣榔：渔人敲击船舷发出声音，用以惊鱼，使入网中。骧：马昂首奔腾。象：赋予形象。

6. 机：事物的关键。

沈周的朋友为听雨打芭蕉的声音，特地在自家院子里种了芭蕉，沈周就写了这篇《听蕉记》为他分析“听蕉”的原理。沈周指出，芭蕉之所以能“听”，需要三个要素。第一个要素当然是芭蕉，蕉叶宽大，可以承雨，没有雨，蕉叶自身是不能发声的。第二个要素是必须有雨，蕉叶为静态，雨为动态，动静相碰撞而有声。雨有大有小，有疏有密，不同的雨落在蕉叶上，声音也就变化多端。但要想体会到雨打芭蕉的悦耳声音，还需要第三个要素——听者有能欣赏的耳朵，能得雨打芭蕉的音韵之美，甚至听到不同的声音时能在眼前浮现出不同的形象。沈周在一本正经分析完了雨打芭蕉的发声原理后，又推测他的朋友种蕉以“听蕉”，是因为体悟到了动与静所蕴含的妙理吧？

其实，只要入耳能得其妙，何必知道发声原理呢？沈石田真是多此一举。

记雪月之观

沈周

丁未之岁，冬暖无雪。[1]戊申正月之三日始作，五日始霁。[2]风寒冱而不消，至十日犹故在也，是夜月出，月与雪争烂，坐纸窗下，觉明彻异常。[3]遂添衣起，登溪西小楼。楼临水，下皆虚澄，又四囿于雪，若涂银，若泼汞，腾光照人，骨肉相莹。月映清波间，树影滉弄，又若镜中见疏发，离离然可爱。[4]寒浃肌肤，清入肺腑，因凭栏楯上。[5]仰而茫然，俯而恍然；呀而莫禁，眄而莫收；神与物融，人观两奇，盖天将致我于太素之乡，殆不可以笔画追状，文字敷说，以传信于不能从者。[6]顾所得不亦多矣！尚思天下名山川宜大乎此也，其雪与月当有神矣。我思挟之以飞遨八表，而返其怀。汗漫虽未易平，然老气衰飒，有不胜其冷者。[7]乃浩歌下楼，夜已过二鼓矣。[8]仍归窗间，兀坐若失。[9]念平生此景亦不屡遇，而健忘日，寻改数日，则又荒荒不知其所云，因笔之。[10]

---

1. 丁未：明宪宗成化二十三年（1487）。
2. 戊申：明孝宗弘治元年（1488）。霁：雪停放晴。
3. 冱（hù）：寒冷凝结。
4. 离离然：历历分明的样子。
5. 浃：透。栏楯（shǔn）：栏杆。纵为栏，横为楯。
6. 呀（xiā）：张大了口。太素：朴素，质朴。在道家哲学中代表天地开辟前出现原始物质的宇宙状态。殆：大概，几乎。
7. 挟：依傍。八表：八方之外，指极远的地方。汗漫：没有边际的。衰飒：衰落。
8. 二鼓：二更天。
9. 兀坐：独自端坐。
10. 荒荒：暗淡不明的样子。

【赏析】

在江南，遇到一个雪月之夜并不容易。江南地暖，本来下雪就不多，雪落下不久就会化掉，难有积雪。沈周遇到的这个雪月之夜尤为难得。那是一个暖冬，整个冬天都没有下雪，到了正月初三，突然下了一场大雪，一连下了三天才停。但这个时候的月亮还是弦月，暗弱无光。幸好雪停后天气寒冷依旧，地上的雪一直积到正月初十尚未融化。初十的晚上，月亮升起，明月照积雪，月光雪光把夜晚映得明彻。

沈周被这月光雪光吸引，登楼徘徊。大地和大地上的一切都被雪覆盖，明月下照，“若涂银，若泼汞，腾光照人，骨肉相莹”，俨然一个晶莹澄明的世界。楼下有溪，月光照在溪水上，溪水清澈如镜，水中有树的倒影，清晰可见，“若镜中见疏发，离离然可爱”。清寒沁人肌肤，环顾天地之间，不类人世，几乎恍恍惚惚有飘然若仙之感。

可是太冷了，寒冷中断了沈周在这雪月之夜的神游。不过这并没有让他觉得扫兴，他浩歌下楼，心满意足。

君子亭记

王守仁

阳明子既为何陋轩，复因轩之前营，驾楹为亭，环植以竹，而名之曰“君子”。[1]曰：“竹有君子之道四焉：中虚而静，通而有间，有君子之德。外坚而直，贯四时而柯叶无所改，有君子之操。应蛰而出，遇伏而隐，雨雪晦明，无所不宜，有君子之明。[2]清风时至，玉声珊然，中采齐而协肆夏，揖逊俯仰，若洙泗群贤之交集；风止籁静，挺然特立，不挠不屈，若虞廷群后端冕正笏，而列于堂陛之侧，有君子之容。[3]竹有是四者，而以‘君子’名，不愧于其名；吾亭有竹焉，而因以竹名，名不愧于吾亭。”

门人曰：“夫子盖自道也。吾见夫子之居是亭也，持敬以直内，静虚而若愚，非君子之德乎？遇屯而不摄，处困而能亨，非君子之操乎？[4]昔也行于朝，今也行于夷，顺应物而能当，虽守方而弗拘，非君子之时乎？[5]其交翼翼，其处雍雍，意适而匪懈，气和而能恭，非君子之容乎？[6]夫子盖谦于自名也而假之竹，虽然，亦有所不容隐也。夫子之名其轩曰‘何陋’，则固以自居矣。”

王守仁（1472—1529）：字伯安，号阳明，世称“阳明先生”。余姚（今浙江宁波）人。明代思想家，“心学”流派重要人物。

1. 何陋轩：王守仁被贬为贵州龙场驿驿丞后，伐木为轩，自建居所，并命名为何陋轩，取《论语》中“君子居之，何陋之有”之意。营：地界。驾：通“架”。楹：柱子。

2. 蛰：惊蛰。出：至春笋破土而出。伏：伏天。隐：指竹的长势暂止。

3. 采齐：又作“采茨”，古乐曲名。肆夏：古之乐章。这句是说风吹翠竹发出的声音如旋律优美的音乐。洙泗：洙水和泗水，流经山东曲阜。《史记·孔子世家》等载，孔子设教洙泗之上，“修诗书礼乐，弟子弥众，至自远方，莫不受业焉”。虞：虞舜。后：诸侯。

4. 屯（zhūn）：困难，挫折。摄：收敛退缩。亨：通达，顺利。

5. 夷：对华夏族之外各族的蔑称。这里指偏远不开化之地。当：适合，确当。守方而弗拘：坚持原则，却不拘板。方：正道。时：适时，合于时。

6. 其交翼翼：与人交往恭敬有礼。其处雍雍：平时闲居和乐从容。匪懈：不懈怠。匪：通“非”。

阳明子曰："嘻！小子之言过矣，而又弗及。夫是四者，何有于我哉？抑学而未能则可云尔耳。昔者夫子不云乎，'汝为君子儒，无为小人儒'，吾之名亭也，则以竹也，人而嫌以君子自名也，将为小人之归矣，而可乎？小子识之。"[7]

【赏析】

古来爱竹的名人，最早当推东晋王徽之。他即使借住在别人家几天，也必令人在住处种上竹子，宣称说"何可一日无此君"。但他并没有讲出为什么一天都离不开竹的原因。倒是后来苏东坡给出了解释："宁可食无肉，不可居无竹。无肉令人瘦，无竹令人俗。人瘦尚可肥，士俗不可医。"可是这解释含糊其词，"无竹"和"士俗"之间究竟存在什么关系呢？王阳明《君子亭记》，则更进一步把其中道理讲清楚了。

竹为"岁寒三友"之一，亦名列"君子四友"，由此可见竹在中国古人心目中的地位，人们在竹的身上寄托了理想化的人格，把它视为"君子"的象征。王阳明被贬贵州龙场驿任驿丞，先自建房屋居住，命名为"何陋轩"；再在轩前建亭，亭四周种竹，然后给亭起名为"君子亭"，并写了这篇《君子亭记》，从四个方面来揭示竹所具备的君子之道：第一，竹的内心谦虚宁静，通达宽容，这是君子的德行；第二，竹的外形坚强正直，枝叶四季常青，这是君子的操守；第三，竹在适合生长的季节里应时而出，在不适合生长的环境中会隐忍潜藏，这是君子的明达；第四，竹在风来时随风起舞，若孔门弟子依乐习礼；在风止时挺然直立，若圣君贤臣庄严肃穆，这是君子的仪容。

---

7. 识（zhì）：记住。

王阳明如此盛赞竹，目的当然是托物言志。所以在文中借门人之口指明他这是夫子自道，他完全具备了这四方面的君子之道：第一，他的内心恭敬正直，宁静淡泊，这不就是君子的德行吗？第二，他现在被贬谪在荒僻之地，却依然恬淡自适，这不就是君子的操守吗？第三，他以前在朝中为官，现在处蛮夷之地，而都能因地制宜，有所作为，这不就是君子的明于时机吗？他不论与人交往还是独处，都外合于礼，内和于心，雍容庄重，气定神闲，这不就是君子的仪容吗？

门人还说，王阳明以“君子”自居，其实从他把自己的住所命名为“何陋轩”就可以看出来了。王阳明则表示，对于君子之道，自己是学而未能，但如果不敢以“君子”自任，恐怕就会成为小人之流了。

如果这篇文章换作是别人所写，难免会被读者讥嘲为自吹自擂。但作者是王守仁，明代影响力最大的哲学流派阳明心学的创立者，在整个中国思想史上都具有崇高的地位，论学问与事功兼具者，在整个明代无人能出其右。当他写这篇文章时，正是他上书言事，得罪宦官，被贬谪于僻远荒蛮的贵州龙场驿，但他不屈服不怨尤，尽管条件艰苦，治学讲学毫不懈怠，竟在此顿悟，开始形成他的心学思想体系。对于这样一位大儒，读此文，我们只有心悦诚服地承认：“君子哉若人！”

项脊轩志

归有光

项脊轩，旧南阁子也。室仅方丈，可容一人居。[1]百年老屋，尘泥渗漉，雨泽下注，每移案，顾视无可置者。[2]又北向，不能得日，日过午已昏。余稍为修葺，使不上漏。[3]前辟四窗，垣墙周庭，以当南日，日影反照，室始洞然。[4]又杂植兰桂竹木于庭，旧时栏楯，亦遂增胜。积书满架，偃仰啸歌，冥然兀坐，万籁有声。[5]而庭阶寂寂，小鸟时来啄食，人至不去。三五之夜，明月半墙，桂影斑驳，风移影动，珊珊可爱。[6]

然余居于此，多可喜，亦多可悲。先是庭中通南北为一；迨诸父异爨，内外多置小门墙，往往而是。[7]东犬西吠，客逾庖而宴，鸡栖于厅。[8]庭中始为篱，已为墙，凡再变矣。[9]家有老妪，尝居于此。[10]妪，先大母婢也，乳二世，先妣抚之甚厚。[11]室西连于中闺，先妣尝一至。妪每谓余曰："某所，而母立于兹。"[12]妪又曰："汝姊在吾怀，呱呱而泣；娘以指叩门扉曰：'儿寒乎？欲

项脊轩：作者的远祖曾居项脊泾，作者以此名书斋，并自称项脊生。

归有光（1506—1571）：字熙甫，号震川。江苏昆山人。明代散文家。

1. 方丈：一丈见方。

2. 渗漉（lù）：（泥土）从孔隙漏下。

3. 修葺（qì）：修补。

4. 垣（yuán）墙周庭：在庭院四周砌上围墙。垣：指砌墙。当：挡住。洞然：透明敞亮。

5. 冥然兀坐：静静端坐。兀坐：端坐。

6. 三五之夜：农历十五的夜晚。

7. 迨（dài）诸父异爨（cuàn）：等到伯、叔们分了家。迨：及。爨：灶，此指生火做饭。往往：到处。

8. 东犬西吠：东边的狗对着西边叫，把原来一个庭院的人当作陌生人。逾（yú）庖（páo）而宴：越过厨房而去吃饭。

9. 凡：总共。再：两次。

10. 老妪（yù）：老年妇女。

11. 先大母：已故的祖母。先妣（bǐ）：已故的母亲。

12. 而：通"尔"，你。

食乎？’吾从板外相为应答……”语未毕，余泣，妪亦泣。余自束发，读书轩中。[13]一日，大母过余曰：“吾儿，久不见若影，何竟日默默在此，大类女郎也？”[14]比去，以手阖门，自语曰：“吾家读书久不效，儿之成，则可待乎！”[15]顷之，持一象笏至，曰：“此吾祖太常公宣德间执此以朝，他日汝当用之！”[16]瞻顾遗迹，如在昨日，令人长号不自禁。

轩东，故尝为厨；人往，从轩前过。余扃牖而居，久之，能以足音辨人。轩凡四遭火，得不焚，殆有神护者。[17]

项脊生曰：“蜀清守丹穴，利甲天下，其后秦皇帝筑女怀清台；刘玄德与曹操争天下，诸葛孔明起陇中。[18]方二人之昧昧于一隅也，世何足以知之，余区区处败屋中，方扬眉瞬目，谓有奇景；人知之者，其谓与坎井之蛙何异？”[19]

余既为此志，后五年，吾妻来归，时至轩中，从余问古事，或凭几学书。[20]吾妻归宁，述诸小妹语曰：“闻姊家有阁子，且何谓阁子也？”[21]其后六年，吾妻死，室坏不修。其后二年，余久卧病无聊，乃使人复葺南阁子，其制稍异于前。然自后余多在外，不常居。[22]

庭有枇杷树，吾妻死之年所手植也，今已亭亭如盖矣。[23]

---

13. 束发：古代男孩15岁后束发为髻。
14. 若：你。竟日：整天。
15. 效：成效，此指得功名。
16. 象笏（hù）：古时大臣朝见君主时持的手板，供指画或记事。太常公：夏昶。永乐（明成祖年号）进士，历官太常寺卿。宣德：明宣宗年号。
17. 扃（jiōng）牖（yǒu）：关窗。殆：恐怕，大概。
18. “蜀清”三句：蜀地一个叫清的寡妇，守住祖传的朱砂矿穴，获利甲于天下，秦皇帝为之建造女怀清台。陇中：当作隆中。
19. 二人：清和孔明。昧昧：暗，此指名望未显。坎井之蛙：比喻见闻短浅之人。
20. 此志：指以上文章。这句以下是后来补写的。来归：嫁到我家来。归：古代女子出嫁。凭几学书：伏在几案上学写字。几：小或矮的桌子。
21. 归宁：出嫁的女儿回娘家省亲。
22. 制：建造的格式和样子。
23. 手植：亲手种植。亭亭如盖：高高挺立，树冠像伞盖一样。

【赏析】

一个八岁丧母、聪明、内向又敏感的男孩如何得到世界的认可和尊重？读书。读书于作者不仅为修身博功名，更是挣得世界温暖注视的方式。自我实现的热望使作者用书房串联起了生命中的喜乐与悲凉。

喜者为何？项脊轩起初狭小、漏雨、晦暗，经作者打造后变得安稳、明亮、雅致。他很有成就感，于是兴致盎然地在这片新天地里安享读书的乐趣，“积书满架，偃仰啸歌，冥然兀坐，万籁有声”。读书掩卷，神思远扬，与书中人同喜同悲，在小屋里神游八荒，感受世间万物灵响。“庭阶寂寂，小鸟时来啄食，人至不去”，欣欣生意中有被信任的惊喜。夜晚，“明月半墙，桂影斑驳，风移影动，珊珊可爱”。作者把生活过成了诗。

然而，项脊轩外的世界难免残酷。曾经“县官印，不如归家信”的家族荣光，曾经“吾家……累世未尝分异”的骄人祖训，如今都已崩塌殆尽。“贪鄙诈戾者往往杂出于其间……无一人知学者……无一人知礼义者。……死不相吊，喜不相庆。入门而私其妻子，出门而诳其父兄。”无仁无义、冷漠自私，这让笃信儒学、欲重振家风的归有光格外痛心疾首。曾经“庭中通南北为一”的宽敞有序，现在却是“墙往往而是”“东犬西吠”“鸡栖于厅”的一片乱象。偌大的家族就在自己眼前倾覆，心中悲愤，只能掩抑。

发愤读书吧，也许能挽救颓势。可以想见少年归有光常被夸赞“读书甚好，有前途”。但对于一个无母的男孩，“儿寒乎？欲食乎”？这样知疼冷热的关怀才真正暖人心扉。无关成就，健康平安，才是来自家人的温暖关怀。然而这对归有光却可望而不可即。勉力支撑、强颜自持才是他生活的常态。此时，他人转述的母亲的体己关爱就像冷风中的一注热流，足以冲破一切坚强外饰，使心中委屈倾泻而出，潸然泪下。

祖母殷切的寄望更牵动人心。小心关门的动作，碎步取来祖先象笏的慈爱，都栩栩如在目前。然而时移世易，祖母对自己的期待仍未实现。急迫、不甘、感念撞击在一起，强烈的情感喷涌而出，“令人长号不自禁”。至此，作者年方十八。含蓄的行文中仍不乏自得，自嘲中也隐隐流露壮志。

最后两段是中年后补入的，与前文相比，哀婉沉痛得多。妻子来归后，两人伉俪情笃，融融乐乐，但四年后，妻子也和母亲、祖母一样离开了自己。“吾妻死，室坏不修”，冷峻的叙述传递了哀莫大于心死的悲痛。之后，作者自己也离开了项脊轩，唯有“枇杷树，吾妻死之年所手植也，今已亭亭如盖矣”。树影婆娑，人何以堪。项脊轩中的喜与悲在明暗间绰绰摇动。心中万般滋味，更与谁人说？

先妣事略

归有光

先妣周孺人，弘治元年二月十一日生。[1]年十六，来归。[2]逾年，生女淑静。淑静者，大姊也。期而生有光；又期而生女、子，殇一人；期而不育者一人。[3]又逾年，生有尚，妊十二月；逾年，生淑顺；一岁，又生有功。

有功之生也，孺人比乳他子加健。然数颦蹙顾诸婢曰："吾为多子苦。"[4]老妪以杯水盛二螺进，曰："饮此后，妊不数矣。"孺人举之尽，喑不能言。[5]

正德八年五月二十三日，孺人卒。[6]诸儿见家人泣，则随之泣，然犹以为母寝也。伤哉！于是家人延画工画，出二子，命之曰："鼻以上画有光，鼻以下画大姊。"[7]以二子肖母也。[8]

孺人讳桂。[9]外曾祖讳明。外祖讳行，太学生。母何氏，世居吴家桥，去县城东南三十里，由千墩浦而南，直桥并小港以东，居人环聚，尽周氏也。外祖与其三兄，皆以赀雄，敦尚简实，与人姁姁说村中语，见子弟甥侄，无不爱。[10]孺人之吴家桥，则治木绵；入城，则缉引纑，灯火荧荧，每至夜分。[11]外祖不二日使人问遗。[12]孺

1. 先妣（bǐ）：亡母。孺人：明代七品以下官职的母亲或妻子的名号。弘治元年：公元1488年。弘治是明孝宗的年号（1488—1505）。
2. 来归：女子嫁到夫家。
3. 期（jī）：一周年。殇：早逝，未成年就死去。
4. 颦（pín）蹙（cù）：皱眉。
5. 喑（yīn）：哑。
6. 正德八年：公元1513年。正德为明武宗年号（1506—1521）。
7. 延：请。
8. 肖（xiào）：像。
9. 讳：古人称已死的尊长之名为"讳"。
10. 姁姁（xù）：和顺的样子。
11. 木绵：即棉花。缉纑（lú）：把麻搓成线，准备织布。纑：麻缕。
12. 问遗（wèi）：问候并赠送物品。

人不忧米盐，乃劳苦若不谋夕。[13]冬月炉火炭屑，使婢子为团，累累曝阶下。室靡弃物，家无闲人。儿女大者攀衣，小者乳抱，手中纫缀不辍。[14]户内洒然。遇僮奴有恩，虽至棰楚，皆不忍有后言。[15]吴家桥岁致鱼蟹饼饵，率人人得食。[16]家中人闻吴家桥人至，皆喜。

有光七岁，与从兄有嘉入学，每阴风细雨，从兄辄留，有光意恋恋，不得留也。孺人中夜觉寝，促有光暗诵《孝经》，即熟读，无一字龃龉，乃喜。[17]孺人卒，母何孺人亦卒。周氏家有羊狗之疴。[18]舅母卒，四姨归顾氏，又卒，死三十人而定。唯外祖与二舅存。

孺人死十一年，大姊归王三接，孺人所许聘者也。十二年，有光补学官弟子，十六年而有妇，孺人所聘者也。[19]期而抱女，抚爱之，益念孺人。中夜与其妇泣，追唯一二，仿佛如昨，余则茫然矣。[20]世乃有无母之人？天乎！痛哉！

【赏析】

母亲离世时，归有光以为母亲只是睡着了。那未及体会的悲伤，渐渐沉入时间之流，融化开来，渗透进生命的每个角落。在不经意的闪光中，忧伤浮现。与母亲定的女子成亲时，自己的女儿出生时，姐姐出嫁时，正读书时……对母亲的依赖和思念时时涌现，在每个想放

---

13. 若不谋夕：好像早上无法谋划晚间的生计；此言母亲仿佛过苦日子一样勤劳持家。
14. 纫缀不辍：缝补不停止。
15. 棰（chuí）楚：杖打。
16. 率：一般。
17. 龃（jǔ）龉（yǔ）：牙齿上下不相合，此指生疏不流畅。
18. 羊狗之疴（kē）：由家畜传染的疾病。
19. 学官弟子：进学，俗称考取秀才。嘉靖四年（1525），归有光以第一名补苏州府学生员，时年十九岁。
20. 追唯：追思。

松、想求助、想分享的时刻，慈爱仁厚、认真严格的母亲如果还在，一定会抚慰教导自己吧。那时自己就可以在母亲温暖的注视下，抖落烦恼，安心地勇往直前了。但现在，只有孤零零的自己，在崩坏的父家、零落的母家踽踽独行。母亲已离世，连她的家族痕迹也在瘟疫中烟消云散。无力感如潮水般涌来。母亲，你在哪里？克制的叙事到最后是痛彻心扉的呼喊：世乃有无母之人，天乎痛哉！

将琐屑的生活细节串成一条无华的细链，“不事雕饰而自有风味”，是归有光散文的特点。文章开篇简述母亲养育儿女的经历，十六岁嫁人，二十六岁死亡，生四子、三女，为多子苦，喝田螺水喑哑后亡。叙述简洁，“无意于感人，而欢愉惨恻之思，溢于言语之外”。作者与母亲面容肖似，这仿佛一种隐秘的连接，让作者安慰，也更怀念。母家的家风是勤俭、温和、不失原则的，“外祖与其三兄皆以赀雄，敦尚简实，与人姁姁说村中语”。在此家风中熏染长大的母亲不愁衣食，却“室靡弃物，家无闲人”。不仅自己勤快，还将一家管理得井井有条，“户内洒然。遇僮奴有恩，虽至棰楚，皆不忍有后言。……家中人闻吴家桥人至，皆喜”。如此众口交赞的可人儿未及盛年就撒手人寰了，连整个温厚的家族也在瘟疫中零落殆尽。不甘、沉痛、惋惜，但作者什么都没有说。克制的叙述看似平淡，但淡中有深味，含蓄深沉的情感涌动在其中。

作者怀念婢女的短文《寒花葬志》也是如此。淡，而深挚动人：

“婢，魏孺人媵也。嘉靖丁酉五月四日死，葬虚丘。事我而不卒，命也夫！婢初媵时，年十岁，垂双鬟，曳深绿布裳。一日，天寒，爇火煮荸荠熟，婢削之盈瓯，予入自外，取食之；婢持去，不与。魏孺人笑之。孺人每令婢倚几旁饭，即饭，目眶冉冉动。孺人又指予以为笑。回思是时，奄忽便已十年。吁，可悲也已！”

报刘一丈书

宗臣

数千里外，得长者时赐一书，以慰长想，即亦甚幸矣。何至更辱馈遗，则不才益将何以报焉？[1]书中情意甚殷，即长者之不忘老父，知老父之念长者深也。[2]

至以“上下相孚，才德称位”语不才，则不才有深感焉。[3]夫才德不称，固自知之矣；至于不孚之病，则尤不才为甚。

且今之所谓孚者何哉？日夕策马候权者之门，门者故不入，则甘言媚词作妇人状，袖金以私之。[4]即门者持刺入，而主人又不即出见；立厩中仆马之间，恶气袭衣袖，即饥寒毒热不可忍，不去也。[5]抵暮，则前所受赠金者出，报客曰：“相公倦，谢客矣！客请明日来！”即明日又不敢不来。夜披衣坐，闻鸡鸣，即起盥栉，走马抵门。[6]门者怒曰：“为谁？”则曰：“昨日之客来。”则又怒曰：“何客之勤也？岂有相公此时出见客乎？”客心耻之，强忍而与言曰：“亡奈何矣！姑容我入！”[7]门者又得所赠金，则起而入之，又立向所立厩中。[8]幸主者出，南面召见，则惊走匍匐阶下。主者曰：“进。”则再拜，故迟不起，起则上所上寿金。[9]主

报：回复。刘一丈：姓刘，排行老大，父辈。书：信。

宗臣（1525—1560）：字子相。江苏兴化人。明代文学史上“后七子”之一。

1. 馈遗（wèi）：赠送礼物。不才：自谦之辞。

2. 殷：深厚。

3. 孚：信任，投合。称（chèn）位：符合职位。

4. 策：马鞭。策马：驾马。故不入：故意不去通报。

5. 刺：名帖。厩（jiù）：马房。

6. 盥（guàn）：洗手。栉（zhì）：梳发。

7. 亡：通“无”。亡奈何：没办法。

8. 向：之前，指前一天。

9. 上：呈上。寿金：礼金。

者故不受，则固请；主者故固不受，则又固请。[10]然后命吏纳之。则又再拜，又故迟不起，起则五六揖始出。出，揖门者曰："官人幸顾我，他日来，幸无阻我也！"[11]门者答揖。大喜奔出，马上遇所交识，即扬鞭语曰："适自相公家来，相公厚我，厚我！"且虚言状。即所交识，亦心畏相公厚之矣。相公又稍稍语人曰："某也贤，某也贤。"闻者亦心许交赞之。此世所谓上下相孚也，长者谓仆能之乎？

前所谓权门者，自岁时伏腊一刺之外，即经年不往也。[12]间道经其门，则亦掩耳闭目，跃马疾走过之，若有所追逐者。[13]斯则仆之褊衷，以此长不见悦于长吏，仆则愈益不顾也。[14]每大言曰："人生有命，吾唯有命，吾唯守分而已。"[15]长者闻之，得无厌其为迂乎？[16]

乡园多故，不能不动客子之愁。至于长者之抱才而困，则又令我怆然有感。天之与先生者甚厚，亡论长者不欲轻弃之，即天意亦不欲长者之轻弃之也。[17]幸宁心哉！

【赏析】

《报刘一丈书》是作者给长者的回信，信中尖锐地讽刺了官场风

---

10. 固：坚持。
11. 幸：希望。顾：照顾。
12. 伏腊：夏伏冬腊，此指过节过年时。
13. 间：偶或。
14. 褊（biǎn）衷：心胸狭隘。见悦：被赏识。
15. 守分（fèn）：谨守本分。
16. 迂（yū）：拘束固执不通人情。
17. 亡论：别说。

气，以漫画的笔触生动地勾勒了门者、客和主人三者的形象。

看门人往往代表了府中的行事风格和价值观。文中门者面对来客“故不入”，收受赏钱后让来客立于马厩中，直至晚上，冷脸赶人。次日一早，客来，门者嫌弃怒斥，收钱后方才放行，然又命客人立马厩中。如此盛气凌人，贪得无厌，可以想见府中主人的行事风格。

可主者是有教养、有地位之人，擅长更含蓄地表现傲慢和贪婪。第一日摆架子不见来客后，第二天面对“寿金”，半推半就、欲擒故纵，看似仪节客气、举止文雅，实则徒增其虚伪而已。受贿后他不鉴察此人的品格能力，便信口雌黄地语人曰：“某也贤，某也贤。”赞语的重复只显出不了解实际的空洞和苍白。

与这般门者和主者打交道并能从中获利的“客”，自然也是一丘之貉。对门者卑颜屈膝，甘词媚言，强颜忍耻。见到主者后则马上“惊走匍匐阶下”，谄媚地奉承巴结主者。一旦送上贿金，就趾高气扬起来，向门者炫耀，“大喜奔出，马上遇所交识，即扬鞭语曰：‘适自相公家来，相公厚我，厚我!’”重复之语生动地刻画了他吹嘘的神情。内心空虚的人，往往遭受过多少冷遇，就要赢回多少虚荣和艳羡。因为他已无能力消化并超越世界加于自己的荣与辱。像失了弹性的弹簧，没了光彩的眼睛，只机械地反射周围的势利和丑陋，并努力成为其中的一环。阿附权势，再利用权势，在谄媚与欺压中找到归属，万劫不复。

作者自己则不同，他“经年不往”权门者，“间道经其门，则亦掩耳闭目……以此长不见悦于长吏，仆则愈益不顾也”。作者坚持不参与龌龊的游戏。现实中，宗臣对腐败朝政的严嵩父子深为不满。嘉靖三十四年（1555）十月，忠臣杨继盛惨遭严嵩迫害，含冤而死，宗臣不顾风险，当场解衣覆尸，为之收殓，慰藉忠魂。他不畏权势、刚正不阿，得到时人敬重。虽三十六岁就不幸离世，但此文章风骨足以流芳百世。

徐文长传

袁宏道

余一夕坐陶太史楼，随意抽架上书，得《阙编》诗一帙。恶楮毛书，烟煤败黑，微有字形。[1]稍就灯间读之，读未数首，不觉惊跃，急呼周望，《阙编》何人作者？[2]今邪古邪？周望曰："此余乡徐文长先生书也。"两人跃起，灯影下读复叫，叫复读。僮仆睡者皆惊起。盖不佞生三十年，而始知海内有文长先生。[3]噫，是何相识之晚也！因以所闻于越人士者，略为次第，为《徐文长传》。

徐渭，字文长，为山阴诸生，声名藉甚。[4]薛公蕙校越时，奇其才，有国士之目。[5]然数奇，屡试辄蹶。[6]中丞胡公宗宪闻之，客诸幕。[7]文长每见，则葛衣乌巾，纵谈天下事。胡公大喜。是时公督数边兵，威振东南，介胄之士，膝语蛇行，不敢举头，而文长以部下一诸生傲之，议者方之刘真长、杜少陵云。[8]会得白鹿，属文长表，表上，永陵喜。[9]公以是益奇之，一切疏记，皆出其手。

徐文长（1521—1593）：徐渭，字文长，号青藤道士。明代画家，在诗文、戏曲等领域亦有相当成就。

袁宏道（1568—1610）：字中郎。湖北公安人。与兄袁宗道、弟袁中道为晚明"公安派"代表人物，时称"三袁"。

1. 恶楮（chǔ）：坏纸。
2. 周望：陶望龄字周望，号石篑，会稽人。
3. 不佞（nìng）：不才，自谦之词。
4. 诸生：明代经过省内各级考试录取入府、州、县学的统称诸生。声名藉甚：名声很大。
5. 薛公蕙：薛蕙，字君采，亳州（今安徽亳州市）人。校越：主管越中考试。国士之目：标举为国士。
6. 数奇（jī）：命运不好。蹶（jué）：挫败。
7. 中丞胡公宗宪：浙江巡抚胡宗宪。
8. 督数边兵：胡宗宪统率江北、浙江、山东、福建、湖广诸军。介胄（zhòu）之士：披甲戴盔之士。膝语蛇行：跪着说话，爬着走路，形容极恭敬惶恐。刘真长：晋朝刘惔，字真长，清谈家，简文帝以上宾礼之。杜少陵：杜甫，在蜀时曾做剑南节度使严武的幕僚。两人皆不屈势位，故以之与徐文长相比。
9. 会得白鹿：恰逢捕得两头白鹿。永陵：明世宗嘉靖皇帝之陵，此指嘉靖皇帝。

文长自负才略，好奇计，谈兵多中，视一世士无可当意者，然竟不偶。[10]文长既已不得志于有司，遂乃放浪曲糵，恣情山水，走齐、鲁、燕、赵之地，穷览朔漠，其所见山崩海立，沙起云行，风鸣树偃，幽谷大都，人物鱼鸟，一切可惊可愕之状，一一皆达之于诗。[11]其胸中又有勃然不可磨灭之气，英雄失路托足无门之悲，故其为诗，如嗔如笑，如水鸣峡，如种出土，如寡妇之夜哭，羁人之寒起。虽其体格时有卑者，然匠心独出，有王者气，非彼巾帼而事人者所敢望也。文有卓识，气沉而法严，不以模拟损才，不以议论伤格，韩、曾之流亚也。[12]文长既雅不与时调合，当时所谓骚坛主盟者，文长皆叱而奴之，故其名不出于越，悲夫！[13]喜作书，笔意奔放如其诗，苍劲中姿媚跃出，欧阳公所谓"妖韶女老自有余态"者也。[14]间以其余，旁溢为花鸟，皆超逸有致。[15]卒以疑杀其继室，下狱论死。[16]张太史元忭力解乃得出。[17]

晚年愤益深，佯狂益甚，显者至门，或拒不纳。[18]时携钱至酒肆，呼下隶与饮。或自持斧击破其头，血流被面，头骨皆折，揉之有声。或以利锥锥其两耳，深入寸余，竟不得死。周望言："晚岁诗文益奇，无刻本，集藏于家。"余同年有官越者，托以抄录，今未至。[19]余所见者，《徐文长集》《阙编》二种而已，然文长竟以不得志于时，抱愤而卒。

---

10. 竟：最终。偶：谐和。
11. 有司：有关部门。徐渭多次科考未中。曲糵（niè）：本为酒母，此指酒。
12. 韩、曾：韩愈、曾巩。流亚：同一类人物。
13. 雅：一向。时调：当时文坛的拟古风气。骚坛：文坛。
14. 妖韶：美艳。
15. 间：有时。余：余力。
16. 卒以疑：最终由于疑心。继室：续娶的妻子。论：判罪。
17. 张元忭：字子荩，山阴人，隆庆进士，官至翰林侍读，故称太史。
18. 晚年愤益深：胡宗宪被处死后，徐渭更加愤激。
19. 同年：同一年科考上榜之人为同年。官越：在越地做官。

石公曰："先生数奇不已，遂为狂疾；狂疾不已，遂为囹圄。[20]古今文人，牢骚困苦，未有若先生者也。虽然，胡公间世豪杰，永陵英主。[21]幕中礼数异等，是胡公知有先生矣；表上，人主悦，是人主知有先生矣。[22]独身未贵耳。先生诗文崛起，一扫近代芜秽之习，百世而下，自有定论，胡为不遇哉？梅客生尝寄余书曰：'文长吾老友，病奇于人，人奇于诗。'[23]余谓文长无之而不奇者也。无之而不奇，斯无之而不奇也，悲夫！"

【赏析】

"半生落魄已成翁，独立书斋啸晚风。笔底明珠无处卖，闲抛闲掷野藤中。"徐渭一生落拓，死后六年，袁宏道读其诗集《阙编》时，却惊骇跃起，叹为奇绝，"跃起，灯影下读复叫，叫复读"，无比倾慕。晚明文人张岱为他编订《徐文长逸稿》，"少喜文长，遂学文长诗"。郑板桥刻印自称"青藤门下走狗"。齐白石诗曰："青藤、雪个（朱耷）远凡胎，缶老（吴昌硕）衰年别有才。我欲九原为走狗，三家门下转轮来。"徐文长的戏剧创作亦得到汤显祖赞美："《四声猿》乃词场飞将，辄为之唱演数通。安得生致文长，自拔其舌。"

如此才华横溢、成就斐然的徐文长，一生却坎坷而传奇。他连考八次举人，未中举。生性狂傲，心气极高，得狂疾，屡次自杀。以利锥锥其双耳，深入寸余，流血如迸，数月才痊愈。次年杀妻，下狱。被称"畸人"。

---

20. 石公：作者的号。囹（líng）圄（yǔ）：监狱。
21. 间世：间隔几世。古称三十年为一世。形容不常有。
22. 礼数异等：胡宗宪聘请徐文长时，文长再三推辞，最后提出要保持宾客地位，故文长在胡幕中，始终受优待。表：指前文《献白鹿表》。
23. 梅客生：梅国桢，字客生，万历进士，官兵部右侍郎。

徐文长的畸，部分源于其个人意志无法张扬的压抑感。徐文长性情激烈，重视个人尊严，即使为人幕僚，也不肯卑颜屈膝，“若欲客某者，当具宾礼，非时辄得出入”。幸运的是，掌管东南沿海兵务的胡宗宪对徐渭青眼有加，“一切疏记，皆出其手”，并对他的狂傲相当宽容，“尝饮一酒楼，有数健儿亦饮其下，不肯留钱。文长密以数字驰公，公立命缚健儿至麾下，皆斩之，一军股栗”。可惜胡宗宪平定浙江倭患后，就因严嵩倒台而受牵连。徐文长从此失去磊落侠气、务实精悍的幕主，而流荡落拓，无依无靠了。其胸中一股勃然不平之气，或以诗，或以画，或以书，或以文，舒解不尽，终成狂疾。然其作品也因其胸中之气而横绝一时，开拓千古。他在文字笔墨中注入强烈的主观情绪，极笔放纵，将内心的激动、痛苦、寂寞、真诚和狂傲不驯表现得淋漓尽致。因而其诗、画、书都充满了刚健酣畅、“出乎己而不由人”的气息。徐文长认为作品“时时露己笔意，始称高手”。对自我的强调使徐文长的作品虽然乖张，但真实、正直、热情，洋溢着真性情、真自我，天趣盎然。这也正暗合了袁宏道提出的性灵说——“独抒性灵，不拘格套”“情真而语直”“非从自己胸臆流出，不肯下笔”。清代提倡“性灵说”的袁枚也因这些异代知音而更富自信。由此可以想见袁宏道初遇徐文长时的击节赞叹之情，这份热烈的赞美弥漫在《徐文长传》的字里行间，使全文虽名为传记，却充满了情感的张力：“其胸中又有勃然不可磨灭之气，英雄失路，托足无门之悲，故其为诗，如嗔，如笑，如水鸣峡，如种出土，如寡妇之夜哭，羁人之寒起。虽其体格时有卑者，然匠心独出，有王者气，非彼巾帼而事人者所敢望也。”

虎丘记

袁宏道

虎丘去城可七八里，其山无高岩邃壑，独以近城故，箫鼓楼船，无日无之。凡月之夜，花之晨，雪之夕，游人往来，纷错如织，而中秋为尤胜。

每至是日，倾城阖户，连臂而至，衣冠士女，下迨蔀屋，莫不靓妆丽服，重茵累席，置酒交衢间。[1]从千人石上至山门，栉比如鳞，檀板丘积，樽罍云泻，远而望之，如雁落平沙，霞铺江上，雷辊电霆，无得而状。[2]

布席之初，唱者千百，声若聚蚊，不可辨识。分曹部署，竞以歌喉相斗，雅俗既陈，妍媸自别。[3]未几而摇手顿足者，得数十人而已。已而明月浮空，石光如练，一切瓦釜，寂然停声，属而和者，才三四辈。[4]一箫，一寸管，一人缓板而歌，竹肉相发，清声亮彻，听者魂销。[5]比至夜深，月影横斜，荇藻凌乱，则箫板亦不复用；一夫登场，四座屏息，音若细发，响彻云际，每度一字，几尽一刻，飞鸟为之徘徊，壮士听而下泪矣。[6]

剑泉深不可测，飞岩如削。[7]千顷云得天池诸山作案，峦壑竞秀，最可觞客。[8]但过午则日光射人，不堪久坐耳。文昌阁亦佳，晚

虎丘：山名，位于苏州西北。相传吴王阖闾葬此，三日后虎踞其上，因称虎丘。

1. 迨（dài）：及，至。蔀（bù）屋：草席为顶的房屋，此谓贫民。交衢（qú）：通路。

2. 千人石：虎丘的平坦大石，据传南朝时高僧道生曾在此说法，有千人列听，故称。栉（zhì）比：密布。檀板：檀木做的歌板。丘：像山丘一样。樽罍（léi）：皆为酒器。雷辊（gǔn）电霆：雷鸣电闪。辊：车轮滚滚声。

3. 分曹部署：分批安排。妍媸（chī）：美丑，此指高下。

4. 属（zhǔ）：跟着。

5. 竹肉：箫管和歌喉。《晋书·孟嘉传》："丝不如竹，竹不如肉。"

6. 荇（xìng）藻：水草，此指月下树影。

7. 剑泉：又称剑池，在千人石下，池水终年不干涸。

8. 千顷云：山名，在虎丘山上。天池：山名，在苏州阊门外三十里。案：几案。觞：请喝酒。

树尤可观。而北为平远堂旧址，空旷无际，仅虞山一点在望。[9]堂废已久，余与江进之谋所以复之，欲祠韦苏州、白乐天诸公于其中；而病寻作，余既乞归，恐进之之兴亦阑矣。[10]山川兴废，信有时哉。

吏吴两载，登虎丘者六。[11]最后与江进之、方子公同登，迟月生公石上。[12]歌者闻令来，皆避匿去。余因谓进之曰："甚矣，乌纱之横，皂隶之俗哉！他日去官，有不听曲此石上者如月。"[13]今余幸得解官，称"吴客"矣，虎丘之月，不知尚识余言否耶？[14]

【赏析】

文章开篇以连续的铺排语句渲染了虎丘歌会热闹繁盛的人间烟火气。"凡月之夜，花之晨，雪之夕"将虎丘的风雅和"无日无之"的热闹揉捏得恰到好处。之后连续的整句都用了比喻和夸张，"栉比如鳞"表现游人之多，"檀板丘积"写出欢歌之盛，"樽罍云泻"渲染了举酒相劝、沉醉山水之兴。"如雁落平沙，霞铺江上"表现人数多、衣饰美，这是静景。"雷辊电霍"则从声响和速度两方面夸张地表现了人来车往的热闹。动静结合，将炫目的色彩、鼎沸的人声、欢腾的场面尽情渲染，气势沛然。

之后的歌会由繁盛而趋于清绝，唱者由最初的千百人减至数十人、三四辈，最后一箫、一寸管、一人，缓板而歌。艺术的精湛在选拔中脱颖而出。月下，众人屏息凝神，一夫登场，"音若细发，响彻

---

9. 虞山：江苏常熟西北。
10. 江进之：名盈科，万历进士。韦苏州、白乐天：唐代诗人韦应物、白居易。寻：不久。
11. 吏吴：在吴县（苏州）做官。
12. 迟月：等候月出。生公石：道生说法之坐石。
13. 乌纱：乌纱帽，指官吏。皂隶：衙门中的差役。如月：以月为证。
14. 识（zhì）：记忆。

云际，每度一字，几尽一刻”。“度”字表现乐音缓缓流淌，却不冗长空洞。歌者将柔肠百转和五味杂陈凝结为一片晶莹纯粹。秋月下，艺术之美由此诞生。这美不仅需要高超的技艺、不俗的品位，“雅俗既陈，妍媸自别”，更需要深挚丰富的情感，“飞鸟为之徘徊，壮士听而下泪”。这段虎丘歌会的描写沿时间推移将意境导向深入。人数每有减少，艺术的境界和趣味便如淬炼般由俗而雅，配器由繁而简，情感也越发饱满而纯粹。艺术的登堂入室在虎丘歌会中清晰展现。

晚游六桥待月记

袁宏道

西湖最盛，为春为月。[1]一日之盛，为朝烟，为夕岚。今岁春雪甚盛，梅花为寒所勒，与杏桃相次开发，尤为奇观。[2]

石箦数为余言："傅金吾园中梅，张功甫玉照堂故物也，急往观之！"[3]余时为桃花所恋，竟不忍去。湖上由断桥至苏堤一带，绿烟红雾，弥漫二十余里。歌吹为风，粉汗为雨，罗纨之盛，多于堤畔之草，艳冶极矣。[4]

然杭人游湖，止午、未、申三时，其实湖光染翠之工，山岚设色之妙，皆在朝日始出，夕舂未下，始极其浓媚。[5]月景尤不可言，花态柳情，山容水意，别是一种趣味。此乐留与山僧、游客受用，安可为俗士道哉！

【赏析】

这篇记游西湖的文章有几个特别之处：

一是这年春天花开的时令较往年特别。通常梅花在早春开放，但今年由于早春下了大雪，天气寒冷，梅花开花的时间竟大大推迟，以

六桥：西湖苏堤上的六座桥，依次为映波桥、锁澜桥、望山桥、压堤桥、东浦桥、跨虹桥。

1. 为春为月：西湖最美的时候是春天与月夜。

2. 勒：抑制。

3. 石箦（kuì）：作者的朋友陶望龄，号石箦。傅金吾：人名。金吾：汉朝主管宫廷宿卫的官员，这里指明朝锦衣卫的官员。张功甫：南宋名将张峻的孙子，玉照堂是其园林。

4. 歌吹为风：美妙的音乐随风飘扬。粉汗为雨：带粉香的汗水如雨流淌，形容游西湖的女子众多。罗纨（wán）：精美的丝织品，这里是指穿着漂亮衣服的人。

5. 午、未、申三时：指午时、未时、申时三个时辰，相当于从上午十一时至下午五时的这一段时间。夕舂（chōng）：夕阳的代称。

至于与杏花、桃花同时。

二是作者赏花的品位比较特别。在友人告知某处有梅，且是南宋遗存之古梅，催促前往观赏时，作者竟流连于苏堤上的桃花。

三是作者的写法比较特别。文章前后都点出一日之中西湖最美的时间是早晨和傍晚，文中却津津乐道于游人最多的午未申之时；题目明明写“待月”，文中却不甚有期待之意。

尽管苏轼早就说过“欲把西湖比西子，淡妆浓抹总相宜”，但文人士大夫还是更喜欢清丽淡雅、绝少游人的西湖，他们把繁花盛开、游人如织的西湖比作开门迎客的娼女，而对一哄而来、一哄而去的游客充满鄙夷。就像张岱游西湖，一定要选游人散尽的时候，或是大雪后湖中人鸟声俱绝的时候。而如果他们要喜欢花，也必须是孤高傲世的梅花，绝不能是大众都喜欢的桃花。

可是袁宏道却毫不掩饰地表示了对桃花的喜爱。的确，“湖上由断桥至苏堤一带，绿烟红雾，弥漫二十余里”，这样的景象是多么美丽！而且，袁宏道对于熙熙攘攘的游客也并不贬斥，反而在他眼中也成为西湖美景的一部分：“歌吹为风，粉汗为雨，罗纨之盛，多于堤畔之草，艳冶极矣。”

袁宏道不惜被人视为俗士，实写了西湖在午未申之时的艳冶之态，因为的确太美了。而“极其浓媚”的晨夕之景，以及“别是一种趣味”月下之景，袁宏道却点到即止，至于有多美，读者还请自己展开想象。

剡溪

王思任

浮曹娥江上，铁面横波，终不快意。[1]将至三界址，江色狎人，渔火村灯，与白月相下上，沙明山静，犬吠声若豹，不自知身在板桐也。[2]昧爽，过清风岭，是溪江交代处，不及一唁贞魂。[3]山高岸束，斐绿叠丹，摇舟听鸟，杳小清绝，每奏一音，则千峦啾答。秋冬之际，想更难为怀。不识吾家子猷，何故兴尽？[4]雪溪无妨子猷，然大不堪戴。[5]文人薄行，往往借他人爽厉心脾，岂其可！[6]

过画图山，是一兰苕盆景。[7]自此万壑相招赴海，如群诸侯敲玉鸣裾。[8]逼折久之，始得豁眼一放地步。山城崖立，晚市人稀，水口有壮台作砥柱，力脱帻往登，凉风大饱。[9]城南百丈桥翼然虹饮，溪逗其下，电流雷语。移舟桥尾，向月碛枕漱取酣，而舟子以为何不傍彼岸，方喃喃怪事我也。[10]

剡（shàn）溪：在浙江嵊州，源出天台山，下流为曹娥江。

王思任（1574—1646）：字季重。山阴人。明清之际文学家。

1. 铁面横波：形容水势汹涌。《绍兴府志》："潮汐之险，亚于钱塘，坍沙陷溺，常为民患，谚曰：'铁面曹娥'。"

2. 三界：以三六九为期的集市，地处上虞、会稽、嵊三县之界。板桐：船。

3. 昧爽：天刚亮。清风岭：嵊县北四十里灵芝乡，悬岩峭壁，下瞰剡溪。交代处：剡溪与曹娥江接流交汇处。贞魂：曹娥庙中精魂。东汉时曹盱失足堕江溺死，其女年十四，昼夜沿江而哭，寻父尸不得，遂投江而死。后人于江畔立曹娥庙，以为纪念。

4. 子猷：王徽之，王羲之第五子。《世说新语》记载："王子猷居山阴，夜大雪，眠觉，开室，命酌酒，四望皎然。因起彷徨，咏左思《招隐诗》。忽忆戴安道。时戴在剡，即便夜乘小舟就之。经宿方至，造门不前而返。人问其故，王曰：'吾本乘兴而行，兴尽而返，何必见戴？'"

5. 大不堪戴：使戴安道很难堪。

6. 爽厉：爽快兴奋。

7. 画图山：今嵊州东北三十里，多怪石。苕（tiáo）：苕草。

8. 敲玉鸣裾：古人尊贵者衣裾佩玉，行动则有声。

9. 帻（zé）：头巾。

10. 碛（qì）：水中沙石。枕漱：枕石漱流。

【赏析】

文中两次引用《世说新语》赞美越中山水的条目。王子敬曰："从山阴道上行，山川自相映发，使人应接不暇。若秋冬之际，尤难为怀。"另一个便是子敬的哥哥王子猷雪夜访戴的故事。

看惯旷莽平原和裸露山石的中原士族来到越中后才知道，世间竟有如此秀美葱茏的天地。他们带着新鲜的眼光，惊奇地赞美这片钟灵毓秀的世界："千岩竞秀，万壑争流，草木蒙笼其上，若云兴霞蔚。"中国的山水诗就此诞生。谢灵运、李白，无数人在这片山水中获得美的启迪、心灵的抚慰。明末文人王思任也不例外。

文字清绝灵秀，只因山水奇秀、心中热爱。作者眼中的剡溪不仅是清绝的风景，还充满了活力和生命，请注意动词："城南百丈桥翼然虹饮，溪逗其下，电流雷语"，"自此万壑相招赴海，如群诸侯敲玉鸣裾"。桥宛若彩虹在溪中饮水，水波逗弄桥墩，群山像高贵的人们簇拥着涌向海边。优雅的桥、活泼的水、动势的山，作者不由自主地与它们玩耍起来，他爬上溪口的高台，"凉风大饱"，又在彩虹桥尾对着明月与沙石枕石漱流，用孩童般的天真烂漫体会剡溪的一切美好，风、空气、流水、驶出峡谷的一瞬间豁然开朗的喜悦。就这样，从白天到黄昏，"我"在剡溪徜徉着。舟子却在一旁喃喃怪"我"总不上岸。对舟子而言，此岸与彼岸、起点与终点就是泛舟的全部意义，至于过程的享受、文人的乐趣，他大约是难以体会的吧？

天都峰

徐弘祖

戊午九月初三日出白岳榔梅庵，至桃源桥，从小桥右下，陡甚，即旧向黄山路也。[1]七十里，宿江村。

初四日十五里，至汤口。[2]五里，至汤寺，浴于汤池。扶杖望硃砂庵而登。十里，上黄泥冈。向时云里诸峰，渐渐透出，亦渐渐落吾杖底。转入石门，越天都之胁而下，则天都、莲花二顶，俱秀出天半。[3]路旁一岐东上，乃昔所未至者，遂前趋直上，几达天都侧。[4]复北上，行石罅中，石峰片片夹起，路宛转石间，塞者凿之，陡者级之，断者架木通之，悬者植梯接之。[5]下瞰峭壑阴森，枫松相间，五色纷披，灿若图绣。因念黄山当生平奇览，而有奇若此，前未一探，兹游快且愧矣！

时夫仆俱阻险行后，余亦停弗上，乃一路奇景，不觉引余独往。[6]既登峰头，一庵翼然，为文殊院，亦余昔年欲登未登者。[7]左天都，右莲花，背倚玉屏风。两峰秀色，俱可手揽。四顾奇峰错列，众壑纵横，真黄山绝胜处！非再至，焉知其奇若此？遇游僧澄源至，兴甚勇。时已过午，奴辈适至。[8]立庵前，指点两峰。庵僧

天都峰：与莲花峰并为黄山主峰。

徐弘祖（1587—1641）：字振之，别号霞客。南直隶江阴（今江苏江阴）人。漫游山水，足迹遍及今华东、华北、西南各地，著有《徐霞客游记》。

1. 戊午：明万历四十六年（1618）。白岳：山名，在黄山西南。旧向黄山路：万历四十四年（1616）作者初游黄山时所走的路。

2. 汤口：汤口镇，黄山南面入口。

3. 越：经过。胁：侧面。

4. 岐：通“歧”，岔路。

5. 石罅（xià）：石缝。陡者级之：陡的地方就凿石级。

6. 行后：走在后面。乃：但。

7. 文殊院：今迎客松、玉屏站附近。

8. 适：刚刚。

谓："天都虽近而无路，莲花可登而路遥，只宜近盼天都，明日登莲顶。"[9]余不从，决意游天都，挟澄源、奴子，仍下峡路。至天都侧，从流石蛇行而上。[10]攀草牵棘，石块丛起则历块，石崖侧削则援崖。[11]每至手足无可着处，澄源必先登垂接。[12]每念上既如此，下何以堪？终亦不顾。历险数次，遂达峰顶。唯一石顶，壁起犹数十丈，澄源寻视其侧，得级，挟予以登，万峰无不下伏，独莲花与抗耳。[13]时浓雾半作半止，每一阵至，则对面不见。眺莲花诸峰，多在雾中。独上天都，予至其前，则雾徙于后；予越其右，则雾出于左。其松犹有曲挺纵横者，柏虽大干如臂，无不平贴石上如苔藓然。山高风巨，雾气去来无定。下盼诸峰，时出为碧峤，时没为银海。[14]再眺山下，则日光晶晶，别一区宇也。日渐暮，遂前其足，手向后据地，坐而下脱，至险绝处，澄源并肩手相接。度险下至山坳，暝色已合。复从峡度栈以上，止文殊院。

【赏析】

冒险、旅行、攀岩，不仅是体力活动，更体现一种精神追求。站在无人之境，开拓新的路线，身体里探索的精魂被激发，突破想象，打开新的可能。手攀星岳，足蹑遐荒，固然危险，但迈过的每一寸土地，攀缘的每一处山岩，都是全新的。开拓的快感，使人走出经验的世界，推开一片新的天地。

---

9. 宜：应当。盼：看。
10. 流石：山谷中被水冲下的石头。
11. 历块：逐个石块一一攀爬。援：拉拽。
12. 垂接：反身接应。
13. 壁起：像墙一样陡立。挟：此指扶持。
14. 峤（qiáo）：尖而高的山。碧峤：满山青翠。银海：云雾弥漫似海。

被开拓的激情鼓荡着，徐霞客从二十二岁开始行走大江南北，直到生命尽头。三十四年间，他披星戴月，风餐露宿，足迹到达广东、广西、贵州、云南、陕西、山东、河北、江浙、河南、湖北、湖南、安徽、江西。他的考察日记被编成《徐霞客游记》数十万字，可谓笔耕不辍。

《游黄山后记》以天都峰开篇，其中我们能感受到徐霞客行走的风格。这是他第二次来到黄山，从南面汤口镇入山，一路都是熟识。看到天都峰旁前所未至的岔路时，他突然兴奋起来，“遂前趋直上，几达天都侧”。“直”“几达”表现了他的激动，身轻如燕，直上山巅。于是迎来文章第一个高潮——石峰“片片夹起”，“峭壑阴森，枫松相间，五色纷披，灿若图绣”。然而他却说“兹游快且愧矣”。“愧”字见出他对所到之处都要穷尽的自我要求。

之后众仆因难而退，但“一路奇景，不觉引余独往”，于是他独上文殊院。而众仆午后方至。其间的抱怨、阻力可以想见，但他卓然独行，奋勇向前，不以为意，于是得到“左天都，右莲花，背倚玉屏风。两峰秀色，俱可手揽。四顾奇峰错列，众壑纵横”的景色回馈。

此时，文殊院的庵僧说天都无路，只宜近盼，以经验之谈谆谆劝导，但充满创造力的人不会被束缚住，他们总能无中生有，探索新的道路。于是“余不从，决意游天都”。何况高手相伴，如虎添翼，于是“挟澄源、奴子，仍下峡路”。但每至手足无可着处，徐霞客也会有所顾虑，“每念上既如此，下何以堪”？但“终亦不顾”。历险数次后，终于登上天都峰，雾海变幻、松如苔藓，奇伟瑰怪非常之观环绕在耳目天地之间，应接不暇。此时已近日暮，于是“前其足，手向后据地，坐而下脱”。这惊险丰富的一天中，徐霞客展现了勇敢不惧、挑战自我的精神。

再游乌龙潭记

谭元春

潭宜澄，林映潭者宜静，筏宜稳，亭阁宜朗，七夕宜星河，七夕之客宜幽适无累。然造物者岂以予为此拘拘者乎？

茅子越中人，家童善篙楫。[1]至中流，风妒之，不得至荷荡。旋近钓矶，系筏垂柳下。雨霏霏湿幔，犹无上岸意。已而雨注下，客七人，姬六人，各持盖立幔中，湿透衣表。风雨一时至，潭不能主。[2]姬惶恐求上，罗袜无所惜。客乃移席新轩。坐未定，雨飞自林端，盘旋不去，声落水上，不尽入潭，而如与潭击。雷忽震，姬人皆掩耳，欲匿至深处。电与雷相后先，电尤奇幻，光煜煜，入水中，深入丈尺，而吸其波光，以上于雨，作金银珠贝影，良久乃已。[3]潭龙窟宅之内，危疑未释。

是时风物倏忽，耳不及于谈笑，视不及于阴森，咫尺相乱。而客之有致者，反以为极畅。乃张灯行酒，稍敌风雨雷电之气。忽一姬昏黑来赴，始知苍茫历乱，已尽为潭所有，亦或即为潭所生，而问之女郎来路，曰不尽然，不亦异乎？[4]

招客者为洞庭吴子凝甫。而冒子伯麟、许子无念、宋子献孺、洪子仲韦，及予与止生为六客，合凝甫而七。

乌龙潭：位于南京清凉山东麓。

谭元春（1586—1637）：字友夏。竟陵（今湖北天门）人。明代文学家，与钟惺同创“竟陵派”。

1. 茅子：茅元仪，字止生。作者的朋友，在乌龙潭边建有一轩，即后文“移其新轩”之“轩”。

2. 主：或为“往”字。

3. 煜煜（yù）：光耀。

4. 不尽然：来路上不都是风雨雷电。

【赏析】

七夕之游，总有浪漫的期待，但老天总能突破人的想象，送上惊奇的礼物，比如一场猝不及防的雷暴，使衣冠士女在狼狈不堪中展露真实的自己。

文章以浪漫的想象开头：潭宜澄，林映潭者宜静，筏宜稳，亭阁宜朗，七夕宜星河，七夕之客宜幽适无累。

初游一切都好。但风雨正层层而至。“至中流，风妒之”，一行人游兴尚浓，系竹筏于垂柳下。随即“雨霏霏”，他们不甘心终结此行，并未上岸。已而“风雨一时至”“湿透衣表”，女士们终于忍不住“惶恐求上”，以致“罗袜无所惜”。此时，雨势来得更猛烈了。

一片狼藉中，清奇的画面出现了。雷暴风雨仿佛实体，“声落水上，如与潭击”。闪电“尤奇幻，光煜煜，入水中，深入丈尺，而吸其波光，以上于雨，作金银珠贝影，良久乃已”。闪电直插入深潭，吸其波光，升腾起与雷雨碰撞出金银珠贝般的光彩。当今声光电效果惊人的科幻大片也不过如此。身临现场的作者一行更是被奇景震惊得瞠目结舌，“耳不及于谈笑”。而此时作者居然还能替潭底深居简出的龙王感到一阵莫名的惊疑懵懂！

浑身湿透后，有人“反以为极畅，乃张灯行酒，稍敌风雨雷电之气”。以淡定优雅的姿态面对生命中不期而至的狼狈，将狼藉化为优美。更令人惊异的是，迟来的女郎说，一路行来，未有此风雷电雨。之前的狼狈郁闷顿时化为独享奇景的乐趣。七夕礼物就这样在预期落空、雷电高潮后翩然而至，“不亦异乎”？

帝京景物略·水尽头

刘侗

观音石阁而西，皆溪，溪皆泉之委；皆石，石皆壁之余。[1]其南岸，皆竹，竹皆溪周而石倚之。燕故难竹，至此，林林亩亩。[2]竹，丈始枝；笋，丈犹箨；竹粉生于节，笋梢出于林，根鞭出于篱，孙大于母。[3]

过隆教寺而又西，闻泉声。泉流长而声短焉，下流平也。花者，渠泉而役乎花；竹者，渠泉而役乎竹；不暇声也。[4]花竹未役，泉犹石泉矣。[5]石罅乱流，众声澌澌，人踏石过，水珠渐衣。[6]小鱼折折石缝间，闻跫音则伏，于苴于沙。[7]杂花水藻，山僧园叟不能名之。草至不可族，客乃斗以花，采采百步耳，互出，半不同者。[8]然春之花尚不敌其秋之柿叶。叶紫紫，实丹丹。风日流美，晓树满星，夕野皆火，香山曰杏，仰山曰梨，寿安山曰柿也。[9]

西上圆通寺，望太和庵前，山中人指指水尽头儿，泉所源也。至则磊磊中两石角如坎，泉盖从中出。鸟树声壮，泉唶唶不可骤闻。[10]坐久，始别，曰："彼鸟声，彼树声，此泉声也。"

《帝京景物略》：刘侗所撰记载明代北京风景名胜、民俗世情的名著。

刘侗（约1594—约1637）：字同人，号格庵。麻城（今湖北麻城）人。明代文学家。

1. 委：水的下流。壁之余：山岩多出来的残余。

2. 燕（yān）故难竹：北京很少见到竹子。林林亩亩：成林成亩，形容竹子众多。

3. 丈犹箨（tuò）：竹笋长到一丈高，笋壳还没有脱落。箨：笋壳，此用作动词。根鞭：竹子根部长出的嫩芽，即笋。孙大于母：老竹根下生出的新竹长得比老竹还要高大。

4. 渠泉而役乎花：指花生长在泉水两边，自然形成水道。

5. 花竹未役：指泉水两边没有花和竹。

6. 渐（jiān）：沾湿，浸湿。

7. 折折（tí tí）：安静而从容地。跫（qióng）音：脚踏地的声音。于苴（chá）于沙：有的小鱼钻到浮草里，有的钻到泥沙里。苴：水中的浮草。

8. 族：种类。这里用作动词，分别种类。采采：不断采集。

9. 晓树满星：早晨，每棵树上都是亮晶晶的，好像布满了星星。

10. 磊磊：石头众多的样子。唶唶：小鸟叫声，比喻泉声较小。

又西上广泉废寺，北半里，五华寺。然而游者瞻卧佛辄返，曰："卧佛无泉。"

【赏析】

这是一篇移步换景的游记。以观音石阁为起点，漫步西行，展现了北京西面山间的风光。

从观音石阁往西，是一片溪水，溪水南岸，是一片竹林。北京一带本不适宜竹的生长，这里却有很大一片，临溪倚石而立，引起了作者很大的兴趣。

再往西，是一道泉水，泉水下游地势平缓，流经花丛竹林，几乎听不到泉水声。循泉上行，渐多乱石，泉水从石间流过，发出各种声音。人从石上走，泉水激石，跳起的水珠会溅到衣服上，石缝间的泉水中有小鱼游动。

一路上杂花野草遍地，种类繁多。但这里风景最美的时候是在秋天，春花不及秋叶，秋天来到，漫山遍野都是紫叶红果，夕照之下，满山如火烧。

再往西到圆通寺、太和庵前，就到了水的尽头，泉源所在。坐在水尽头，泉水声很细微，开始的时候只听到鸟声和树间的风声。坐得久了，各种声音在耳中都清晰起来，便能听得出哪是鸟鸣声，哪是树间风声，哪是泉水声。

王维有诗说："行到水穷处，坐看云起时。"作者这篇文章颇得其趣，行到水尽头，坐而听泉声，乐在其中。

陶庵梦忆·序

张岱

陶庵国破家亡，无所归止。披发入山，駴駴为野人。[1]故旧见之，如毒药猛兽，愕窒不敢与接。作自挽诗，每欲引决，因《石匮书》未成，尚视息人世。[2]然瓶粟屡罄，不能举火。[3]始知首阳二老，直头饿死，不食周粟，还是后人妆点语也。[4]

饥饿之余，好弄笔墨。因思昔人生长王谢，颇事豪华，今日罹此果报：以笠报颅，以蒉报踵，仇簪履也；以衲报裘，以苎报絺，仇轻煖也；以藿报肉，以粝报粻，仇甘旨也；以荐报床，以石报枕，仇温柔也；以绳报枢，以瓮报牖，仇爽垲也；以烟报目，以粪报鼻，仇香艳也；以途报足，以囊报肩，仇舆从也。[5]种种罪案，从种

张岱（1597—1689）：字宗子，又字石公，号陶庵。山阴人。明末清初文学家，著有《陶庵梦忆》《夜航船》等。

1. 駴駴（hài）：通“骇骇”，令人惊异的样子。

2. 《石匮书》：张岱自著的明代史书。

3. 罄：空，净尽。举火：生火做饭。

4. 首阳二老：指伯夷、叔齐。周武王伐纣，二人叩马谏阻。武王灭商后，他们隐于首阳山，不食周粟，采薇而食，最后饿死。直头：竟自，一直。

5. 生长王谢：生长在王、谢这样的家庭里。王谢，指东晋南朝时王氏、谢氏两大高门世族。罹此果报：遭到这样的因果报应。罹：遭受。果报：佛教认为人做了什么样的事，就会得到什么样的后果，称为“果报”，也称“因果报应”。

“以笠”三句：用竹笠作为头的报应，用草鞋作为脚的报应，跟过去穿戴华美冠履相对。蒉（kuì）：草编的筐子，这里指草鞋。踵：脚跟。

“以衲”三句：以衲衣作为穿皮裘的报应，以麻布作为服用细葛布的报应，跟以前又轻又暖的衣服相对。衲：补裰的衣服。裘：皮袍。苎：麻织品。絺（chī）：细葛布。轻煖：轻而温暖，比喻衣服鲜厚。煖：同“暖”。

“以藿”三句：以豆叶作为肉食的报应，以粗粮作为精米的报应，跟以前的美味食品相对。藿：一种野菜。粝（lì）：粗米。粻（zhāng）：好粮米。甘旨：美味的食品。

“以荐”三句：以草垫作为温暖床褥的报应，以石块作为柔软枕头的报应，跟以前享用温暖柔软之物相对。荐：草垫。

“以绳”三句：以绳枢作为优良的门轴的报应，以瓮牖作为明亮的窗户的报应，这是跟以前干燥高爽的居室相对。绳枢：用绳拴门板。瓮牖：用瓦瓮的口做窗户，极言其贫穷之状。爽垲（kǎi）：指明亮干燥的房子。

种果报中见之。

鸡鸣枕上，夜气方回。[6]因想余生平繁华靡丽，过眼皆空，五十年来，总成一梦。今当黍熟黄粱，车旋蚁穴，当作如何消受！[7]遥思往事，忆即书之，持向佛前，一一忏悔。不次岁月，异年谱也；不分门类，别《志林》也。[8]偶拈一则，如游旧径，如见故人，城郭人民，翻用自喜。[9]真所谓"痴人前不得说梦"矣。

昔有西陵脚夫为人担酒，失足破其瓮。念无以偿，痴坐伫想曰："得是梦便好。"一寒士乡试中式，方赴鹿鸣宴，恍然犹意非真，自啮其臂曰："莫是梦否？"[10]一梦耳，唯恐其非梦，又唯恐其是梦，其为痴人则一也。

余今大梦将寤，犹事雕虫，又是一番梦呓。[11]因叹慧业文人，名心难化，政如邯郸梦断，漏尽钟鸣，卢生遗表，犹思摹拓二王，

"以烟"三句：以烟熏作为眼睛的报应，以粪臭作为鼻子的报应，跟以前享受香艳相对。

"以途"三句：以跋涉路途作为脚的报应，以背负行囊作为肩膀的报应，跟以前轿马仆役相对。

6. 鸡鸣枕上：在枕上听见鸡叫。夜气方回：纯洁清静的心境刚刚恢复。孟子认为，人在清明的夜气中一觉醒来，思想未受外界感染，良心易于发现。

7. 黍熟黄粱：一锅黄米煮熟了，指从梦中醒来。典出唐沈既济的《枕中记》。文中卢生在邯郸路上遇见道士吕翁，吕翁给他一个瓷枕，他枕着入睡，梦见自己经历了一生的富贵荣华。在他刚入睡时，店主人正在煮一锅黄黍，醒来时，黄黍还没有煮熟。车旋蚁穴：从蚁穴中返回，亦指从梦中醒来。典出唐李公佐的《南柯太守传》。文中淳于棼梦见自己到大槐安国，与公主结婚，任南柯太守，显赫一时。后与敌战而败，公主亦死，被遣回家。梦醒之后，寻找梦里踪迹，见槐树南枝下有蚁穴，即梦中所历。以上两句指人生如梦，如今自己就要梦醒，即生命结束。

8.《志林》：即《东坡志林》，后人整理苏轼的笔记，分类编辑而成。这里借指一般分类编排的笔记。

9. 城郭人民，翻用自喜：如同见到了昔日的城郭人民，自己反而能因此高兴。典出《搜神后记》，传说汉朝人丁令威学道有成后，变成一只鹤飞回家乡辽东，见到人世已经发生了很大的变化，于是唱道："有鸟有鸟丁令威，去家千年今始归。城郭如故人民非，何不学仙冢累累。"

10. 鹿鸣宴：唐代乡试后，州县长官宴请考中举子的宴会。因宴会时歌《诗经·小雅·鹿鸣》章，故名。明清时于乡试放榜次日，宴请主考以下各官及考中的举人，称鹿鸣宴。

11. 雕虫：这里指写作。

以流传后世。[12]则其名根一点，坚固如佛家舍利，劫火猛烈，犹烧之不失也。[13]

【赏析】

古人似乎喜欢把梦和现实混为一谈。庄周梦蝶，在梦中栩栩然如蝴蝶，醒后以至于疑惑究竟是自己在梦中变作了蝴蝶，还是蝴蝶做梦变成现在的自己。这是把梦当作了现实。苏东坡在他的诗词里反反复复地说“人生如梦”“世事一场大梦”，这是把现实当作了梦。

梦的特点是短暂、虚幻，但身处其中时并不觉得短暂和虚幻。现实的人生在某种情况下也会让人觉得短暂和虚幻，特别是在经历过某些悲欢离合后，再回首时很容易产生强烈的梦幻感。张岱便是这样一个例子。他的前半生恣意游乐，阅尽人间繁华，后半生历经国破家亡，穷困潦倒，晚年时追忆平生，便不由得发出“五十年来，总成一梦”的慨叹。

明朝的灭亡，也是张岱人生的转折点。张岱出生于江南官宦世家，从小生长于温柔富贵乡中，他又是一个极喜享乐的人，举凡天下美食美景，各种音乐曲艺，他都喜欢。然而明朝覆亡，战乱中他家财散尽，隐遁入山，做了遗民，后半生经历了各种艰辛困苦，到了“瓶粟屡罄，不能举火”的程度。他不无戏谑地把后半生的穷困潦倒看作是前半生富贵荣华的报应，是他应该承受的。但他对曾经的“繁华

---

12. 漏尽钟鸣：古代用铜壶滴漏来计时刻，又在天明时打钟报晓。漏尽：即指夜漏将尽。钟鸣：即指天明。“卢生”二句：汤显祖根据《枕中记》改写的戏曲《邯郸记》中，卢生临死时说：“俺的字是钟繇法帖，皇上最所爱重，俺写下一通，也留与大唐作镇世之宝。”二王，指王羲之、王献之。

13. 名根：指产生好名这一思想的根性。

靡丽”终究不能忘怀。于是把像梦一般的红尘往事写下，称为“梦忆”，这些回忆都能让他心生欢喜，“如游旧径，如见故人”。

最后张岱对自己这种行为也哑然失笑了：一边口口声声说着人生如梦，一边却又如此放不下，这是痴人才会做的事。他想到了三个“痴人”对待梦的态度。一个是西陵脚夫，在为人担酒时打破了酒瓮，便希望是在梦中就好了。第二个是考中进士后赴鹿鸣宴的寒士，不敢相信眼前的事实，担心自己身在梦中。第三个是黄粱一梦中的卢生，临终前上遗表时还想着把字写得像王羲之、王献之那样，以流传后世。

张岱觉得自己就像一个痴人一样，前尘如梦，却念念不忘；一场大梦而已，却还希望着名传后世。

不过如能像张岱那样度过一生，充满才情充满精彩，充满大喜大悲，做个痴人又有何不可？

陶庵梦忆·湖心亭看雪

张岱

崇祯五年十二月，余住西湖。大雪三日，湖中人鸟声俱绝。

是日，更定矣，余拏一小舟，拥毳衣炉火，独往湖心亭看雪。[1] 雾凇沆砀，天与云、与山、与水，上下一白；湖上影子，唯长堤一痕、湖心亭一点与余舟一芥、舟中人两三粒而已。[2]

到亭上，有两人铺毡对坐，一童子烧酒，炉正沸。见余，大喜，曰："湖中焉得更有此人！"拉余同饮。余强饮三大白而别。[3] 问其姓氏，是金陵人，客此。

及下船，舟子喃喃曰："莫说相公痴，更有痴似相公者！"[4]

【赏析】

在《西湖七月半》一文中，张岱鄙薄杭州人一向只在白天游西湖："杭人游湖，巳出酉归，避月如仇。"其实那个时候杭州城与西湖还没有接壤起来，一到晚上城门要关闭，因此即使有明月朗照，也绝少有人夜里游湖。如果再赶上连下三天大雪，夜晚的西湖就更无人来了。但张岱偏偏要去。

雪夜的西湖是什么景象呢？"人鸟声俱绝"自是不用说了。四下

---

1. 更定：指初更以后，相当于现在晚上八点左右。拏：通"桡"，撑（船）。毳（cuì）衣：细毛皮衣。毳：鸟兽的细毛。

2. 雾凇沆砀：冰花一片弥漫。雾：从天上下罩湖面的云气。凇：从湖面蒸发的水汽。沆砀：白气弥漫的样子。一芥：一棵小草。这里比喻船像小草一样微小。

3. 三大白：三大杯。

4. 相公：原是对宰相的尊称，后转为对年轻人的敬称及对士人的尊称。痴似：痴于，痴过。痴：本义指不聪慧，这里指对某事物非常着迷。

望去，头上的天空与云，地上的山和水，均是白茫茫一片。湖上只有作者所乘的一叶孤舟，能看到的是高出湖水的苏堤和湖心亭，而再往远处，白雪覆盖之下，西湖与地面的界限已经融为一体。以整个大地为背景，湖上的堤、亭、舟、人都微小不足道。妙在作者只用了几个精巧的量词，就把这种微小感表达了出来，说长堤是“一痕”，湖心亭是“一点”，孤舟是“一芥”，舟中人是“两三粒”。这些在平时看来属于搭配不当的量词，用在此时此处却无比贴切，作者似乎具有了宛如航拍般的视角，为我们呈现出西湖别具一种平时看不到的美感。

而当作者到达湖心亭，出乎意料的是发现那里竟已有人在饮酒赏景了，这又给雪夜中的西湖增添了几多生趣。

兴尽而返，舟子那句“莫说相公痴，更有痴似相公者”，从俗人之眼来看风雅之士，令人忍俊不禁。想来张岱听到这句话时，也必是莞尔一笑吧。

陶庵梦忆·西湖七月半

张岱

西湖七月半，一无可看，止可看看七月半之人。[1]看七月半之人，以五类看之。其一，楼船箫鼓，峨冠盛装，灯火优傒，声光相乱，名为看月而实不见月者，看之；[2]其一，亦船亦楼，名娃闺秀，携及童娈，笑啼杂之，环坐露台，左右盼望，身在月下而实不看月者，看之；[3]其一，亦船亦声歌，名妓闲僧，浅斟低唱，弱管轻丝，竹肉相发，亦在月下，亦看月而欲人看其看月者，看之；[4]其一，不舟不车，不衫不帻，酒醉饭饱，呼群三五，跻入人丛，昭庆、断桥，嘄呼嘈杂，装假醉，唱无腔曲，月亦看，看月者亦看，不看月者亦看，而实无一看者，看之；[5]其一，小船轻幌，净几暖炉，茶铛旋煮，素瓷静递，好友佳人，邀月同坐，或匿影树下，或逃嚣里湖，看月而人不见其看月之态，亦不作意看月者，看之。[6]

杭人游湖，巳出酉归，避月如仇。[7]是夕好名，逐队争出，多犒门军酒钱，轿夫擎燎，列俟岸上。[8]一入舟，速舟子急放断桥，赶入胜会。[9]以故二鼓以前，人声鼓吹，如沸如撼，如魇如呓，如聋如哑。[10]大船小船，一齐凑岸，一无所见，止见篙击篙、舟触舟、肩摩肩、面看面而已。少刻兴尽，官府席散，皂隶喝道去。轿夫叫船

---

1. 七月半：农历七月十五，又称中元节。
2. 峨冠：头戴高冠，指士大夫。优傒（xī）：优伶和仆役。
3. 娃：美女，指歌伎。童娈（luán）：俊美的男童。
4. 弱管轻丝：谓轻柔的管弦音乐。
5. 帻（zé）：头巾。
6. 幌：窗幔。铛（chēng）：温茶、酒的器具。
7. 巳：巳时，约为上午九时至十一时。酉：酉时，约为下午五时至七时。
8. 列俟（sì）：排着队等候。
9. 速：催促。
10. 魇：梦魇，梦中惊悸。如聋如哑：指喧闹中震耳欲聋，自己说话别人听不见。

上人，怖以关门。灯笼火把如列星，一一簇拥而去。岸上人亦逐队赶门，渐稀渐薄，顷刻散尽矣。

吾辈始舣舟近岸。断桥石磴始凉，席其上，呼客纵饮。此时月如镜新磨，山复整妆，湖复颒面。[11]向之浅斟低唱者出，匿影树下者亦出。吾辈往通声气，拉与同坐。韵友来，名妓至，杯箸安，竹肉发。[12]月色苍凉，东方将白，客方散去。吾辈纵舟酣睡于十里荷花之中，香气拍人，清梦甚惬。

【赏析】

张岱在晚明是一贵公子，官宦世家，本是绍兴人，长期寓居杭州。其于西湖，无时节不往，无山水不爱，反复咏唱，见诸诗文，此篇即是其中之一。但此篇开头就说“西湖七月半，一无可看”，七月半正当月圆之夜，七月半的西湖，正是良辰美景，何以“一无可看”？原来这一天恰是中元节，杭州人倾城而出，蜂拥至西湖赏月。在张岱看来，赏月本是清雅幽赏之事，现在西湖人满为患，实在大煞风景。在扰扰攘攘之中，静心赏月已无可能，于是张岱干脆“看看七月半之人”。

在七月半之夜来西湖赏月的人，被张岱分作了五类。第一类是达官贵人，他们乘楼船，携声乐，灯火通明，气势非凡，但他们来此只是宴饮作乐，并不看月；第二类是富贵势家，与家眷高坐于楼船之上，笑语喧闹，左顾右盼，唯独不看天上之月；第三类是附庸风雅之士，邀几个名妓闲僧做伴，边饮酒听曲，边举头赏月，不过这类人更在意让别人看到他们在赏月，故不免刻意作态；第四类是市井闲人，

---

11. 颒（huì）面：洗脸。指湖面恢复平静。
12. 韵友：风雅的友人。竹肉发：指吹笛唱曲。

酒醉饭饱，三五成群，在岸上人群中挤来挤去，口中叫嚷喧闹，眼中无所不看，却“实无一看”，不过看个热闹；第五类则是真正的风雅之士，乘着小船，船上清净整洁，三五好友烹茶品茗，他们对前四类人避之唯恐不及，或藏于树荫之下，或划向安静的内湖，他们才是真正的赏月之人。

这五类人又分别被张岱置入两个场景。前四类人霸占了前半夜的西湖，后半夜的西湖则为第五类人独享。在张岱笔下，七月半的西湖，呈现出两种截然不同的面貌。

在描写前四类人游西湖赏月时，张岱用了漫画的笔法，略带调侃，也还不至于刻薄。他说杭人平时只在白天游湖，不到天黑就回城了，“避月如仇”，而在七月半之夜，却成群结队地出城来到西湖，只为图个赏月的名。一到西湖，这些人就立即奔赴断桥，本应静谧的月夜变得如集市一般热闹，人声鼓吹声嘈杂成一片，“如沸如撼，如魇如呓，如聋如哑”；船与船相挨，人与人相挤，“止见篙击篙，舟触舟，肩摩肩，面看面而已”。可是时间不久，大家便已兴尽，又成群结队地回城去了。这场面真令人忍俊不禁，禁不住想问问他们：“何所闻而来，何所见而去？”

当这些人霸占西湖，西湖自“一无可看”。待这些人散去之后，夜晚恢复了平静，西湖美景才呈现出本来面目。而清雅之士这才从藏身处、偏远处停舟靠岸，得以从容欣赏七月半的西湖月色。在上半夜俗人的搅扰之后，此时天上的圆月如新磨之镜，更觉皎洁明亮；周围的山像美人重新梳妆打扮过，更觉清丽柔媚；湖水似重新浣洗过，更觉明净。清雅之士相聚一起，赏月饮酒，间有丝竹歌唱之声，却不会破坏夜的静谧。直到东方将白，这才兴尽散去。

结尾处作者抒发“纵舟酣睡于十里荷花之中，香气拍人，清梦甚惬”，虽只一句，却是一幅超尘脱俗的画面，可谓曲终奏雅。

柳敬亭说书

张岱

南京柳麻子，黧黑，满面疤瘤，悠悠忽忽，土木形骸，善说书。[1]一日说书一回，定价一两。十日前先送书帕下定，常不得空。[2]南京一时有两行情人：王月生、柳麻子是也。[3]

余听其说景阳冈武松打虎白文，与本传大异。[4]其描写刻画，微入毫发，然又找截干净，并不唠叨。[5]勃夬声如巨钟，说至筋节处，叱咤叫喊，汹汹崩屋。[6]武松到店沽酒，店内无人，蓦地一吼，店中空缸空甓皆瓮瓮有声。闲中著色，细微至此。

主人必屏息静坐，倾耳听之，彼方掉舌。[7]稍见下人呫哔耳语，听者欠伸有倦色，辄不言，故不得强。[8]每至丙夜，拭桌剪灯，素瓷静递，款款言之，其疾徐轻重，吞吐抑扬，入情入理，入筋入骨，摘世上说书之耳，而使之谛听，不怕其不龇舌死也。[9]

柳麻子貌奇丑，然其口角波俏，眼目流利，衣服恬静，直与王月生同其婉娈，故其行情正等。[10]

---

1. 土木形骸：形体像土木一样。比喻人的本来面目，不加修饰。
2. 书帕：指请柬与定金。
3. 行情人：走红的人。
4. 白文：指专说不唱。
5. 找截：找，补充。截，删略。
6. 勃夬（bó guài）：形容声音雄厚而果决。
7. 掉舌：指谈说。
8. 呫（chè）哔：低声细语。欠伸：打哈欠伸懒腰。
9. 丙夜：三更时，即夜十一时至一时。龇（zé）舌：咬舌。
10. 婉娈：柔媚。

【赏析】

晚明的江南经济发达，人文荟萃，城市生活丰富多彩，包括民间曲艺在内的文化艺术在这一阶段得到极大发展，在社会文化的各个领域出现了许多能人异士。张岱的《陶庵梦忆》对此多有记载，例如精于品茗的闵老子、擅长唱曲的王月生、戏剧表演精湛的彭天锡、能与彭天锡并驾齐驱的女伶朱楚生，等等。其中对说书艺人柳敬亭的刻画尤为成功。

张岱写柳敬亭，先写他长得奇丑，脸黑，而且脸上长满了疤，整个人看上去没有一点神气。但就是这样一个人，想听他说书，不仅要价奇高，而且必须提前十日预定，还不一定能预定到。在当时的南京，他的身价可以与王月生比。但王月生是什么人啊，人家是艳冠群芳的艺妓，书画俱精，才艺无双。将这样一个柳麻子和王月生相提并论，就会激起读者的好奇心，也预期到柳敬亭必然有人所不及之处。

果然，张岱接下来写了柳敬亭说《景阳冈武松打虎》，表现出了柳敬亭说书技艺的高妙。虽然只是选了一个片段，“武松到店沽酒，店内无人，蓦地一吼，店中空缸空甓皆瓮瓮有声”，却把柳敬亭说书“描写刻画，微入毫发”的特点展现得淋漓尽致。不仅听柳敬亭说书的人会把那场景在眼前活现出来，我们现在读这段文字，仿佛也看到了武松的神情。

高人有高人的矜持。请柳敬亭说书，必须表现出尊重。如果在他说书的时候有人耳语，或者打哈欠有倦容，他都会停下不讲。这是柳敬亭又一个与众不同之处。

最后再回到柳敬亭的相貌上，指出虽然相貌真的很丑，但神情、气质“直与王月生同其婉娈”。这的确是与众不同的一位说书艺人。

五人墓碑记

张溥

五人者，盖当蓼洲周公之被逮，激于义而死焉者也。[1]至于今，郡之贤士大夫请于当道，即除逆阉废祠之址以葬之，且立石于其墓之门，以旌其所为。[2]呜呼，亦盛矣哉！

夫五人之死，去今之墓而葬焉，其为时止十有一月耳。[3]夫十有一月之中，凡富贵之子，慷慨得志之徒，其疾病而死，死而湮没不足道者，亦已众矣，况草野之无闻者欤？独五人之皦皦，何也？[4]

予犹记周公之被逮，在丁卯三月之望。[5]吾社之行为士先者为之声义，敛赀财以送其行，哭声震动天地。[6]缇骑按剑而前，问："谁为哀者？"[7]众不能堪，抶而仆之。[8]是时以大中丞抚吴者为魏之私人，周公之逮所由使也。[9]吴之民方痛心焉，于是乘其厉声以呵，则噪而相逐。[10]中丞匿于溷藩以免。[11]既而以吴民之乱请于朝，按诛五人，曰颜佩韦、杨念如、马杰、沈扬、周文元，即今之傫然在墓者也。[12]

张溥（pǔ）（1602—1641）：字天如。江苏太仓人。明末"复社"发起人之一。

1. 蓼（liǎo）洲周公：周顺昌，号蓼洲。吴县（今苏州）人。熹宗时被魏忠贤陷害，死于狱中。

2. 郡：吴郡，今苏州。当道：掌权者。除：修整。逆阉：宦官魏忠贤。魏专权时，其党羽在各地为他建生祠，后皆废弃。旌（jīng）：表扬。

3. 去：距离。墓：用作动词，即修墓。

4. 皦皦（jiǎo）：通"皎皎"，光明。

5. 丁卯三月之望：明熹宗天启七年（1627）三月十五日。

6. 吾社：指作者与郡中名士发起的"复社"。行为士先者：行为能做士人表率的人。赀：通"资"。敛赀财：募集钱财。

7. 缇（tí）骑：明代专事侦查、逮治犯人的差役。

8. 抶（chì）而仆之：将其打倒在地。

9. 大中丞：指巡抚毛一鹭。中丞为汉代官名，此指明代放到外省任巡抚的副都御史或佥都御史。

10. 呵：责骂。

11. 溷（hùn）藩：厕所。

12. 傫（lěi）然：聚集的样子。

然五人之当刑也，意气扬扬，呼中丞之名而詈之，谈笑以死。[13]断头置城上，颜色不少变。有贤士大夫发五十金，买五人之脰而函之，卒与尸合。[14]故今之墓中全乎为五人也。

嗟乎！大阉之乱，缙绅而能不易其志者，四海之大，有几人欤？[15]而五人生于编伍之间，素不闻诗书之训，激昂大义，蹈死不顾，亦曷故哉？[16]且矫诏纷出，钩党之捕遍于天下，卒以吾郡之发愤一击，不敢复有株治，大阉亦逡巡畏义，非常之谋难于猝发，待圣人之出而投缳道路，不可谓非五人之力也。[17]

由是观之，则今之高爵显位，一旦抵罪，或脱身以逃，不能容于远近，而又有剪发杜门，佯狂不知所之者，其辱人贱行，视五人之死，轻重固何如哉！[18]是以蓼洲周公忠义暴于朝廷，赠谥美显，荣于身后；而五人亦得以加其土封，列其姓名于大堤之上。[19]凡四方之士，无不有过而拜且泣者，斯固百世之遇也。不然，令五人者保其首领，以老于户牖之下，则尽其天年，人皆得以隶使之，安能屈豪杰之流，扼腕墓道，发其志士之悲哉！[20]故予与同社诸君子，哀斯墓之徒有其石也，而为之记，亦以明死生之大，匹夫之有重于社稷也。

---

13. 詈（lì）：骂。

14. 脰（dòu）：颈，此指头颅。函之：以棺收敛。

15. 缙绅：也作"搢绅"，指搢笏（将笏插于腰带）、垂绅（垂着帽带）的人，即士大夫。

16. 编伍：平民。古代五家平民为一"伍"。曷：何。

17. 矫诏：假托君命颁发的诏令。钩党之捕：搜捕东林党人。钩党：同党。株治：牵连惩治。逡（qūn）巡：欲进不进、迟疑不决的样子。非常之谋：篡夺帝位的阴谋。猝（cù）发：突然发动。待圣人之出而投缳（huán）道路：等到崇祯皇帝即位，（魏忠贤）在路上自缢了。缳：绞索。

18. 抵罪：犯罪应受惩治。抵：当，受。剪发杜门：剃发为僧，闭门不出。

19. 暴（pù）：显露。赠谥美显：指崇祯追谥周顺昌"忠介"。加其土封：增修他们的坟墓。

20. 户牖（yǒu）：门窗，指家里。隶使之：当仆隶一样差使。屈：使屈身倾倒。扼腕墓道：用手握腕表示惋惜。

贤士大夫者，冏卿因之吴公，太史文起文公、孟长姚公也。[21]

【赏析】

明朝天启皇帝十六岁登基，年龄既在幼冲，内心更是鄙暗，一味宠信乳母客氏及太监魏忠贤，致使魏忠贤专权乱政，荼毒天下。朝中正直之臣屡上书弹劾魏忠贤，但天启帝被身边太监蒙蔽，对魏忠贤愈加宠信。魏忠贤由此益发猖獗，连兴大狱，将杨涟、左光斗、魏大中等忠贞之臣下狱，拷打至死，更多反对他的人或被罢职，或被发配，而其党羽则被提拔。无节操的文臣武将也纷纷向魏忠贤献媚投靠，从内阁、六部到各省督抚，几乎遍布他的党羽。魏忠贤一手遮天，朝臣呼其为"九千岁""九千九百岁爷爷"。全国各地官员争相为他建生祠，歌功颂德阿谀奉承之言沸反盈天。这一时期不仅在明朝，甚至在整个中国历史上，都可以说是最黑暗的时期之一。

但正义永远不会绝迹。就在以魏忠贤为首的阉党权势熏天的时候，他们却遭受到了意想不到的反击。天启六年，魏忠贤打算铲除最后的异己力量，继续追治已免职居家的高攀龙、周顺昌等人，命手下将他们逮捕入狱。当周顺昌被逮捕时，苏州的缙绅、市民自发地为周顺昌送行，与魏忠贤的爪牙发生了冲突，打死其中一人，应天巡抚毛一鹭躲进厕所才得以幸免。东厂的密探向魏忠贤报告，使魏忠贤大为惊惧。事后毛一鹭抓捕了颜佩韦、杨念如、马杰、沈扬、周文元等五人，指其为"倡乱者"，将五人处死。

这五位义士，只是五个普普通通的市井中人，他们没有学过四书

---

21. 冏（jiǒng）卿：太仆寺卿，官职名。因之吴公：吴默，字因之。太史：指翰林院修撰。文起文公：文震孟，字文起。孟长姚公：姚希孟，字孟长。

五经，也不会以青史留名自励。然而面对强暴的势力，他们挺身而出；被押赴刑场时，他们意气扬扬，谈笑以死。这是因为他们心中有正义存在，他们知道大义所在，他们知道自己死得其所。五个普通的人，成了五位义士，五位英雄。他们用他们的死，使苏州百姓免受株连，也使魏忠贤不敢再派出爪牙到各地肆无忌惮地抓捕正直的士大夫。

作者张溥，是晚明影响最大的复社的创始人和领袖之一，崇祯朝的名士。复社以继踵重名节的东林党人自任。阉党专权时，东林党人是其重点打击对象。高攀龙等人固然表现出了可歌可泣的气节，但还是有更多士大夫恬不知耻地趋附阉党，士风之败坏让人扼腕。反而是颜佩韦等五人，“生于编伍之间，素不闻诗书之训”，却能够做到“激昂大义，蹈死不顾”，因此获得了张溥等苏州“贤士大夫”由衷的敬佩，也获得了后世人一代代的感念。

狱中上母书

夏完淳

不孝完淳今日死矣！以身殉父，不得以身报母矣。痛自严君见背，两易春秋。[1]冤酷日深，艰辛历尽。本图复见天日，以报大仇，恤死荣生，告成黄土。[2]奈天不佑我，钟虐明朝，一旅才兴，便成齑粉。[3]去年之举，淳已自分必死，谁知不死，死于今日也！斤斤延此二年之命，菽水之养无一日焉。[4]致慈君托迹于空门，生母寄生于别姓，一门漂泊，生不得相依，死不得相问。[5]淳今日又溘然先从九京：不孝之罪，上通于天。[6]

呜呼！双慈在堂，下有妹女，门祚衰薄，终鲜兄弟。[7]淳一死不足惜，哀哀八口，何以为生？虽然，已矣。淳之身，父之所遗；淳之身，君之所用。为父为君，死亦何负于双慈？[8]但慈君推干就湿，教礼习诗，十五年如一日。[9]嫡母慈惠，千古所难。大恩未酬，令人痛绝。慈君托之义融女兄，生母托之昭南女弟。[10]

淳死之后，新妇遗腹得雄，便以为家门之幸；如其不然，万勿

夏完淳（1631—1647）：字存古。松江华亭（今上海松江）人。明末诗人。

1. 严君：对父亲的敬称。见背：去世。

2. 冤酷：冤仇与惨痛。复见天日：指恢复明朝。恤死荣生：使死去的人（指其父）得到抚恤，使活着的人（指其母）得到荣封。告成黄土：向祖先的坟墓祭告。

3. 钟虐明朝：上天的惩罚聚集于明朝。钟：聚集。

4. 斤斤：过分着意。菽水之养：指对父母的供养。

5. 慈君：作者的嫡母。托迹：藏身。空门：佛门。生母：作者生母，是夏允彝的妾。寄生：寄居。

6. 溘（kè）然：忽然。九京：九泉，地下。

7. 门祚（zuò）：家运。鲜（xiǎn）：少。

8. 双慈：嫡母与生母。

9. 推干就湿：把床上干处让给幼儿，自己睡在湿处，指母亲抚育子女的辛劳。

10. 嫡母：妾所生的子女称父亲的正妻为嫡母。义融女兄：作者的姐姐夏淑吉，号义融。昭南女弟：作者的妹妹夏惠吉，号昭南。

置后。[11]会稽大望，至今而零极矣。[12]节义文章，如我父子者几人哉？立一不肖后如西铭先生，为人所诟笑，何如不立之为愈耶？[13]呜呼！大造茫茫，总归无后。[14]有一日中兴再造，则庙食千秋，岂止麦饭豚蹄，不为馁鬼而已哉！[15]若有妄言立后者，淳且与先文忠在冥冥诛殛顽嚚，决不肯舍！[16]

兵戈天地，淳死后，乱且未有定期。双慈善保玉体，无以淳为念。二十年后，淳且与先文忠为北塞之举矣。勿悲勿悲！相托之言，慎勿相负。武功甥将来大器，家事尽以委之。[17]寒食、盂兰，一杯清酒，一盏寒灯，不至作若敖之鬼，则吾愿毕矣！新妇结缡二年，贤孝素著，武功甥好为我善待之，亦武功渭阳情也。[18]语无伦次，将死言善，痛哉痛哉！

人生孰无死，贵得死所耳。父得为忠臣，子得为孝子。含笑归太虚，了我分内事。[19]大道本无生，视身若敝屣。[20]但为气所激，缘

---

11. 新妇：作者称自己的妻子。遗腹：怀孕妇人在丈夫死后所生的孩子。雄：男孩。置后：指抱养别人的孩子为后嗣。

12. 会稽大望：会稽郡望族，指作者自己的夏姓家族。零极：零落到极点。

13. 不肖后：没有才能的后代。西铭先生：张溥，别号西铭。明末文学家。无子，死后由钱谦益等代为立嗣。

14. 大造：造化，指天。

15. 庙食千秋：万古千秋地受人祭祀。庙食：指鬼神在祠庙里享受祭祀。麦饭豚蹄：指简单的祭品。馁（něi）鬼：挨饿的鬼。

16. 文忠：夏允彝死后，南明隆武帝赐谥为“文忠”。冥冥：阴间。诛殛（jí）：诛杀。顽嚚（yín）：愚顽而多言不正的人。

17. 武功甥：作者姐姐夏淑吉的儿子侯檠，字武功。

18. 寒食：这里指清明节，是人们上坟祭祖的时节。盂兰：旧俗的农历七月十五日燃灯祭祀，超度鬼魂，称盂兰盆会。若敖之鬼：没有后嗣按时祭祀的饿鬼。春秋时楚国公族若敖氏在楚国政权中占有重要地位，出身于这一族的令尹子文看到侄子越椒行为不正，担心他会给家族带来灾难，临死前对族人哭着说：“鬼犹求食，若敖氏之鬼，不其馁而。”后若敖氏果然因为越椒叛楚而被灭族。结缡（lí）：古代嫁女的一种仪式，代指成婚。渭阳情：指甥舅之间的情谊。语出《诗经·秦风·渭阳》：“我送舅氏，曰至渭阳。”

19. 太虚：天。

20. 敝屣：破旧的草鞋。

悟天人理。噩梦十七年，报仇在来世。神游天地间，可以无愧矣。

【赏析】

夏完淳是一位早慧的天才。他五岁知五经，七岁能诗文。父亲夏允彝是承东林党之后的几社创始人之一，老师是明末大诗人、东南士林领袖陈子龙。他自幼随父交游的都是如张溥、陈眉公、钱谦益等一代名士。

夏完淳是一位民族英雄。他十四岁时，清兵入关南下，江南地区爆发了一系列可歌可泣的抵抗运动。夏完淳也随父亲、老师起义抗清。义军兵败，父亲、老师先后殉国，完淳被俘，押赴南京，洪承畴亲自劝降，完淳大义凛然，英勇就义。柳亚子曾作诗称赞他："悲歌慷慨千秋血，文采风流一世宗。"

完淳殉国时年方十七，故而洪承畴称他为"童子"，但是他对忠义的承担，对气节的坚持，却是古今多少人都自愧弗如的。在他《狱中上母书》中，我们还能感受到他的凛凛正气。

完淳并非了无牵挂。他的嫡母、生母、妻子和女儿，还有妻子腹中的遗腹子，一门妇孺，还有他的姐姐和妹妹，在他死后，她们将面临怎样的命运？尽管他在信中反复嘱托，细细交代，让姐姐照顾嫡母，妹妹照顾生母，托外甥照顾妻子，可是易代之际，兵荒马乱，他如何放心得下？在另外一封给妻子的信中，他说："呜呼，言至此，肝肠寸断，执笔心酸，对纸泪滴。欲书则一字俱无，欲言则万般难吐。吾死矣！吾死矣！方寸已乱。平生为他人指画了了，今日为夫人一思究竟，便如乱丝积麻。身后之事，一听裁断，我不能道一语也！"他的担忧和悲痛倾诉无遗。

然而君国大义，让完淳必须做此选择。当此山河破碎的大难，反清复明是他的“分内事”。殉节殉国，死得其所。虽然他的内心仍有牵挂，虽然他的内心是不平静的，但他对自己的选择是坚定。一个十七岁的少年，临难之际，视死如归，留下了浩气长歌：

“神游天地间，可以无愧矣！”

芙蕖

李渔

芙蕖与草本诸花，似觉稍异；然有根无树，一岁一生，其性同也。《谱》云：“产于水者曰草芙蓉，产于陆者曰旱莲。”则谓非草本不得矣。予夏季倚此为命者，非故效颦于茂叔，而袭成说于前人也。[1]以芙蕖之可人，其事不一而足，请备述之。[2]

群葩当令时，只在花开之数日，前此后此，皆属过而不问之秋矣。[3]芙蕖则不然，自荷钱出水之日，便为点缀绿波。[4]及其茎叶既生，则又日高日上，日上日妍，有风既作飘飖之态，无风亦呈袅娜之姿，是我于花之未开，先享无穷逸致矣。迨至菡萏成花，娇姿欲滴，后先相继，自夏徂秋，此则在花为分内之事，在人为应得之资者也。[5]及花之既谢，亦可告无罪于主人矣，乃复蒂下生蓬，蓬中结实，亭亭独立，犹似未开之花，与翠叶并擎，不至白露为霜，而能事不已。此皆言其可目者也。

可鼻，则有荷叶之清香，荷花之异馥，避暑而暑为之退，纳凉而凉逐之生。[6]

至其可人之口者，则莲实与藕，皆并列盘餐，而互芬齿颊者也。

只有霜中败叶，零落难堪，似成弃物矣，乃摘而藏之，又备经年裹物之用。

是芙蕖也者，无一时一刻，不适耳目之观；无一物一丝，不备

李渔（1611—1680）：号笠翁。浙江兰溪人。清代文学家，著有《闲情偶寄》《笠翁十种曲》《十二楼》等。

1. 茂叔：北宋哲学家周敦颐的字，周敦颐作有《爱莲说》。
2. 可人：适合人的心意，即称人心意。可：适合。下文“可目”“可鼻”“可人之口”意同。
3. 葩：花。当令：正当（花开的）时令。
4. 荷钱：初生的小荷叶，其状如铜钱。
5. 迨：及，等到。菡萏：即荷花。徂（cú）：往，到。
6. 异馥：异乎寻常的香味。

家常之用者也。有五谷之实，而不有其名；兼百花之长，而各去其短。种植之利，有大于此者乎？

予四命之中，此命为最。无如酷好一生，竟不得半亩方塘为安身立命之地。仅凿斗大一池，植数茎以塞责，又时病其漏，望天乞水以救之。殆所谓不善养生而草菅其命者哉。[7]

【赏析】

李渔在《笠翁偶集·种植部》中说："予有四命，各司一时：春以水仙、兰花为命，夏以莲为命，秋以秋海棠为命，冬以蜡梅为命。"每一季节，他都有爱若性命之花，其中又最爱莲，即本文中所说的"四命之中，此命为最"。自从周敦颐《爱莲说》后，莲花以其"出淤泥而不染，濯清涟而不妖"被赋予了君子人格。但李渔并非东施效颦，他对莲的爱有他自己的理由，大概也是这个原因，他刻意用了莲的另一个名字——芙蕖。

李渔自始至终没有把"莲"也就是"芙蕖"人格化，他竟是从实用的角度来写芙蕖，但又别有意趣，并不给人以功利主义的印象。

他爱芙蕖，是因为芙蕖自身的种种属性"可人"——称他的心意。首先，芙蕖"可目"，看上去非常美。而且其他的花只是在开花的那几天引人注意，花开前和花谢后就不再有人观赏了。芙蕖则不同，刚刚长出水面如铜钱大小时，就点缀绿波，长大长高以后，身姿娇娆，"有风既作飘飖之态，无风亦呈袅娜之姿"；花开之时，其花娇艳，而且花期很长，从夏天延续到秋天；等到花谢以后，花蒂下长

---

7. 茎：根，株。塞责：对自己应负的责任敷衍了事。病其漏：以水池向地下渗水为病。殆：大概。草菅其命：待芙蕖如野草。

出莲蓬，亭亭独立，又像未开之花。

除了“可目”之外，荷叶的清香和荷花的馥郁还“可鼻”，莲子和莲藕还“可口”，即便到了最后荷叶枯败，也可以收藏起来，用来包裹东西。

这篇文章处处从实用主义角度入手，在作者眼中，看到的不是“可远观而不可亵玩”的高冷的莲花，而是“无一时一刻不适耳目之观，无一物一丝不备家常之用”的芙蕖，清雅可爱又不失亲切。结尾处讲自己虽酷好一生却无力广种，只能凿一个水池种上几株，而且还要乞望雨水来使它们成活。遗憾与自责之情溢于言表，更显出他对芙蕖是真爱。

口技

林嗣环

京中有善口技者。会宾客大宴，于厅事之东北角，施八尺屏障，口技人坐屏障中，一桌、一椅、一扇、一抚尺而已。[1]众宾团坐。少顷，但闻屏障中抚尺一下，满座寂然，无敢哗者。

遥闻深巷中犬吠，便有妇人惊觉欠伸，摇其夫语猥亵事，夫呓语，初不甚应，妇摇之不止，则二人语渐间杂，床又从中戛戛。既而儿醒，大啼，夫令妇抚儿乳，儿含乳啼，妇拍而呜之。[2]夫起溺，妇亦抱儿起溺。床上又一大儿醒，狺狺不止。当是时，妇手拍儿声，口中呜声，儿含乳啼声，大儿初醒声，床声，夫叱大儿声，溺瓶中声，溺桶中声，一齐凑发，众妙毕备。满座宾客，无不伸颈侧目，微笑默叹，以为妙绝也。[3]

既而夫上床寝。妇又呼大儿溺，毕，都上床寝。小儿亦渐欲睡。夫齁声起，妇拍儿亦渐拍渐止。微闻有鼠作作索索，盆器倾侧，妇梦中咳嗽之声。宾客意少舒，稍稍正坐。

忽一人大呼："火起！"夫起大呼，妇亦起大呼。两儿齐哭。俄而百千人大呼，百千儿哭，百千犬吠。中间力拉崩倒之声，火爆声，呼呼风声，百千齐作；又夹百千求救声，曳屋许许声，抢夺声，泼水声。[4]凡所应有，无所不有。虽人有百手，手有百指，不能指其一端；人有百口，口有百舌，不能名其一处也。[5]于是宾客无不

林嗣环（1607—约1662）：字铁崖。福建晋江人。顺治朝进士，清代文学家。本文录自《虞初新志》，沿袭、改动金圣叹批《水浒传》第六十五回批语而成。

1. 厅事：大厅，客厅。抚尺：艺人表演用的道具，也叫"醒木"。

2. 乳：用作动词，喂奶。呜：轻声哼唱着哄小孩入睡。

3. 侧目：侧着头看，形容听得入神。

4. 中间（jiàn）：其中夹杂着。间：夹杂。力拉崩倒：噼里啪啦，房屋倒塌。力拉：拟声词。许许（hǔ hǔ）：拟声词，呼喊声。

5. 虽：即使。

变色离席，奋袖出臂，两股战战，几欲先走。[6]

而忽然抚尺一下，众响毕绝。撤屏视之，一人、一桌、一椅、一扇、一抚尺而已。

【赏析】

一次精彩绝伦的口技表演，被作者绘声绘色地记录了下来。至今读之，仍有身临其境的感觉。

文章开头，先写口技表演的准备，道具非常简单，一道八尺屏障、一张桌子、一张椅子、一把扇子、一把抚尺，仅此而已。屏障把表演者与听众隔开，听众围坐在屏障外，对表演者只闻其声，不见其人。

表演开始。口技人并不单纯地模仿各种声音，而是用声音表现了一个场景，一个一家人在深夜中渐次醒来的场景。先是妻子被深巷中的狗吠声惊醒，然后唤醒丈夫，不久小儿子醒来大哭，妻子给小儿子喂奶，最后大儿子被吵醒，不满地发出抱怨声。所有这些声音“一齐凑发，众妙毕备”。满堂宾客都听得入了神，以为“妙绝”。

一阵热闹后，一家人又先后睡去。这是表演的第二阶段，夜晚恢复了安静，不过这安静不是一片死寂，仍然能听到轻微的响声，这其中包括丈夫的鼾声、妻子的咳嗽声，还有老鼠活动的声音。刚才全神贯注的宾客，这时候也稍稍得以放松。

紧接着的第三个阶段，则是表演的真正高潮，呈现了一个深夜失火的场景。夫妻二人再次被“火起”的呼喊声惊醒，也跟着呼喊起来，两个孩子被吓醒大哭。越来越多的人被惊醒，越来越多的呼喊声、孩子的哭声还有狗吠声，其中还夹杂着大火燃烧的各种声音，包

---

6. 股：大腿。

括东西崩倒的声音、火中爆裂的声音、呼呼的风声；又有人的求救声，以及为了救火拉倒房屋的声音、抢夺的声音、泼水的声音。总之，一场火灾中应该有的声音都有了。没人会相信这仅仅是屏风后面的一个口技表演者能发出来的，于是宾客都误以为是真的发生了火灾，全都变了脸色，离开座位，就要向外奔逃。就在此时，突然间抚尺一拍，所有声音都消失了，表演戛然而止。撤去屏障，还是那个口技表演者和那几样简单的道具。真是令人叹为观止。

游钓台记

郑日奎

钓台在浙东，汉严先生隐处也。[1]先生风节，辉映千古，予夙慕之。[2]因忆富春桐江诸山水，得藉先生以传，心奇甚，思得一游为快。[3]顾是役也，奉檄北上，草草行道中耳，非游也。[4]然以为游，则亦游矣。

舟发自常山，由衢抵严，凡三百余里，山水皆有可观。[5]第目之所及，未暇问名，颔之而已，唯诫舟子以过七里滩必予告。[6]越日，舟行万山中，忽睹云陆双峰，崭然秀峙，觉有异，急呼舟子曰："若非钓台耶？"[7]曰："然矣。"舟稍近，迫视之。所云两台，实两峰也。台称之者，后人为之也。台东西跱，相距可数百步，石铁色，陡起江干，数百仞不肯止。[8]巉岩傲睨，如高士并立，风致岸然。[9]崖际草木，亦作严冷状。树多松，疏疏罗植，偃仰离奇各有态；倒影水中，又有如游龙百余，水流波动，势欲飞起。峰之下，先生祠堂在焉。意当日垂纶，应在是地，固无登峰求鱼之理也。[10]故曰："峰也，而台称之者，后人为之也。"

山既奇秀，境复幽蒨。[11]欲舣舟以登，而舟子固持不可，不能

郑日奎（1631—1673）：字次公，号静庵。贵溪（今属江西）人。清代文学家。

1. 严先生：严光，字子陵。东汉初会稽余姚（今属浙江）人。

2. 夙（sù）：平素。

3. 忆：想到。富春、桐江：从新安江到桐庐一段叫桐江，从桐庐到钱塘江一段叫富春江，富春江侧为严光游钓处。藉：凭借。

4. 奉檄（xí）：奉命。檄：檄文，古代官府文书。

5. 常山：今浙江常山县。衢（qú）：衢州。严：严州。常山县属衢州府，桐庐县属严州府。

6. 第：只是。颔（hàn）之而已：点头表示赞美罢了。七里滩：一名七里濑，严光垂钓处。

7. 崭然：高峻的样子。秀峙：挺秀对立。

8. 跱（zhì）：同"峙"，耸立。江干：江边。

9. 巉（chán）岩傲睨（nì）：险峻的山峰傲然斜视。岸然：高傲庄严的样子。

10. 垂纶：放线钓鱼。

11. 蒨（qiàn）：草盛青葱。

强。[12]因致礼焉，遂行；于是足不及游而目游之。俯仰间，清风徐来，无名之香，四山飔至，则鼻游之。[13]舟子谓滩水甚佳，试之良然，盖是即陆羽所品十九泉也；则舌游之。[14]顷之，帆行峰转，瞻望不及矣。返坐舟中，细择其峰峦起止，径路出没之态，惝恍间，如舍舟登陆，如披草寻磴，如振衣最高处，下瞰群山趋列，或秀静如文，或雄拔如武，大似云台诸将相，非不杰然卓立，觉视先生，悉在下风；盖神游之矣。[15]思微倦，隐几卧，而空蒙滴沥之状，竟与魂魄往来；于是乎并以梦游，觉而日之夕矣。[16]舟泊前渚，人稍定，呼舟子，劳以酒，细询之曰："若尝登钓台乎？山之中景若何？其上更有异否？四际云物，何如奇也？"舟子具能答之，于是并以耳游。噫噫！快矣哉，是游乎！[17]

客或笑谓："郑子足未出舟中一步，游于何有？""嗟乎！客不闻乎！昔宗少文卧游五岳，孙兴公遥赋天台，皆未尝身历其地。余今所得，较诸二子，不多乎哉！故曰，以为游，则亦游矣！"[18]客曰："微子言，不及此；虽然，少文之画，兴公之文，盍处一焉，以谢山灵！"[19]余窃愧未之逮也，遂为之记。[20]

---

12. 舣（yǐ）舟：停船靠岸。

13. 飔：风。

14. 陆羽：字鸿渐，竟陵（今湖北天门）人，唐代著名隐士，嗜茶，著《茶经》三篇。

15. 择：或当作"绎"，寻究。惝（chǎng）恍：迷迷糊糊。披：分开。磴（dèng）：石阶。云台诸将相：东汉开国功臣二十八人，明帝永平三年（60）绘其像于云台，世称云台二十八将。悉在下风：谓云台诸将不及严光。

16. 隐几：靠着几案。

17. 渚（zhǔ）：水中小块陆地。

18. 宗少文：宗炳，字少文。南朝宋南阳人。晚年病居江陵，将所游山水画于壁上，曰"唯当澄怀观道，卧以游之"。五岳：东岳泰山，西岳华山，南岳衡山，北岳恒山，中岳嵩山。孙兴公：东晋名士，名绰，字兴公。太原人。居会稽。《游天台山赋》自序云："……余所以驰神运思，昼咏宵兴，俯仰之间，若已再升者也。"

19. 微子言，不及此：如果不是您的叙述，我没想到这里。盍处一焉：何不画一幅画，或者写篇文章。

20. 逮：及。

【赏析】

“目游、鼻游、耳游、神游”，作者足未出舟中一步，却能自得其乐，用感官和想象游览，在物我合冥中把握此地精神，获得天人合一的乐趣。

这是在自娱自乐吗？不尽然。作者在钓台驻足的片刻，置身于峰顶吹来的风中，山间草木微涩而清新的气息弥散开来，舟边的江水清澈醇厚，足以泡茶。一切都秀美、舒适、心旷神怡，自然兴发人无尽的神游和想象。

更重要的是，钓台是严光隐居之所。作者仰慕严光，“先生风节，辉映千古，予夙慕之”，因而即使公务安排紧张繁忙，也要到钓台一游。

严光，字子陵。《后汉书·逸民列传》记载他少有高名，曾与东汉开国的光武帝刘秀同游学。及光武即位，严光变姓名，隐身不见。光武帝思其贤，到处寻访。齐人上报：一男子披羊裘钓泽中。帝遣使三请而至京城。司徒侯霸与严光是旧识，得知严光来京，马上派人送信表示自己想立即登门造访，只是无法早退，晚上来问候。严光投札于送信人，口授曰：“您身居高位，怀仁辅义天下都高兴，阿谀顺旨那可要身首异处了。”侯霸收到回信，交给光武帝。帝笑曰：“还是那么狂啊。”当日便至严光住处。光卧不起，帝至其卧室，抚光腹曰：“咄咄子陵，不肯相帮做点事吗？”严光睡着不说话，过了很久，才睁眼，说：“以前唐尧那样显著的品德，巢父、许由听说要被授予官职都要去洗耳朵。人各有志，何以强迫？”帝曰：“我最终不能使你让步吗？”于是上车离开。又请严光到宫里，说往事，共处数日。有次问严光：“我比过去如何？”严光答：“陛下比过去稍稍有点变化。”然后一起睡卧，严光把脚压在光武帝的肚子上。次日太史奏告，客星冲犯帝座。光武帝笑着说：“我的老朋友严子陵与我睡在一起罢了。”之后，严光隐居富春山，八十岁寿终正寝。

严光清醒地知道，功名的获得，会使生活被权贵牵引，难免被动。与之相比，严光更珍视自己的独立和自由，自行胸怀，不愿为势要牵引。对皇帝也无畏无求，甚至“加足帝腹上”。如此独立的人格、洞察的智慧、仁厚的品格，博得了君主的尊重，甚至维护。但更了不起的是，他并不索求这些。他的独立是自在自足的，不外求，无牢骚。这般境界使人们在千年以后想见其人，仍然敬慕不已。范仲淹就曾盛赞曰：“云山苍苍，江水泱泱，先生之风，山高水长。”

因此，作者虽然匆匆行船，不能登钓台一游，“然以为游，则亦游矣”。作者感受到的是严光的精神——自在。不高慢，不做作，平易、逍遥，享受世间美好，安适自得。因而即使足未出舟中一步，作者也能在双峰秀峙中感知傲岸，在清风山香间感知满足，在游鱼水波中感知洒脱，在局促的游历中感知精神的自由。

醉书斋记

郑日奎

于堂左洁一室，为书斋，明窗素壁，泊如也。[1]设几二，一陈笔墨，一置香炉、茗碗之属。竹床一，坐以之；木榻一，卧以之。书架书筒各四，古今籍在焉。琴、磬、麈尾诸什物，亦杂置左右。[2]

甫晨起，即科头拂案上尘，注水砚中，研墨及丹铅，饱饮墨以俟。[3]随意抽书一帙，据坐批阅之。顷至会心处，则朱墨淋漓渍纸上，字大半为之隐。有时或歌或叹，或笑或泣，或怒骂，或闷欲绝，或大叫称快，或咄咄诧异，或卧而思，起而狂走。家人瞷见者，悉骇愕，罔测所指，乃窃相议，俟稍定，始散去。婢子送酒茗来，都不省取。[4]或误触之，倾湿书册辄怒而责，后乃不复持至。逾时或犹未食，无敢前请者。唯内子时映帘窥余，得间始进，曰："日午矣，可以饭乎？"[5]余应诺。内子出，复忘之矣。羹炙皆寒，更温以俟者数四。及就食，仍挟一册与俱，且啖且阅，羹炙虽寒，或且变味，亦不觉也。至或误以双箸乱点所阅书，良久始悟非笔，而内子及婢辈罔不窃笑者。[6]夜坐漏常午，顾童侍，无人在侧。俄而鼾震左右，起视之，皆烂漫睡地上矣。

客或访余者，刺已入，值余方校书，不遽见。[7]客伺久，辄大怒诟，或索取原刺，余亦不知也。盖余性既严急，家中人启事不以时，即叱出，而事之紧缓不更问，以故仓卒不得白。[8]而家中盐米诸

---

1. 泊如：淡泊的样子。
2. 麈（zhǔ）尾：用兽的尾毛做的拂尘，六朝人清谈时常用。
3. 甫：才。科头：不戴帽子。丹铅：朱砂和铅粉，朱笔书写，铅粉涂改。
4. 瞷：窥见。罔：无。省：记得。
5. 内子：妻子。
6. 箸（zhù）：筷子。
7. 刺：名片。遽：迅速。
8. 以时：合于时机。白：禀告。

琐物，皆内子主之，颇有序。余是以无所顾虑，而嗜益僻。

他日忽自悔，谋立誓戒之，商于内子。内子笑曰："君无效刘伶断饮法，只赚余酒脯，补五脏劳耶？吾亦唯坐视君沉湎耳，不能赞成君谋。"[9]余倘然久之，因思余于书，诚洵不异伶于酒，正恐旋誓且旋畔；且为文字饮，不犹愈于红裙耶？[10]遂笑应之曰："如卿言，亦复佳。但为李白妇、太常妻不易耳！"[11]乃不复立戒，而采其语意以名吾斋，曰"醉书"。

【赏析】

香炉上的烟淡淡地散开去，书生斟一盏茶，徐徐摊开书卷。书斋雅洁，书生磨墨注书，琴瑟在御，莫不静好。

清雅的书斋描写后，画风陡然一变。作者以漫画的笔触表现了自己痴迷于书、全然自我的生活。"有时或歌或叹，或笑或泣，或怒骂，或闷欲绝，或大叫称快，或咄咄诧异，或卧而思，起而狂走。"完全沉浸在书的世界里，与书中人同笑同哭，或为书中所言拍案叫绝。此番画面读书人想必并不陌生，《项脊轩志》有云"借书满架，偃仰啸歌，冥然兀坐，万籁有声"。但作者更特立独行，家人"悉骇愕"，他仍我行我素。婢女送来酒菜，他也不记得吃，自己不小心弄翻了，还怒责婢女，以致无人敢来。妻子只能亲自伺机送菜，即便如

---

9. 刘伶：晋代名士，字伯伦。嗜酒，常醉如烂泥，有次向妻子要酒喝，妻子毁酒器，劝他戒酒。他说行啊，但要向鬼神发誓。妻子连忙备酒肉祭拜，刘伶却跪下祈祷说："天生刘伶，以酒为名。一饮一斛，五斗解酲。妇人之言，慎不可听！"仍饮酒吃肉，大醉。

10. 倘然：惊疑的样子。诚洵：确实。旋誓且旋畔：刚发誓就违背。不犹愈于红裙耶：不是比沉溺女色好吗？

11. 李白妇：李白《赠内》诗："三百六十日，日日醉如泥。虽为李白妇，何异太常妻。"太常妻：东汉周泽为太常，经常卧病斋宫，其妻看望，他大怒，以妻子干犯斋禁，竟送交诏狱谢罪。时人讥讽说："生世不谐，作太常妻。一岁三百六十日，三百五十九日斋。"

此，作者也还是常常忘记，“或且变味，亦不觉也”。或以筷子当笔点书，妻子婢女无不窃笑。夜间四顾以为无人，竟不知童子已烂漫席地而睡。这些迂态可掬的有趣细节，正、侧面描写的穿插都充分勾勒出作者为书废寝忘食、不顾念家人，却毫不自知的形象。读书人往往将爱读书视作高级的嗜好，仿佛因此就拥有了某种特权，能超越嗜好本身的局限。于是沉迷在书的世界中不可自拔，薄家人而厚于书，轻来客而重于书，越发孤僻，还自以为是。

某日，作者突然“自悔，谋立誓戒之”。聪明的妻子赞成他的幡然醒悟，却又担心他重蹈覆辙，于是以刘伶醉酒讽谏。妻子并不反对他读书爱书，只是希望他在个人爱好和尊重家人、参与生活之间做到良好的平衡。作者细味了贤妻的良苦用心后，便以“醉书”为斋名，提醒自己，感念妻子，并以自嘲的幽默感和勇气写下本文。

梅花岭记

全祖望

顺治二年乙酉四月，江都围急。[1]督相史忠烈公知势不可为，集诸将而语之曰："吾誓与城为殉，然仓皇中不可落于敌人之手以死，谁为我临期成此大节者？"副将军史德威慨然任之。忠烈喜曰："吾尚未有子，汝当以同姓为吾后。吾上书太夫人，谱汝诸孙中。"[2]

二十五日城陷，忠烈拔刀自裁，诸将果争前抱持之，忠烈大呼德威，德威流涕不能执刃，遂为诸将所拥而行，至小东门，大兵如林而至。马副使鸣騄、任太守民育及诸将刘都督肇基等皆死。忠烈乃瞠目曰："我史阁部也。"[3]被执至南门，和硕豫亲王以"先生"呼之，劝之降。[4]忠烈大骂而死。初，忠烈遗言："我死，当葬梅花岭上。"至是，德威求公之骨不可得，乃以衣冠葬之。

或曰："城之破也，有亲见忠烈青衣乌帽，乘白马，出天宁门投江死者，未尝殒于城中也。"自有是言，大江南北，遂谓忠烈未死。已而英、霍山师大起，皆托忠烈之名，仿佛陈涉之称项燕。[5]吴中孙公兆奎以起兵不克，执至白下。[6]经略洪承畴与之有旧，问曰："先生在兵间，审知故扬州阁部史公果死耶，抑未死耶？"[7]孙

全祖望（1705—1755）：字绍衣，号谢山。浙江宁波人。清代史学家。

1. 顺治二年乙酉：1645年。乙酉为干支纪年。江都：今江苏扬州。

2. 史忠烈公：史可法。"忠烈"是史可法死后谥号。谱：家谱。此处用为动词，写入家谱。

3. 阁部：史可法为内阁大学士，故自称"阁部"。

4. 和硕豫亲王：即多铎，清军攻打江南的主帅。

5. 英、霍山师大起：指1648—1649年间爆发于英山、霍山（均在今安徽省）的抗清起义，义军以史可法名义号召人民，聚众数千。陈涉之称项燕：项燕为楚国大将，在秦攻灭楚之战中战败自杀。陈涉在楚地起义时，以项燕的名义号召楚人。

6. 白下：南京在历史上的别称。

7. 洪承畴：本为明朝大臣，督师辽东时与清军在松山作战，战败被俘，投降清朝。初时明朝君臣以为洪承畴殉国，崇祯曾设坛祭奠。审知：确实知道。

公答曰："经略从北来，审知故松山殉难督师洪公果死耶，抑未死耶？"承畴大恚，急呼麾下驱出斩之。[8]

呜呼！神仙诡诞之说，谓颜太师以兵解，文少保亦以悟大光明法蝉蜕，实未尝死。[9]不知忠义者圣贤家法，其气浩然，常留天地之间，何必出世入世之面目？[10]神仙之说，所谓为蛇画足。即如忠烈遗骸，不可问矣。百年而后，予登岭上，与客述忠烈遗言，无不泪下如雨，想见当日围城光景。此即忠烈之面目，宛然可遇，是不必问其果解脱否也，而况冒其未死之名者哉！

墓旁有丹徒钱烈女之冢，亦以乙酉在扬，凡五死而得绝，特告其父母火之，无留骨秽地，扬人葬之于此。[11]江右王猷定、关中黄遵岩、粤东屈大均为作传铭哀词。

顾尚有未尽表章者：予闻忠烈兄弟自翰林可程下，尚有数人，其后皆来江都省墓。[12]适英、霍山师败，捕得冒称忠烈者，大将发至江都，令史氏男女来认之。忠烈之第八弟已亡，其夫人年少有色，守节，亦出视之。大将艳其色，欲强娶之，夫人自裁而死。时以其出于大将之所逼也，莫敢为之表章者。忠烈尝恨可程在北，当易姓之间，不能仗节，出疏纠之。岂知身后乃有弟妇以女子而踵兄公之余烈乎！[13]梅花如雪，芳香不染，异日有作忠烈祠者，副使诸公谅在从祀之列，当另为别室以祀夫人，附以烈女一辈也。

---

8. 恚：恨，恼羞成怒。

9. 颜太师以兵解：颜太师即颜真卿，被叛将杀害，死后有尸解成仙的传说。兵解：借死于兵刃而脱离躯壳成仙。文少保亦以悟大光明法蝉蜕：文少保即文天祥，传说他死后在狱中被人授大光明法而超脱于生死。蝉蜕：蝉脱离外壳，比喻人脱离肉身而成道。

10. 出世：成仙。入世：在人间。

11. 丹徒：今江苏镇江。钱烈女：名淑贤，清军攻破扬州时殉城。凡五死而得绝：钱氏女先后以自刎、自焚、上吊、服毒等方式并最终求得一死。

12. 可程：史可法弟。中进士后入翰林院，曾归附李自成，后又降清，不久南归。史可法曾上书朝廷，要求惩处其弟。

13. 踵：追随。兄公：妻子称丈夫之兄为"兄公"。

【赏析】

“时穷节乃见”。当清兵大举南下，进围扬州，镇守扬州的史可法清楚地意识到了大厦将倾，无力回天。崇祯自杀后，在南京即位的弘光皇帝昏聩颟顸，贪淫无德，奸党马士英、阮大铖把持朝政，排斥异己，引起驻守武汉的左良玉兵变，马士英不顾清兵南下，将江北明军调回防御。史可法以阁臣督师，出镇淮扬，却受到马士英掣肘分权。清兵势如破竹，兵临城下。史可法自知国事糜烂至此，已不可为，自己唯有以身殉国。

全祖望这篇《梅花岭记》写史公殉国，只写了两个细节。一是城陷之前，史可法从容委托副将史德威，令他助自己全节；一是城陷之后，史可法欲自杀而为诸将所阻，被清兵所围后坦然自呼自己身份，慷慨就义。寥寥数笔，勾勒出了史可法的忠烈精神。

史公的忠烈精神，在当时就产生了巨大的感召力。人们不愿意史可法死，就有了史公未死的传言，各地抗清队伍都纷纷假托史公之名。但全祖望对于这传言并不以为然，把它和颜真卿、文天祥殉节后出现的所谓兵解说、蝉蜕说都视为画蛇添足之举。他认为这些忠义之士的精神长存于天地之间，不必假借神仙之说，自能不朽。

全祖望还记载了另外一些忠烈之士，有扬州城破之日战死的副使马鸣騄、太守任民育以及都督刘肇基等。全祖望还特别提到了两位女子，一位也是扬州城破之日自尽殉节的钱烈女，她的墓亦在梅花岭下、史公墓旁。另一位是史公的弟媳，也是为保全名节自裁而死。

梅花岭其实并不是真正的山岭，而是很小的一座土丘，梅花遍植，年年花开如雪。岭下史公墓犹在，受到一代代后人的瞻仰追慕。史公的忠烈精神，更将永远受到人们的景仰。

八大山人传

陈鼎

八大山人，明宁藩宗室，号人屋。[1]“人屋”者，“广厦万间”之意也。性孤介，颖异绝伦。[2]八岁即能诗，善书法，工篆刻，尤精绘事。尝写菡萏一枝，半开池中，败叶离披，横斜水面，生意勃然；张堂中，如清风徐来，香气常满室。[3]又画龙，丈幅间蜿蜒升降，欲飞欲动；若使叶公见之，亦必大叫惊走也。善诙谐，喜议论，娓娓不倦。常倾倒四座。父某，亦工书画，名噪江右，然喑哑不能言。[4]

甲申国亡，父随卒。[5]人屋承父志，亦喑哑。左右承事者，皆语以目；合则颔之，否则摇头。对宾客寒暄以手，听人言古今事，心会处，则哑然笑。如是十余年，遂弃家为僧，自号曰“雪个”。未几病颠，初则伏地呜咽，已而仰天大笑，笑已，忽趺踔踊跃，叫号痛哭。[6]或鼓腹高歌，或混舞于市，一日之间，颠态百出。市人恶其扰，醉之酒，则颠止。岁余，病间，更号曰“个山”。[7]既而自摩其顶曰：“吾为僧矣，何不以驴名？”遂更号曰“个山驴”。数年，妻子俱死。或谓之曰：“斩先人祀，非所以为人后也，子无畏乎？”[8]个山驴遂慨然蓄发谋妻子，号“八大山人”。其言曰：“八

陈鼎（1650—？）：字定九，号鹤沙，晚号铁肩道人。江阴（今江苏江阴）人。清代学者。

1. 宁藩宗室：朱元璋第十七子朱权被封为宁王，明成祖时将其封地迁至江西南昌。八大山人朱耷是其后裔。

2. 孤介：耿直方正，不随流俗。颖异：聪慧过人。

3. 离披：衰残凋敝。

4. 喑哑：哑巴，口不能言。

5. 甲申国亡：指1644年明朝灭亡。

6. 未几：不久。病颠：患了癫病，精神失常。趺踔：跳跃前进。

7. 病间（jiàn）：病愈。

8. 斩先人祀：断绝祖先的祭祀，指无后。斩：绝。

大者，四方四隅，皆我为大，而无大于我也。”

山人既嗜酒，无他好。人爱其笔墨，多置酒招之，预设墨汁数升，纸若干幅于座右。醉后见之，则欣然泼墨广幅间，或洒以敝帚，涂以败冠，盈纸肮脏，不可以目。然后捉笔渲染，或成山林，或成丘壑，花鸟竹石，无不入妙。如爱书，则攘臂搦管，狂叫大呼，洋洋洒洒，数十幅立就。[9]醒时，欲求其片纸只字不可得，虽陈黄金百镒于前，勿顾也，颠如此。

外史氏曰：“山人果颠也乎哉？何其笔墨雄豪也？余尝阅山人诗画，大有唐宋人气魄。[10]至于书法，则胎骨于晋、魏矣。问其乡人，皆曰得之醉后。呜呼！其醉可及也，其颠不可及也。”

【赏析】

这篇文章为我们描画了一位痛苦的艺术家八大山人——朱耷。天才的艺术家往往与痛苦有不解之缘，有的被贫困匮乏的生活所折磨，有的因探求生命的意义而苦恼，有的为超前的艺术创造不被时人理解而孤独。而朱耷的痛苦首先来自亡国之悲。朱耷是明朝宗室，明朝的灭亡对他的生活和心理都产生了巨大的冲击。易代之后，一方面他不愿与新朝合作，另一方面又不能因为明显的对抗态度而招来杀身之祸。

他先是“喑哑”，十余年不再说话。然后出家为僧，一种弃绝人事的姿态。接着他发了疯——“病颠”。我们现在已无从知道，他的发疯在多大程度上是真疯在多大程度上是装疯。从商纣王时代箕子佯

9. 攘臂：捋起袖子，露出胳膊。搦（nùo）管：拿起毛笔。
10. 外史氏：指不是正式的史官，记录稗官野史的人。

狂为奴算起，为了躲避政治迫害而装疯，在中国古代是有悠久历史的。他的疯癫，更像是内心的痛苦长久积郁后的爆发，大哭大笑，大吼大叫，公共场合歌之舞之，“一日之间，颠态百出”。

疯癫，让他在现实中给自己涂上了保护色—— 他可以尽情地宣泄内心的悲愤抑郁，有谁会和一个疯子认真呢？疯癫，也让他在艺术上有了惊世骇俗的突破。诚然，朱耷天生就是一个艺术家，他“八岁即能诗，善书法，工篆刻，尤精绘事”。他未疯之前画的荷花挂在堂上，就能给人“清风徐来，香气常满室”的感觉；他画的龙，就有“欲飞欲动”的态势。但是他的疯癫，让他突破了艺术上的种种常规，成为艺术史上的独一无二。

陈鼎的用意不是评价朱耷在艺术史上有多伟大，他更注意朱耷的性情，他写朱耷醉后见纸笔便会欣然泼墨，狂呼大叫，数十幅立就；而醒时，即便以黄金百镒相求也略不相顾。

这就是痛苦的艺术家，病态的天才，就像他画作中的鸟，翻起白眼瞪着你。

祭妹文

袁枚

乾隆丁亥冬，葬三妹素文于上元之羊山，而奠以文曰：[1]

呜呼！汝生于浙而葬于斯，离吾乡七百里矣。[2]当时虽觭梦幻想，宁知此为归骨所耶？[3]

汝以一念之贞，遇人仳离，致孤危托落，虽命之所存，天实为之；然而累汝至此者，未尝非予之过也。[4]予幼从先生授经，汝差肩而坐，爱听古人节义事；一旦长成，遽躬蹈之。[5]呜呼！使汝不识《诗》《书》，或未必艰贞若是。

予捉蟋蟀，汝奋臂出其间；岁寒虫僵，同临其穴。[6]今予殓汝葬汝，而当日之情形，憬然赴目。[7]予九岁，憩书斋，汝梳双髻，披单缣来，温《缁衣》一章；适先生奓户入，闻两童子音琅琅然，不觉莞尔，连呼则则，此七月望日事也。[8]汝在九原，当分明记之。[9]予

袁枚（1716—1798）：字子才，号简斋，又号随园老人。钱塘（今浙江杭州）人。清代诗人。主要著作有《小仓山房文集》《随园诗话》《随园食单》《子不语》等。

1. 乾隆：清高宗爱新觉罗·弘历的年号（1736—1795）。丁亥：纪年的干支。乾隆丁亥：公元1767年。素文（1719—1759）：袁枚三妹，名机，字素文，别号青琳居士。上元：旧县名，今属江苏南京。

2. 吾乡：浙江钱塘（今杭州）。

3. 觭（jī）梦：殷人占梦之法。

4. 一念之贞：素文幼许如皋高氏，及长，高氏子顽劣无行，素文恪守从一而终的礼教，不听劝阻，与高氏子成婚。婚后备受折磨，袁父怒而讼之官，迎素文归，依母兄而居。仳（pǐ）离：《诗经·王风·中谷有蓷》："有女仳离，嘅其叹矣"，指女子遭离弃。托落：落拓，零落无依。

5. 差（cī）肩：挨着肩。遽（jù）躬蹈：就亲身实践。

6. 僵：死。同临其穴：同到掩埋死蟋蟀的土坑边。

7. 憬然赴目：清楚地来到眼前，历历在目。

8. 单缣（jiān）：细绢制成的单衣。《缁衣》：《诗经·郑风》篇名。适：刚好。奓（zhà）户：开门。莞（wǎn）尔：微笑。语出《论语·阳货》："夫子莞尔而笑。"则则：犹"啧啧"，赞叹声。望日：十五日。

9. 九原：春秋时晋国卿大夫的墓地，后泛指墓地。

弱冠粤行，汝掎裳悲恸。[10]逾三年，予披宫锦还家，汝从东厢扶案出，一家瞠视而笑，不记语从何起，大概说长安登科、函使报信迟早云尔。[11]凡此琐琐，虽为陈迹，然我一日未死，则一日不能忘。旧事填膺，思之凄梗，如影历历，逼取便逝。[12]悔当时不将嫛婗情状，罗缕纪存；然而汝已不在人间，则虽年光倒流，儿时可再，而亦无与为证印者矣。[13]

汝之义绝高氏而归也，堂上阿奶，仗汝扶持；家中文墨，眣汝办治。[14]尝谓女流中最少明经义、谙雅故者；汝嫂非不婉嫕，而于此微缺然。[15]故自汝归后，虽为汝悲，实为予喜。予又长汝四岁，或人间长者先亡，可将身后托汝；而不谓汝之先予以去也！

前年予病，汝终宵刺探，减一分则喜，增一分则忧。[16]后虽小差，犹尚殗殜，无所娱遣，汝来床前，为说稗官野史可喜可愕之事，聊资一欢。[17]呜呼！今而后，吾将再病，教从何处呼汝耶？

汝之疾也，予信医言无害，远吊扬州，汝又虑戚吾心，阻人走报。[18]及至绵惙已极，阿奶问："望兄归否？"强应曰："诺。"已予先一日梦汝来诀，心知不祥，飞舟渡江。果予以未时还家，而汝以辰时气绝；[19]四支犹温，一目未瞑，盖犹忍死待予也。呜呼痛

---

10. 弱冠（guàn）：二十岁。袁枚二十一岁到广西探望叔父袁鸿（字健磐）。掎（jǐ）裳：拉住衣服。

11. 宫锦：唐人进士及第后，披宫锦袍，赐宴。袁枚于乾隆三年（1738）登进士科，告假归娶。长安：汉唐旧都（今西安），此指都城。

12. 填膺（yīng）：充满胸怀。

13. 嫛（yī）婗（ní）：婴儿，此指儿时。罗缕（lǚ）纪存：排列记录保存。

14. 阿奶：袁枚的母亲章氏。眣（shùn）：用眼色示意。

15. 婉嫕（yì）：柔顺。

16. 刺探：打听，探望。

17. 差：通"瘥"（chài），病愈。殗（yè）殜（dié）：小病。稗（bài）官：西周掌管收录街谈巷议的官职。

18. 吊：凭吊，游览。

19. 绵惙（chuò）：病危。未时：下午一时至三时。辰时：上午七时至九时。

哉！早知诀汝，则予岂肯远游？即游，亦尚有几许心中言要汝知闻，共汝筹画也。而今已矣！除吾死外，当无见期。吾又不知何日死，可以见汝；而死后之有知无知，与得见不得见，又卒难明也。然则抱此无涯之憾，天乎，人乎，而竟已乎！

汝之诗，吾已付梓；汝之女，吾已代嫁；汝之生平，吾已作传；唯汝之窀穸，尚未谋耳。[20]先茔在杭，江广河深，势难归葬，故请母命而宁汝于斯，便祭扫也。[21]其旁葬汝女阿印，其下两冢，一为阿爷侍者朱氏，一为阿兄侍者陶氏。[22]羊山旷渺，南望原隰，西望栖霞，风雨晨昏，羁魂有伴，当不孤寂。[23]所怜者，吾自戊寅年读汝《哭侄诗》后，至今无男；两女牙牙，生汝死后，才周晬耳。[24]予虽亲在未敢言老，而齿危发秃，暗里自知，知在人间，尚复几日？[25]阿品远官河南，亦无子女，九族无可继者。[26]汝死我葬，我死谁埋？汝倘有灵，可能告我？

呜呼！生前既不可想，身后又不可知；哭汝既不闻汝言，奠汝又不见汝食。纸灰飞扬，朔风野大，阿兄归矣，犹屡屡回头望汝也。呜呼哀哉！呜呼哀哉！

【赏析】

亲人的离世使埋藏在记忆深处的碎片纷纷涌上心头。那些曾让人

---

20. 付梓（zǐ）：付印。梓：树名，印刷书籍用的雕板。窀（zhūn）穸（xī）：墓穴。
21. 先茔（yíng）：先坟。宁汝于斯：使你在这里得到安宁，即落葬于此地。
22. 阿印：素文女，病瘖哑。冢（zhǒng）：坟墓。阿爷：父亲。侍者：妾。
23. 原隰（xí）：高平曰原，低湿曰隰。栖霞：山名，一名摄山，在南京市东。羁（jī）魂：飘荡在他乡的魂魄。
24.《哭侄诗》：袁枚于乾隆二十三年（1758）丧子。周晬（zuì）：周岁。
25. 亲在未敢言老：语出《礼记·坊记》：“子云：‘父母在，不称老。’”
26. 阿品远官河南：袁枚的堂弟袁树，小名阿品，由进士任河南正阳县县令。

感动、愧疚、后悔的瞬间井喷似的络绎奔涌而来，无法招架。像是一种自我折磨，明知越回忆越忧伤，却忍不住还会去想，仿佛要用回忆来填补亲人离世的空白，在精神上感知他们依然存在。

年轻者的突然死亡，直指生命最深刻的悲剧。鲁迅说：“悲剧是将人生的有价值的东西毁灭给人看。”越是美好生命的消逝，越显出命运的残酷和悲哀。于是不甘、痛心，总想找人来承担责任，也许是别人，也许是自己。《祭妹文》开头，袁枚痛心地回忆童年时给妹妹讲古人节义故事的时光。如果自己当年不讲，妹妹还会从一而终，不听劝阻地嫁给顽劣无行的高氏子吗？如果没有这场悲剧的婚姻，她会遭遇这场突如其来的死亡吗？但是，生命没有如果。如果不是青梅竹马时的兄妹情，就不会有这篇感人至深的祭文。如果没有那些节义故事，妹妹就不是那个知书达礼，让嫂嫂相形见绌的文雅妹妹。妹妹幼时的认真，长大后的宛妙，回家后的贤惠，哥哥病时的温暖，这美好的一切都宛然仍在眼前。但她已经不在了！毫无防备，没有来由。命运残忍地剥夺人间如此无辜善良的美好，这种毫无道理的毁灭让人恐慌。平稳的生活、秩序和希望都被截断了。像一场战争、一阵飓风、一次毁灭性的地震，充满强烈的不安全感。所以祭文最后，作者对未来充满了忧惧，“亦无子女，九族无可继者。汝死我葬，我死谁埋？汝倘有灵，可能告我”，声声呐喊，痛彻心扉！

但生活还在继续。人们最终会在琐碎稳定、细水长流的生活中重拾信心、勇气和希望，在明暗的交织中继续生活下去。妹妹过世后几年，袁枚实现了妹妹的遗愿，为家族添了男丁，而阿品也后继有人。不管发生什么，生活都还在继续，没有比它更古老的过去，没有比它更高远的未来。

左忠毅公逸事

方苞

先君子尝言，乡先辈左忠毅公视学京畿，一日，风雪严寒，从数骑出微行，入古寺，庑下一生伏案卧，文方成草；公阅毕，即解貂覆生，为掩户。[1]叩之寺僧，则史公可法也。[2]及试，吏呼名至史公，公瞿然注视，呈卷，即面署第一。[3]召入，使拜夫人，曰："吾诸儿碌碌，他日继吾志事，唯此生耳！"

及左公下厂狱，史朝夕狱门外；逆阉防伺甚严，虽家仆不得近。[4]久之闻左公被炮烙，旦夕且死；持五十金，涕泣谋于禁卒，卒感焉。[5]一日使史更敝衣，草屦，背筐，手长镵，为除不洁者，引入，微指左公处，则席地倚墙而坐，面额焦烂不可辨，左膝以下，筋骨尽脱矣。[6]史前跪，抱公膝而呜咽。公辨其声，而目不可开，乃奋臂以指拨眦，目光如炬，怒曰："庸奴，此何地也？而汝来前！国家之事，糜烂至此。老夫已矣，汝复轻身而昧大义，天下事谁可支柱者！不速去，无俟奸人构陷，吾今即扑杀汝。"[7]因摸地上刑械，作投击势。史噤不敢发声，趋而出。后常流涕述其事以语人，

左忠毅公：左光斗（1575—1625），字遗直。明万历进士，因弹劾阉党魏忠贤下狱死，后追谥忠毅。

方苞（1668—1749）：字凤九，号灵皋，晚号望溪。桐城（今安徽桐城）人。"桐城派"创始人。

1. 先君子：作者对其已过世的父亲方仲舒的称呼。京畿：都城及其附近。从：使跟从。微行：穿平民衣服出行。庑：廊下小屋。解貂：脱下貂皮裘。

2. 史可法：字宪之。祥符（今河南开封）人。镇守扬州抵抗清军南下，城破殉难。

3. 瞿然：惊视的样子。面署第一：当面批为第一名。

4. 厂狱：明代特务机关东厂所设的监狱。

5. 炮烙：用烧红的铁来炙烧犯人。卒感焉：狱吏被史可法感动了。

6. 草屦（jù）：穿草鞋。长镵（chán）：一种长柄的掘土工具。为除不洁者：装作打扫垃圾的人。

7. 眦（zì）：眼眶。俟：等。构陷：制造流言加以陷害。

曰："吾师肺肝，皆铁石所铸造也！"

崇祯末，流贼张献忠出没蕲、黄、潜、桐间。[8]史公以凤庐道奉檄守御。[9]每有警，辄数月不就寝，使将士更休，而自坐幄幕外。择健卒十人，令二人蹲踞而背倚之，漏鼓移，则番代。[10]每寒夜起立，振衣裳，甲上冰霜迸落，铿然有声。或劝以少休，公曰："吾上恐负朝廷，下恐愧吾师也。"

史公治兵，往来桐城，必躬造左公第，候太公、太母起居，拜夫人于堂上。[11]

余宗老涂山，左公甥也，与先君子善，谓狱中语乃亲得之于史公云。[12]

【赏析】

在奸佞当道的晚明，东林党人左光斗刚正直言，因弹劾魏忠贤而被陷下狱。狱中的左光斗"被炮烙，旦夕且死""面额焦烂不可辨，左膝以下，筋骨尽脱矣"。然而他并未委顿求饶，反而勇毅刚强，怒斥前来探监的爱徒"轻身而昧大义，天下事谁可支柱者"，责备中更有护爱寄望，为避免爱徒多愁善感，左公甚至"摸地上刑械，作投击势"。在狱中被折磨得"目不可开"，但左公依然刚正不屈，"奋臂以指拨眦，目光如炬"。如此意志坚定、忠肝义胆、以国为先的人，不由得人不肃然起敬。

左公不畏强权，对人才却倍加爱护。国家用人之际，左公不畏风

8. 张献忠：明末起义者。蕲（qí）、黄、潜、桐：今湖北蕲春、黄冈，安徽潜山、桐城。
9. 道：明清分一省为若干道，长官称道员。凤庐道：凤阳府、庐州府的长官。
10. 番代：轮流代替。
11. 躬造：亲临。第：府第。太公太母：左光斗的父母。
12. 宗老：同一宗族的老前辈。涂山：方苞族祖父的号，名文。

雪，微服出行，看到苦学而文章斐然的史可法，他体贴地“解貂覆生，为掩户”，并果断提拔，“呈卷，即面署第一”，用盛赞来鼓励、期许史可法，“使拜夫人，曰：‘吾诸儿碌碌，他日继吾志事，唯此生耳！’”

左忠毅公最终冤死狱中，为国捐躯，但他坚贞自持的节操、爱才爱国的气度在史可法身上得到延续。史公刚健有为的带兵风格、“上恐负朝廷，下恐愧吾师”的责任感、对先师家属的礼敬，都是对左师教诲的深深回报。文章至此，借彼写此，借史可法写左忠毅公的精神传承完满收结。

全文细节生动，富于文学性，文题又为“逸事”，似小说家言，因而作者在末段以严谨的态度交代史料由来，以映衬左忠毅公令人肃然起敬的人格魅力。

方苞是“桐城派”创始人，提倡“言有物，言有序”的“义法说”，行文风格严谨雅洁，《左忠毅公逸事》正是其最著名的代表作。

己亥六月重过扬州记

龚自珍

居礼曹，客有过者曰：“卿知今日之扬州乎？读鲍照《芜城赋》，则遇之矣。”[1]余悲其言。

明年，乞假南游，抵扬州，属有告籴谋，舍舟而馆。[2]

既宿，循馆之东墙步游，得小桥，俯溪，溪声讙。[3]过桥，遇女墙啮可登者，登之。[4]扬州三十里，首尾屈折高下见。晓雨沐屋，瓦鳞鳞然，无零甃断甓，心已疑礼曹过客言不实矣。[5]

入市，求熟肉，市声讙。得肉，馆人以酒一瓶、虾一筐馈。醉而歌，歌宋元长短言乐府，俯窗呜呜，惊对岸女夜起，乃止。[6]

客有请吊蜀岗者，舟甚捷，帘幕皆文绣，疑舟窗蠡觳也，审视，玻璃五色具。[7]舟人时时指两岸曰：“某园故址也”“某家酒肆故址也”，约八九处。其实独倚虹园圮无存。[8]曩所信宿之西园，门在，题榜在，尚可识，其可登临者尚八九处，阜有桂，水有芙蕖菱芡，是居扬州城外西北隅，最高秀。南览江，北览淮，江淮数十州县治，无如此冶华也。[9]忆京师言，知有极不然者。

归馆，郡之士皆知余至，则大讙，有以经义请质难者，有发史事见问者，有就询京师近事者，有呈所业若文、若诗、若笔、若长

龚自珍（1792—1841）：字璱人，号定庵。仁和（今浙江杭州）人。清代文学家。

1. 礼曹：礼部。当时作者任礼部主客司主事兼祠祭司行走。过：拜访。

2. 属（zhǔ）：适巧。告籴：请求买谷，有请求资助饥困之意。

3. 既宿：过夜之后。讙（huān）：喧响。

4. 女墙：城墙上面呈凹凸形的小墙。啮：咬，此处引申为坏缺。

5. 零甃（zhòu）断甓（pì）：残垣断壁。甃：井壁，这里泛指墙壁。甓：砖。

6. 宋元长短言乐府：即宋词、元词。

7. 吊：凭吊。蜀岗：山名，在今江苏扬州瘦西湖畔。疑舟窗蠡觳：指船窗好像为螺壳鳞甲所镶嵌。蠡（luó）：通“螺”。觳（què）：物体坚硬的外壳，多指卵壳。

8. 圮（pǐ）：塌坏。

9. 信宿：住过两夜。阜：土山。菱：菱角。芡（qiàn）：睡莲科植物。冶华：美丽繁华。

短言、若杂著、若丛书乞为序、为题辞者，有状其先世事行乞为铭者，有求书册子、书扇者，填委塞户牖，居然嘉庆中故态。[10]谁得曰今非承平时耶？唯窗外船过，夜无笙琶声，即有之，声不能彻旦。[11]然而女子有以栀子华发为贽求书者，爰以书画环瑱互通问，凡三人，凄馨哀艳之气，缭绕于桥亭舰舫间，虽澹定，是夕魂摇摇不自持。[12]余既信信，拿流风，捕余韵，乌睹所谓风嗥雨啸、鼯狖悲、鬼神泣者？[13]嘉庆末，尝于此和友人宋翔凤侧艳诗。[14]闻宋君病，存亡弗可知。又问其所谓赋诗者，不可见，引为恨。

卧而思之，余齿垂五十矣，今昔之慨，自然之运，古之美人名士富贵寿考者几人哉？[15]此岂关扬州之盛衰，而独置感慨于江介也哉？[16]抑余赋侧艳则老矣，甄综人物，搜辑文献，仍以自任，固未老也。天地有四时，莫病于酷暑，而莫善于初秋。[17]澄汰其繁缛淫蒸，而与之为萧疏澹荡，泠然瑟然，而不遽使人有苍莽寥泬之悲者，初秋也。[18]今扬州，其初秋也欤？予之身世，虽乞籴，自信不遽死，其尚犹丁初秋也欤？[19]作《己亥六月重过扬州记》。

---

10. 笔：此处指散文。与“文”相对，“文”指有藻采声韵的骈文。状其先世事行：撰写其先人行状。铭：神道碑铭或墓志铭。填委：纷集，堆积。
11. 彻旦：通宵达旦。
12. 贽：初次见面所执的礼物。环：戴在臂上的玉环。瑱（tiàn）：美玉。通问：通音讯。
13. 信信：一信再信，连宿四夜。乌：哪，怎么。鼯（wú）：一种形似松鼠的动物，腹旁有飞膜，能滑翔。狖（yòu），通“貁”，一种似狸的野兽。
14. 宋翔凤（1776—1860）：江苏长洲（今江苏苏州）人，是常州学派的著名学者。侧艳：文辞艳丽而流于轻佻。
15. 齿：年龄。垂：接近，快要。寿考：年高。
16. 江介：江畔。
17. 甄综：考察搜罗。
18. 澄汰：清洗。繁缛：指景象繁杂。淫蒸：过分闷热的蒸腾之气。泠然瑟然：形容清凉。寥泬（xuè）：旷荡而虚静。
19. 丁：当，值。

【赏析】

扬州，地处长江北岸，当南北分裂之时，为兵家必争之地，历史上屡遭战火，几兴几废。自隋唐后，大运河从旁经过，为漕运重镇，经济日渐繁华。清代的扬州，盐商汇集，富甲天下，是首屈一指的风流地、富贵乡。

龚自珍曾于嘉庆末年游扬州，见识过扬州的繁华。大约二十年后，他在北京做官，忽然听人说今日的扬州犹如鲍照《芜城赋》中的扬州，心里当然惊疑。鲍照写《芜城赋》的时候，扬州还叫广陵，刚刚经过战火，只余一片废墟。怎么能够拿现在的扬州去比照呢？所以，在第二年，龚自珍重游扬州，一探究竟。

然而龚自珍看到的扬州是繁华热闹依旧。路过小溪，"溪声讙"，进入集市，"市声讙"。登城墙眺望扬州，扬州城内屋宇连绵，毫无衰颓貌；登蜀冈纵览江淮之间，没有哪座城市能比得上扬州的繁华。回到客馆，扬州士大夫听说龚自珍来，前来拜访，或探究学问，或讨论时事，或请作序题词，宾客满屋，"大讙"。让他想到二十年前的嘉庆时代，谁能说这不是太平景象呢？

在扬州一连住了四个晚上，并没有见到《芜城赋》中所谓"风嗥雨啸、鼯狖悲、鬼神泣"的悲凉荒芜。可是龚自珍仍然有怅然若失之感。他还是感觉到了变化，他首先感觉到了自己的变化。不见了二十余年前在扬州同写艳情诗的朋友，自己也将近五十岁了。这个年龄，将老未老，虽然处境困顿，但还不至于很快死去。这让龚自珍想到了"初秋"这个节令，酷暑已过，而寒冬尚未到来，"萧疏澹荡，泠然瑟然"的初秋，在天地四时中最让人惬意吧。自己的现在，就像处在人生的"初秋"，表面看尚无变化，不经意间，"苍莽寥泬之悲"已在逼近。同样的道理，扬州也正处在它的"初秋"阶段，它并不像看上去那般繁华。

己亥这一年是公元1839年，第二年即爆发了鸦片战争，中国开始进入“三千年未有之大变局”。然而在己亥这一年，朝野内外似乎还没有谁觉察到这一巨大外患的来临。其实各种内忧自乾嘉时期（乾隆、嘉庆）就已潜滋暗长，但绝大多数士大夫都茫然不觉。龚自珍十分敏锐地察觉到了，这篇《己亥六月重过扬州记》就流露了他的隐忧。从质疑、否定在京师中听到的今日扬州如芜城的议论，到最后对这议论的隐隐认同，是他透过表面繁华看到了扬州的趋向萧条，更是直指当前国家和社会的危机。

龚自珍是他那个时代的先知先觉者，这篇文章是他的盛世危言。

病梅馆记

龚自珍

江宁之龙蟠，苏州之邓尉，杭州之西溪，皆产梅。[1]或曰：梅以曲为美，直则无姿；以欹为美，正则无景；梅以疏为美，密则无态。[2]固也。[3]此文人画士，心知其意，未可明诏大号，以绳天下之梅也；又不可以使天下之民斫直，删密，锄正，以夭梅、病梅为业以求钱也。[4]梅之欹、之疏、之曲，又非蠢蠢求钱之民能以其智力为也。有以文人画士孤癖之隐明告鬻梅者，斫其正，养其旁条；删其密，夭其稚枝；锄其直，遏其生气，以求重价，而江、浙之梅皆病。[5]文人画士之祸之烈至此哉！

予购三百盆，皆病者，无一完者。既泣之三日，乃誓疗之，纵之，顺之。毁其盆，悉埋于地，解其棕缚。[6]以五年为期，必复之，全之。予本非文人画士，甘受诟厉。[7]辟病梅之馆以贮之[8]。呜呼，安得使予多暇日，又多闲田，以广贮江宁、杭州、苏州之病梅，穷余生之光阴以疗梅也哉！

---

1. 江宁：今江苏南京。龙蟠：龙蟠里，在今南京清凉山下。邓尉：山名，在今江苏苏州西南。西溪：地名，今浙江杭州灵隐山西北。
2. 欹（qī）：倾斜。
3. 固也：本来如此。
4. 明诏大号：公开宣告。绳：约束。斫（zhuó）：砍削。夭梅、病梅：摧折梅，使之病态。
5. 隐：心中隐藏的嗜好。鬻（yù）：卖。遏（è）：遏制。
6. 棕缚：棕绳的束缚。
7. 诟厉：讥评，辱骂。厉：病。
8. 贮（zhù）：藏。

【赏析】

1840年的中国正值鸦片战争前夕，诗人龚自珍敏锐地嗅到这个古老国家中弥漫着迎合、钻营的腐朽气息，毫无自主健康的活力。诗人痛心疾首，却又无计可施，只能借病梅来一浇胸中块垒，希望以强烈的呼号来唤醒大众的勃勃生气。

文章展现了一组矛盾：欹、曲、疏的梅花本来是美的，但合理的审美竟导致“江、浙之梅皆病”的可怕结果。而这一切都发生在潜移默化中，没有“明诏大号”的宣传，也没有“（支）使天下之民”的政令。不知怎么的，不知不觉中，社会的各项合理要求把大众的蓬勃活力都阉割了。文中的两处否定，“未可明诏大号”和“又不可以使天下之民”，可见明面上并无扼杀的痕迹。

然而暗流在涌动：有以文人画士孤癖之隐明告鬻梅者。这些蠢蠢求钱的鬻梅者只采用单一标准“绳天下之梅”，本来姿态各异的“梅”于是变成一堆模式化的、功利的、毫无创造性的“梅”。鬻梅者们粗暴的手段和庸俗的审美使得原本天趣神韵的“曲、欹、疏”只剩机械无趣的形状，梅花的活力和韵味一齐消失，鬻梅者们却还不自知。正如社会各项合理的标准被刻板地理解、粗糙地执行，以致结果与初衷南辕北辙。天趣神韵而流于俗气，仁义礼智而流于呆蠢，如此刻板机械、无趣木然的风气弥漫开来，国家定然丧失珍贵的内在活力。

然而大众却都在醉生梦死中：“当嘉道间，举国醉梦于承平，而定庵（龚自珍）忧之，儳然若不可终日，其察微之识，举世莫能及也。生网密之世，风议隐约，不能尽言……虽然，语近世思想自由之向导，必数定庵。”《病梅馆记》最后的呼号固有振聋发聩震醒民众之意，更有预言家不为人们所理解的心痛和勉力辩白的急切。但当朽败的大车冲向时代的断桥，螳臂又如何挡车？一年后诗人离世，丧失活力的古老中国真的被西方轰开大门，开始了屈辱的近代史。

说钓

吴敏树

余村居无事，喜钓游。钓之道未善也，亦知其趣焉。当初夏、中秋之月，蚤食后出门，而望见村中塘水，晴碧泛然，疾理钓丝，持篮而往。[1]至乎塘岸，择水草空处投食其中，饵钓而下之，蹲而视其浮子，思其动而掣之，则得大鱼焉。无何，浮子寂然，则徐牵引之，仍自寂然；已而手倦足疲，倚竿于岸，游目而视之，其寂然者如故。[2]盖逾时始得一动，动而掣之则无有。余曰："是小鱼之窃食者也，鱼将至矣。"又逾时动者稍异，掣之得鲫，长可四五寸许。余曰："鱼至矣，大者可得矣！"起立而伺之，注意以取之，间乃一得，率如前之鱼，无有大者。[3]日方午，腹饥思食甚，余忍而不归以钓。见村人之田者，皆毕食以出，乃收竿持鱼以归。归而妻子劳问有鱼乎？[4]余示以篮而一相笑也。乃饭后仍出，更诣别塘求钓处，逮暮乃归，其得鱼与午前比。或一日得鱼稍大者某所，必数数往焉，卒未尝多得，且或无一得者。[5]余疑钓之不善，问之常钓家，率如是。[6]

噫！此可以观矣。吾尝试求科第官禄于时矣，与吾之此钓有以异乎哉？其始之就试有司也，是望而往，蹲而视焉者也；其数试而不遇也，是久未得鱼者也；其幸而获于学官、乡举也，是得鱼之小者也；若其进于礼部，吏于天官，是得鱼之大，吾方数数钓而又未

吴敏树（1805—1873）：字本深，号南屏。湖南巴陵（今湖南岳阳）人。清代散文家。

1. 蚤：同"早"。

2. 无何：表示时间相隔不久。

3. 间：偶尔。

4. 劳：慰问。

5. 数数：屡次，常常。

6. 率：大概，大略。

能有之者也。[7]然而大之上有大焉，得之后有得焉，劳神侥幸之门，忍苦风尘之路，终身无满意时，老死而不知休止，求如此之日暮归来而博妻孥之一笑，岂可得耶？[8]夫钓，适事也，隐者之所游也，其趣或类于求得。[9]终焉少系于人之心者，不足可欲故也。吾将唯鱼之求，而无他钓焉，其可哉？

【赏析】

《说钓》，说的是作者亲身的钓鱼体验，对自己在钓鱼过程中几个阶段的心态变化描述得十分细致。

第一个阶段，早饭后持篮拿竿，兴致勃勃地到水边钓鱼，心里希望能够钓到大鱼；第二个阶段，投竿许久，漂在水面的浮子一动不动，左等右等，也不见鱼来上钩；第三个阶段，终于钓到了鱼，可不过是四五寸长的小鲫鱼，坚持到中午，饥肠辘辘，也钓不来更大的鱼。回家吃过饭后，下午换地方再钓，结果和上午一样。第四个阶段，有时在某个地方钓到一条比较大的鱼，又多次前往，却不再能钓到大鱼。

作者由钓鱼联想到了求官，觉得二者颇有相似之处。一开始参加考试，是希望能够得官，相当于钓鱼的第一阶段；随后屡考不中，相当于很久没有钓到鱼的阶段；有幸通过秀才、举人的考试，这是钓到了小鱼；等到参加礼部的会试中了进士并且又通过吏部考试被授予了

---

7. 有司：指主管某部门的官吏。学官：指主持县试、府试的府学教授、州学学正、县学教谕。乡举：秀才参加乡试（省级考试），得中取为举人。礼部：举人进京会试，由礼部主持。会试中试的贡生，再经殿试，即成进士。天官：指吏部。吏部掌全国官吏之任免、考课、升降、调动等事。

8. 妻孥：妻子和儿女。

9. 适事：舒适的事。

官职，这相当于钓到了大鱼。做了官还会冀望步步高升，做更大的官，就如钓到一次大鱼后还会想着钓更多的大鱼。可是这哪有止境呢？钓鱼本来是一件很有趣很闲适的事，一旦以“更大”为目的，就会成为一件苦事。

其实何止钓鱼和做官，做任何事都一样，人往往会沦为自己欲望的奴隶，而忘了做这件事的初衷。于是为了满足自己的欲望，“劳神侥幸之门，忍苦风尘之路，终身无满意时，老死而不知休止”。

老残游记·序

刘鹗

婴儿堕地，其泣也呱呱；及其老死，家人环绕，其哭也号咷。然则哭泣也者，固人之所以成始成终也。其间人品之高下，以其哭泣之多寡为衡。盖哭泣者，灵性之现象也，有一分灵性即有一分哭泣，而际遇之顺逆不与焉。

马与牛，终岁勤苦，食不过刍秣，与鞭策相始终，可谓辛苦矣，然不知哭泣，灵性缺也。[1]猿猴之为物，跳掷于深林，厌饱乎梨栗，至逸乐也，而善啼；啼者，猿猴之哭泣也。[2]故博物家云：猿猴，动物中性最近人者，以其有灵性也。古诗云："巴东三峡巫峡长，猿啼三声断人肠。"其感情为何如矣！

灵性生感情，感情生哭泣。哭泣计有两类：一为有力类，一为无力类。痴儿騃女，失果即啼，遗簪亦泣，此为无力类之哭泣；城崩杞妇之哭，竹染湘妃之泪，此乃有力类之哭泣也。[3]力类之哭泣又分两种：以哭泣为哭泣者，其力尚弱；不以哭泣为哭泣者，其力甚劲，其行乃弥远也。

《离骚》为屈大夫之哭泣，《庄子》为蒙叟之哭泣，《史记》为太史公之哭泣，《草堂诗集》为杜工部之哭泣；李后主以词哭，八大山人以画哭；王实甫寄哭泣于《西厢记》，曹雪芹寄哭泣于《红楼梦》。[4]王之言曰："别恨离愁，满肺腑难陶泻。除纸笔代

刘鹗（1857—1909）：字铁云，号老残。江苏丹徒（今江苏镇江）人。清代小说家。

1. 刍秣：草料。

2. 厌：通"餍"，满足。

3. 騃：呆傻。城崩杞妇之哭：杞妇是春秋时期齐国大夫杞梁的妻子，传说杞梁战死，杞梁妻抚尸痛哭，城墙为之崩塌。竹染湘妃之泪：传说舜南巡至湘江，死于路上，舜的两个妃子前来寻找，哭出血泪，落在竹子上，留下了永久的泪痕。

4. 蒙叟：即庄子。

喉舌，我千种想思向谁说？”曹之言曰：“满纸荒唐言，一把辛酸泪，都云作者痴，谁解其中意？”名其茶曰“千芳一窟”，名其酒曰“万艳同杯”者：千芳一哭，万艳同悲也。

吾人生今之时，有身世之感情，有家国之感情，有社会之感情，有种教之感情。[5]其感情愈深者，其哭泣愈痛：此鸿都百炼生所以有《老残游记》之作也。[6]

棋局已残，吾人将老，欲不哭泣也安可得乎？吾知海内千芳，人间万艳，必有与吾同哭同悲者焉！

【赏析】

乍一读，作者似在作一篇“哭论”，而且先发一通奇谈怪论，论述哭泣产生的原因：人的一生，以自己哭着出生开始，以家人哭着送终结束，哭泣贯穿生命的始终。哭泣是一个人灵性的表现，有一分灵性就有一分哭泣，和境遇的好坏没有关系。从动物身上可以得到证明，牛马没有灵性，所以它们一年到头都很勤苦却不会哭泣；猿猴在山林中自由自在很快活，可是它们的哭声却特别悲伤，因为它们在动物中最接近人，有灵性。

接着作者又对哭泣进行了分类，把哭泣分为两大类，一类是无力的哭泣，如因为丢了东西这样的小事而哭泣，这样的哭泣没有什么感染力；一类是有力的哭泣，如杞妇与湘妃都是因为遭遇了极大的伤心事而哭泣，她们的哭泣极具感染力，以至于杞妇的哭使城墙崩塌，湘妃的泪水永远地烙印在了竹子上。有力的哭泣又可更进一步分为两

5. 种教：种族宗教。
6. 鸿都百炼生：作者笔名。

种，一种是以哭泣为哭泣，可以听到哭声看到泪水，但这种哭的感染力还是比较弱；而最有感染力的哭泣是不表现为哭泣的。

不表现为泪水、哭声的哭泣会表现为什么呢？就是古今那些伟大的艺术创作：《离骚》是屈原的哭泣，《庄子》是庄周的哭泣，《史记》是司马迁的哭泣，《草堂诗集》是杜甫的哭泣；李后主的哭泣表现为词，八大山人的哭泣表现为画；从《西厢记》中可以听到王实甫的哭泣，从《红楼梦》中可以听到曹雪芹的哭泣。

原来，作者想说的是，内心郁积了极度深沉的感情，仅仅靠泪水和哭声是不足以表达万一的，于是那些伟大的文学家、艺术家们就用诗文、用小说戏曲、用绘画来表达，这是最有力的“哭泣”，这哭泣的感染力将传之久远。

作者刘鹗是晚清人，生逢末世，内心也郁积了种种感情，从个人的身世之叹，到家国社会之情，再到种族文化之感，都足以触发他的哭泣，但“以哭泣为哭泣”不足以表达他的悲伤，便创作了这本《老残游记》为哭泣。

刘鹗的“哭泣”的确有力，《老残游记》被鲁迅先生列为清末“四大谴责小说”之一，王国维先生读后则赞叹“不意中国有此人！可与英国最高小说平行”。直到今天，《老残游记》还在不断地再版，并且已被译为多种文字，它的感染力超越了时代，跨越了国界。

少年中国说
梁启超

日本人之称我中国也，一则曰老大帝国，再则曰老大帝国。是语也，盖袭译欧西人之言也。呜呼！我中国其果老大矣乎？梁启超曰：恶，是何言！是何言！吾心目中有一少年中国在。[1]

欲言国之老少，请先言人之老少：老年人常思既往，少年人常思将来。唯思既往也，故生留恋心；唯思将来也，故生希望心。唯留恋也，故保守；唯希望也，故进取。唯保守也，故永旧；唯进取也，故日新。唯思既往也，事事皆其所已经者，故唯知照例；唯思将来也，事事皆其所未经者，故常敢破格。老年人常多忧虑，少年人常好行乐。唯多忧也，故灰心；唯行乐也，故盛气。唯灰心也，故怯懦；唯盛气也，故豪壮。唯怯懦也，故苟且；唯豪壮也，故冒险。唯苟且也，故能灭世界；唯冒险也，故能造世界。老年人常厌事，少年人常喜事。唯厌事也，故常觉一切事无可为者；唯好事也，故常觉一切事无不可为者。老年人如夕照，少年人如朝阳；老年人如瘠牛，少年人如乳虎；老年人如僧，少年人如侠；老年人如字典，少年人如戏文；老年人如鸦片烟，少年人如泼兰地酒；老年人如别行星之陨石，少年人如大洋海之珊瑚岛；老年人如埃及沙漠之金字塔，少年人如西比利亚之铁路；老年人如秋后之柳，少年人如春前之草；老年人如死海之潴为泽，少年人如长江之初发源，此老年人与少年人性格不同之大略也。[2]梁启超曰：人固有之，国亦宜然。

梁启超曰：伤哉，老大也！浔阳江头琵琶妇，当明月绕船，枫

梁启超（1873—1929）：字卓如，号任公，又号饮冰室主人。广东新会人。近代思想家、政治家、史学家和文学家，与老师康有为并称“康梁”。

1. 恶（wū）：感叹词，犹“唉”。

2. 潴（zhū）：聚积的水流。

叶瑟瑟，衾寒于铁，似梦非梦之时，追想洛阳尘中春花秋月之佳趣；[3]西宫南内，白发宫娥，一灯如穗，三五对坐，谈开元、天宝间遗事，谱《霓裳羽衣曲》；青门种瓜人，左对孺人，顾弄孺子，忆侯门似海珠履杂遝之盛事；[4]拿破仑之流于厄蔑，阿剌飞之幽于锡兰，与三两监守吏或过访之好事者，道当年短刀匹马，驰骋中原，席卷欧洲，血战海楼，一声叱咤，万国震恐之丰功伟烈，初而拍案，继而抚髀，终而揽镜。[5]呜呼！面皴齿尽，白发盈把，颓然老矣。[6]若是者，舍幽郁之外无心事，舍悲惨之外无天地，舍颓唐之外无日月，舍叹息之外无音声，舍待死之外无事业，美人豪杰且然，而况于寻常碌碌者耶？生平亲友，皆在墟墓；起居饮食，待命于人，今日且过，遑知他日，今年且过，遑恤明年，普天下灰心短气之事，未有甚于老大者。[7]于此人也，而欲望以拏云之手段，回天之事功，挟山超海之意气，能乎不能？[8]

呜呼！我中国其果老大矣乎？立乎今日，以指畴昔，唐虞三代，若何之郅治；[9]秦皇汉武，若何之雄杰；汉唐来之文学，若何之隆盛；康乾间之武功，若何之烜赫。历史家所铺叙，词章家所讴歌，何一非我国民少年时代良辰美景赏心乐事之陈迹哉。而今颓然

---

3. 浔阳江头琵琶妇：用白居易《琵琶行》中“门前冷落鞍马稀，老大嫁作商人妇”的故事。

4. 西宫南内：用元稹《行宫》“白头宫女在，闲坐说玄宗”诗意。西宫：唐太极宫。南内：唐兴庆宫。青门种瓜人：指秦末汉初的邵平。邵平在秦末为东陵侯。秦亡后，失去爵位，在长安东门外种瓜为生。孺人：妻子。珠履：用珠子装饰的鞋。

5. 厄蔑：今译作厄尔巴岛，在意大利半岛和法国科西嘉岛之间。1814年拿破仑被流放于此。阿剌飞：指埃及民族解放运动领袖阿拉比。1882年英国进攻埃及，阿拉比领导军队抗击，战败后被流放于锡兰。髀（bì）：大腿。

6. 面皴齿尽：脸上长满皱纹，牙齿掉光。形容苍老的样子。

7. 遑知：怎么知道。遑恤：无暇顾及。

8. 拏云：凌云，比喻志向高远。语出李贺《致酒行》：“少年心事当拏云。”回天：使天地倒转。比喻完全转变局势。挟山超海：比喻英雄壮举。语出《孟子·梁惠王上》：“挟泰山以超北海。”

9. 唐虞三代：指唐尧、虞舜和夏、商、周三代。郅治：至治，把国家治理得太平强盛。郅：极，至。

老矣，昨日割五城，明日割十城，处处雀鼠尽，夜夜鸡犬惊，十八省之土地财产，已为人怀中之肉，四百兆之父兄子弟，已为人注籍之奴，岂所谓“老大嫁作商人妇”者耶？[10]呜呼！凭君莫话当年事，憔悴韶光不忍看，楚囚相对，岌岌顾影，人命危浅，朝不虑夕，国为待死之国，一国之民为待死之民，万事付之奈何，一切凭人作弄，亦何足怪。

梁启超曰：我中国其果老大矣乎？是今日全地球之一大问题也。如其老大也，则是中国为过去之国，即地球上昔本有此国，而今渐澌灭，他日之命运殆将尽也；如其非老大也，则是中国为未来之国，即地球上昔未现此国，而今渐发达，他日之前程且方长也。欲断今日之中国为老大耶？为少年耶？则不可不先明“国”字之意义。夫国也者何物也？有土地；有人民；以居于其土地之人民而治其所居之土地之事；自制法律而自守之，有主权，有服从，人人皆主权者，人人皆服从者。夫如是，斯谓之完全成立之国。地球上之有完全成立之国也，自百年以来也。完全成立者，壮年之事也。未能完全成立而渐进于完全成立者，少年之事也。故吾得一言以断之曰：欧洲列邦在今日为壮年国，而我中国在今日为少年国。

夫古昔之中国者，虽有国之名，而未成国之形也。或为家族之国，或为酋长之国，或为诸侯封建之国，或为一王专制之国，虽种类不一，要之其于国家之体质也，有其一部而缺其一部。正如婴儿自胚胎以迄成童，其身体之一二官支，先行长成，此外则全体虽粗具，然未能得其用也。[11]故唐虞以前为胚胎时代，殷周之际为乳哺时代，由孔子而来至于今为童子时代，逐渐发达，而今乃始将入成童以上少年之界焉。其长成所以若是之迟者，则历代之民贼有窒其

---

10. 十八省：清初全国共分十八个省，光绪末年增至二十三个省，但人们习惯上仍称十八省。四百兆：即四亿，当时中国有四亿人口。
11. 官支：五官四肢。

生机者也。譬犹童年多病，转类老态，或且疑其死期之将至焉，而不知皆由未完成未成立也。非过去之谓，而未来之谓也。

且我中国畴昔，岂尝有国家哉，不过有朝廷耳。我黄帝子孙，聚族而居，立于此地球之上者既数千年，而问其国之为何名，则无有也。夫所谓唐、虞、夏、商、周、秦、汉、魏、晋、宋、齐、梁、陈、隋、唐、宋、元、明、清者，则皆朝名耳。朝也者，一家之私产也；国也者，人民之公产也。朝有朝之老少，国有国之老少。朝与国既异物，则不能以朝之老少而指为国之老少明矣。文、武、成、康，周朝之少年时代也；幽、厉、桓、赧，则其老年时代也。[12]高、文、景、武，汉朝之少年时代也；元、平、桓、灵，则其老年时代也。[13]自余历朝，莫不有之，凡此者，谓为一朝廷之老也则可，谓为一国之老也则不可。一朝廷之老且死，犹一人之老且死也，于吾所谓中国者何与焉。然则，吾中国者，前此尚未出现于世界，而今乃始萌芽云尔。天地大矣，前途辽矣，美哉，我少年中国乎！

玛志尼者，意大利三杰之魁也。[14]以国事被罪，逃窜异邦。乃创立一会，名曰“少年意大利”。举国志士，云涌雾集以应之。卒乃光复旧物，使意大利为欧洲之一雄邦。夫意大利者，欧洲之第一老大国也，自罗马亡后，土地隶于教皇，政权归于奥国，殆所谓老而濒于死者矣，而得一玛志尼，且能举全国而少年之，况我中国之实为少年时代者耶？堂堂四百余州之国土，凛凛四百余兆之国民，

---

12. 文、武、成、康：周朝前期的几代帝王，文王、武王、成王、康王。幽、厉、桓、赧（nǎn）：指周幽王、厉王、桓王、赧王，幽王、厉王是西周后期的两个君主，桓王、赧王是东周的两个君主。

13. 高、文、景、武：指西汉前期从建国到极强盛的四代皇帝，汉高祖、文帝、景帝和武帝。元、平、桓、灵：指西汉元帝、平帝和东汉桓帝、灵帝。汉元帝、平帝是西汉后期灭亡前的两个皇帝。桓帝、灵帝是东汉末年的两代帝王。

14. 玛志尼（1805—1872）：今译作朱塞佩·马志尼，意大利爱国者。建立秘密的革命组织“青年意大利”，并创办了同名刊物，推动意大利的独立统一事业。

岂遂无一玛志尼其人者。

龚自珍氏之集有诗一章，题曰《能令公少年行》，吾尝爱读之，而有味乎其用意之所存。我国民而自谓其国之老大也，斯果老大矣；我国民而自知其国之少年也，斯乃少年矣。西谚有之曰："有三岁之翁，有百岁之童。"然则，国之老少，又无定形，而实随国民之心力以为消长者也。吾见乎玛志尼之能令国少年也，吾又见乎我国之官吏士民能令国老大也，吾为此惧！夫以如此壮丽浓郁翩翩绝世之少年中国，而使欧西日本人谓我为老大者何也？则以握国权者皆老朽之人也。非哦几十年八股，非写几十年白折，非当几十年差，非挨几十年俸，非递几十年手本，非唱几十年喏，非磕几十年头，非请几十年安，则必不能得一官、进一职。[15]其内任卿贰以上，外任监司以上者，百人之中，其五官不备者，殆九十六七人也，非眼盲，则耳聋，非手颤，则足跛，否则半身不遂也。[16]彼其一身饮食步履视听言语，尚且不能自了，须三四人在左右扶之捉之，乃能度日，于此而乃欲责之以国事，是何异立无数木偶而使治天下也。且彼辈者，自其少壮之时既已不知亚细、欧罗为何处地方，汉祖唐宗是哪朝皇帝；犹嫌其顽钝腐败之未臻其极，又必搓磨之，陶冶之，待其脑髓已涸，血管已塞，气息奄奄，与鬼为邻之时，然后将我二万里山河，四万万人命，一举而畀于其手。[17]呜呼！老大帝国，诚哉其老大也。而彼辈者，积其数十年之八股、白折、当差、捱俸、手本、唱喏、磕头、请安，千辛万苦，千苦万

15. 白折：清代朝考用的试卷。在会试和殿试中被录取的进士，还要进行朝考，根据朝考授予官职。朝考用白折，即用工整的楷书写在白纸制的折子上。手本：明清官场中下级晋见上级时用的名帖。喏（rě）：唱喏，古代的一种礼节。对人打躬作揖，口中出声，叫唱喏。

16. 卿贰：卿是朝廷各部的长官，贰指副职。监司：清代通称各省布政使、按察使及各道道员为监司。五官不备：指五官功能不全。

17. 畀：给予。

辛，乃始得此红顶花翎之服色，中堂大人之名号，乃出其全副精神，竭其毕生力量，以保持之。[18]如彼乞儿，拾金一锭，虽轰雷盘旋其顶上，而两手犹紧抱其荷包，他事非所顾也，非所知也，非所闻也。于此而告之以亡国也，瓜分也，彼乌从而听之，乌从而信之。[19]即使果亡矣，果分矣，而吾今年既七十矣八十矣，但求其一两年内，洋人不来，强盗不起，我已快活过了一世矣！

若不得已，则割三头两省之土地，奉申贺敬，以换我几个衙门；卖三几百万之人民作仆为奴，以赎我一条老命，有何不可，有何难办。[20]呜呼！今之所谓老后、老臣、老将、老吏者，其修身、齐家、治国、平天下之手段，皆具于是矣。[21]"西风一夜催人老，凋尽朱颜白尽头。"使走无常当医生，携催命符以祝寿，嗟乎痛哉！[22]以此为国，是安得不老且死，且吾恐其未及岁而殇也。[23]

梁启超曰：造成今日之老大中国者，则中国老朽之冤业也；制出将来之少年中国者，则中国少年之责任也。彼老朽者何足道，彼与此世界作别之日不远矣，而我少年乃新来而与世界为缘。如僦屋者然，彼明日将迁居他方，而我今日始入此室处。[24]将迁居者，不爱护其窗栊，不洁治其庭庑，俗人恒情，亦何足怪！[25]若我少年者，前程浩浩，后顾茫茫，中国而为牛、为马、为奴、为隶，则烹脔棰鞭之惨酷，唯我少年当之；中国如称霸宇内，主盟地球，则指

---

18. 红顶花翎：大官的帽饰。清代官员帽顶上顶珠的颜色、质料，标志着官阶的品级，一品官用红宝石顶珠。花翎：用孔雀翎做的帽饰，以翎眼多者为贵，五品以上用花翎，六品以下用蓝翎。中堂大人：清代大学士相当于宰相，尊称中堂大人。
19. 乌：何，哪里。
20. 三头两省：闽粤方言，三两个省。
21. 老后：年老的太后。
22. 走无常：迷信说法，阴司用活人为鬼役，摄取后死者的魂。充当这种鬼差者，称走无常。
23. 殇：幼年夭折。
24. 僦（jiù）屋：租赁房屋。
25. 庭庑：庭院走廊。

挥顾盼之尊荣，唯我少年享之，于彼气息奄奄，与鬼为邻者，何与焉？彼而漠然置之，犹可言也。我而漠然置之，不可言也。使举国之少年而果为少年也，则吾中国为未来之国，其进步未可量也；使举国之少年而亦为老大也，则吾中国为过去之国，其澌亡可翘足而待也。故今日之责任，不在他人，而全在我少年。少年智则国智，少年富则国富，少年强则国强，少年独立则国独立，少年自由则国自由，少年进步则国进步，少年胜于欧洲则国胜于欧洲，少年雄于地球则国雄于地球。红日初升，其道大光；河出伏流，一泻汪洋。潜龙腾渊，鳞爪飞扬；乳虎啸谷，百兽震惶。鹰隼试翼，风尘吸张；奇花初胎，矞矞皇皇。[26]干将发硎，有作其芒。[27]天戴其苍，地履其黄。纵有千古，横有八荒。前途似海，来日方长。美哉我少年中国，与天不老；壮哉我中国少年，与国无疆！

【赏析】

1900年，八国联军攻陷北京，清政府被迫再一次签订丧权辱国的不平等条约。自1840年以来，面对列强的侵略，中国一次次战败，一次次割地赔款；而中国人自己的自强和改革运动一次次归于失败。当此之时，中国内忧外患，积贫积弱，列强视中国为老大帝国，日薄西山，中国人自己也大多丧失信心，看不到未来。陕西学政叶尔恺甚至在给朋友的信中绝望地表示：“纵观中外情形，敢断言曰：中国不亡，必无天理！”

就在全国上下一片愁云惨淡、茫然惶然的时候，梁启超突然振臂

---

26. 矞（yù）矞皇皇：光明盛大的样子。

27. 干将发硎：宝剑刚刚在磨刀石上磨过。干将：古代名剑。硎：磨刀石。有作其芒：大放光芒。

高呼“少年中国”，热情洋溢、无比自信地赞颂中国的未来，这无疑就像一道刺破阴霾的明亮的阳光，一声冲破沉寂的嘹亮的号角。

这篇《少年中国说》，是一篇长文，也是一篇雄文，本身就充满了少年人的血气方刚和朝气蓬勃。

在这篇文章里，梁启超断然提出一个“少年中国”，不同意欧洲和日本把中国称作“老大帝国”的说法。在梁启超看来，国之老少犹如人之老少，老年人保守、怯懦、苟且，少年人进取、豪壮、冒险。“老大”是一种非常可悲的状态，即便美人豪杰，一旦老大，也将“舍幽郁之外无心事，舍悲惨之外无天地，舍颓唐之外无日月，舍叹息之外无音声，舍待死之外无事业”，再没有比“老大”更让人灰心短气的事情了。中国曾经有过辉煌的过去，可如今却任人宰割而无还手之力，“国为待死之国，一国之民为待死之民”。

可是梁启超并不同意就此把中国视作“老大帝国”——他有非常充足的理由。第一，从横向比较来看，欧洲各国成为完全独立之国已近百年，是“壮年国”，而中国正在从未能完全独立而渐进于完全独立，故为“少年国”。第二，从纵向比较看，中国在唐虞以前为胚胎时代，殷周时期为哺乳时代……如今开始进入少年时代。中国之所以成长缓慢，是由于历代民贼阻滞了生机。第三，从朝廷和国家的区别来看，中国以往只有朝廷而没有国家，各个朝代都有它的少年和老年时代，“一朝廷之老”不等于“一国之老”。

尽管中国并非“老大帝国”，但少年朝气的焕发也并非坐等可致，因为“国之老少，又无定形，而实随国民之心力以为消长者也”。相比于玛志尼建立“青年意大利”，最终使意大利这样一个“欧洲之第一老大国”变为“欧洲之一雄邦”，中国目前却是官吏士民使国家成为老大之国，因为“握国权者皆老朽之人”。这些人积数十年“八股、白折、当差、捱俸、手本、唱诺、磕头、请安”，待其身居高位，“脑髓已涸，血管已塞，气息奄奄”，除了保全自己的名位富贵，对国家毫无责任心，对国家面临危亡的局面毫无压力。

因此，使中国为少年中国的责任，就完全在中国少年。中国的富强、独立、自由、进步乃至与欧洲列强竞争，其希望完全在于中国少年。少年是新生的力量，如红日初升，如河出伏流，如潜龙腾渊，如乳虎啸谷，如鹰隼试翼，如奇花初胎，如干将发硎，必将蓬勃发展，不可阻遏，少年中国前途一片光明，未来不可限量。有壮美的中国少年，也必有壮美的少年中国！

这是一篇长文，也是一篇雄文。音韵铿锵，气势磅礴，雄辩滔滔，振聋发聩。今天读之，仍令人热血沸腾。

陈引驰

复旦大学中文系教授，博士生导师
复旦中国古代文学研究中心教授、副主任
主要研究领域为中国古代文学、道家思想与文学、
中古佛教文学、古典诗学及近现代学术史

著作
《唐诗三百首》
《宋词三百首》
中国最美古诗词系列：
《你应该熟读的中国古诗》
《你应该熟读的中国古词》
《你应该熟读的中国古文》

你应该熟读的中国古文

编著 _ 陈引驰

产品经理 _ 张晨　装帧设计 _ 唐梦婷　产品总监 _ 应凡
技术编辑 _ 顾逸飞　责任印制 _ 梁拥军　策划人 _ 吴畏

营销团队 _ 毛婷 阮班欢 孙烨

鸣谢

赵海萍

果麦
www.guomai.cn

以 微 小 的 力 量 推 动 文 明

图书在版编目（CIP）数据

你应该熟读的中国古文 / 陈引驰编著 .— 济南 ：山东文艺出版社，2023. 4
ISBN 978-7-5329-6854-1

Ⅰ. ①你… Ⅱ. ①陈… Ⅲ. ①古典文学－文学欣赏－中国 Ⅳ. ① I206. 2

中国国家版本馆 CIP 数据核字（2023）第 040935 号

责任编辑：林　蕙
装帧设计：唐梦婷

你应该熟读的中国古文
NI YINGGAI SHUDU DE ZHONGGUO GUWEN

陈引驰　编著

主管单位　山东出版传媒股份有限公司
出版发行　山东文艺出版社
社　　址　山东省济南市英雄山路 189 号
邮　　编　250002
网　　址　www. sdwypress. com

读者服务　0531-82098776（总编室）
　　　　　　0531-82098775（市场营销部）
电子邮箱　sdwy@sdpress. com. cn

印　　刷　河北鹏润印刷有限公司
开　　本　890mm×1280mm　1/32
印　　张　10
字　　数　260 千
版　　次　2023 年 4 月第 1 版
印　　次　2025 年 1 月第 4 次印刷
书　　号　ISBN 978-7-5329-6854-1
定　　价　49. 00 元